ミステリ

ABIR MUKHERJEE

マハラジャの葬列

A NECESSARY EVIL

アビール・ムカジー
田村義進訳

TOKYO
HAYAKAWA
BOOKS

A HAYAKAWA
POCKET MYSTERY BOOK

A NECESSARY EVIL
by
ABIR MUKHERJEE
Copyright © 2017 by
ABIR MUKHERJEE
Translated by
YOSHINOBU TAMURA
First published as A NECESSARY EVIL by HARVILL SECKER,
an imprint of VINTAGE. VINTAGE is part of THE PENGUIN
RANDOM HOUSE GROUP OF COMPANIES.
First published 2021 in Japan by
HAYAKAWA PUBLISHING, INC.
This book is published in Japan by
arrangement with
HARVILL SECKER, an imprint of THE RANDOM HOUSE
GROUP LIMITED
through THE ENGLISH AGENCY (JAPAN) LTD.

装幀／水戸部 功

義父《ババ》マンハーラル・デヴジーブハイ・ミストリーの愛に満ちた思い出に

ソナルに
すべてに対して

王子、王子を割らずにオムレツはつくれない

マハラジャの葬列

登場人物

サミュエル（サム）・ウィンダム……インド帝国警察の警部
サレンダーノット
（サレンドラナート）・バネルジー……ウィンダム警部の部下。インド人の部長刑事
アディール（アディ）・シン・サイ……サンバルプール王国の王太子
プニート……サンバルプール王国の第二王子。アディールの弟
スバドラー……サンバルプール王国の第一王妃
デヴィカ……同第三王妃
ギタンジャリ……同王太子妃
ハリッシュ・チャンドラ・ダヴェ……同宰相《ディワン》
シェカール・アローラ大佐……王太子付の侍従武官
バルドワージ少佐……サンバルプール王国の民兵組織の司令官
ゴールディング……同王室財務官
サイード・アリ……後宮の宦官長
キャサリン・ペンバリー……アディール王太子の恋人
シュレヤ・ビディカ……暗殺犯とされる娘
アーネスト・フィッツモーリス卿……アングロ・インディアン・ダイヤモンド社取締役
デレク・カーマイケル……イギリス外務省のサンバルプール駐在官
エミリー・カーマイケル……駐在官夫人
ポルテッリ……人類学者
チャールズ・タガート卿……インド帝国警察警視総監
アニー・グラント……ウィンダム警部の知人

1

一九二〇年六月十八日　金曜日

顎《あご》ひげにダイヤモンドをつける男はそんなにいない。だが、耳や指や衣服のスペースがすべてふさがっているとすれば、それもアリかもしれない。

政府庁舎の巨大なマホガニーの扉が正午ちょうどに開き、マハラジャやニザームやナワーブといった称号を持つお歴々がお出ましになった。総勢二十名。みなシルクや金や宝石、そして伯爵未亡人の一団が身に着けて船に乗ったら沈没間違いなしの数と大きさの真珠で覆われている。幾人かは太陽や月の化身であり、ほかの者は数多《あまた》のヒンドゥー神の末裔《まつえい》であるという。われわれはそういった面々のことを十把《じっぱ》ひとからげにして〝藩王〟と呼んでいる。

その二十名はカルカッタ近在の藩王国から来ている。藩王はインドに五百人以上いて、インド全土の五分の二ほどを支配している。少なくとも、自分たちは支配していると主張しているし、われわれも彼らが〝統《す》べよ、ブリタニア〟を歌い、海の向こうの君主への忠誠を誓うかぎり、その妄言《もうげん》を是《ぜ》とするにやぶさかでない。

総督を先頭にして、一同は序列順に、うだるような暑さのなかを十数本のシルクのパラソルの陰に向かって、神々のように粛々《しゅくしゅく》と歩を進めていく。片側には、ターバンを巻いた近衛兵《このえへい》が赤い隊列を整え、その後ろに、王族の参事や文官やお付きの者が人垣をつくっている。そしてそのさらに後ろに立っているのが、わたしとサレンダーノット・バネルジーだ。

芝地に並んだ大砲がとつぜん轟音を響かせ、カラスの一群が金切り声をあげてヤシの木から飛び去った。わたしは砲声の数をかぞえた。全部で三十一発。それは総督への祝意を示すものであって、インドの藩王のために二十一発以上の礼砲が放たれることはない。総督というイギリスの公僕は、どんなインド人よりも、たとえそれが太陽の化身であったとしても、その上位に位置する存在であることを知らしめるためだ。

礼砲と同様、先ほどまで藩王たちが臨席していた会合は、体裁を整えるためのものにすぎない。実務はのちに担当参議と行政官によって行なわれる。植民地政府にとって重要なのは、藩王たちが一堂に会し、いまこの芝生の上で写真撮影をすることなのだ。

総督のチェルムズフォード卿は正装に威儀を正している。だが、着こなしているとはどうにも言いがたく、クラリッジス・ホテルのドアマンのようにしか見えない。栄養不良の葬儀屋然とした体軀《たいく》の男の場合、どんなにめかしこんでも、藩王たちの前では、孔雀《くじゃく》の園にまぎれこんだ土鳩に等しい。

「どれがその人物なんだ？」

「あれです」バネルジーは言って、顎をしゃくった。ピンクのシルクのターバン、長身、端整な顔立ち。建物の前の石段を三番目におりてきた男で、ベンガルの南西部に位置するオリッサの藩王国サンバルプールの第一位王位継承者アディール・シン・サイ王太子殿下だ。われわれ――というより、バネルジーをここに呼び寄せた人物でもある。ふたりはイギリスのハロー校の同窓であり、わたしが同席したのは、インド帝国警察の警視総監タガート卿に命じられたからだ。なんでも、それは総督からの直接の要請であるらしい。

「今回の協議は植民地政府にとってきわめて重要なものである。その成否はサンバルプールが同意するかどうかにかかっている」という。

いかなる点においても、何かがサンバルプールにかかっているとは考えにくい。地図を見たときには、〝オリッサ〟の〝リ〟の下に隠れていたので、その場所を見つけだすには、虫眼鏡と、最近のわたしに欠けている相当量の忍耐を要したくらいだ。面積はワイト島ほどしかなく、人口もそれと同じくらいしかない。それでも、植民地政府はこの一件を国家的な重要事案と見なしていて、わたしはアディール王太子とバネルジーが交わす会話に耳をそばだてていることを求められていた。

藩王たちは公式の集合写真の撮影のために総督のまわりに整列している。上位の者は金色の椅子に着座し、下位の者はその後ろのベンチの上に立っている。アディール王太子の席は総督の右隣だった。撮影用の機材が据えおかれているあいだ、藩王たちは所在なげに雑談をしていた。何人かは列から離れようとしたが、しかつめ顔の文官によって元のところへ戻らされている。やがて撮影の準備が整うと、藩王たちはおしゃべりをやめ、正面を向いた。フラッシュが焚《た》かれ、後世に残ることになるであろうシーンの撮影がすむと、それでようやくお役御免となった。

アディール王太子がバネルジーを見つけたことは、目の輝きですぐにわかった。それまでは、銀行の金庫室の中身をそっくりそのまま身に着け、虎の毛皮を肩にかけた太っちょのマハラジャと雑談をしていたが、早々に話を切りあげて、われわれのほうへ歩いてきた。背が高く、インド人にしては色白で、身のこなしは騎兵隊の士官もしくはポロの選手を想起させる。服装はまわりにいる藩王たちの基準からすると、控えめに見える。ダイヤモンドのボタンがついた、淡青《うすあお》いシルクのチュニック。金色のカマーバンド。白いシルクのズボン。ぴかぴかに磨かれた黒いオックスフォード・シューズ。エメラルドとガチョウの卵サイズのサファイアがついたクリップでとめたターバン。

タガート卿の言葉を信じるなら、父君はインドで五番目の大富豪らしい。そして、知るひとぞ知る、インド一の大富豪は世界一の大富豪でもある。

アディール王太子は大きな笑みを浮かべて、われわれのほうにやってきた。

そして、両手を広げて呼ばわった。「バンティ・バネルジー！　久しぶりだね」

バンティ？　バネルジーとは部屋をシェアして一年になるが、バンティと呼ばれるのを聞いたことはいままで一度もない。けれども、バネルジーがそういった呼び名を秘密にしていたことを責めるわけにはいかない。わたしだって、女性の陰部という裏の意味を持つ渾名《あだな》をつけられたら、そんなことを吹聴してまわったりしないだろう。仲間内ではサレンダーノットと呼ばれているが、それももちろん本当の名前ではない。帝国警察に奉職したとき、当時の上司に冗談半分につけられたものだ。両親から授かった名前はサレンドラナートといい、〝神々の王〟を意味している。もちろん、そのように呼んでもいいのだが、ベンガル語を正しく発音するのはそんなに簡単なことではない。そして、バネルジーに言わせれば、それはわたしの能力のせいではない。なんでも、英語には元々いくつかの子音が欠けていて、軽い〝ド〟の音もそのひとつらしい。英語には欠けているものが数多あるとのことだ。

「またお目にかかれて光栄です、殿下」バネルジーは軽く頭をさげて言った。

王太子は苦々しげな顔をした。貴人がみずからを世人と同じように遇してもらいたいと思っているときに浮かべる表情だ。「おいおい、バンティ。堅苦しい挨《あい》拶《さつ》は抜きだ。こちらの方は？」と言って、宝石が光り輝く手をさしだす。

「紹介します。ウィンダム警部です。元々はスコットランド・ヤードに勤務されていました」

「ウィンダム警部？　昨年、テロリストのセンを捕まえた？　総督の覚えめでたき方ですね」

センというのは、四年間にわたって当局の追及の手から逃れつづけていたインド人革命家だ。わたしは彼をイギリスの政府高官を殺害した容疑で逮捕し、その結果、植民地政府の英雄に祭りあげられた。本当のところはそんなに単純なものではないのだが、いまここで仔細《しさい》を説明する時間もなければ意思もない。さらに重要なことに、総督から情報開示の許可ももらっていない。この一件は総督の発令によって、一九一一年に制定された国家秘密保護法の対象となっているのだ。

それで、わたしは微笑《ほほえ》み、さしだされた手を握るにとどめた。

「お会いできて光栄です、殿下」

「アディと呼んでください。わたしの友人はみなそう呼んでいます」王太子は愛想よく言い、それから思案顔になった。「来ていただいてよかった。じつはちょっと厄介な問題をかかえていましてね、バンティに相談したいと思っていたんです。あなたのような経験豊富な方からご意見を聞かせていただければ、これほどありがたいことはありません。まさしく渡りに舟です」ここで顔が急に明るくなった。「きっと神のお導きです」

神というより総督のお導きと言いたいところだが、英領インドでは、総督は神とどれほどの違いもない。いずれにせよ、王太子と直接話ができるのであれば、少なくとも、息子の新婚初夜が気になってならないインド人の母親のように聞き耳を立てる必要はなくなる。

「お役に立てれば幸いです、殿下」

王太子は指をパチンと鳴らし、かたわらに控えていた男を呼んだ。禿《は》げ頭で、眼鏡をかけ、挙措《きょそ》に落ち着きがなく、街の無法地帯へ迷いこんだ図書館員のように見える。正装しているが、藩王の威光もなければ、宝石も身に着けていない。

その男がいそいそとやってくるまえに、王太子は言った。「ただ、ここはこのような話をするのにふさわしい場ではありません。バンティといっしょにグランド・ホテルに来てもらえますか。そこならゆっくり話ができます」

こちらの都合は訊かれなかった。王太子が命令するときには、いつもこのような言いまわしになるのだろう。禿げ頭の男はやってくるなり深々とお辞儀をした。「よろしい」と、王太子はそっけなく言った。「紹介します、ウィンダム警部、バンティ。こちらはハリッシュ・チャンドラ・ダヴェ。サンバルプールのディワンです」

〝ディワン〟というのは〝宰相《さいしょう》〟を意味する言葉だが、インド人が発音すると、長椅子《ディヴァン》としか聞こえない。

身体を起こしたとき、その口もとには媚《こ》びを売るような笑みが浮かんでいた。そして、汗だくになっていた。もっとも、汗をかいているのはほかの者も同じだ。ただひとりアディール王太子を除いて。宰相はわたしとバネルジーをちらっと見てから、ポケットに手を入れて、赤い木綿のハンカチを取りだし、汗まみれの額を拭《ぬぐ》った。「殿下、もしよろしければ、折りいってお話ししたいことが――」

「わたしの心づもりについての話だとしたら、結論はすでに出ている」

宰相は困惑のていで首を振った。「お言葉ながら、殿下、それはご尊父のご意向に反するのではないかと思われます」

王太子はため息をついた。「父がこのような政治ショーにどれほどの関心を持っているとも思えないがね。さらに言うなら、父はここにいない。父もしくは総督がきみを新王に推挙しているのでないかぎり、わたしの意向にそって事に当たるように」

宰相はまた額を拭い、深々とお辞儀をして、鞭打《むち》たれた犬のように歩き去った。

「あざとい男だ」王太子はつぶやき、それからバネルジーのほうを向いた。「きみがどう思うか知らないが、バンティ、グジャラート人だからかもしれない。誰よりも頭がいいと思っている」

「問題は、アディ、それがしばしば事実だってことだろうね」

王太子は苦笑いした。「まあいい。今回の会合を意味あるものにするためにも、そしてダヴェ自身のためにも、わたしの指示に従ってくれることを祈ってるよ」

タガート卿から聞きだした数少ない貴重な情報によると、この日の会合は〝藩王院《チェンバー・オブ・プリンス》〟なる合議体を立ちあげるためのものらしい。ギルバートとサリヴァン作のオペラの演目のような名前だが、それは現地住民の自治を求める声を鎮めるための植民地政府の新手の策略だ。インド人がインドの事案を話しあうための〝インドの貴族院〟という触れこみで、藩王たちは〝すべからく〟という強い言葉で呼び集められていた。そこには奇妙にねじれたロジックを見てとることができる。要するに、インドの民衆の心情に対して、われわれ以上に無関心な者がいるとすれば、それは五百人の無能な太っちょの藩王たちだ。いざというとき、われわれの側に立ってくれるインド人がいるとすれば、彼らをおいてない。

「あなたのご意見をお聞かせ願えるでしょうか」と、わたしは言った。

王太子は苦々しげに笑った。「まったくの茶番だと思っています。烏滸《おこ》の沙汰《さた》です。単なるおしゃべりの場でしかありません。見え透《す》いている」

「発足しないだろうということでしょうか」

「逆です。放っておいても、話はとんとん拍子に進み、準備おさおさ怠《おこた》りなく、来年には間違いなく発足しているはずです。もちろん、ハイデラバードやグワリオールといった主だった国は参加しません。そんなことをしたら、自分たちの国が本物の国であるという虚構が崩れ去る恐れがあるからです。当然ながら、サンバルプールも参加しません。でも、クッチベハールやラジプートといった北部諸国は、揉《も》み手で馳《は》せ参じるでしょう。そうすれば、自分たちの立場を有利にすることができるからです。はばかりながら言わせていただきますが、あなたたちイギリス人はわれわれの虚栄心に訴えるすべをよく心得ています。われわれはみずからの領土をあなたたちに明け渡しました。何のために？　いくつかの空約束、仰々《ぎょうぎょう》しい称号、そして食卓に残った残飯のために。われわれは仲間うちでそれを奪いあっているのです。禿げ頭の男が櫛《くし》を奪いあうように」

「東部のほかの国はどうなんです」と、バネルジーが訊いた。「ぼくの理解だと、彼らはいつでもサンバルプールの意向にそったかたちで動きます」

「たしかにそのとおり。たぶん今回もそうなるだろうね。でも、それはわれわれから多額の資金援助を受けているからだ。でなかったら、みな賛成票を投じるにちがいない」

庭の向こうで軍楽隊の演奏が始まり、〝神よ、国王《ゴッド・セイヴ・》陛下を守りたまえ《ザ・キング》〟の耳慣れた旋律が芝生の上を流れはじめると、藩王たちとその取り巻きはいっせいに立ちあがり、楽隊のほうを向いた。そして、多くの者が声をあわせて歌いはじめた。だが、アディール王太子は黙っていた。殿下《セリーン・ハイネス》という敬称にもかかわらず、その胸中には穏やか《セリーン》ならざるものがあるにちがいない。

「そろそろ退散するとしよう。このあとは総督が祝辞を述べて、お開きということになるはずです。こんないい天気の日にあえて聞かなければならないというようなものじゃない……あなたたちがどうしてもここに残りたいというのでないかぎり」

異論はない。総督はいかんせん濡れ雑巾《ぞうきん》ほどのカリスマ性しか持ちあわせていない。数カ月前、わたしは新人警察官の任官式で総督のスピーチを拝聴する栄に浴したことがある。だが、二度とふたたびその場にいあわせたいとは思わない。

「それで決まりです」王太子は言った。「演奏が終わったら、早々に退散しましょう」

イギリス国歌の最後の一小節が消えると、藩王たちは雑談に戻った。総督は芝生の上に設けられた演台に向かって歩きはじめた。

「よし、いまだ。この間合いを利用しよう」王太子は言って、振り向き、建物のほうに向かって小道を歩きはじめた。バネルジーはその横に付き従い、わたしは後ろに続いた。総督の演説が始まったとき、数人の文官が驚いてわれわれのほうを見たが、王太子は巨象がジャッカルの群れに向けるくらいの注意しか払わなかった。

王太子は勝手知ったる他人の家といった感じで迷路のような通路を進み、ターバンを巻いた従僕が両脇に立つ扉口を次々に抜け、建物の外に出た。そこには、赤い絨毯《じゅうたん》が敷かれた官邸正面の中央階段があった。

王太子の早すぎる退出に、随員たちは泡を食っていた。あわただしい動きのなかで、緋色《ひいろ》のチュニックに黒いズボン姿の大男が、声を張りあげて一同に指示を与えている。その服装と身のこなしと口調からだと、スコットランド近衛連隊の大佐と間違えられても不思議ではない。ちがうのは、頭にターバンを巻いていることだけだ。

「そこにいたのか、シェカール」王太子は言った。

男はきびきびとした動作で敬礼をした。「殿下」

王太子はわれわれのほうを向いて言った。「侍従《じじゅう》武官のシェカール・アローラ大佐です」

身体つきはカンチェンジュンガ山の北壁のごとくで、面相は氷河のように冷たい。肌はブロンズ色で、風雨にさらされて荒れている。目はくすんだ緑色。おそらく山岳地方の出だろう。もしかしたら、アフガン人の血をひいているのかもしれない。わけても印象的なのは髭《ひげ》だ。古代インドの戦士のように、顎ひげは短く、

口ひげはワックスで固められ、先端が反《そ》りあがってい
る。

「車を呼んでありま す、殿下」と、アローラ大佐はぶっきら棒な口調で言った。「もうすぐここに来ます」

「よろしい」王太子はうなずいた。「ひどく喉が渇いた。ホテルに戻るのは早ければ早いほどいい」

銀色のオープントップのロールスロイスが走ってきてとまり、制服姿の従僕がドアをあけた。そこで少しためらいがあった。運転手を含めて、乗員は全部で五人。ひとり余る勘定になる。普通なら、後ろに三人、前にふたり乗ればいいのだが、王太子に普通という考えが入りこむ余地はない。いずれにせよ、ロールスロイスはぎゅう詰めになって乗るような車ではない。

解決策を提示したのは王太子自身だった。

「シェカール、きみが運転したらどうだろう」また質問のかたちをとった命令だった。

巨大な体軀の侍従武官は靴のかかとを鳴らして運転席側にまわった。

「バンティ、きみはわたしといっしょに後ろに」王太子は言いながら、赤い革張りのシートに腰を落ち着けた。「警部、あなたは助手席にすわってください」

われわれは言われたとおりにした。車はすぐに走りだし、砂利敷きの長い車まわしを出て、ヤシの木と手入れの行き届いた芝生のあいだを進んでいった。

グランド・ホテルは政府庁舎の東ゲートからわずか数分のところにあるが、セキュリティ上の理由からいまは北ゲートだけが開いている。車はそこを抜け、そのすぐ先で一時停止した。そこから東の道路は通行止めになっていた。それで車はUターンし、ふたたび政府庁舎の前を通ってエスプラネード・ウエストに出た。

わたしは首をまわして、バネルジーと王太子のほうを向いた。車の前の席にすわるのは慣れていない。王太子はわたしが考えていたことを読みとったみたいだ

った。

にこりと笑って言った。「序列というのは奇妙なものです。そう思いませんか、警部」

「どういう意味でしょう、殿下」

「われわれ三人を例にとりましょう。王太子、部長刑事、警部。一見すると、三者の序列は明白です。でも、ことはそれほど単純じゃない」

王太子は車窓の左側に見えるベンガル・クラブのゲートを指さした。「わたしは王太子だが、肌の色のせいで、あの格式高い施設に入ることはできない。バンティにも同じことが言える。けれども、イギリス人ならなんの問題もない。カルカッタでは、すべてのドアがあなたたちに開かれている。そこでの序列は通常とはちがったものになる」

「おっしゃることはよくわかります」

「それだけじゃない。われらが友人バンティはバラモンです。カーストという制度のもとでは、バンティの序列は王太子より上です。イギリス人の警察官はカースト外なので、下の下になる」王太子はまたにこりと笑った。「ここでも序列は変わってきます。この三つのうちどれがもっとも正当なものであるかは誰にもわかりません」

「ロールスロイスでベンガル・クラブの前を行く王太子とバラモンと警察官……悪ふざけとしか思えません」

「そうでしょうか。考えようによっては、これほど愉快なものはないかもしれませんよ」

わたしは通りに注意を戻した。いまわれわれがたどっているルートは、グランド・ホテルとは正反対の方向だった。王太子の侍従武官がカルカッタの通りをどこまで知っているかはわからないが、少なくとも現時点では、わたしがアフリカのティンブクトゥの通りを知っているのと同程度のように思える。

「道を間違えているんじゃないでしょうね」と、わたしは言った。

　ガンジス川を凍結させるような視線がかえってきた。

「だいじょうぶです。あいにくなことに、チョーロンギー通りへ通じる道は宗教行事のために封鎖されています。なので、マイダン公園を抜けるルートをとることにしたんです」

　それにしてもどうしてそんなルートをと思ったが、このような晴天の好日にロールスロイスで公園を突っ切るのも悪くはない。後部座席では、バネルジーが先ほどの話を持ちだしていた。

「ところで、アディ、さっき相談したいことがあると言っていたけど……」

　わたしが後ろを振り向いたとき、王太子の顔は険しくなっていた。

「おかしな書状を受けとったんだ」王太子はシルクのチュニックの襟《えり》のダイヤモンドのボタンをいじりながら言った。「もしかしたらなんでもないかもしれないが、きみが警察にいるという話をきみのお兄さんから聞いてね。それで、相談してみようと思ったんだよ」

「おかしな書状というと？」

「実際のところ、書状と呼べるほどのものじゃない。単なるメモ書きだ」

　わたしは訊いた。「いつ受けとったのです」

「先週。サンバルプールで。カルカッタに向けて出発する数日前です」

「いまそれをお持ちですか」

「ホテルの部屋にあります。着いたら、すぐにお見せします。それにしても遅いな。もうそろそろ着いてもいいころなんだが」王太子はいらだたしげにアローラ大佐のほうを向いた。「どうしてこんなに時間がかかっているんだ、シェカール」

「迂回《うかい》しておりますので、殿下」

　わたしは訊いた。「あなたはそのメモ書きを誰かに見せましたか」

王太子はアローラ大佐のほうに手をやった。「シェカールに。ほかには誰にも見せていません」

「それはどのようなかたちで届いたのでしょう。王宮気付サンバルプール王太子殿下宛てと書いてポストに投函《とうかん》したとは思えません」

「そこが奇妙なところなんです。届いたのは二通で、いずれもわたしの部屋に置かれていたんです。一通目はベッドの枕の下に。二通目はスーツのポケットのなかに。内容はどちらも同じです」

チョーロンギー通りの手前で、車は左に急ハンドルを切るため速度を落とした。そのとき、濃いサフラン色の僧衣を身にまとった男が、いきなり車の前に飛びだしてきた。あまりにもとつぜんだったので、それは黄色い染みのようにしか見えなかった。車は震えながら急停止し、男の姿は前の車軸の下に消えた。

「轢《ひ》いたのか」王太子は言って、座席から立ちあがった。

アローラ大佐は毒づき、ドアをあけて、車から飛びおりた。そして、車の前にまわり、うつぶせに倒れた男のかたわらに膝をついた。次の瞬間、骨と肉の鈍いいやな音がして、大佐の身体が崩れ落ちたように見えた。

「おお、神よ!」王太子は叫んだ。立ちあがっていたので、何があったのかはほかの者よりよくわかっていたにちがいない。

わたしはドアをあけたが、次の行動に移るまえに、サフラン色の着衣の男が立ちあがっていた。眼光鋭い目、汚れたもじゃもじゃの髪、伸び放題の髭。額には灰のようなもので縦に二本の線が引かれている。その手のなかで何かが黒光りし、わたしの内臓は氷に変わった。

「伏せろ!」わたしはホルスターのボタンをはずしながら叫んだが、王太子はコブラに睨《にら》まれたウサギのように凍りついていた。男はリボルバーを構え、発砲した。最初の一発は車のフロントガラスを粉々に砕いた。振り向いたときには、バネルジーが王太子の身体をつかんで、床に引き倒そうとしていた。

だが、遅すぎた。

さらに二度銃声があがったとき、銃弾は標的をとらえたことがわかった。二発とも王太子の胸に突き刺さっていた。ただ、その身体は数秒間そこに立ちつくしていた。まるでそれが本物の神であり、銃弾は何にも当たらず飛んでいったみたいに。それから、シルクのチュニックに鮮紅色の血が滲《にじ》み、王太子は暴風にあおられた紙コップのように倒れた。

2

王太子の安否が気になったが、それはあとまわしにせざるをえなかった。襲撃者の拳銃にはまだ銃弾が残っているはずだ。

車の座席から道路に転がり出たとき、四度目の銃声が鳴り響いた。銃弾がどこに飛んでいったのかはわからないが、わたしに当たらなかったのはたしかだ。ロールスロイスの開いたドアの後ろに身を寄せたとき、また銃声があがった。このときは、わたしの顔の前のドアに当たった。銃弾が金属板を薄紙のように突き破ることは実際に見て知っていたので、このときドアに穴があかなかったのは奇跡のように思えた。のちにわかったことだが、この車両には純銀の装甲が施《ほどこ》されていたらしい。金の使い方としては悪くない。

六発目を予想して身構えたが、幸いなことに、このとき聞こえたのは撃鉄が空《くう》を撃つ音だった。可能性としては五連発銃ということもあるし、五発しか装塡《そうてん》していなかったということもあるが、前者は稀《まれ》で、後者は聞いたことがない。拳銃にこめる弾《たま》をケチる暗殺者がどこにいるというのか。わたしは運を天にまかせて、ホルスターからウェブリーを抜き、立ちあがった。そして、撃った。だが、命中はせず、銃弾は近くの木の幹を裂いただけだった。襲撃者はすでに走りはじめていた。

車の後部座席では、バネルジーが床に膝をつき、自分のシャツを王太子の胸に当てて出血をとめようとしていた。車の前で、アローラ大佐がよろけながら立ちあがった。片方の手で血のしたたる頭をおさえている。運がよかったということだろう。ターバンが殴打の衝撃を吸収したにちがいない。でなかったら、これほど早く起きあがることはできなかっただろう。あるいは、永久に起きあがれなかったかもしれない。

「殿下を病院に！」わたしは大声で言って、襲撃者のあとを追いはじめた。距離は約二十五ヤード。その姿はいまチョーロンギー通りの向こう側にある。

襲撃の場所は計算ずくだったにちがいない。チョーロンギーというのは奇妙な通りだ。通りの片側は街でも有数の繁華街になっていて、商店やホテルやアーケードが並び、大勢のひとが行き交っている。一方、その反対側には、陽が燦々《さんさん》と降り注ぐマイダン公園の広大な空間が広がっていて、人影はつねにまばらだ。いまそこにいるのは数人の苦力《クーリー》だけで、彼らが銃声を聞いて何かをしてくれるとは思えない。

わたしは襲撃者を追い、走ってくる車をぎりぎりのところでよけながら四車線の通りを横切った。明るいサフラン色の装束のおかげで、博物館の白い壁の前の雑踏のなかでも、見失うことはなかった。だが、そこに向けて発砲するのは危険すぎる。いずれにせよ、衆人環視のなかで、ヒンドゥー教の聖者の格好をした者を撃つことはできない。宗教的な暴動が起きないともかぎらない。

襲撃者はチョーロンギー通りの東に迷路のように張りめぐらされた裏通りのひとつに入りこんだ。日ごろから鍛えているのだろう。少なくとも、わたしより鍛えているのは間違いない。距離は開くばかりだ。襲撃者が入っていった裏通りの前まで来ると、わたしは息を整えて、とまれ！と叫んだ。もちろん、とまるとは思っていなかった。拳銃を持って逃げ、次第に追跡者との距離を広げつつある者が、聞きわけよくそのような要求に応じることはそんなに多くない。が、驚いたことに、そうなった。男は立ちどまり、くるりと身体の向きを変え、そして拳銃を発射した。走りながら銃弾を再装塡していたのだ。あなどれない。地面に突っ伏したとき、銃弾がすぐ横の煉瓦《れんが》壁に当たり、破片が飛び散った。わたしは素早く立ちあがり、撃ちかえしたが、やはり当たらなかった。男はまた前を向いて迷宮の奥に入っていき、次の路地を左に曲がった。それでその姿は見えなくなった。わたしは走りつづけた。

ほどなく前方から奇妙な轟音が聞こえてきた。人々の声とリズミカルな太鼓の音だ。裏通りを左に曲がり、路地を抜けると、ダルマトラー通りに出た。そこで、わたしは足をとめた。広い通りは、ひとで埋めつくされていた。全員がインド人で、轟音は耳を聾《ろう》さんばかりだった。太鼓の音にあわせて、みな大声を張りあげている。その向こうに、巨大な山車《だし》があった。高さは建物の三階分くらいあり、形はヒンドゥー寺院に似ている。長さ百フィートほどのロープを大勢の男たちに引っぱられて、ゆっくり動いている。わたしは襲撃者の姿を必死に探したが、無駄だった。群衆の壁は厚すぎ、彼らの多くはサフラン色の衣《ころも》を身にまとっていた。襲撃者の姿はもうどこにもなかった。

3

「いったい全体、どんなふうに総督に申し開きをすればいいというんだ」タガート卿は語気を荒らげ、拳《こぶし》を机に叩きつけた。左のこめかみは破裂寸前になっている。「藩王国の王太子が射殺されるなんて。真っ昼間に。きみたちふたりの警察官の目の前で。きみたちはそれを阻止することもできなければ、暗殺者を捕まえることもできなかった。事態がここまで深刻でなかったら、ふたりとも停職処分は免《まぬが》れなかったはずだ」

わたしとサレンダーノット・バネルジーはラル・バザールの警察本部の四階にある総監室にすわっていた。わたしはタガートの視線を一身に受けとめ、バネルジーは自分の靴をじっと見つめている。部屋が異様に暑いのは、タガートが放つ怒気のせいもあるにちがいない。

こんなふうに癇癪玉《かんしゃくだま》を破裂させることはめったにないが、それを責めることはできない。わたしはバネルジーと組んで一年以上ここで仕事をしているが、これほど情けない思いをしたことは一度もない。バネルジーは友人の死を目《ま》のあたりにして虚脱状態に陥っている。そしてわたしはといえば、インフルエンザの初期症状のような気分だった。さすがにそれが重篤化《じゅうとくか》したら、こんなものではすまないだろうが。

襲撃者を見失ったあと、わたしはすぐにマイダン公園に戻ったが、そのときにはロールスロイスの姿はなかった。コンクリートについたタイヤのあととガラスの破片以外、そこで何かが起きたという痕跡は何もなかった。それでも、草地のはずれをつぶさに調べて、ふたつの薬莢《やっきょう》を見つけだすことができた。それをポケットに入れると、タクシーを呼びとめて、カレッジ通りにある大学病院へ向かった。それは現場にもっとも近い、そしてカルカッタ随一といわれている医療施設だ。バネルジーは王太子をそこに連れていったにちがいない。

着いたときには、すべてが終わっていた。医師たちは懸命に救急救命処置を講じたが、被弾した時点で、王太子はほぼ絶命していた。ラル・バザールに戻って、タガート卿に第一報をもたらす以外にできることは何もなかった。

「暗殺者を見失った経緯をもう一度説明してくれ」

わたしは答えた。「チョーロンギー通りから裏道を通ってダルマトラー通りまで、あとを追いました。人だかりのせいで拳銃を使うことはできませんでした。路地で何発か撃っただけです」

「でも、当たらなかったんだな」

訊くまでもなくわかっているはずの質問だ。

「ええ」

タガートは信じられないといった顔をしていた。

そして、また癇癪玉を破裂させた。「なんてことだ、ウィンダム！　きみは四年も軍隊にいたんだぞ。そこで銃の撃ち方を教わらなかったのか」

あえて指摘はしなかったが、四年の半分は軍情報部に所属し、タガートに報告をあげていただけで、残りの二年間のほとんどの時間は、ただ塹壕《ざんごう》にうずくまって、どこから飛んでくるかわからないドイツ軍の砲弾に戦々恐々としていただけだ。実際のところ、その四年間、人間に向けて発砲したことは数えるほどしかない。

タガートはいくらか落ち着きを取り戻したみたいだった。「そのあと何が起きたんだ」

「暗殺者はダルマトラー通りのほうに向かって逃げていきました。そこには、宗教的な行事でひとがあふれていました。それで見失ってしまったのです。何千人という男たちが巨大な山車を引いていました」

「ジャガンナートです」と、バネルジーが言った。

「なんだって」

「ウィンダム警部が巻きこまれたのは、ヒンドゥー神ジャガンナートの山車の巡行で、ラタヤートラと呼ばれています。毎年、何千人もの信者によって通りを引きまわされるのです。どこかの時点で、イギリス人は神の名前と山車を混同してしまったようです。強力で巨大なものを意味する〝ジャガーノート〟という英語の単語の由来はそこにあります」

タガートは訊いた。「外見は？」

バネルジーの顔に困惑の表情が浮かんだ。「ジャガンナート神の外見ですか」

「暗殺者だ、部長刑事。神さまの外見じゃない」

バネルジーのかわりに、わたしが答えた。「中背で、痩身《そうしん》、黒い肌。何カ月も洗っていないように見える、もつれた長い髪と髭。額に、二本の白い縦線。鼻の上で交わっていて、さらにそのあいだに一本の細い赤い線が引かれていました」

「それは何を意味するかわかるか、部長刑事」タガートは訊いた。現地のことは現地の人間に訊くのがいちばんということを、わたしも総監もつとに学んでいた。

「宗教です」と、バネルジーは答えた。「ヒンドゥー教の僧侶はしばしばそのような印を額につけます」

「暗殺者はその宗教行事と関係があると思うか」

「可能性はあると思います。ダルマトラーの群衆のなかに走りこんだのは、単なる偶然ではなかったかもしれません」

「暗殺者はサフラン色の僧衣を着ていました」わたしは付け加えた。「群衆のなかには、同じような格好をした者がわんさといました」

「ということは、やはり宗教がらみということか」タガートはなかば安堵《あんど》の表情で言った。「そうであることを祈ってるよ。少なくとも政治がらみよりはずっといい」

「でも、僧衣は単なる変装の道具かもしれません」

「それに、宗教的な過激派がなぜサンバルプールの王太子を殺さなければならなかったのでしょう」バネルジーは言った。「自分が知るかぎりでは、王太子は宗教にどれほどの関心も持っていませんでした」

「それを見つけだすのがきみたちの仕事だ。宗教が関係している可能性を無視することはできない。総督はこれが宗教がらみのものであり、今般の会合とはなんの関係もないことを願っておられる。サンバルプールにはほかの十余りの藩王国を束ねる力がある。そういった国々がまとまって動けば、その勢いで、いまだに態度を決めかねている中規模の藩王国の多くが賛成票を投じるようになるはずだ」タガートは眼鏡をはずし、ハンカチで拭《ふ》いてから顔に戻した。「とにかく、暗殺者を一刻も早く逮捕する必要がある。いまここにいるマハラジャやナワーブたちが、身の安全が保証されないと言って街を離れてしまうことは、なんとしても避けなければならない。よろしい。ほかに何かなければ、以上だ」

タガートは椅子から立ちあがった。

「もうひとつお知らせしておかねばならないことがあります」と、わたしは言った。

タガートはゆっくりわたしのほうを向いた。「どういうことだ、サム」

「王太子は不審なメモ書きを受けとっていました。今日バネルジー部長刑事に会いたがっていたのは、そのためです」

額に皺《しわ》が寄る。「きみはそれを見たのか」

「いいえ。でも、滞在先のホテルの部屋に置いてあると言っていました」

「よかろう。では、そこに行って取ってきたまえ」

「このあと、すぐにそうするつもりでした」

「ほかには何をするつもりでいたんだ、警部」

「王太子の侍従武官と、サンバルプールの宰相から話を聞こうと思っています。宰相と王太子とのあいだには、意見の食いちがいがあったようです。そのあと暗殺者の人相書を作成するつもりです。それを明日の朝の英字と現地の新聞に掲載させます。暗殺者がまだ街にいるとしたら、居場所を知っている者がいるかもしれません」

タガートは少し間を置き、それからドアを指さした。

「よろしい。さっそくとりかかりたまえ」

総監室を出て、廊下の反対側のはずれまで行ったところに、街の南側の眺望がどこよりもいいと言われている部屋がある。本来なら警察幹部の執務室にあてられるべき部屋だが、採光のよさのせいで、いまは警察のおかかえ画家が使用している。ウィルソンという名前の、小柄なスコットランド人だ。

わたしはノックをして、部屋に入った。大きな一枚ガラスの窓。鉛筆画で覆われた壁。絵の大半は人物の胸から上を描いたもので、そのほとんどが男、さらにそのほとんどがインド人だ。ウィルソンは部屋の中央の傾斜した机の向こうにすわっていた。髪には白いものがまじっているが、攻撃的な性格はテリアなみで、ビールと聖書を人生の第一義とし、日曜日は後者に捧げ、それ以外のほとんどの夜は前者にあてている。そもそも、カルカッタにやってきた理由がこのふたつだったらしい。酒が二杯か三杯入れば、いつもすぐに身の上話になる。なんでも、若いころの夢はグラスゴーのボン・アコード・パブの酒を飲みつくすことであり、その夢の実現のために何度も病院にかつぎこまれたという。そこで神に出会った。そのときに宣教師としてカルカッタに赴《おもむ》くようにというご託宣《たくせん》があったとのことだが、それは神の冗談だったとわたしは睨んでいる。けれども、攻撃的な性格と布教の精神とは結局のところ相容《あいい》れず、宣教師を畢生《ひっせい》の仕事とするのは土台無理な話だった。それで、信者仲間と袂《たもと》を分かち、いまはベンガル警察のために絵を描いている。

「これはいったいどういう風の吹きまわしなんだ。ウィンダム警部のお出ましとは」ウィルソンは顔をほころばせて立ちあがった。「それに、忠勇無双のバネルジー部長刑事まで。でも、来てくれて嬉《うれ》しいよ。ここの窓からの眺めを楽しみにきたのかい」

「腕のいい絵描きを探している。知っていたら、教えてもらいたいんだ」

「面白すぎる。それで何をお望みなんだい」

「人相書だ。インド人男性の。大至急」

「あんたたちはついている。インド人の男はおれの十八番《おはこ》だ。それで、その男は何をしたんだい」

「王太子を撃ち殺したんです」バネルジーが答えた。

「それはそれは」ウィルソンはそっけなくうなずいた。

「で、目撃者は？」

「目の前にいる」わたしは言った。

ウィルソンは眉を吊りあげ、そして笑った。「あんたたちふたりのことかい。王太子殿下が非業の死を遂《と》げたとき、あんたたちは現場にいたってことかい」

わたしはうなずいた。

「なのに、暗殺者を取り逃がした？　おいおい、ウィンダム、いくらなんでもそいつはちょっとまずいんじゃないか。タガートの御大《おんたい》はなんて言ってた」

「冷静に対応してくれたよ」

「ああ、そうだろうとも。冷静にならなきゃという判断が働いたことはよくわかる。普通なら、怒ったときには、港湾労働者も顔負けの悪態がポンポン口をついて出てくる」

「どうして知ってるんだい」

「総監室はこのすぐ先にある。大声を張りあげたら、丸聞こえさ。やれやれ。あんたたちはそれでも刑事かい。交通課にまわされて、人力車の車夫の免許証をチェックする仕事をしていないのが不思議なくらいだ。まあいい。とにかく、その男の人相風体《ふうてい》を描写してくれ。あんたたちはどうか知らんが、こちとらけっこう忙しい身でな」

わたしはもじゃもじゃの髭や額の白い印について話した。

話の途中で、ウィルソンは首を振った。「つまり坊さんに逃げられたってことかい。笑わせてくれるじゃないか。そのザマを現場で見たかったよ」

「相手は武装していました」バネルジーがわたしを庇《かば》うように言葉をはさんだ。

「ああ。でも、おまえさんの上司もやはり武装していた」ウィルソンは言って、鉛筆の芯《しん》で汚れた指をわたしに向けた。

話をしながらも、鉛筆は動きつづけ、われわれが言ったとおりに髪や目に修正が加えられていった。その結果できあがった人相書は充分に納得のいくものになった。

「上出来だ」と、わたしは言った。


ウィルソンはうなずいた。「ああ。これを新聞に掲載するようにと言っておけばいいんだな」

「英語とベンガル語の両方で。オリッサ語の新聞が出ていないかどうかも調べてほしい」

ウィルソンは顔をしかめた。「おれは絵描きだ。忘れたのかい。あんたたちは曲がりなりにも刑事なんだぜ。オリッサ語の新聞くらいは自分たちで見つけだせ。おれのほうは、ブラックリストとの照合をしておいてやる」

「ありがとう」わたしは言って、ドアのほうを向いた。

「幸運を祈ってるよ、ウィンダム。それから、バネルジー部長刑事、おまえさんはいつまでも警部のあとをついてまわらないほうがいいぞ。おまえさんのような才能ある男が牛車《ぎっしゃ》の取調べに明け暮れるようになるのは見るに忍びないからな」


ラル・バザールからグランド・ホテルまでの短い距

離を移動するあいだ、バネルジーは警察の車の後部座席で顔を曇らせ、口を閉ざしていた。わたしも話をしたい気分ではなかった。暗殺を防ぐことができなかったとき、その直後の会話がはずむわけがない。

しばらくたってから、わたしは訊いた。「きみはアディール王太子のことをどの程度知っていたんだい」

「いろいろと。ハロー校では兄と同学年で、ぼくは下級生でした。その後、ケンブリッジに入ったときに、飛び級で同学年になったんです」

「親しかったのかい」

「そうでもありませんが、学内でインド人はみな肩を寄せあっていました。数が集まれば、それだけで安心できます。アディは王太子ですが、イギリス人にとってはただの色の黒いよそ者にすぎません。留学中は何かと考えさせられたはずです」

「きみはあまり考えさせられなかったようだな」

「クリケットの腕前のせいです。切れ味鋭いカットボールでイートン校に苦杯をなめさせられる者は、肌の色を無視してもらえます」

「王太子の殺害理由に何か心当たりは？」

バネルジーは首を振った。「ありません」

車はグランド・ホテルの列柱を配したファサードを抜け、正面玄関前の庭でとまった。ターバンを巻いた係員が素早くやってきて、ドアをあけてくれた。

われわれは小さなヤシの木のあいだを抜け、プルメリアの花と家具の艶《つや》出し剤の匂いがほのかに漂い、大理石が光り輝くロビーに入った。染みひとつない床の奥にマホガニーの机があり、その向こうにモーニング・コートを着て口ひげをたくわえたインド人の受付係がすわっていた。わたしは身分証明書を提示して、王太子の部屋はどこかと訊いた。

「サンバルプール・スイート。四階です」

「部屋番号は？」

「部屋番号はございません。特別室ですから。サンバルプール・スイートと呼ばれています。サンバルプール藩王国に無期限でお使いいただいております」

つんとすましているので、その表情を読みとることはできなかったが、わたしを馬鹿扱いしているのは間違いない。インド人に見下されるのは癪《しゃく》にさわるが、ここは穏忍自重し、礼を言って、十ルピー札をさしだした。街でいちばんのホテルのスタッフと折りあいをつけておくのは大事なことだ。いつか耳寄りな情報を得られるかもしれない。

バネルジーを従えて階段のほうに歩いていきながら、わたしは思った。グランド・ホテルの特別室を無期限で借りるには、いったいどれくらいの費用がかかるのだろう。

応接室のドアをあけたのは、金とエメラルド色のお仕着せ姿の従僕だった。

わたしは言った。「ウィンダム警部とバネルジー部長刑事だ。ダヴェ宰相にお目にかかりたい」

従僕はうなずき、われわれを長い廊下の突きあたりの応接室へ案内した。

サンバルプール・スイートは想像していた以上に豪華だった。金箔《きんぱく》、ロンドンの赤煉瓦と同じくらいカルカッタでよく目にする白大理石。壁には東洋の工芸品やタペストリー。いたるところから、ホテルの部屋とは思えない、少なくともわたしが泊まるようなホテルにはない優雅さが滲みでている。

廊下には六つのドアがあった。としたら、サンバルプール・スイートはわたしの下宿先の家全体よりずっと広い。賃料は何桁もちがうはずだ。

応接室に入ると、従僕はそこにわれわれを残して宰相を呼びにいった。バネルジーはルイ十四世様式風のソファーに腰をおろした。縁に金箔が貼られ、金色の絹糸の刺繍《ししゅう》が施されている。すわり心地よりも見てくれ重視ということだろう。わたしは窓際に歩み寄り、マイダン公園とその向こうの川の光景を見やった。アディール王太子の襲撃現場は、このホテルの南西数百ヤードのところにあり、そこもはっきりと見ることができる。公園内を走るメイヨー通りは閉鎖されていて、現場周辺にはロープが張られ、ふたりのインド人巡査が立っている。刑事たちは地面に四つんばいになって、わたしが先だって命じておいたとおり、遺留品を虱《しらみ》つぶしに探している。だが、わたしが見つけたふたつの薬莢に付け加えるものは何もないだろう。わたしはその道の専門家ではないが、薬莢のことはある程度知っているつもりでいる。けれども、あのようなものはこれまで一度も見たことがない。ずいぶん古そうな感じがする。戦前のもの——もしかしたら前世紀のものかもしれない。

バネルジーはわたしの後ろのソファーで沈黙の行を続けていた。元々おしゃべりなほうではない。それが彼の良さのひとつだ。けれども、沈黙にはいくつかの種類がある。気心が知れた者なら、その違いを見分けるのはむずかしくない。バネルジーはまだ若い。警察官としてひとを殺したことは、わたしの命を守るためであったときも含めて何度かあるが、友人が目の前で銃撃され、その生《せい》が尽きていくのをなすすべもなく見ていなければならなかったという忌《い》まわしい経験はないはずだ。

わたしはちがう。そういった経験はいやというほどある。だから、もう何も感じなくなっている。

「しっかりしろ、部長刑事」

「えっ?」

「煙草を喫《す》うか」

「いいえ、けっこうです」

廊下から気ぜわしげな声が聞こえてきた。その声は次第に大きくなり、とつぜん途絶えた。それからドアが開き、ダヴェ宰相が血の気の失せた顔で部屋に入ってきた。バネルジーはそれを見て素早く立ちあがった。

「挨拶は省略させてください」と宰相は言った。「お察しのとおり、本日の出来事はまことに……まことに心痛の極みであります。アディール殿下のご遺体の本国送還に関して、あなた方に手を貸していただけることに深く感謝いたします」

わたしはバネルジーと視線を交わした。

「申しわけありませんが、その点に関してお力になることはできません」わたしは言った。「でも、ご遺体は可能なかぎり早くあなたたちにおかえしするつもりです」

それでは納得できないみたいだった。その顔にはいくらか血の気が戻ってきている。

「この悲劇はすでに国王陛下に報告ずみであり、われわれは王太子殿下のご遺体を遅滞なくサンバルプールに送還するようにという令達を受けています。検死は無用。これ以上ご遺体に損傷を与えることは許されません。その旨はすでに総督にお伝えしてあります。交渉の余地はありません」

先刻、政府庁舎で紹介されたときの腰の低さを考えると、別人のようだ。この間《かん》のどこかの時点で、背筋も急にのびたにちがいない。

「申すまでもなく、国王陛下はこの凶行の実行者が一刻も早く逮捕され、厳罰に処せられることを望んでおられます。イギリスとサンバルプールの関係を悪化させないためにも、捜査の進展状況は逐一われわれに報告していただきたい。そのあたりのことについては、すでに書状で総督にお伝えしてあります。あなたの上司にも早晩伝えられるはずです」

「捜査に関してですが、いくつか協力していただきたいことがあります」

宰相はわれわれにソファーをすすめ、自身は近くの椅子にすわった。

「どういうことでしょう」

「今日の午後のことです。王太子殿下とのあいだに意見の相違があったようですが、それはどういうことだったんでしょう」

顔が翳《かげ》ったが、それは一瞬のことだった。

「ユヴラジとのあいだに意見の相違などありません」

「ユヴラジ？」

「ヒンディー語で第一位の王位継承者という意味です」バネルジーが答えた。「この場合はアディール・シン・サイ殿下のことです」

わたしは続けた。「お言葉ですが、宰相、われわれは口論の現場を目撃しています」

宰相はため息をついた。「片やユヴラジ。わたしは王室に伺候する一介の官吏にすぎません」

「宰相としての立場から、王室に助言を与えることは可能なはずです。あなたの助言は王太子殿下の意見と食いちがっているように見えました」

口もとにぎこちない笑みが浮かぶ。「ユヴラジはまだお若い。若者は直情径行のきらいがあります。特にアディール殿下は。このたびは総督の要請による藩王院への加盟に異を唱《とな》えておられました」

「それで意見の相違が生じたんですね」

「年を重ねて得られるものがあるとすれば、それは世渡りの知恵です。サンバルプールは小さな国ですが、自然の恵みという神の恩恵に浴し、他の国々から羨望のまなざしで見られています。歴史を忘れてはいけません。かつて東インド会社は一度ならずわが国を併合しようとしました。サンバルプールのような国には友人だけでなく、主賓席からの支援も必要なんです。藩王院に加盟すれば、そのような支援を受けることができます」

「その点について今後の見通しは？」

宰相は思案顔になった。「協議からは一時的に離脱します。喪があけたあと、国王陛下とあらためて話しあうつもりです」ここでごく短い間があった。「王室に助言できる者はほかにも何人かいます」

「王太子殿下の暗殺をくわだてる可能性のある者に心当たりはないでしょうか」

「あります。極左の過激派とか、国民会議に同調する不穏分子とか。彼らは王室の支配力を揺るがすためならどんなことでもします。当方の捜査責任者には首謀者を逮捕するようにという命令がすでに出ています」

「王太子殿下が最近受けとったメモ書きの話を聞いていないでしょうか」

宰相は眉を寄せた。「メモ書きといいますと？」

「詳しいことはわかりません」バネルジーが答えた。

「でも、穏やかならざる内容のものであったのはたしかです」

「そういったもののことは何も聞いていません」

「アローラ大佐は聞いています」

「だったら、その話は大佐からお聞きになってください」

宰相は壁に取りつけられた真鍮《しんちゅう》のボタンを押した。


ベルが鳴り、従僕が戻ってきた。

「アローラ・サヒーブ・コ・ブラーネ」

従僕はうなずき、部屋から出ていった。

しばらくして、ドアが開き、アローラ大佐が部屋に入ってきた。側頭部に手榴弾《しゅりゅうだん》サイズの紫色の痣《あざ》ができている。ターバンは新しいものに変わっている。以前ほど武張って見えない。ご主人様の死によって、その身体も数インチ縮んでしまったように見える。

「お呼びでしょうか」

「怪我《けが》の具合は？」わたしは尋ねた。

アローラ大佐は腫《は》れた顔に大きな手を当てて、言葉少なに答えた。「骨にひびは入っていないと医師は申しておりました」

「それは何よりです」バネルジーは言った。

アローラ大佐はバネルジーを睨みつけたが、冷静さを失うことはなかった。「ご用件をお聞かせくださ い」

「先の件でいくつかお尋ねしたいことがあるんです」わたしは言って、大佐にソファーをすすめた。

だが、すわるより立っているほうがいいみたいだった。「あなたたちは現場にいました。わたしが見たものはすべて見ているはずです」

「それでもです。あなたの目で見たことを知りたいのです」

「記録のために」バネルジーは付け加えて、胸ポケットから黄色い手帳と鉛筆を取りだした。

「何をお知りになりたいのです」

「最初から順を追ってお訊きします」わたしは言った。「政府庁舎を出て、ホテルへ向かったとき、あなたはなぜあのルートを選んだのですか。どうしてわざわざ遠回りしたのですか」

大佐は一呼吸おき、細い唇を嘗《な》めた。「ラタヤートラのせいで、ホテルへ直行する道は通行止めになっていました。あなたたちもご存じのはずです」

「でも、なぜマイダン公園を通り抜けようとしたのですか」

「よく知っているルートだったからです。何度も通っています。王太子殿下は公園内の道を通るのがお好きでした」

「メイヨー通りを抜けてチョーロンギー通りに入ろうとしたときのことをお尋ねします。暗殺者に気づいたのはいつのことです」

顔の表情が厳しくなった。「その姿を最初に見たのは、いきなり車の前に飛びだしてきたときです。木の陰に隠れていたにちがいありません。わたしは急ブレーキをかけました。衝撃はありませんでしたが、男が倒れたので、車にぶつかったのだと思いました。いまにして思えば、アクセルを踏んで轢き殺せばよかったかもしれません」

「そのあと何が起きたのでしょう」

「ごらんになっていたとおりです。怪我をしていないかどうかたしかめるため、わたしは車から降りました。男はラジエーターの下にうつぶせに横たわっていました。それで、怪我の具合を見るために腰をかがめたとき、振りかえりざま殴りかかってきたのです。最後に覚えているのは、銃声が聞こえたことです」

「何で殴られたかわかりますか」

大佐は首を振った。「鈍器ということしかわかりません」

「犯行現場から凶器を見つけだすことはできませんでした」

大佐はわたしをじっと見つめた。「犯人が持ち去ったんでしょう」

「犯人の顔に見覚えは？」

「ありません。でも、ご安心ください。どんな顔だったかはよく覚えています。死ぬまで忘れることはないでしょう」

顔色が変わっている。気持ちはよくわかる。忸怩《じくじ》たる思いは一生、いや、もしかしたら来世まで消えないにちがいない。

ここで宰相が口をはさんだ。「ところで、アローラ、警部の話だと、最近、王太子殿下のもとに不審なメモ書きが届いていたようなんだが。そのことについて何か知っているかね」

「えっ？」と、大佐は言った。どうやら宰相の話を聞いていなかったようだ。先刻の一件を頭のなかで反芻《はんすう》していたのだろう。

わたしはあらためて訊いた。「車のなかで話が出たメモ書きのことです」

「ええ。見せてもらいました」

「それを持っていますか」

大佐は首を振った。「殿下がお持ちになっていました」

「具体的にどんなことが書かれていたのでしょう」

「わかりません。オリヤー語で書かれていたので、読めなかったんです。王太子殿下もわたしもオリヤー語を解しません。宮中にオリヤー語がわかる者はほとんどいません。公務は英語かヒンディー語で行なわれます。オリヤー語が使われることはありません」

「でも、それは地元オリッサの言語ですよね」と、バネルジーは言った。

「そうです。でも、宮中では使われていません」

「王太子から翻訳を頼まれなかったんですか」わたしは訊いた。

大佐は首を振った。「いいえ。今日、車のなかで話が出るまで、そのことはすっかり忘れていました」

「王太子は誰かに翻訳してもらったようです」

「ええ。でも、わたしではありません」

「としたら、宮中の誰かということでしょうか」

大佐は口もとをかすかに歪《ゆが》め、宰相に目をやってから、またわたしのほうを向いた。「宮中でいくらあっても足りないものがあるとすれば、それは慎重な受け答えです」

「王太子の死を望んでいた者に心当たりは？」

大佐は手入れの行き届いた髭を撫でた。「そのようなことは考えたくありません。宰相にお訊きになったほうがいいと思います」

「宰相はすでにお答えになっています。わたしはあなたに尋ねているのです」

大佐は首を振った。「思いあたる者はいません」

「あなたはこれからサンバルプールにお戻りになるんですね」

大佐は窓の外に目をやり、ゆっくりとうなずいた。「そう命じられています」それからわたしのほうを向いて、「殿下をお守りできなかったことに対して、なんらかの責任をとらなければなりません」

宰相がまた口をはさんだ。「ウィンダム警部、ご理解いただきたいのですが、われわれは急ぎの用をいくつもかかえています。ほかに用がなければ……」

「さしつかえなければ、王太子殿下の部屋を見させていただけないでしょうか」

宰相は無頼の徒を見るような目をわたしに向けた。

「無理をおっしゃらないでください」

インド人がイギリスの警察官の要請を拒むことはそうそうあるものではない。だが、いまここで押し問答をしている時間はない。

「なんでしたら、ミスター・ダヴェ、一時間以内に二通の令状を持って戻ってくることもできます。一通は家宅捜索のための、もう一通はあなたを捜査妨害の容疑で逮捕するための令状です」

宰相は下を向いて首を振った。そして、慇懃《いんぎん》な口調で答えた。「好きになさるがいい、警部。ただし、その部屋はサンバルプールの領土の一部であると公式に認められているということをお忘れなきよう。わたしの逮捕に関しては、行動を起こすまえに、総督にご相談なさったほうがよろしいのではないかと思います。

あなたのキャリアによからぬ影響をもたらすことになるかもしれませんから」

何かにつけて目を瞠《みは》らされることが多い。ケチをつけたい者は馬に蹴られて死んでしまえばいい。

「いま何を考えているんだい」と、わたしは訊いた。

「アディ・サイのことです。ひとはどうして自分の運命に抗《あらが》えないのかと」

「今日、殺されるのは運命だったということか」

「そういう星まわりであれば、誰にもどうすることもできません」

それはまさしくヒンドゥー教の世界観だ。

「タガート卿にそう言ってくれたらよかったのに。そうすれば、お小言《こごと》をちょうだいせずにすんだかもしれない」

「ふざけないでください。どうやら宿命はサンバルプールからカルカッタまで王太子を追ってきたようです」

宿命についてはよくわからないが、暗殺者がここまで王太子を追ってきた可能性があるのは間違いない。

4

夜の九時少しまえ、わたしはベランダの椅子にすわって、グレンファークラスをちびちび飲みながら、その日の出来事について思案をめぐらせていた。バネルジーは隣の椅子にすわって、カルメル会修道士のような面持ちで暗い通りを見つめている。

なかには、どうかしていると思う者もいるだろう。白人の男がインド人と部屋をシェアしているのだ。なかには、奇行と見なす者もいるかもしれない。どちらにせよ、わたしはまったく意に介していない。バネルジーのものの見方の根底には、わたしが失ってしまった楽観主義や、わたしがしばしば先入観として持っているイギリス的なものと相容れない東洋の感性がある。

わたしはウィスキーをゆっくり一口飲んだ。「理解できないのはどうやって襲撃地点を特定したのかってことだ」

「どういう意味でしょう」

「犯人は王太子がマイダン公園を通ることをどうやって知ったのか。そこを通ることは、われわれでさえ知らなかったのに。王太子の車がそこへ向かったのは、チョーロンギー通りへ抜ける道が封鎖されていたからだ。なのに、なぜ犯人はメイヨー通りのはずれで待っていたのか」

バネルジーは急に勢いづいて、わたしのほうへ顔を向けた。そして、「もしかしたら――」と言いかけ、だが途中でやめた。

「アローラ大佐が一枚嚙《か》んでいたと言いたいのか」

「ルートを変更した人物です。そのことを犯人に伝えてあったのかもしれません」

わたしは首を振った。「それはどうかな。大佐が犯人に殴られたときには、生きているのが不思議なくらい大きな音がした」

「だったら、われわれがメイヨー通りを通ることを犯人はどうやって知ったのでしょう」

「もしかしたら、複数の実行者がいて、可能性のあるルートのすべてに網を張っていたのかもしれない。テロリストがよく使う手だ」

もう少し考えてみようとしたとき、玄関のドアがノックされた。使用人のサンデシュが廊下を裸足《はだし》で歩いていく音が聞こえた。玄関のドアが開き、訪問者の声が聞こえたとき、わたしは胃のさしこみを覚えた。このしばらくはその声を聞いていなかったし、われわれの関係は控えめに言ってもそんなに良好なものではなかったが、いまでも声を聞くだけで神経細胞に電気が走ったようになる。

ウィスキーを大きく一飲みし、深呼吸をして、居間に戻ったとき、サンデシュが訪問者を連れてやってきた。

滑《なめ》らかな黒いシルクのドレス、ダイヤモンドのペンダントがついたチョーカー。美しい。ベンガル中を探しても、これほど美しい女性はいないだろう。

「これはミス・グラント。嬉しい驚きだ」

口先だけではない。

出会ったのは、彼女の上司が殺害された事件の捜査をしていたときのことだ。しばらくのあいだ、親しく付きあっていた。けれども、ちょっとした行きちがいがあり、関係がこじれてしまった。責めるつもりはない。殺人事件にかかわっているのではないかと疑った男を笑って許せる者はそんなに多くない。もちろん、それは単なる疑いでしかなかったが、だからロマンスが復活するという理屈にはならない。

ただ、それによって彼女が受けたダメージはそんなに大きくなかったはずだ。むしろ、それを機にその身から薔薇《ばら》の香が匂い立つようになった。あるいは、最近つけている高価な香水の匂いと言ってもいい。その事件のおかげで大金を手に入れ、それをジュート会社の株式に投資して、さらに財を貯えたと言われている。ことほどさように才長《た》けている。少なくとも、わたしよりは。

金によって可能になるものは多い。その身にふさわしいエレガントな装いだけだけでなく、その外見や魅力によって取り繕《つくろ》うことができなかった唯一の負い目を克服することも可能になった。部分的なインド人の血だ。もちろん、彼女がアングロ・インディアンであることを、わたしが問題視したことは一度もない。

わたしはソファーをすすめた。

「つい先日もサレンダーノットと話していたんだよ。最近きみの顔を見ないけど、どうしているんだろうってね」わたしは嘘をついた。バネルジーを出しに使うのははじめてではない。わたしはそれを職務上の重要な訓練だと考えている。優秀な刑事には臨機応変の対応が必要だ……

応が求められる。

　バネルジーが部屋に入ってくると、わたしは言った。

「そうだろ、サレンダーノット」

　バネルジーは立ちどまって口ごもった。「え、ええ。そうなんです、ミス・グラント。そういう話をしていたんです。つい先日……」

「飲みものは？」と、わたしは訊いた。「といって、選べるほどはないが。ウィスキーと、それからどこかにジンがあったはずだ。ふたりとも飲んべえじゃないのに、酒の減りが驚くほど早くてね。どうもおかしい。女性が訪ねてくることもめったにないのに。もちろん、家政婦は別だが。その家政婦も、ウィスキーやジンには手を触れていないと言っている。たぶんシャンパンしか飲まないんだろう。最近のきみのように」そして、ダイヤモンドがついたチョーカーを指さした。

「ウィスキーでけっこうよ」アニーは言い、それからサンデシュのほうを向いて付け加えた。「グラスに半《エク・チョ》分《タ・ペグ》ほどね」

「わたしにも一杯、サンデシュ。少しでいい。きみは、サレンダーノット？」

　バネルジーはまだドアのそばに突っ立ったままだった。「ぼくは遠慮しておきます」

　サンデシュはうなずいて、リキュール・キャビネットのほうへ向かった。

　アニーはコーヒー・テーブルの上にあった新聞を取り、それでゆっくり顔を煽《あお》ぎはじめた。「ふたりとも静かな夜を過ごしているみたいね」

「そうなんだよ、ミス・グラント。今夜はサレンダーノットのお見合いの日だったんだがね。本人にはまだ身を固める気がなくて、昼も夜も上司にこきつかわれているので時間がとれないと母親に言ったらしい」

　バネルジーは苦笑いをした。

「そんなわけで、こんなふうに家でくすぶっているんだよ」

「あなたにサレンダーノットと呼ばれてるってことをお母さんが知ったらどう思うかしらね。そうよ、サム。できることなら、正確に発音するように心がけたほうがいいわ」

わたしとバネルジーは顔を見あわせた。

「サレンダーノットがいやなら、バンティと呼んでもいい」

「えっ？」アニーは困惑のていで言った。

バネルジーは顔を赤らめた。「サレンダーノットでかまいませんよ」

サンデシュが酒を持ってきた。そして、壁のスイッチを押し、天井の扇風機を回してから、静かに部屋から出ていった。

「悪いけど、ミス・グラント」わたしは言った。「家でくすぶっているとはいえ、ふたりともそんなに暇じゃないんだ。きみはわれわれとの丁々発止のやりとりを楽しみにきたのかい。そうでないのなら、用件を話してもらえないだろうか」

アニーはウィスキーを大きく一飲みした。「だったらお答えするけど、ここに来たのは、わたしのプライバシーを侵害しないでくれと頼むためよ」

わたしはアッシジの聖フランチェスコばりの無邪気な表情を取り繕った。「もう少し詳しく説明してくれないか、ミス・グラント。どういうことかさっぱりわからない」

それで納得して引きさがる気配はまったくなかった。

「じゃ、あなたはミスター・ピールと会ってないっていうの？」

「誰だって？」

「チャールズ・ピール。弁護士よ」

わたしは肩をすくめた。「思いあたる節《ふし》はないけど……」

「本当に？　向こうはあなたを知っているみたいよ、サム」

「やたらと鼻の大きな中年の男？」わたしはいまふと思いついたように言った。「きみの話を聞いて思いだしたよ。一度カルカッタ・クラブで会ったことがある。こう言っちゃなんだが、可も不可もなしの好人物という印象しか残っていない」

「あなたからいろいろな話を聞いたと言ってたわ。〝殺人事件の共犯容疑〟という言葉を何度か使ったそうね」

わたしは頬を膨《ふく》らませ、頭の後ろを掻《か》いた。「とんだ言いがかりだ。話したのはわずか五分ほどなのに」

「それだけの時間があれば、どんなことでも言えるわ。そもそも、どうしてその話のなかにわたしの名前が出てきたわけ？」

「その弁護士はきみのことをよく知っていると言っていた」

アニーは腕を組んだ。「本当に？　わたしが聞いた話だと、あなたはわたしたちが何度かいっしょに食事をしたのを知っているようだとのことだったわ。あなたはわたしをスパイしているの、サム」

「とんでもない。サレンダーノットから聞いたんだよ。この街で起きていることをなんでも知っている男だからね」

それも嘘だ。バネルジーは街で起きていることはおろか、隣の売春宿で何が起きているのかも知らない。

本当のところはこうだ。人力車の車夫から商店主に至るまで、わたしは街中に相当数の情報提供者を持っている。そのなかのひとりに、たまたまグレート・イースタン・ホテルのドアマンがいたのだ。

「さしつかえなければ、ぼくは失礼させてもらいます」バネルジーは言い、頼みがいなくいそいそと部屋から出ていった。

「どうやら、チャーリー・ピールはきみにご執心《しゅうしん》のようだね」と、わたしは言った。

「あなたに関係があることとは思わないけど、ウィンダム警部」

「関係はない。でも、あえて言うなら、彼はきみより少なくとも十五歳は年上のはずだ。実際の年は何歳なんだい。四十?」

アニーの顔にかすかな笑みが浮かんだのがわかった。

「三十五だと言ってたけど」

チャーリー・ピールはわたし以上の嘘つきだ。

「きみはその言葉を信じたのかい。お望みとあらば、サレンダーノットに調べさせてもいいんだが」

アニーはまたウィスキーを一飲みした。「大きなお世話よ、サム」

主導権を握るときが来た。

「よくあんな退屈な男と食事にいこうという気になれるね。死体のほうがもっと生き生きとしている。五分しか話していないのに、自分自身も急に老《ふ》けてしまったような気になったよ。あのまま話しつづけていたら、いつのまにか六十歳になっていたにちがいない」

「わたしのためを思って陰口を叩いていたってこと?」

「さっきも言ったように何もしていないよ。でも、今夜のきみの来訪は心から歓迎する」

一瞬の間があり、それからアニーはグラスをさしだした。「たっぷり注いでちょうだい」

わたしはグラスを受けとり、リキュール・キャビネットの前へ歩いていった。

グラスに酒を注いだとき、アニーは言った。「ここに来た理由はもうひとつあるの」

わたしはアニーに背中を向けたまま訊いた。「というと?」

「アディ・サイ」

わたしはできるかぎりの冷静さを装って振り向いた。

「それで?」

「今日、撃ち殺されたと聞いたわ。そのとき、あなたといっしょだったそうね」

わたしはグラスをさしだした。「どうしてそんなことを知ってるんだい」

「いやね、サム。この街で起きていることをなんでも知ってるのは、あなたの部下だけだと思ってるの？　わたしはスティツマン紙にコネがあるのよ。明日の新聞には、暗殺者の人相書が掲載されることになってるんでしょ」

「それで心配になって来てくれたのかい。もしかしたら怪我をしているんじゃないかと思って。ありがたい話だ」

「いいえ。何があったのか聞きにきたのよ。アディはわたしの友人だったから。去年、パーティーの席で紹介されたの。それ以来、彼の家族とも何度か会っている」

アディール王太子がアニーの友人だったというのは聞きたくない話だった。「何も話せないことはわかっているはずだ」

「お葬式の日取りくらいはかまわないでしょ」

「どうして？」

「参列したいから」

わたしは首を振った。「カルカッタで葬儀は行なわれない。遺体は可及的すみやかにサンバルプールに搬送される」

アニーは長居しなかった。そのあとは、酒を飲みほし、廊下に出て、わたしの頬にキスをしただけだった。わたしは玄関のドアを閉め、ゆっくり息を吐いた。

5

その日の夜、猛烈な暑さのなかで、わたしはまんじりともせずベッドに横たわっていた。

頭には濃い霧がかかっている。目は潤《うる》み、鼻水が垂れ、こめかみは脈にあわせてずきずきと疼《うず》いている。ぱっと見だと風邪だが、知るひとぞ知る。それは阿片の初期の禁断症状だ。

けれども、わたしは中毒ではないし、麻薬の虜《とりこ》になっているわけでもない。〝虜〟という呼び方には悪意を感じさえする。そんなものを自分にあてはめるつもりはない。わたしはそれを純粋に医療用に使っているのだ。

阿片は適度の使用なら中毒にはならないと言われている。そういうこともあって、戦争が終結したあと、わたしはそれを薬物として利用していた。だから、はじめて禁断症状が起きたときはショックだった。けれども、症状は一週間ほどで消え、頭もすっきりし、すべてが正常に戻った。それゆえ、揺り戻しの不快感は避けがたいものの、コントロールは充分に可能であるという結論に達したのだった。

わたしはベッドに横になったまま意識を一点に集中させ、頭のなかでアディール王太子の殺害事件を再現した。そして、その各部を切りとり、細かく見ていった。あのとき、ほかにできたことはないか。すべきだったことはないか。

わたしは寝返りを打った。どうしてもすぐには眠れそうもない。それで、起きあがり、シャツを着て、ドアのほうに向かった。バネルジーは暗い居間にすわっていた。やはり頭のなかで殺人事件を再現していたにちがいない。

「ちょっと外を歩いてくる」と、わたしは言った。

バネルジーは戸惑いの表情でわたしを見つめたが、何も言わなかった。実際のところ、本当の用向きを知らないわけではない。一年以上ひとつ屋根の下で過ごしている者が深夜の散歩に出るのは、単なる運動のためではないということに気づかないとすれば、よほど出来の悪い警察官と言わざるをえなくなる。けれども、そのことが話題にあがったことは一度もない。


カルカッタのチャイナタウンは白人居住区の南のタングラ地区にある。そこには路地や未舗装の道が網目のように走り、みすぼらしい民家や安宿、それに高い塀と忍びかえしが付いた金属のゲートに囲まれた古い工場が並んでいる。日中に見るべきものは何もない。ありふれた薄汚い裏町で、ほかの非白人居住区と区別できるのは、ほとんどの看板が中国語で書かれていることぐらいしかない。だが、夜になると、潜り酒場や屋台や賭博場《とばくじょう》や阿片窟《あへんくつ》が店をあけ、急に活気づく。そこには、数百万の人口を擁《よう》する灼熱《しゃくねつ》の大都市の暮らしを潤すすべてのものがある。

わたしは廃業して看板をおろした店の前でタクシーをとめ、数枚の皺くちゃの紙幣を運転手に渡した。それから、むきだしの溝《どぶ》をまたいで、薄暗い路地に入った。野良犬が群れをなしているだけで、人影はなく、腐ったゴミの山が溝よりひどい臭いを放っている。

前方で家のドアが開き、油のような黄色い光が瓦礫《がれき》の散らばる路面にこぼれた。そこからひとりの男がよろめきながら出てきた。光を背にしているので、シルエットしか見えない。擦《す》れちがったときも、男は顔をあげず、そのまま歩き去った。ドアが音を立てて閉まり、路地はふたたび薄暗くなった。わたしはそこから百ヤード先の別のドアに向かって歩いていった。

その前で二回ノックをして待った。しばらくしてドアが少し開き、その隙間に男の目が現われた。

「ご用件は？」

「ラオ・インに紹介された」と、わたしは言った。

「あなたさまは？」

「友人だ」

「お待ちください」

ドアが閉まった。わたしは待った。

会ったことはないが、ラオ・インのことはよく知っている。インド帝国警察に勤務する者ならたいてい知っている。上海に本拠を置き、阿片や売春や賭博や恐《きょう》喝《かつ》をしのぎとする犯罪組織〈紅幇《ホンパン》〉の頭領のひとりと目されている男だ。当然ながら、しかるべき政治的な影響力を有してもいる。いまは阿片の供給を差配するためにカルカッタに滞在していて、その名前はタングラの多くのドアを開くことができる。このドアもそのひとつであればいいのだが。

数分後、わたしはなかに通され、狭い通路を抜け、ランタンに照らされた小さな部屋に入った。漆喰《しっくい》が壁から剝《は》がれてこぼれ落ちた床に、汚い寝台が並んでいる。こもった空気のなかに、阿片の煙の土臭い甘い香りが垂れこめている。

ふたつの寝台は東洋人が使っていた。どちらもそこに身を横たえ、ひとりは阿片用のキセルを吸い、もうひとりは眠っているように見える。

中国人の老婆が部屋に入ってきた。顔を見れば、八十に近いとわかるが、身のこなしは年を感じさせない。にやりと笑って、空いた寝台を指さす。

「いまお持ちします。どうかごゆるりと」

寝台の上に横たわり、つるっとした磁器の枕の上に頭をのせて待っていると、しばらくして、老婆が木の盆を持って戻ってきた。その上には、阿片膏《こう》とキセルやオイルランプなどの吸引道具が並んでいる。

老婆があぐらをかいて床にすわり、蠟燭《ろうそく》の揺らめく炎で阿片膏を温めはじめると、気持ちがほぐれていくのがわかった。そこに阿片があると思うだけで、禁断症状は緩和される。老婆が阿片膏を引っぱったり丸めたりするのを、わたしは催眠術にかかったようにぼんやりと見ていた。阿片膏が温まり、柔らかく、ねばり気を帯びて、少しずつ蒸発しはじめると、老婆はそれをキセルの火皿に入れて、さしだした。最初の一服で、阿片の巻きひげは魔法を使って肺に浸透し、毛細血管に入りこみ、体内をめぐりはじめた。老婆が立ちあがると、骨の音がし、それから足音が聞こえた。二服し、三服すると、鼻がむずがゆくなり、百万の神経末端がいっせいに発火した。目を閉じると、全世界がわたしの頭のなかの一点に徐々に収縮していった。

6

一九二〇年六月十九日　土曜日

馬鹿馬鹿しいほど蒸し暑い。曇天、高温多湿。これが〝カルカッタ日和《びより》〟と呼ばれるものだ。モンスーンの豪雨が近づきつつあるのは感じられるが、雲はまだ動いていない。わたしはバネルジーといっしょにウォルズレーに乗って、川にかけられた浮橋を渡っていた。

めざすホテル・イエス・プリーズは星がひとつも付かない安宿で、半分ほど石の剝がれた石畳の通りの途中にあった。ハウラー駅から程近いということもあって、その一帯は現地の貧乏旅行者の宿泊地として人気が高く、安宿や安食堂が軒《のき》を連ねている。外から見たかぎり、ホテル・イエス・プリーズにはほかの宿より若干の高級感がある。ドアの横には鉢植えが置かれているし、その上にはまだ判読可能な看板がかかっている。

車を通りの少し先にとめると、われわれはホテルの入口に向かった。アンモニアの臭いが立ちこめているのは、風上のそれほど遠くないところに、なめし革工場があるからだろう。ホテルの向かいの建物のベランダでは、多くの中国人が卓を囲み、東洋版のドミノに興じている。彼らの存在はわたしの臭覚の正しさを裏づけている。カルカッタでは、なめし革工場があるところに、かならず中国人がいる。彼らは市中の製革業を独占している。地元住民の大半はヒンドゥー教徒で、牛を殺すことを是としないし、隣人のイスラム教徒もやはりそれを好ましく思っていない。

玄関前の溝にかけられた厚板を渡り、玄関前の石段をあがって薄暗いロビーに入ると、片側の鉄の格子窓の向こうに、太った中年女性がすわっていた。金物《かなもの》の香炉に線香が立てられているが、外からの臭いを封じこめることはできていない。

女は顔をあげた。丸っこい顔で、多くのベンガル人がそうであるようにどことなく東洋的な感じがする。黒い目のまわりに墨《コール》が塗られ、額のまんなかに半ペニー貨サイズの赤い粉がついている。

「ミセス・ミッタル？」と、わたしは訊いた。

顔がほころんだ。「そう。連絡をさしあげた者です」

「われわれが捜している男の所在についての情報をお持ちなんですね」

ミッタル夫人はうなずいた。「ええ。数日前からここに泊まってます。ラタヤートラのお祭りに来たとのことで。おかしいと思いませんか。ジャガンナート神の総本山はプリーにあるんです。なのに、どうしてカルカッタに来なきゃならないんです」

「本当に本人だと思いますか」

「間違いないです。それにしても、警察の人相書ほど味気のないものはないわね。この次からはアジット・ハルダーかタゴールのお弟子さんに描いてもらったら」

「最後に会ったのはいつです？」

「今朝。朝食をとりにいくと言って戻ってきたときです」そこにあった現地の新聞を手に取って、「ここで人相書が掲載されたページを開いていたとき、この前を通って、自分の部屋に行ったんです」

「いつまでここに滞在する予定になっていますか」

「ちょっと待ってちょうだい」と、ミッタル夫人は言って、チェーンで首にさげた眼鏡をかけ、机の上にある宿帳の大理石模様の分厚い表紙を開いた。「今日まで。チェックアウトの時間は十一時になってます」

「あと二時間もありません」と、バネルジーは言った。

わたしは訊いた。「部屋番号は？」

口もとに笑みが浮かんだ。「何かお忘れじゃありませんか、刑事さん。新聞には、犯人逮捕につながる情報に対してしかるべき報酬が支払われると書かれていたはずよ」

「われわれはまだ犯人を逮捕していません」バネルジーは言った。

「犯人はすぐそこにいるのよ。それに、いいですか。報酬は犯人の逮捕に対してじゃなくて、犯人の逮捕につながる情報に対して支払われるんです。わたしの情報は犯人の逮捕につながりますよね。ちがいます？」

議論している時間はない。そんなことをしても無駄であることはわかっている。ベンガルの女性と議論して勝てることはほとんどない。

「わかりました」わたしは言って、財布から十ルピー札を取りだし、格子窓とカウンターの隙間に置いた。

「これで教えてもらえますね」

ミッタル夫人はわたしが鼻をかんだもののように紙

幣に目をやった。「ずいぶんみみっちいわね、サーヒブ。十ルピーで何ができるっていうんです。お菓子《ラドゥー》を買ってお茶？」

「いいでしょう」わたしはため息をつき、またもう一枚の十ルピー札を取りだした。「手持ちの金はこれだけです」

「あら、いやだ。最低でも六十ルピーはいただかないと」

わたしはバネルジーのほうを向いた。「きみの財布から出してくれないか、部長刑事」

「でも……わかりました」バネルジーはため息をついて、二枚の新しい二十ルピー札をさしだした。

ミッター夫人は微笑んで、金を受けとった。「三十三号室。三階です。マスター・キーをお持ちになります？」

「追加料金が発生しないなら」と、バネルジーはつぶやいた。

「お借りします」わたしは言った。

ミッタル夫人がマスター・キーをさしだすと、わたしはそれを受けとり、バネルジーを半歩後ろに従えて階段に向かった。


三階にあがると、つきあたりの窓から光がさしこむ廊下をゆっくり進んだ。三十三号室は廊下のなかほどにあった。わたしは拳銃を抜き、バネルジーは床に膝をついた。マスター・キーをそっと鍵穴にさしこんで回そうとしたとき、銃声があがり、ドアに穴があいた。バネルジーの頭のすぐ上で、一フィートと離れていない。バネルジーはマスター・キーを持って床に身を伏せた。わたしは一歩後ろにさがって、拳銃を抜き、狙いを定めた。

「警察だ！　ドアをあけろ！」

さらに二発の銃声があがり、さらにふたつの穴があき、木の破片が飛び散った。

わたしは横っ飛びに身をひるがえした。

部屋のなかから家具を引きずる音が聞こえ、何かが燃える臭いがした。

「何をしているんでしょう」

「証拠の隠滅をはかろうとしているんだ。もしかしたら、建物ごと焼き払おうとしているのかもしれない。きみは何をすべきかわかってるな」

わたしは拳銃をバネルジーに投げて渡した。そして、バネルジーがうなずくと、壁際まで行って、そこから勢いをつけてドアに体当たりした。だが、肩に痣ができた以外の結果は何も得られなかった。お返しに、別の銃弾がわたしの頭からほんの数インチのところでドアに穴をあけた。わたしは壁際に戻り、ふたたび体当たりをするために身構えた。

「待ってください、警部」と、バネルジーが言った。

「もう一度やってみます」

そして、わたしに拳銃を投げかえし、鍵束を持ったまま、腹這《ば》いになってドアに近づいた。焦げくさい臭いがだんだん強くなってくる。バネルジーは手をのばしてマスター・キーを鍵穴にさしこみ、カチッという音がするまで回すと、また銃弾が飛んでくるのを見越して素早く床に伏せたが、何も起きなかった。わたしと視線を交わし、わたしがうなずくと、ゆっくりと手をのばして、ドアの取っ手を引きさげた。わたしはドアを蹴りあけ、腰をかがめて、なかに入り、室内を見まわした。ベッド、机、木の衣装だんす、そして火がついた屑《くず》かご。だが、人影はない。部屋の奥にある両開きの窓が開いている。そこへ駆け寄ったとき、ひとりの男が建物の端から端まである共用バルコニーを走っているのが見えた。

「火を消しておいてくれ!」わたしは振り向かずに叫んで、男を追いかけはじめた。

男はバルコニーのはずれまで行くと、目の前の窓ガラスを持っていた拳銃で叩き割り、部屋に飛びこんだ。

わたしがそこまで行ったとき、男の姿が部屋の向こうの廊下に消えるのが見えた。わたしは拳銃を発射したが、それは単なる気慰みで、当たるとは端《はな》から思っていなかった。すぐにあとを追って廊下を走り抜け、階段をあがり、屋上に出たとき、ふたりの距離は十数歩しか離れていなかった。

男は隣の家の屋根に飛び移ろうと考えていたにちがいない。屋上のはずれまで走っていったが、そこと隣家の屋根のあいだには、高さ三フィートの有刺鉄線が張られていた。

袋小路。

男は振り向き、わたしはその顔をはじめて正面から見ることができた。王太子を撃った男だ。あの髭、あの鋭い目、あの額の白い縦線。

「銃を捨てて、手をあげろ！」わたしは言って、拳銃を男の胸に向けた。

男は逃げ道を探して左右に目をきょろきょろと動かした。それから、拳銃を持ったまま、両手をゆっくり上にあげた。

「銃を捨てろと言ったんだ！」

男は顔をあげ、自分の手が拳銃を握っていることにはじめて気がついたみたいにそこに目をやった。

それから、わたしのほうを向いて、にやりと笑うと、拳銃を自分のこめかみの横までおろし、引き金をひいた。

それは一種の賭けといっていい。自分の頭を自分で撃ち抜くのは、思ったほど簡単なことではない。頭蓋骨は堅牢にできていて、撃っても、その一部を砕くだけで、脳にはなんの損傷もないということがよくある。だが、その男は幸運だった。床に倒れるまえに死んでいた。

わたしはそこへ歩いていって、膝をつき、首筋に指を当てた。それから、その横に転がっていた拳銃を拾った。

後ろのほうから、バネルジーの声が聞こえた。「なにも撃ち殺すことはないと……」

「自分で撃ったんだ」わたしは言って、立ちあがった。

「でも、なぜ?」

「縄で喉を縊《くび》られるより自分で頭を撃ち抜くほうがいいと思ったんだろう。王族殺しは重大な犯罪だ」

「それで、われわれはどうすればいいんでしょう」

「わからない」わたしは言って、死んだ男の拳銃をチェックした。それは五つの薬室と折りこみ式の引き金を持つ骨董《こっとう》クラスのリボルバーだった。「これで何も聞きだせなくなった。身元も動機も。部屋で何かが見つかるといいんだが。火を消すことはできたか」

バネルジーは顔をしかめた。「ええ。でも、間にあいませんでした」

ホテル・イエス・プリーズはほどなくハウラー警察のカーキ色の制服警官で埋めつくされた。このあと、死体は布にくるまれて大学病院の死体安置所へ搬送され、二十四時間前にみずからが殺害した男の遺体の隣に横たえられて、宇宙にユーモアのセンスがあることがあらためて証明されることになるだろう。

このとき、わたしはバネルジーといっしょに三十三号室に戻って、犯人の身元の特定につながるものを捜していた。もうすぐ正式の検証作業が始まるはずだが、とりあえずふたりで犯人の所持品を調べてみようということになったのだ。部屋は殺風景《さっぷうけい》で、なんの飾りもない。衣装だんすの扉は閉じられ、ベッドは整えられている。焼けた屑かごとエメンタール・チーズのように穴だらけになったドアがなければ、いままで誰かがそこにいたとは想像しにくいだろう。

衣装だんすの扉をあけると、隅のほうに、細長い竹の棒に結わえつけられたサフラン色の布の小さな包みがあるのがわかった。バネルジーはそれを狭いベッドの上に持ってきて、結び目をほどき、包みを開いて、中身を取りだした。

下着、チョッキ、ビンロウの実、丸い小さな阿片膏、判読不能な言語で記された薄っぺらな小冊子。旅は軽装で、というのが信条だったのだろう。わたしはその小冊子をぱらぱらとめくってから、バネルジーに渡した。

「これはなんだろう」

バネルジーがしかつめ顔でそれを見ている隙に、わたしは阿片膏をポケットにしまった。

しばらくしてから、返事がかえってきた。「専門外のことなのでよくわかりませんが、ここに書かれているのはたぶんサンスクリット語だと思います。宗教がらみのものかもしれません」

わたしは小冊子を受けとった。「どういうことなんだ。きみはバラモンなんだろ。なのに読めないのか」

「宗教は苦手なんです。だから、警察官になったんです」

わたしは部屋を横切り、焼けた屑かごを拾いあげて、机の上に置いた。そして、焼けるまえは書類の束であったものを指で掻きわけたが、そこにあったのは灰のかたまりだけだった。

「何を燃やしたのかわからないが、これじゃどうにもならない。すべてが灰になっている」

「すべてじゃないかもしれません」

床の上に両手両足をついていたバネルジーは、机の下から何かを取りだすと、立ちあがって、それを机の上に置いた。新聞紙の角を破りとったものだ。ずっとまえからそこにあったのかもしれないし、でなければ、もっと興味深いことに、犯人が書類を屑かごに捨てたときにたまたま床にこぼれ落ちたのかもしれない。わたしはそれを手に取って、ためつすがめつした。片側には油染みがついていて、先の小冊子とは別種の文字が印刷されている。断わるまでもなく、わたしはインドの言語の専門家ではないが、鋭角と直線が特徴的なベンガルの文字でないことくらいはわかる。ヒンディー語のようにも見えない。それよりずっと丸っこくて、くねくねしている。裏がえすと、そこには表と同じ活字と、その下に何かの写真が印刷されていた。新聞の角を破りとったものなので、なんの写真かはわからない。だが、活字のなかには読めるものもまじっている。〝NGER　99K〟。それは何かの文章の一部で、意味はとれない。新聞の残りの部分はおそらく屑かごの炎のなかに消えたのだろう。

「これはどうだ、部長刑事」わたしは言って、紙きれをバネルジーに渡した。

バネルジーはそれを見て、首を振った。「読めません。南インドの文字のように見えますが……」

「裏の写真は？」

「どこかで見たような気がします。でも、思いだせません」

「大いに参考になった、部長刑事。油染みについて何か思いあたるものは？」

バネルジーは思案し、額に皺を寄せた。

「何かの残留物でしょうか」

「臭いを嗅いでみろ」

バネルジーは紙片を鼻の前に持っていった。

「油ですね。拳銃に塗る油の臭いです。犯人の拳銃をお持ちですね」

わたしは拳銃をポケットから取りだして渡した。バネルジーは弾倉をはずして、臭いを嗅ぎ、こくりとうなずいた。

「これをこの紙で拭いたようです」

「〝拭く《ワイプ》〟の〝ふく〟じゃなくて、〝覆《ラップ》〟の〝ふく〟だ。拳銃を新聞紙で包んでいたにちがいない。この紙片はその一部だ」

「でも、どうして拳銃を新聞で包まなきゃならなかったんでしょう。布の包みのなかの衣服を汚したくなかったからでしょうか」

「顔も身体も灰まみれになっていたんだ。身繕いにこだわるような伊達《だて》男とは思えない」

だが、バネルジーの言わんとすることはよくわかる。なぜ犯人は拳銃を新聞紙で包まなければならなかったのか。そして、なぜ仕事を終えたあとも街にとどまっていたのか。もっともな疑問だ。その答えを見つけなければならない。

そのとき、廊下から叫び声が聞こえ、そのすぐあとにサリー姿のミッタル夫人が現われた。

「ああ、神よ《ハイ・ラム》！　なんなの、この部屋のありさまは。ちゃんと弁償してもらえるんでしょうね」

「金は払ってあります」バネルジーは言った。

「あなた、ふざけてるの？　修繕には二百ルピー以上かかるはずよ。このドアを見て。それに屑かご……いったい全体、どうして屑かごなんかを燃やさなきゃならなかったの」

「それはあなたの顧客がやったことです」

「どこにも見あたらないけど……」

「早めにチェックアウトしたのかもしれません」

ミッタル夫人は室内に向けて手を振りながら言った。

「とにかく誰かに弁償してもらわなきゃ」

「いいですか、ミセス・ミッタル」わたしは言った。「ここに泊まっていた男の身元を突きとめるのに協力してくれたら、損害賠償の請求に対してできるかぎりのことはするつもりです」

「名前を知りたいってこと？」

「そこから始めましょう」

「宿帳に記録が残ってるわ。来たときに書いたんです。いま持ってきます」

ミッタル夫人は苦虫を噛みつぶしたような顔をして、もう一度部屋を見まわしてから、下におりていった。

わたしはバルコニーに出て、煙草に火をつけた。すぐ下で、白い布に包まれた死体がふたりの警官によって待機中の救急車に運ばれていく。しばらくしてバネルジーがバルコニーに出てきた。

「なんとかして身元を割りだしたい。宿帳に書かれているのはたぶん偽名だろうが、念のためにチェックしておいてくれ」

「わかりました」

「それから、指紋局に連絡をとって、死体安置所で指紋を採取しておくよう頼んでおいてくれ」

バネルジーから聞いた話だと、指紋による鑑定システムが実用化されたのはここカルカッタの地においてであり、その方法を考案したのはふたりのベンガル人（ひとりはヒンドゥー教徒で、もうひとりはイスラム教徒）であるという。ただし、その功績は本人たちのものにならず、上司のエドワード・ヘンリーに横取りされた。のちに爵位を授けられ、スコットランド・ヤードの総監になった男だ。ふたりの部下がその後どうなったのかはわからない。

ミッタル夫人は厚紙の表紙の宿帳を持って戻ってきた。眼鏡をかけると、親指でページをめくりはじめた。

「うん、あったわ」顔をあげて、「これよ」

そして、宿帳をさしだし、黒インクで書かれた名前を指さした。〝バラ・バドラ〟とある。

「それはベンガル人の名前ですか」わたしは訊いた。

ミッタル夫人はひとを馬鹿にするように鼻を鳴らした。「お友だちにお訊きになったら」

わたしはバネルジーのほうを向いた。

バネルジーは首を振った。

「バラバドラというのは、ジャガンナート神の兄の名前です」

7

「自殺するのをきみは黙って見ていたのか」

一時間後、われわれはタガート卿の執務室に戻っていた。結局のところ、暗殺者を捕らえるために奮闘しただけで、汚名を返上することはできなかった。

「とめることはできませんでした」と、わたしは答えた。「装塡された拳銃を手に持っていたんです」

それ以上に重要なのは、犯人が幸いにもわたしにではなく、自分に向けて発砲したということだ。

「王太子を殺害した男であるのは間違いないだろうな」

「間違いありません。いま拳銃を調べている最中です。王太子の殺人に使われたものかどうか、二十四時間以内にわかるはずです」

タガートは思案顔になった。

「政治的な問題に関してはどう思う？」

「狂気に駆られた不満分子による単発の犯行なのか、もっと深刻な事態の端緒であるのかを判断するすべはありません」

タガートは眼鏡をはずして、鼻梁《びりょう》をおさえた。

「考えていることがあれば聞こう」

それは予期していた言葉だったが、答えは用意できていなかった。考えていることはいくつかあるが、いずれも単なる思いつきや仮定や恣意《しい》的な前提にすぎず、筋立てて導きだしたものではない。だが、タガートは答えを求めている。それに応じるのがわたしの仕事だ。

「いくつかありますが、たしかなものではありません」

「いいから聞かせてくれ」

「まず最初に、現時点でもっとも考えられるのは、宗教的な狂信者による犯行ということです。問題は王太子の何がそんなに気にいらなかったのかということです」

「わかるわけがない。それが狂信者というものだ。自殺したというのが、頭がいかれているということの何よりの証拠だ」

バネルジーが小さく咳払いをし、タガートはそっちのほうを向いた。

「何か付け加えることがあるのか、部長刑事」

「僭越《せんえつ》ながら、その説には少々無理があると思います」

「というと？」

「筋が通らないんです。犯人は追いつめられ、逃げだすまえに、屑かごのなかで書類を燃やしています。つまり、見られたらまずいものを処分したということです。逃亡より証拠隠滅を優先させたという事実は、単独犯ではないということを示唆しています」

ひとしきり間があった。「その書類を回収することはできたのか」

「いいえ。部屋に入ったときには、ほぼ完全に灰になっていました」

「ということは、現時点では、きみの説は単なる推測にすぎないということになる」

「ええ」

「メモ書きのこともあります」わたしは付け加えた。

「王太子がわれわれに見せようとしていたものです」

「それはいまきみたちの手元にあるのか」

「残念ながらありません。宰相と侍従武官にそのことを尋ねました。宰相からは何も知らないという返事がかえってきました。侍従武官はサンバルプールでそれを見たが、そこに書かれていた文字を読むことはできなかったと言っています。王太子の宿泊先の捜索についても、許可を得ることはできませんでした。なんでも、そこはサンバルプールの領土の一部であるとのことで、まったく取りつく島もありませんでした」

「仕方がない。きみたちも令状を持っていっていなかったわけだしな……総督は今回の一件を深く憂慮されておられる。目下進行中の協議に支障をきたすようなことは絶対に避けなければならない。ことの次第を考えると、捜査を継続するためには、屑かごのなかの灰以上のものが必要になる」

「もうひとつあります」わたしは言った。「犯人が泊まっていたホテルの部屋で、新聞紙の切れ端が見つかりました。片面にガンオイルのあとがありました。それで拳銃を包んでいたのかもしれません」

「それで?」

「拳銃は包装されていた。つまり、何者かがそれを王太子の殺害のために実行犯に渡したのかもしれないということです。少なくとも、その点についてはもう少し深堀りしたほうがいいのではないかと……」

タガートはため息をついた。「そんなことは理由のうちに入らん。総督は早期の幕引きを望んでおられる。ひとつやふたつ納得のいかないことがあったとしても、具体的な証拠なり手がかりなりが出てこないかぎり、本件の捜査は近いうちに打ち切りにせざるをえない」

わたしはバネルジーといっしょに黙って自分のオフィスに戻った。

〃ひとつやふたつ納得のいかないこと〃

それは取るに足りないことという意味であり、謎めいた陰謀を示唆するメモ書きやら何やらは、左の耳から右の耳へ通り抜けてそのまま忘れ去られるべきものという含みのある物言いだった。

けれども、そう簡単に忘れるわけにはいかない。それは靴のなかの石のように頭にとどまりつづけることになる。いわば、アルコール中毒者にとっての酒のおかわりのようなものだ。わたしにとって、それは真実の隠匿《いんとく》であり、ひいては正義の否定を意味するものなのだ。

正義はまっとうされなければならない。わたしはずっとそう思ってきた。戦争を経験したあとは特に。先の戦争から学んだもののひとつは、この世界には見つけださねばならない貴重な正義があるということだ。そのために尽力するのは、おそらく悪いことではない。

「よかろう」わたしは言って、椅子にすわった。「総監は具体的な証拠や手がかりがいると言っていた。だったら、それをさしあげることにしよう」

わたしは机の引出しをあけて、バネルジーが宗教がらみのものと推測した小冊子と新聞の切れ端が綴《と》じこまれたフォルダーを取りだした。

「まずはここに書かれているものを翻訳しなきゃならない」

バネルジーの視線は、新聞に印刷された写真と〝NGER　99K〟という文字に注がれていた。

「ちょっと見せてもらえますか」

わたしは新聞の切れ端を渡し、バネルジーはそれを見つめた。

ワインセラーにいるフランス人のように目が輝く。

「わかりました。どこかで見たような気がするとずっと思っていたんです」

「それで？」

「これはミシンの広告です。破りとられるまえなら、〝SINGER　99K〟と読めたはずです」それから顔が曇った。「でも、それがわかったからといって、何がどうなるわけでもありません」

少し考えてから、わたしは言った。「いや、もしかしたら――」

言いかけたとき、ドアがノックされた。バネルジーが立ちあがって、ドアをあける。その向こうに立っていたのは、ラム・ラルという使い走りの老人だった。年は六十代。灰色の髪、無精ひげ、何十年も廊下の椅子にすわって、届けるべきメッセージを待っていたせいで、背中はすっかり曲がってしまっている。その勤続年数にもかかわらず、英語はほとんどしゃべれない。会話はかたことの英語とベンガル語、身振り、そして指呼によって行なわれる。

「サヒーブ」と、ラム・ラルは敬礼して言った。「チティーが届いています」

そして、一枚の小さな白い封筒をさしだした。切手も消印もない。封を切ると、なかには二枚の用箋《ようせん》が入っていた。わたしには読めない文字が青いインクで数行走り書きされている。読むことはできなかったが、それが以前見たものであることはわかった。ミシンの広告が載っていた新聞の切れ端の字だ。

わたしはそれをバネルジーに渡した。「これが何かわかるな」

口もとが緩んだ。「アディール王太子の元に届けられたメモ書きですね。神々はわれわれに微笑みかけているようです」

わたしはラム・ラルに訊いた。「誰から受けとったんだ」

「キイ？」

「時間がない。サレンダーノット、ベンガル語で訊いてくれ」

「キ・トマケー・エイタ・ディロ？」

「トーチョッカン」

「その当直官のところへ行って話を聞いてくれ」わたしはバネルジーに命じた。「届けたのが誰か知りたい」

バネルジーはうなずき、ラム・ラルといっしょに部屋から出ていった。

わたしはミシンの広告が載っている新聞の切れ端を持って、受話器を取った。知りたかった連絡先は数本の電話をかけることによって知ることができた。わたしには勘でわかる。多少の運さえあれば、この新聞の切れ端と、王太子が事件のまえに受けとったメモ書きによって、捜査を打ち切らないようタガートを説得することができる。


十分後に、バネルジーがインド人の巡査を連れて戻ってきた。ごわごわの黒い髪に、歯ブラシ状の口ひげ。

「彼は当直官じゃない」と、わたしは言った。

「ええ。当直官から聞きだせたことはほとんどありませんでした。封筒を届けたのは、通りで寝起きしている宿なしの子供です。おそらく駄賃に数アンナもらったんでしょう。こちらはビスワル巡査です。ブバネーシュワルの出なので、読めるかもしれません」

「なるほど」わたしは言って、封筒をさしだした。

ビスワル巡査は封筒から二枚の用箋を出して、読み、それからうなずいた。「オリヤー語です」

「オリヤー語というのはオリッサの言葉です」と、バネルジーが説明した。「サンバルプールのほぼ全員がこの言葉を話します」

「ほぼ全員？」

「平民という意味です。アローラ大佐が指摘したように、宮中では使われません」

わたしはビスワル巡査に言った。「翻訳できるか」

ビスワル巡査は微笑んだ。「もちろんです。内容はどちらも同じです。〝お命が危険にさらされています。アシャダ月二十七日までにサンバルプールをお離れになるように〟」

「それはいつになる」と、わたしは訊いた。

「昨日です」と、バネルジーは答えた

電話が鳴ったとき、わたしはオフィスにひとりでいた。待っていた電話だった。シンガー・ミシンのカルカッタ支局に勤務するミス・キャベンディッシュという女性からだ。わたしは電話をかけてきてくれたことに礼を言い、それから知りたいことを伝えた。

「御社が最近広告を出したオリッサ語の新聞のことを

お聞きしたいんです」

「ずいぶん漠然《ばくぜん》としたお話ですわね、ウィンダム警部」お行儀のいい、取りすました口調だった。電話口からタルカムパウダーの匂いが伝わってきそうな気がする。「いずれにせよ、カタックにある販売代理店に問いあわせなければなりません。折りかえしてよろしいでしょうか」

「もちろん。待っています」

次に、廊下の椅子にすわって待機しているラム・ラルを呼んだ。

「バネルジーを見つけて、オフィスに来るように言ってくれ」

ラム・ラルはわずかに残った歯をむきだしにして微笑み、インド風の独特の仕草で首を振った。「バネルジーは何人もいます、サーヒブ。どのバネルジーです」

「サレンダーノット・バネルジー部長刑事だ」

「サレンドラナートですね。了解しました《シク・アチェ》」

バネルジーがやってきたとき、ミス・キャベンディッシュから電話がかかってきた。

「ウィンダム警部？　いくつかわかったことをお伝えしておきます。広告を掲載したオリッサ語の新聞は二紙だけです。ただ、その新聞名をどう発音するかはわかりません。必要なら、スペルをお教えしますが」

「お願いします」

わたしはペンとメモ用紙を取り、スペルを書きとった。一紙は〝Dainik Asha〟。わたしの顔に笑みが浮かんだのは、二紙めのスペルを聞いたときだった。

〝Sambalpore Hiteishini〟

「広告が最後に掲載されたのはいつでしょう」

「どちらも週刊紙です。直近の掲載日は先週の月曜日です」

わたしは礼を言い、受話器を戻してから、メモ用紙をバネルジーに渡した。

バネルジーはそれを読んで、にこっと笑った。「これで暗殺者がサンバルプールから送りこまれたことがはっきりしましたね」

「そのように思える。でも、裏はとれていない。この時点ではすべて推測にすぎない。新聞の切れ端は、殺害に使われた拳銃を包んでいたもので、オリッサおそらくはサンバルプールで発行された新聞の一部と思われるということでしかない」

「それでも、王太子が受けとったメモ書きとあわせて考えれば、サンバルプールがなんらかのかたちで絡んでいるのは間違いありません」

「まずは先週月曜日の両紙を手に入れる必要がある。ここにある新聞の切れ端に出ていた広告と一致するかどうかを見るんだ。次に、それがどこで売られているかを調べてくれ。いずれにせよ、捜査のとっかかりはサンバルプールにしかない」

バネルジーはうなずいた。「了解です」

わたしは封筒を手に取った。「わたしはタガート卿に会いにいってくる。これを見せるために」

「サンバルプールはフランスじゃない、サム。あえて言うなら、フランスであったほうがまだいい」

「わかっています。でも、それは王位継承者が暗殺された小さな藩王国です。われわれの関与を諸手《もろて》をあげて歓迎してくれるはずです」

タガートはため息をついた、「いいか、サム。わたしの独断ですべてを決めることができるのなら、とめはしない。実際のところ、行けと命じるはずだ。しかし、総督のことがある。藩王院立ちあげの議論が進むなか、この一件はすでに政治問題化しつつある。総督が望んでいるのは、一切合切を宗教的狂信者のせいにして、臭いものに蓋《ふた》をすることだ」

それはよくわかる。総督はインドの最高権力者であり、数億の民草を統べる支配者であるが、見方を変えれば、イギリス政府の命を受けた一介の公務員にすぎない。その頭のなかにあるのは、可能なかぎり波風を立てず、イギリスによるインド支配を崩壊させずに任

8

「それで、きみは何をどうしたいんだ」

タガート卿は執務室の両開きの窓ごしに鈍色《にびいろ》の空を見つめていた。

「サンバルプールに行こうと思っています」

「論外だ、サム」タガートは言って、わたしのほうを向いた。「サンバルプールはイギリスの領土じゃない。われわれに捜査権はない」

「でも、これはイギリスの領土内で発生した事件です。それを調べるのがわれわれの仕事です。かりに謎を解く鍵がパリにあるとすれば、われわれは迷うことなくそこへ行かねばなりません。場合によっては、フランスの保安警察《シュルテ》の協力を仰ぐ必要も出てくるでしょう」

期を勤めあげることだけだ。運がよければ、あと数年で退任し、現地人との軋轢《あつれき》がインドよりずっと少ないところで栄職につくことができる。総督というのは概してそういうものだ。下《しも》つ方《かた》の民は現人神《あらひとがみ》と見なしているかもしれないが、実際は、カーゾン卿の時代以来、大過なく離任のときを迎えることしか考えていない凡俗の徒にすぎない。要するに、音楽が終わったとき、インドを失った男として歴史に名前を刻みたくないというだけのことなのだ。けれども、そんな話はわたしの知ったことではない。ひとにはそれぞれ優先順位というものがある。総督の意向は、国家という船が座礁《ざしょう》する可能性を回避することであり、わたしの望みは真実を知ることだ。総督がその結果を憂慮しているからといって、捜査をゆるがせにするつもりはない。

「いい方法があります、総監」と、わたしは言った。

総監室のドアがノックされ、バネルジーが戸口に姿を現わした。いたずらをして校長室に呼びだされた小学校の生徒のように見える。

タガートは顔をあげ、机の上の眼鏡を取った。

「バネルジー部長刑事です。お呼びになったようですが、何かご用でしょうか」

「よろしい。入りたまえ」タガートは眼鏡の上からバネルジーに目をやり、それからわたしの横の椅子を指さした。「さて、部長刑事……」目が机の上の書類に落ちる。「きみはサンバルプールの王太子の親友だったようだな」

「親友というほどではありません。どちらかというと、兄と親しくしていました」

「いや、部長刑事。きみとも親しくしていた。とても親しくしていた。だから、帝国警察の代表として、王太子の遺体といっしょにサンバルプールへ行ってもらいたい」

「ぼくが？」

「そうだ。ウィンダム警部も同行すると言っている。ただし、非公式な立場で、一個人として」

「休暇で、ということだ」と、わたしは言った。

タガートは続けた。「きみたちふたりが行くのは当然のことだ。なんといっても、きみたちは暗殺者を見つけだし、追いつめた功労者なんだから。しかし、正式な代表者はウィンダム警部じゃない。きみだ。それは葬儀に参列して弔意《ちょうい》を示すためであり、捜査のためじゃない。そのことを忘れないように。わかったな、部長刑事」

バネルジーはごくりと唾《つば》を呑みこんだ。

「ぼくはウィンダム警部の部下です。なのに、どうして……」

「さっきも言ったように、王太子の親友だったからだ。それに、きみのほうがウィンダム警部よりもわたしの命令に素直に従ってくれる。くれぐれも言っておくが、今回のきみの任務は王太子の殺害事件の捜査じゃない。いいか、そのことを忘れるんじゃないぞ、部長刑事」

「承知しました、総監」

「それで、あなたはサンバルプールへ旅行にいくんですね」と、バネルジーは言った。

われわれはオフィスに戻り、わたしは机の後ろにすわっていた。バネルジーは妻の出産を待つ男のように部屋を歩きまわっている。

「まえから行きたいと思っていたんだ」と、わたしは答えた。

「二日前には名前を聞いたこともなかったのに？　どこにあるのか地図で調べていたくらいなのに？」

「まあ、いいじゃないか、サレンダーノット。ケンブリッジに行っていない者に、そこまでの知識を求めるのは酷《こく》というものだ。とにかく、帝国警察の公式代表としてのきみの仕事ぶりに期待しているよ」

「公式代表……公式代表」バネルジーは言葉を口から

絞りだすような声で繰りかえし、それから首を振った。

「大変な名誉だ。きみのお母さんも誇りに思うだろう。なんなら、わたしのほうから電話して、吉報を伝えてやってもいい。帝国警察の公式代表という触れこみなら、単なる部長刑事よりずっと多くの花嫁候補が名乗りをあげるはずだ。持参金の額も増えるにちがいない。うまくいけば、一生遊んで暮らせる……いや、いまもきみは生計《たつき》のために働いているわけじゃないだろうが」

バネルジーはわたしを見つめた。

「総監がなぜぼくを選んだのか、いまだによくわかりません」そこまで言って、その顔に申しわけなさそうな表情が浮かんだ。「あの、もしかしたら気分を害されていないでしょうか」

「ぜんぜん」と、わたしは答えた。

タガートは総督に報告の義務を負っている。センの一件のあとでは、総督がわたしの忠誠心に疑いを持つのは当然のことだろう。わたしがサンバルプールに向かったということがわかったら、すぐに警報が鳴るにちがいない。だが、バネルジーが帝国警察の使者として派遣されるのであれば、わたしの名前を出さずに、その旨《むね》を嘘いつわりなく報告することができる。

「きみにはそれだけの価値がある」と、わたしは言った。

「わかりました。王太子の侍従武官と連絡を取りあって、遺体の搬送の段取りを整えることにします」

「できるだけ早く。宰相は遺体の搬送に手間どりたくない様子だった」

「総監がなんと言おうと、あなたは現地で事件の捜査にあたるおつもりなんですね」

「わたしが聞いたのは、きみは捜査をしちゃいけないということだけだ。わたしについては何も聞いていない。きみがマハラジャと語りあっているあいだ、何もしないで暇をもてあますというのもなんだしね」

「ミス・グラントをお呼びになったらいかがです」

「未婚女性を旅行に誘えというのか、部長刑事」耳が真っ赤になった。「そんな意味じゃありません。ミス・グラントは王太子の家族と付きあいがあり　葬儀に参列したいと言っていたという話を、あなたから聞いたからです」

　考えてみると、それはそんなに悪い案ではないかもしれない。そうすれば、アニーを数日のあいだチャーリー・ピールから遠ざけることができる。だが、バネルジーにそんなことを知らせる必要はない。

「ミス・グラントの社交儀礼を気づかう以外に、することはいくらでもあるはずだ。さあ、仕事にとりかかってくれ、部長刑事」

「わかりました。失礼します、警部」バネルジーは言って、後ろを向いた。

わたしはその後ろ姿に向かって言った。「それから、サレンダーノット、拳銃の弾道検査の結果を聞くのと、例の新聞の切れ端が二紙のうちどちらのものかを確認するのを忘れないように。きみはサンバルプールの宮廷では帝国警察の公式代表かもしれないが、ここにはまだわたしの部下としての仕事が残っている」

　バネルジーは微笑んだ。「わかっています、警部」

　わたしはバネルジーが立ち去るのを待って、受話器を取り、アニーの自宅に電話をかけた。ずいぶん長く待たされたあと、メイドは女主人《メムサーヒブ》さまが留守をしていることを告げた。

「ウィンダム警部という者だが、午後六時までに電話するように言ってもらいたい」そして、番号を残し、電話を切った。

　それとほぼ同時に、バネルジーが戸口に首を出した。

「王太子の遺体は今夜午後十時の列車に乗せられることになっているようです」そしてまた部屋から立ち去った。

その一時間ほどあとに、アニーから電話がかかってきた。

「どうかしたの、サム」

もったいをつける必要はない。「きみを数日間サンバルプールに招待したいと思ってね。王太子の家族にお悔《く》やみの言葉を述べたいとのことだったから。葬儀にはバネルジーが警察の代表として参列することになった」

「あなたは？」

「わたしは私人としてサンバルプールを訪れる。たまにはカルカッタを離れるのも悪くないと思ってね。マハラジャの宮殿も見てみたいし。絢爛《けんらん》をきわめているという話を聞いている」

「殺人事件の捜査にはかかわらないってこと？」

「もちろん。そんな権限は持っていない」

「答えになってないわ、サム」

「なっているはずだ」

沈黙があった。聞こえるのは、電話線ごしの雑音と窓の下の往来の音だけだ。汗が噴きでてくる。湿度のせいだけではない。

「それで、あなたは私的な旅行にわたしを連れていきたいってこと？　ちょっと強引すぎない？」

「そうじゃない。きみは王太子の家族の友人だ。きみにはきみの訪問理由がある。われわれはいっしょにそこへ向かうだけだ。ちがうかい」

「それで、いつ出発するの？」

「遺体は今夜搬送される予定になっている。列車はハウラー駅を十時に出る」

「あまりに急すぎると思わない？」

「チャーリー・ピールのように、二週間前に連絡をとり、三通の書面での返事を求めたほうがよかったかい」

「とても面白いわ、サム」

「それで、どうする？」

ふたたび沈黙があり、わたしは胸の鼓動が高鳴るのを感じた。

「少し待ってもらえないかしら、ウィンダム警部。ただ、ひとつ言っておくけど……」

「なんだい？」

「あまり期待しないで」

9

その日の夕方、低く疾駆《しっく》する雲から、大粒の雨が落ちてきはじめた。稲妻が空を切り裂いている。

モンスーン──それは雨をもたらすだけでなく、人々の生活を潤し、命を誕生させ、暑さを和《やわ》らげ、干ばつを防ぐ。それはインドの救世主であり、インドの真の神だ。

兆候は少しまえからあった。にわか雨が来て、去っていった。気圧計も、温度計も、風速計も、すべてがモンスーンの到来を告げている。少なくともインド人は疑っていない。みな通りに駆けだして、顔を空に向けている。

雨脚が強まり、屋根を叩く音が次第次第に大きくなってくる。風も強まり、街路樹を揺さぶりはじめている。マリーゴールドの香りが風に乗って運ばれてくる。

モンスーンを経験したことがない者にそれを説明するのはむずかしい。家を出たとき、目の前にとつぜん幕がおりたように雨のベールがかかる。それが何時間も続く。濡れ鼠《ねずみ》になるのに数秒しかかからない。

バネルジーは空を見あげた。「雨の日に旅立つのは縁起がいい。少なくとも、ぼくの父はそう信じています。神が微笑みかけていると言うんです」

「嘲笑《あざわら》っているんじゃなければいいんだが。きみのお父さんは迷信深くないほうじゃなかったのか」

「一応は」と、バネルジーは含みのある答え方をした。

玄関の前で待っていたタクシーに乗りこむまでに、ふたりともずぶ濡れになった。

「ハウラー駅へ」と、わたしは運転手に命じた。

「かしこまりました、旦那《サーヒブ》」運転手はうなずいて、エンジンをかけ、嵐のなかを川のほうへ向かった。

ハウラー橋に通じる道路状況は、好天のときでも、きわめて悪い。この夜の光景は、ナポレオン軍のモスクワからの撤退を描いた絵に似ていた。狭い道路に、人間と動物と車がひしめきあっている。荷物を満載にした牛車、雨に打たれながら頭に籠《かご》をのせて運ぶ腰布姿の農夫、過積載の荷車を引く半裸の苦力《クーリー》、割りこむスペースを見つけながら進むトラックや乗りあいバス。そのすべてが同じところを目指している。アーク灯に照らしだされ、鉄道駅というより要塞のように見える、川向こうの巨大な建造物だ。

すぐ近くで稲妻が光り、タクシーは橋の上を一インチずつ進んだ。アルメニアン沐浴場《ガート》と対岸のフェリー乗り場のあいだの水域を、多くの小舟や蒸気船が忙《せわ》しなげに行き来している。

橋を渡ってハウラー側に着いたとき、駅舎の塔の時計は九時半をさしていた。タクシーがとまると、赤シャツ姿のポーターが走ってきてドアをあけた。顔は皺だらけで、灰色の不精ひげに覆われ、頭に汚れた白いターバンを巻いている。

「荷物をお運びします、サーヒブ」

「いくらだ」

「八アンナ」

「高すぎる。四アンナ」

「じゃ、六アンナで」ポーターは言って、わたしの手からスーツケースを奪いとった。「コン・プラットホーム？」

バネルジーがタクシーから降りてきた。「一番ホームへ」

「一番のプラットホームですね。わかりやした、サーヒブ」ポーターは言って、スーツケースを頭にのせ、人ごみのなかに分けいっていった。

ハウラー駅の構内に入るのは、神意に反してつくられたバベルの塔に足を踏みいれるに等しい。煤《すす》で汚れたガラス屋根の下に、世界中の人間が蝟集《いしゅう》している。白人、インド人、東洋人、アフリカ人。農夫、巡礼者、兵士、勤め人。こみあった券売所で押しあいへしあいしたり、人波に流されながらそれぞれのプラットホームへ向かったりしている。いずれにせよ、ハウラー駅は神経の細やかな者には向いていない。

白人なら、いつでもカルカッタの喧騒《けんそう》から切り離され、召使い以外の現地人と向かうあうことなく、快適に過ごすことができる。だが、ハウラー駅は大小さまざまな動物が集まってくるサバンナの水飲み場のようなもので、イギリス人にとっては、生のインドにいやでも向かいあわなければならない数少ない場所のひとつだ。

構内には魚や生鮮食品や湿った服の臭いが充満している。機関車の煙の臭いも鼻につく。あちこちから売り物を連呼する声が聞こえてくる。〝オレンジ〟や

〝チャイ〟の声と張りあうように、場内アナウンスが間断なく鳴り響いている。重要な情報は英語とベンガル語で伝えられるが、どちらもほとんど聞きとれない。

一番ホームはコンコースの左端にあり、VIP用に使われることが多い。真鍮の支柱に渡したベルベットのロープで仕切られていて、その向こうは混沌《こんとん》のなかの平穏なオアシスになっている。いまそこにとまっている機関車は最新式のもので、客車は六両編成。緑とゴールドの車体には、王冠の下で飛び跳ねる虎を配したサンバルプールの国璽が描かれている。

コンコースに号令の声が響き、柩《ひつぎ》をかついだ軍服姿の儀仗兵《ぎじょうへい》の一団が、イギリス人の士官に先導されて、群衆のなかを粛々と歩いてきた。柩はユニオン・ジャックと花輪に覆われ、両脇にダヴェ宰相とアローラ大佐を従えている。

静寂が垂れこめ、人々は額に手を当てて哀悼の意を表している。柩のまわりで、人垣が分かれていく。と

そのとき、平服姿のひとりの男の姿が目にとまり、わたしははっと息をのんだ。軍服姿でなくても、口ひげと口の端にくわえたパイプではっきりそれとわかる。ドーソン大佐――ベンガル軍情報部の秘密ユニットであるH機関を統率する男。少なくとも、わたしはそう思っている。秘密警察の長が謎に包まれているのはべつに不思議なことではない。だが、わたしの知るかぎりでは、H機関の采配《さいはい》を振っているのはドーソンであり、そんな人間がここで柩の搬送を見守っているのだから、驚くのは当然のことだろう。

幸いなことに、わたしには気がついていないみたいだった。われわれの関係はかならずしも良好なものではない。向こうはわたしがH機関の仕事に横槍《よこやり》を入れたと思っていて、わたしのほうはドーソンに少なくとも一度は殺されかけたと思っている。わたしがサンバルプールのお召し列車に乗りこむのを見たら、総督が就眠前にそのことを知り、その結果、わたしがこの小

卿が責めを負わされることになるのは間違いない。

わたしは腰をかがめて、バネルジーのシャツを引っぱった。振り向いたバネルジーは、ぎょっとしたような顔をしていた。スリか何かだと思ったのだろう。無理もない。ハウラー駅で毎日盗まれる金は、カルカッタの全銀行が一年間で紛失する金より多いと言われているのだ。わたしを見ると、バネルジーはすぐに表情を変えた。

「どうかしたんですか、警部」

「ドーソンだ」わたしは小声で言って、そっちのほうへ顎をしゃくった。

バネルジーはそこに目をやり、同じように腰をかがめた。「ここで何をしているんでしょう」

「いい質問だ」

「制服を着ていません。どこかへ行くつもりなんでしょうか」

「休暇で遊びにいくところとは思えない。どっちにしても、わたしがここにいることを知られたら、面倒なことになる。話しかけて、注意を引きつけておいてくれ。そのあいだに、わたしは列車に乗りこむ」

「どんな話をすればいいんでしょう」

「きみに任せる」

バネルジーはごくりと唾を呑みこみ、それからうなずいて、身体を起こした。「わかりました」

そして、人ごみを掻きわけて歩いていき、ドーソン大佐から十フィートほど離れたところで声をかけた。

「すみません、ドーソン大佐――」

言いおわるまえに、納屋サイズの男に体当たりされ、吹っ飛ばされた。と同時に、もうひとりの大男がそこに走ってきて、バネルジーとドーソン大佐のあいだに立ちふさがった。そして、ふたりでゆっくりとバネルジーを立ちあがらせた。わたしはドーソンがどうしているかを見るために振り向いたが、その姿はすでに人ごみのなかに消えていた。あえて捜しはしなかった。

そのかわり、身体を起こして、一番ホームへ急いだ。

10

葬列のあとを追ってゲートに近づいたとき、先ほどのポーターはすでにそこにいて、駅員と言い争っていた。ポーターがわたしを指さすと、それでようやくゲートを通りぬけることができた。

宰相は葬列を先導していた士官と少し話をし、それからすぐそばに控えていた補佐官に何か言った。補佐官はうなずいて、葬列を前から五番目の客車に誘導した。

「ダヴェ宰相」と、わたしは声をかけた。

宰相は振り向いて、わたしを見ると、頬をひっぱたかれたような表情になった。

「ウィンダム警部？　あなたが来られるという話は聞

いていませんでした。帝国警察の代表者はお仲間のバネルジー部長刑事だとばかり思っていました」

「そのとおりです。わたしは私人として来ているのです。王太子殿下の葬儀に参列したいと思いまして」

宰相は訝《いぶか》しげな目でわたしを見つめた。

「わかりました。よろしいでしょう。あなたはバネルジー部長刑事とともに暗殺者の逮捕の任にあたっていました。国王陛下は喜んでお会いになると思います」

「少なくとも、犯人を追いつめはしました。それで、犯人は逮捕されるかわりに自死を選んだのです」

宰相は無理やり笑みを浮かべた。「宗教的狂信者だという話を聞いています。そのような者が何を考えているかを知るすべはありません」

こういった場合、もっとも避けるべきは犯人に自殺されることだが、そういった話をしても宰相が理解できるとは思えない。

宰相はアローラ大佐を呼んだ。大佐は列車から降りてきた軍服姿のインド人との会話を打ち切り、急ぎ足でやってきた。

「ウィンダム警部、ふたたびお目にかかれて何よりです」

「警部はこの列車に同乗される」と、宰相は言った。

「車室の手配をしてくれ」

「承知しました、宰相。では、ご案内いたします、警部」

わたしはその場を離れ、大佐といっしょにプラットホームを歩きはじめた。

「それで、あなたはわれわれといっしょにサンバルプールへ向かわれるんですね」

「マハラジャのお住まいを見たいと思いましてね」

大佐はにやっと笑った。「本当に？　人類学がご専門だとは思いませんでした」

「専門ではありません。ただ、最近ふと南インドの言語に興味が湧きはじめまして。サンバルプールへ行くのは、その好奇心を満たすためです」

大佐の目はまっすぐ前方に向けられたままだった。

「実り多き滞在になることを祈っています」

大佐は立ちどまり、その横の客車を手ぶりですすめた。

わたしは鉄のステップをあがり、客車のデッキに入った。ウォルナットの羽目板張りに、分厚い絨毯敷きで、列車というより豪華な映画館の出入口のように見える。

緑とゴールドの制服姿の乗務員がやってきて、両手をあわせる挨拶をした。

「空いた車室を見つけさせます」と、大佐は言って、乗務員に手短に指示を与えた。

乗務員は少し考えてからわたしのほうを向いた。

「どうぞこちらへ、サーヒブ」

わたしは大佐をプラットホームに残して、ぴかぴかに磨かれた車室のドアが並ぶ通路を歩きはじめた。

「いかがです、この列車は。お気に召しましたか」

「八時十五分発のパディントン行きの列車よりは間違いなくいい」

乗務員はひとりで列車自慢をしながら通路を歩いていった。

「この車室をお使いください、サーヒブ」乗務員は言って、立ちどまり、車室のドアをあけた。「ほかに何か必要なものはございますでしょうか」

「バネルジーという部長刑事も同乗することになっている」

「わかりました、サーヒブ。隣の車室をお使いいただくことにします」

「もうひとり来るかもしれない。女性だ。そのときには、やはり車室の用意を」

「かしこまりました、サーヒブ」

「部長刑事がやってきたら、わたしのところへ来るようにと言ってくれ」

わたしは車室に入り、ドアを閉めた。薔薇の香油の匂いがする。片側の壁際にはベッドが備えつけられている。簡易寝台ではなく、ふかふかのベッドだ。その前には、紫のベルベットの布張りの椅子と、ロココ調の書きもの机。波形の飾り溝のせいで、熱に溶けかけているように見える。ベッドの反対側には、ウォルナット色のニスが塗られた衣装だんす。その横のドアの向こうはバスルームで、大理石の洗面台がしつらえられ、オリエント急行が家畜運搬車のように見える金ぴかの備品が乗客のために用意されている。

窓の外は別世界だった。反対側のプラットホームでは、インド人の家族がそこで一夜をあかす準備をしている。子供はふたり。ひとりは五才くらいの女の子で、髪を後ろでひっつめ、物売りがブリキの縦笛で奏《かな》でる曲をうっとりとした顔で聞いている。もうひとりは二才くらいの半裸の男の子で、腹に黒い紐を巻き、目のまわりに墨《コール》を塗っている。わたしをじっと見つめ、それから母親のサリーの陰に顔を隠した。母親はゴザを広げて、子供たちの寝床をつくっている。父親はプラットホームの屋根から水浸しの線路に落ちる雨粒をただぼんやりと眺めているだけだ。

わたしは上着を脱いで、ベッドの上に放り投げ、バスルームに行って顔を洗った。水は程よく冷たかった。それはカルカッタでは奇跡といっていい。タオルは白《ビャク》檀《ダン》の香りがした。

ドアがノックされ、少し間をおいて、バネルジーが車室に入ってきた。ボクシングのヘビー級王者ジャック・デンプシーと三ラウンド戦ったあとのような顔をしている。左の頬は腫れあがり、金属縁の丸眼鏡は歪んでいる。

「だいじょうぶか、部長刑事」わたしは訊いて、ベルベットの布張りの椅子をすすめた。

「だいじょうぶだと思います」

「よくやってくれた。われわれの作戦勝ちだ。ドーソンはきみに見つけられたとわかって、叱られた犬みたいに逃げていった。ふたりの男がきみの前に立ちふさがっているあいだに、駅から出ていったにちがいない」

「ええ。それにしても、とんでもない馬鹿力でした」

H機関の現地要員というのはそういうものだ。彼らは下級兵士のなかから昇給と昇進を約束されて引き抜かれ、通常は平服で任務についている。問題は、チャンディーガルやラホール出身の六フィートの大男は、一般のベンガル人のなかにまぎれこめないということだ。それは競馬の騎手の集団にレスラーを潜入させるに等しい。

バネルジーは眼鏡をはずして、手で歪みを直しはじめた。眼鏡がなかったら、その目は奇妙に小さく見える。「ボディーガードがついているということは、やはり休暇じゃないってことですね」

「ドーソンが休暇をとるとは思えない。睡眠をとっているかどうかさえわからない男だ」

「王太子の暗殺事件になんらかのかたちでかかわっているということでしょうか」

「可能性はある。でも、公務なら、どうして制服を着ていないのか。どうしてあんなふうに雲をかすみと逃げ去らなきゃならないのか」

「別の用かもしれません。テロリストを追いかけているとか」

その点について、わたしは思案をめぐらせた。ハウラー駅はこの街の玄関口だ。ほとんどの者がそこを通ってカルカッタ入りする。

「可能性はある。でも、平服でここに来たことには、なんらかの意味があるはずだ。ドーソンは現場の工作員じゃない」

プラットホームでホイッスルが鳴った。腕時計に目をやると、十時ちょうど。バネルジーは眼鏡をかけなおした。

「ミス・グラントの姿を見かけなかったか」わたしは訊いた。

バネルジーは困ったような顔をしている。

「すみません。注意して見ていませんでした」

「いや、いいんだ」

アニーは来ない。そう思うと、胸が苦しくなった。もちろん、冷静に考えたら、このほうがよかったのかもしれない。余計なことに気をそがれることなく捜査に集中できるのだから。それでも、そんなふうに気持ちの折りあいをつけるのは容易ではなかった。

列車がガタンと一揺れして動きだした。駅から夜の闇のなかに出て、操車場を抜けると、窓外に雨に濡れそぼったハウラーの家並みが現われた。

バネルジーは身体をもぞもぞと動かしている。

「ほかに用がなければ、自分の車室に戻りたいんですが……」

自分としても、そのほうがありがたい。ひとつには、ドーソンがコンコースに姿を現わしたことの意味を考えなければならないからだが、ひとりになりたかった理由はそれだけではない。一時間後にいっしょに夕食をとることにして、バネルジーが出ていくと、わたしは車室のドアに錠をおろした。

急に静かになった。スーツケースをベッドの上に置いて、鍵をあけ、いちばん上に重ねて置かれていたシャツなどの衣服を取りだした。その下に、精緻《せいち》な象牙《ぞうげ》の彫刻が施されたマホガニーの木箱があった。竜の頭のかたちをした銀の錠と、その延長上に竜の胴体のかたちをした銀の取っ手がついている。一瞬見とれてしまうほど美しい。だが、中身と比べると、その価値はなきも同然といえる。

ポケットから銀の小さな鍵を取りだし、竜の口にさしこんで回すと、軽やかな解錠音がして、わたしは背筋にぞくっとしたものを感じた。蓋をあけて、中身をひとつひとつ見ていく。オイルランプ、陶製の火皿、数本の針やへら、磁器の吸い口がついた短い竹のキセル……ひとつひとつが赤いベルベットの布の上にきちんと居並んでいる。それは携帯用の阿片吸引セットで、パーク通りの近くの骨董屋で衝動買いしたものだ。物珍しさ以外に買い求める理由はなかった。実際に使おうと思ったわけでもなかった。自殺した暗殺者の持ち物のなかに阿片膏を見つけるまでは。そんなものをここに持ってきた理由はいまでもよくわからない。自分で阿片を吸引する準備をしたことは一度もない。それは簡単な作業ではなく、しかるべき技術と経験を必要とする。動いている列車のなかで、そのような技術を習得するつもりはない。そもそも、そんなものを持ち歩いていること自体が問題なのだ。なんらかの拍子にスーツケースが壊れて、中身がこぼれでたらどうするのか。たとえ休暇中とはいえ、警察官が持ち歩いていいものではない。

にもかかわらず、置いていく気になれず、どうしても持ってこざるをえなかった。そう思うと、ひどく自分が情けなくなり、顔面をふいに殴られたような気がして、あわてて木箱の蓋を閉め、その上に衣服をかぶせた。それから、着替えのシャツとズボンと半分空《から》になったグレンファークラスのボトルを取りだした。

濡れた服を取りかえると、書きもの机の上にあったカットグラスのタンブラーにウィスキーを注ぎ、椅子にすわって一口飲んだ。窓の外では篠《しの》突く雨が降りつづいている。民家の明かりはもうぽつりぽつりとしか見えない。

インドの藩王国を訪ねるのは今回がはじめてだった。というより、インドのどこかを旅すること自体はじめてだった。今回の旅に関して言うなら、決して悪い出だしではない。列車ひとつとってもこの豪華さなのだから、サンバルプールの宮廷がいかばかりのものかは推《お》して知るべし。それでも、浮かれた気分にはなれなかった。アニーが来なかったということもある。さらには、ハウラー駅にドーソンが姿を現わしたということもある。王太子の暗殺に関係があるのではないかという疑いを拭い去ることはできない。これまでは、アディール王太子の元に届けられたものと同じ警告の手紙をわれわれが受けとったことから、事件の根っこがサンバルプールにあるのは間違いないと思っていた。だが、ドーソンが現われたことによって、別の可能性が浮上した。もしかしたら、H機関もしくはその上部組織がなんらかのかたちで事件に絡んでいるかもしれない。総督の目論見《もくろみ》の成否は、サンバルプールが藩王院に加盟するかどうかにかかっている。インド政庁の誰かが、王太子は総督の意にそう者ではないとして排除の命令を下したということはありえるのか。

その意味するところがあきらかになってくるにつれて、胃がむかつきはじめた。それが政治的な暗殺であれば、軽々に手を突っこむことはできない。裏でH機関が糸を引いているとすれば、真相に迫るのは危険であり、ほとんど不可能に近い。さらに言うなら、こんなふうに列車でサンバルプールへ向かうのは、真相に近づくのではなく、逆に遠ざかることになる。

また一口ウィスキーを飲んで、窓の外の闇を見つめた。もうひとつ考えなければならないのは、例のメモ書きのことだ。それはオリヤー語で書かれていて、宮殿にいた王太子の元に直接届けられた。たとえそれがイギリスの謀略であったとしても、王太子に警告を与えようとした試みには、現地の言葉がわかる者がかかわっているにちがいない。としたら、その者がサンバルプールにいる可能性は高い。とりあえず、そこから始めることにしよう。

一時間後に、バネルジーが車室のドアをノックした。黒いネクタイを締め、船の座礁を防げるくらいの光を放つエナメル・シューズを履いている。

「これからオペラ鑑賞かい」と、わたしは訊いた。

「食堂車へ行くつもりだったのじゃないんですか」

「ああ。でも、公式晩餐会《ばんさんかい》に招かれているわけじゃない」

バネルジーは肩をすくめた。「これはお召し列車ですので……着替えてきたほうがいいでしょうか」

「いや、そのままでいい。行こう。腹がへった」

バネルジーは車両のはずれのドアをあけた。雨はいまも降りつづいていて、車両の屋根から雨水がボギー台車の連結部に流れ落ちている。わたしは素早くそこを跳び越えて、隣の車両の踏み板の上に着地した。バネルジーもそのすぐあとにつづいた。

ラウンジ車には、鏡張りのバーがしつらえられ、スタインウェイの大きなピアノが鎮座していた。ピアノを弾いている者はいない。その前に、十数脚の緑色の革張りの肘かけ椅子と象牙色の小ぶりのテーブルが並んでいる。席にはふたりの男がすわっている。ひとりはダヴェ宰相で、もうひとりは銀色の髪のヨーロッパ人——ディナー・ジャケットの仕立て方からして、おそらくイギリス人だろう。六十代で、陸軍元帥のような顔に、銀行家のような物腰。医師が伝染病患者を見るような冷ややかな目をわたしに向け、それから宰相との会話に戻った。わたしとバネルジーは先を急いだ。

食堂車の壁は光沢のある黒っぽい羽目板張りで、窓には金の上飾り《ペルメット》がついた紫のベルベットの分厚いカーテンがかかっている。テーブルは全部で六卓で、白いクロスが敷かれ、一輪の蘭《らん》の花が活けられている。そこにもふたりの男がいた。ひとりはナイフとフォークを磨いている制服姿の給仕で、もうひとりはアローラ大佐。しかつめらしい顔をして、窓の外の闇をじっと見つめている。その表情からして、愉快なことを考えているのではなさそうだ。わたしにとって、それは悪いことではない。思案にふけっているところに割ってはいると、多くのことを学ぶことができる。

わたしは少し離れたところから声をかけた。「大佐」

アローラ大佐は振り向いて、わたしを見つめた。その目には、あきらかに怒りの色があった。それは何を意味しているのだろうと考えながら、わたしはその視線を受けとめた。大佐は察しがよかった。すぐに表情を変え、怒りの色を消した。

そして、軽く会釈《えしゃく》をした。「これはこれは、警部」

「ごいっしょさせていただいてよろしいでしょうか」

「もちろん。喜んで」

列車は転轍機《てんてつき》の上を通りすぎ、食器が軽やかな音を立てた。

給仕がナイフとフォークを磨くのをやめてやってきた。

「食前酒をお持ちいたしましょうか」

断わるのはぶしつけというものだろう。

給仕は銀のトレーに二脚のシャンパングラスを載せて戻ってきた。

「そろそろ夕食の時間ですね」アローラ大佐は腕時計を見ながら言い、それから給仕のほうを向いた。「今夜のメニューは？」

「エンドウ豆とミントのスープ、イノシシの煮込み。デザートはイートン・メスになります」

「よろしい。わかった」

インド人のお召し列車にしては、見事なまでのイギリス料理だ。

給仕は立ち去り、わたしは大佐のほうを向いた。

「宰相といっしょにラウンジ車にいるのはどなたかご存じでしょうか」

「ええ。アングロ・インディアン・ダイヤモンド社の取締役アーネスト・フィッツモーリス卿です。サンバルプール藩王国の金蘭《きんらん》の友と自称しています。両者の付きあいは古くて、強固です。いまでは我が国のダイヤモンドの産出量の九十パーセント近くを買いあげてくれています。東インド会社が強圧的にわれわれを支配下に置こうとしたときも、禁輸令を破ってひそかに取引を続けてくれていました。ほかのどのイギリスの会社も、素知らぬ顔をしてるときにです。サンバルプールの学校や診療所は、すべてアングロ・インディアン・ダイヤモンド社の資金援助のたまものです。ついでに言うなら、王家の御料車も」

ワインもそうだろう。食事中にはグラン・カベルネ・フランが供され、デザート・ワインにはジュランソンが供されたのだから。食卓での話ははずみ、大佐はムガル帝国の侵略に抗してきたサンバルプールの歴史を滔々《とうとう》と語って聞かせた。いつしか時は過ぎ、われわれは車室へ戻るために立ちあがった。

「お気をつけください、警部。あと数時間でジャルスグダに着きます。われわれはそこで列車を乗りかえなければなりません」

「サンバルプールのお召し列車なのに、サンバルプールへ直行しないのですか」

「できないのです。あなた方イギリス人は藩王国に広軌の線路の敷設を許していません。線路を広軌にすると、大量の兵士や重火器の輸送が可能になるので気をつけたほうがいい、とインド政庁は考えているのです」

「馬鹿げている」

「ええ、馬鹿げています。でも、それが現実なんです。とにかく、われわれはジャルスグダで狭軌の線路用の列車に乗りかえなければなりません。そこからサンバルプールまでは五十マイルの行程です」

二時間後、列車はジャルスグダの無人のプラットホームにとまり、わたしは息苦しいくらいの夜の湿気のなかに出た。雨はあがり、線路は乾いていた。どうやらわれわれはモンスーンから脱出することができたようだ。

そこで待っていた列車はそれまでの列車の小型版で、乗りかえたときにはセレモニーもファンファーレもなかった。プラットホームの先で、儀仗兵は王太子の柩をおろし、小さな列車の最前部の車両に運びこんで、王太子の最後の道行きの支度を整えた。

11

一九二〇年六月二十日　日曜日

車室の窓におろされた鎧戸《よろいど》の隙間から払暁《ふつぎょう》の光がさしこみ、わたしはもう一眠りするのを諦《あきら》めた。列車はいまデカン高原を走っている。地図によれば、それはヒンドスタン平野のはずれから始まる台地で、南インドの大半を占めている。列車の心地よい揺れのせいで、なかなか起きあがることができないと思ったとき、車室のドアがノックされる音が聞こえた。

「起きておられますか、警部」バネルジーの声だ。

わたしはベッドから出て、ドアの掛け金をはずした。

「おはようございます」

「早すぎる」

「えっ?」

わたしは手で髪を梳《と》かしつけながら言った。「何かあったのか、部長刑事」

「アローラ大佐の話だと、あと一時間ほどでサンバルプールに到着するそうです。早めにお知らせしたほうがいいかと思いまして」

欠伸《あくび》が出る。「いま何時ごろだ」

「五時半少しまえです」

わたしは窓辺に歩いていって、鎧戸をいちばん上まであげた。窓外には、ベンガルとはまったくちがう景色が広がっていた。数百マイルの距離を置いて、緑の森は消え、そこには干からびた灌木《かんぼく》と埃《ほこり》っぽい褐色の土があった。朝の淡い光の下にときおり現われる木は細く、葉も少なく、色もくすんでいる。カルカッタでよく見かけるヤシの木はどこにもない。

「食堂車でお待ちしていましょうか」バネルジーは明るい声で言った。「朝は南インド料理だそうです。イドゥリやら何やらが出るはずです」

胃が収縮する。インド人にとって、料理に半ポンドのスパイスが入っていないのは大罪であり、朝食であろうと例外ではない。それはそれでけっこうだが、イギリス人には朝は一枚のトーストと一杯の紅茶でいいと思うこともときにはある。

「きみは行けばいい。わたしはやめておくよ」

ドアを閉めて、服を着ているうちに、空は明るくなり、干からびた大地の相が次第次第に鮮明になっていった。カルカッタはモンスーンに襲われたが、オリッサはいまのところ真夏のバグダードなみに乾いている。

六時十五分、列車はサンバルプールに入り、コッツウォルズのどこかから移設したような駅に到着した。オレンジ色の砂岩の壁、スレートぶきの屋根、どこかしらのどかな雰囲気。雲までイギリス並みに低い。ここがインドであるとわかるのは暑さだけだ。

列車はガタンと一揺れしてとまった。窓の外では、厳《いか》めしい顔つきの兵士や役人が整列している。スーツケースを持って車室をあとにし、狭い通路を少し進んだところに、礼服姿のバネルジーが立って待っていた。さらに通路を進んで、ふたりでプラットホームに降り立ったとき、儀仗兵の一団が王太子の柩が安置された車両に乗りこんでいくのが見えた。

その近くに、ダヴェ宰相とフィッツモーリスというイギリス人が立って、柩が儀仗兵の肩にかつがれて列車からおろされるのを見ている。アローラ大佐はそこから少し離れたところに控えて、いままで仕えてきた者の亡骸《なきがら》に敬礼している。柩はプラットホームを駅のコンコースへ向かって進んでいく。その先には木の柵があり、その向こうにインド人の人垣ができている。

そこに、黒い髪の白人の男の姿があった。列車から降りてくる者の顔をひとりひとりチェックしているように見える。肌の色だけでなく、服装を見ても、イギリス人であるのは間違いない。モーニング・コート、ネクタイ、ピンストライプのズボン――イギリス外務省ご用達《ようたし》のつくろいだ。バネルジーの礼服に目をとめると、顔をほころばせてこちらへ向かってきた。

「バネルジー部長刑事ですね」男は改まった口調で言って、手をさしだした。

「そうです」バネルジーは握手をしながら答えた。「それから、こちらは帝国警察のウィンダム警部です」

男の顔に困惑の表情が浮かんだ。

「どういうことでしょう。電報に記されていたのはあなたの名前だけです。イギリス人の警察官が来るという話は聞いていません。何かの間違いではないでしょうか」

「間違いではありません」と、わたしは言った。「わたしは私人として来たんです。葬儀に参列するために」

何か問題があるでしょうか」

　男はわたしの顔をしげしげと見つめ、それから手で髪を掻きあげた。

「いえいえ、そんなわけじゃありません」焦っている。ということは、問題があるということだ。「ようこそお越しくださいました。わたしの名前はカーマイケル。イギリス代表としてサンバルプールに駐在していますす」

「大使ということですね」と、バネルジーが訊いた。

「いえいえ、そんなに大層なものじゃありません」

「とにかく、わざわざお出迎えいただき恐れいりますす」

「どういたしまして。じつのところ、ここの駐在員はわたしひとりなんです」

　コンコースの人垣が静かにふたつに分かれ、そのあいだを王太子の柩が運ばれていく。駅の外で、手負いの獣《けもの》のうめきに似た声がいっせいにあがる。サンバルプールの住民の半分がそこに集まっているのではないかと思うくらいの音量だ。

「混乱がおさまるのを待ったほうがいいでしょう」と、カーマイケルは言った。「公邸はこのすぐ近くなんですが、道路には大渋滞が発生しています。来るときも大変でした。今日この状態なら、明日の葬儀にはどれほどのひとが集まるか推して知るべしです」

「それだけ人気があったということですね」と、わたしは言った。

「そりゃもう。王族はみなそうです。神のように崇《あが》められています。街全体がショック状態にあるといっていいでしょう」それから、コンコースをぐるりと見まわして、「あそこにチャイ屋があります。お茶を飲みながら待つことにしましょう」

　コンコースの人ごみを縫って進むと、自転車を二台つなぎあわせて、そこに木の板を渡し、黄色いマリーゴールドの花輪を飾った屋台があった。青いペンキを塗ったカウンターの上に、小さな素焼きの器《うつわ》や金物が積み重ねられている。片側に煉瓦づくりの小さな炉があり、長い注ぎ口がついた、でこぼこのブリキのやかんが火にかけられている。その後ろに、赤いターバンを巻いた皺くちゃの老人が立って、沸騰《ふっとう》したキャラメル色の液体を主人と同じぐらい年季の入った鍋から鍋に移している。

「ティン・チャイ」カーマイケルが大きな声で注文し、念のために三本の指を立ててみせた。

老人は了解し、積みあげてあった素焼きの器を三つ取って、台の上に丁寧に並べて置き、それぞれに同じ量の紅茶を注いでいった。そして、カーマイケルから代金を受けとると、聖杯でも扱うように恭《うやうや》しく器をさしだした。わたしは器を受けとり、ゆっくり一口飲んだ。そのとき、宰相とフィッツモーリスが駅舎を出て、待たせていたロールスロイスに乗りこむのが見えた。

「あなたはフィッツモーリスという人物をご存じですか」

カーマイケルはうなずき、急いで紅茶を飲んだ。

「ええ、もちろんです。何度か会ったことがあります。人品卑《じんぴんいや》しからぬ立派な紳士です」

「公邸には滞在していないのですか」

「以前は滞在していました。このところはマハラジャのゲストとして王宮に滞在しています」

「よくサンバルプールに来ているんですか」と、バネルジーが訊いた。

「ええ、よく来ています。少なくとも今年は何度も来ています。以前は年に一度ずつでした。マハラジャが主催する狩猟に参加するためです。それがたいそう大がかりなものでしてね。総督がお見えになることもあります。去年の成果は虎六頭、黒豹《ひょう》二頭、ガゼルは数えきれないほどでした」

「最近は？」わたしは訊いた。

「え？」

「最近はよくここに来るという話でしたね」

「そのとおりです。この半年で数回来ています」

「何か理由があるのでしょうか」

答えるまでに少し間があった。「申しわけありませんが、わたしの口からは申しあげられません。おわかりいただけるかと思いますが、守秘義務というものがございまして」

「気晴らしに来ているのじゃないとしたら、ダイヤモンドに関係することなんでしょうね」

カーマイケルはにやっと笑った。「なんでもお見通しですな」

それぐらいはシャーロック・ホームズでなくてもわかる。フィッツモーリスはダイヤモンド会社の取締役であり、サンバルプールにはアリババと四十人の盗賊もびっくりのダイヤモンドがあるのだ。

しばらくして駅から少しずつ人が減りはじめた。紅茶を飲みおえ、駅の外に出ると、そこに待っていたのはインド一古いのではないかと思えるオースティンだった。ボンネットに立てた金属棒から色褪《あ》せたユニオン・ジャックが垂れさがっている。インド人の運転手がその前に立って、汚れた布きれでヘッドライトを拭いている。

「申しわけありません、こんな車しか用意できなくて」と、カーマイケルは言った。「ロールスロイスじゃなくて」

「お気になさらず。このまえ部長刑事といっしょにロールスロイスに乗ったときには、ろくな目にあいませんでしたから。ただ、インド政庁は見栄を張るためにロールスロイスを使うものだとばかり思っていました。要するに、財力にものを言わせようってわけです」

「残念ながら、ちがうんです。富の力でマハラジャの一族を圧倒しようとした時代は、東インド会社とともに過去のものとなってしまいました。それ以降は、もっぱら軍事力にものを言わせています。大砲数門とリー・エンフィールド銃一箱で用が足りるなら、何台ものロールスロイスを買う必要はありません。もっともだと思いはしますが、おかげでわたしはこんな車に乗らなきゃならなくなってしまいました」

「帝国の犠牲になったということですね」バネルジーは首を振りながら言って、運転手の横にすわった。

ドライブには向いてない街だった。車はなんの変哲もない陋屋《ろうおく》が立ち並ぶ狭い通りをのろのろと進んでいく。宮殿は遠くの丘の頂《いただ》きにある。

「スーリヤ・マハール」と、カーマイケルは言った。「〝太陽宮〟という意味です。そこにサンバルプールのマハラジャが代々……いや、じつはそんなに古いものではありません。建てられたのは六十年ほどまえ。インド大反乱のあとです。それ以前のマハラジャは安全のために川ぞいの古い城塞に住まっていました。一八〇〇年代のはじめごろまで、この地では紛争が絶えませんでした。地方の豪族やムガル帝国やマラータ族などとの戦《いくさ》の連続だったのです。もちろん、イギリスとの戦いもありました。

サンバルプールにとって幸運だったのは、一八五七年のインド大反乱の際、当時この地を統治していたヴィール・サレンドラ・サイに先見の明があったことです。ほかの藩王とちがって、東インド会社側につくことを選んだのです。ラクナウの戦いには援軍を派遣したくらいです。さらには、引き際も心得ていました。その結果、インド政庁に恩を売り、領地を広げ、マハラジャの称号を授かることができたのです。これが王朝誕生のいきさつです」

ようやく駐在官公邸のゲートの前に着いた。塀に囲まれた広い敷地に、地味な感じのする二階屋が建てられている。二階の端から端までバルコニーが渡され、屋根の上に旗のないポールが取りつけられている。

「国旗を掲げていないのですか」と、わたしは尋ねた。

カーマイケルは顔を赤らめた。「そうなんです。虫に食われてしまいましてね。新しいのを送ってくれと催促しているんですが、さっきも申しあげたとおり、ここはインド政庁にとって優先順位の高いところではありませんので」

「それはどうでしょう」わたしは総督が構想する藩王院のことを頭に浮かべながら言った。「聞いたところでは、サンバルプールをめぐる状況はいま大きく変わりつつあるようですが」

公邸の内部は外観に負けず劣らず安っぽかった。実際のところ、イギリスの片田舎の町役場でも、ここよりずっと華やかに見えるところはいくらでもある。住めば都とはいうものの……

樟脳《しょうのう》の臭いがする薄暗い玄関の間に入ると、カーマイケルは申しわけないがこれで失礼すると言って、公邸滞在中われわれの世話をしてくれる使用人を紹介した。抜け目のなさそうな顔。白いシャツに、腰紐でしばっただぶだぶのズボンという格好。足には何も履いていない。

「ムンダーが部屋にご案内します」と、カーマイケルは言った。「部屋には、洗面器と石鹸《せっけん》、それにきれいな水を入れた桶《おけ》を用意してあります。身支度を整えて、一時間後に下に降りてきてください。マハラジャに拝謁することになっていますので、遅れないようにお願いします」

われわれは階段をあがった。二階の廊下の壁は漆喰を塗っただけで、何も飾られていない。ムンダーはそこのドアのひとつをあけて、わたしを通すと、その先の部屋へバネルジーを連れていった。

建物同様、部屋もやはり質素だった。シングルベッド、衣装だんす、椅子、ランタンが置かれた机。ジョージ五世の写真がかけられているだけの壁。それでも清潔ではあるし、インドでは充分に贅沢《ぜいたく》な部類に入る。

ドアを閉めると、スーツケースを床に置いて、ベッドに腰をおろした。煙草に火をつけて、深く一服し、つらつらと思案をめぐらせる。総督の意に反して事件を追おうと腹をくくり、いまはサンバルプールのこの殺風景な部屋にすわっているが、わたしはここでなんの権限も持っていない。バネルジーの父親の雨についてのご託宣がどうであれ、幸先があまりよくないのはたしかだ。

それでも、サンバルプールへ来たということは一歩前進と考えていい。しなければならないことははっきりわかっている。アディール王太子にメモ書きを残した人物を突きとめること。思うところはいくつかあるが、休暇中の身でどこまでのことができるかはまだなんともいえない。けれども、そんなことをいま思い悩む必要はない。さしあたっての問題は、マハラジャとどんな話をするかだ。

12

陽は高いところにある。太陽を見ることはできないが、肌で感じられる。空気はからからに乾いていて、埃っぽい。

年代物のオースティンはインドの小さな街の喧騒のなかを王宮へ向かって進んでいる。行商人がガラガラ声を張りあげて客を呼びながら、荷車を引いている。ねじくれた節だらけのバニヤンの木の下に、痩せた農夫があぐらをかいてすわり、色鮮やかな布の上にゴーヤやスイカなどの収穫物を並べて、通りがかった女たちに売っている。

カーマイケルが訊いた。「それで、この藩王国の偉大な統治者について、あなたはどの程度ご存じなんでしょうか」

「あまりよくは知りません」と、わたしは答えた。

「それなら簡単にご説明いたしましょう」

自分はなんでも知っていると言いたげな口調だ。

「名前はラジャーン・クマール・サイ。御年七十六歳で、一八五八年以来ずっとサンバルプールの地を治《おさ》めています。高位カーストではあるが、貧しい農家の出でしてね。王位につくことになったのは、死の床にあった先代のマハラジャが、占い師のお告げに従って、彼を養子にしたからです。〝失権の原理〟に抵触するのを避けるためです」

そのときのわたしの表情をどうやらカーマイケルは読みとったみたいだった。

「〝失権の原理〟というのは、ダルハウジー卿が総督だったときの施策で、正式の世継ぎを持たずに藩王が亡くなった場合、あるいは藩王が〝著《いちじる》しく適性を欠く〟と見なされた場合、東インド会社はその領土をイギリスに併合することができるというものです」

「〝著しく適性を欠く〟かどうかを判断する基準は？」

カーマイケルは笑った。「それを決めていたのは東インド会社です。そうやって、豊富な鉱物資源を持つ王国を次々に併合し、無知蒙昧《もうまい》なインド人による支配を終わらせていったのです。それはインド政庁にとってもひじょうに都合のいい施策でした。バドーダラー王国のガーイクワードは、グレープフルーツ・ジュースに毒を入れてイギリスの駐在官を殺害しようとしたとして追放されました」

「としたら、サンバルプールは先代のマハラジャが亡くなったときにどうして併合されなかったのですか」

と、バネルジーが訊いた。

「ええ、そこなんです。それはいつのことだったかを思いだしてください。一八五八年――インド大反乱が起きた翌年です。東インド会社はイギリス王室に統治権を剝奪され、当時のインドは大きな流動期にさしかかっていました。ときの権力は東インド会社の投資家からインド政庁の役人に移り、利益より安定が求められるようになっていたんです。サンバルプールに関して言えば、先代のマハラジャがかつてイギリス側について戦ったという経緯もあるので、手間暇かけて版図を広げるより、友好関係を維持したほうが得策だと判断したのです。それも運命のなせるわざといっていいでしょう。先代のマハラジャが亡くなるのが五年早くても、あるいは五年遅くても、現在サンバルプール藩王国は存在していなかったはずです」

痩せた灰色の牛がのそりと道路に出てきて、運転手は急ブレーキをかけた。牛はどこ吹く風で口いっぱいのサトウキビの葉を咀嚼《そしゃく》している。車はその横をゆっくり通り抜けた。

「現マハラジャはサンバルプールの近代化を進めてきました」カーマイケルはふたたび話しはじめた。「ただし、政治改革にまでは至っていません。国権はいまもマハラジャとその子息たちの手に握られています」

「子息は何人いるのですか」と、わたしは尋ねた。

「王太子の暗殺という悲劇が起きなければ、王位継承権を持つ者は三人いました。いずれも正妻とのあいだに生まれた子供たちです。側室が生んだ者に王位を継ぐ資格はありません」

「側室？」

「今年三月末の時点で百二十六人いました。子供の数は二百五十六人です。そこに正妻の息子三人は含まれていません。われわれは年ごとに国の財務報告書を受けとっています。そこにそういったことがすべて記載されているのです」

「王子のことを教えてもらえますか」

「嫡子《ちゃくし》は三人だけ。そのひとりが亡きアディール・シン・サイ王太子で、もうひとりが弟のプニート王子。年は二十九歳で、このふたりが第二夫人の子です。それから、異母弟のアロック王子。第三夫人の子で、一歳半です。去年新聞にも載ったので、ご存じかもしれませんが、マハラジャはその誕生を祝うためにプールをシャンパンで満たすよう命じました」

「七十を過ぎて子宝に恵まれたのですから、盛大に祝いたくなるのも無理はないでしょうね。マハラジャがその子の父親だというのはたしかですか」

「もちろんです。夫と嫡子を除いて、奥方の五十フィート以内に近づくことを許される男性は、宦官《ヒジュラー》だけです。マハラジャは女性にはルーズですが、そういったことにはきわめて厳格でしてね。

もちろん、遊び惚《ほう》けているだけじゃありません。功績もあります。昔のサンバルプールは衛生面でも教育面でもひどく立ち遅れていましたが、いまではカルカッタやデリーなみの水準になっています。主要な街だけですが、電気も通るようになりました。農地のほとんどはいまもマハラジャのものですが。農業の近代化も進んでいます。そういった費用はすべてダイヤモンドの売却益でまかなわれています」

「こんな小さな国にそのような財源があるのは幸運としか言いようがありませんね」

「サンバルプールは恵まれた国です。ダイヤモンドのまえは阿片でした。当時は大量の阿片が生産されていました。東インド会社が中国に輸出する阿片はいくらあっても足りませんでしたからね。以前ほどではありませんが、いまでもまだ生産されています。表向きは医療用ですが、噂によると、闇に流して私腹をこやしている役人が多数いるようです」

ぞくっとした。ほろ苦い期待が胸に芽生える。

カーマイケルは話を続けた。「とにかく、マハラジャの功績には特筆に値するものがあります。世間では、国事をなおざりにして、ロンドンの華やぎやパリの美食にうつつを抜かしているとされていますが、実際はちがいます。そもそもマハラジャが国外へ出るのはそう簡単なことじゃありません。どこへ行くにしても、

「総督府に旅券の発行を申請しなければなりません」

「どうしてです」と、バネルジーが訊いた。

「そういう法律があるんですよ。どの藩王も総督の許可なくインドを離れることはできないのです」

「なんだか自宅軟禁されているみたいですね」わたしは言った。

カーマイケルは笑った。「考えようによっては、そうとも言えるでしょうね」

車が角を曲がると、前方に〈太陽宮〉が現われた。まぶしいくらいの黄色い宮殿で、三階建て、屋上には庇《ひさし》がついた庭園がしつらえられている。アーチ形のファサードに、バルコニーのある格子窓というムガル様式だ。石と煉瓦でできているのではなく、光と空気と幻から成る堂宇《どうう》のように見える。造りはどこまでも繊細で、これに比べたら、イギリスのコロニアル様式の建造物はみなもっさりしていて、ただ馬鹿でかいだけでしかない。

ゲートの前には、ひとりの衛兵がいたが、何やら考えごとをしていたらしく、身元を確認することもなく、大儀そうに手を振ってわれわれをなかに通した。もっとも、それはそんなに珍しいことではない。インドでは、白人で、自動車に乗っていれば、たいていの場所に自由に出入りできる。とはいえ、先日の出来事を考えると、王族の警護はもう少し厳しくしてしかるべきだろうが。

オースティンが停止し、その前の石段を歩いてあがったところに、二階分の高さのアーチ形の扉があった。マホガニーの彫刻のような顔をした従僕が現われて扉をあける。カーマイケルが会釈をすると、従僕も同じように会釈をした。インド人の従僕が白人の賓客を迎えるときには、片脚を引いてお辞儀するのが普通だが、ここではそのようなかしこまった挨拶はしないようだ。

「国王陛下に拝謁いたしたい」と、カーマイケルは言った。

「承《うけたまわ》っております、ミスター・カーマイケル」従僕は淡々とした口調で応じた。「こちらへどうぞ。お待ちしていました」

従僕に案内されて、唐草模様が彫られた大きな木のドアをふたつ抜けると、吹き抜けの高い天井から巨大なシャンデリアが吊るされた広間に出た。そこで別の従僕に案内を引き継がれた。薔薇園のような香りがする大理石の廊下を進み、突きあたりのドアを抜けると、そこで三人目の従僕が待っていた。

「マハラジャに謁見するのにリレー・チームが必要だとは思いませんでしたよ」と、わたしは言った。

「ご心配なく。もうすぐ一休みできます。マハラジャはインド時間を採用なさっています。われわれは少し待つことになるはずです」

三人目の従僕に案内されたのは、ミダス王の黄金神話に出てきそうな部屋だった。金箔張りの鏡、金色の唐草模様の壁。フランス製の家具。四頭の銀の象に支えられたガラスのテーブル。そこに光をきらきらと反射させているバカラのシャンデリア。

椅子にすわったとき、奥のドアが開き、体裁のいいインド人の男に続いて、フィッツモーリスが姿を現わした。何かに気をとられている様子で、カーマイケルが声をかけなければ、われわれに気づかずに通りすぎていたかもしれない。

「ご無沙汰《ぶさた》しています、サー・アーネスト」

フィッツモーリスはおざなりな挨拶をかえしただけで、失礼と言って、連れのインド人といっしょに部屋から出ていった。

われわれはまだ待たなければならなかった。時間がたつにつれて、考えたくないことばかり頭に浮かんできた。ハウラー駅で見かけたドーソンのことが気になってならない。マハラジャは息子の死にイギリスが関与しているのではないかという疑念を抱いていないだろうか。だとしたら、息子が殺されたときにいっしょにいた者を見て、はたしてどんな反応を示すだろう。

手が小さく震えている。アドレナリンのせいかもしれない。でなかったら、阿片の禁断症状かもしれない。

ドアが開き、エメラルド色の上衣《クルタ》を着た従僕が出てきた。

わたしは気を引きしめた。

「陛下が接見なさいます」

13

わたしが頭に思い描いていたのは、数えきれないほどの宝石を身に着け、シルクのクッションにもたれかかり、お付きの者に孔雀の大きな羽根で扇いでもらっている君主像だった。謁見室の場はロイヤル・アルバート・ホールと見まごうくらいだろうと思っていた。けれども、実際はまるでちがった。通されたのは普通の書斎と大差ない部屋だった。片側の壁には書棚が並んでいて、両開きのドアからは手入れの行き届いた庭園が見えるが、室内には黴《かび》の臭いがこびりついている。

部屋の奥の金箔張りの机の向こうに、マハラジャはすわっていた。髪は白く、顔は皺だらけ。サヴィル・ロウ仕立てのスーツを着ているが、糊《のり》のきいた白いシャツの襟は、細い首のまわりでたるみ、縊るときを待っている縄のように見える。マハラジャ自身は何かの書類を見ていて、そこから顔をあげようともしない。後ろの壁には、ヒンドゥー神話の一場面とおぼしき、宝石で光り輝く王子と双頭の悪魔との一騎打ちを描いた、おどろおどろしい図柄のタペストリーがかけられている。その上には、ふたつのアーチ形の窓があり、いずれにも格子細工のブラインドがかかっている。マハラジャの右側にはダヴェ宰相が、左側にはアローラ大佐とターバンを巻いた従僕が控えている。

　宰相に耳打ちされて、マハラジャは顔をあげた。顎の白い不精ひげや充血した目が、悲しみの深さを物語っている。わが子を亡くした親の悲しみは、察するに余りある。たとえほかに二百人からの子供がいたとしても。

「ようこそ、ミスター・カーマイケル」と、マハラジャは力ない声で言った。

「陛下、ご紹介いたします。帝国警察のウィンダム警部とバネルジー部長刑事です。このたびのご不幸に心からお悔み申しあげ、葬儀に参列させていただきたいとのことです。なんでも、バネルジー部長刑事は王太子殿下の学友だそうです」

　マハラジャは目をきらっと光らせ、バネルジーに訊いた。「きみはアディールの友人だったのかね」

「はい、陛下。ハロー校でごいっしょさせていただきました。年齢的には兄に近かったのですが」

　アローラ大佐が口をはさんだ。「このおふたりが犯人を見つけて、追いつめたのです」

　マハラジャの目にさらに強い光が宿った。「あらためて礼を言う。その者がなぜあんなことをしたかわかっているかね」

「残念ながら、まだわかっていません」わたしは答えた。「犯人は投降するのを拒み、みずから命を絶ちました。その男はサンバルプールからさし向けられたと思われる節があります」

老人の背筋がのびる。

その横で宰相がもじもじと身体を動かした。「恐れながら、陛下——」

だが、マハラジャは手をあげて制した。「さし向けられた？　何者かがここから暗殺者を送りだしたということか」

「捜査はまだ終わっていません。ですが、王太子殿下が身の危険を警告するメモ書きを受けとっておられたことはわかっています。そのメモ書きは宮殿内の王太子殿下の部屋に置かれていました」

マハラジャは勢いこんだ。「首謀者はここサンバルプールにいると言うのだな」

勢いこんだせいで急に咳きこみ、身体がふたつに折れる。それを見て、従僕が駆け寄ったが、マハラジャは手を振って下がらせた。

「その可能性が高いと考えています」

「それが誰かを突きとめることはできるか」

「陛下！」宰相があわてて口をはさんだ。「イギリス人に捜査権はありません。ここで悪しき前例をつくるのはいかがなものかと存じます。そんなことをなさらずとも、バルドワージ少佐が同様の観点から捜査を進め、すでに容疑者を逮捕しております」

マハラジャの横で、アローラ大佐は身体をぎこちなく動かした。どうやら初耳だったようだ。何を考えているかは、その目が一瞬わたしのほうに向けられたときにわかった。

「はばかりながら、陛下」アローラ大佐が口をはさんだ。「ウィンダム警部はかつてスコットランド・ヤードで鳴らしていた刑事です。ここには休暇で来ています。あくまで私人としてではありますが、これまでの経験を活かしてもらったらいかがでしょうか。バルドワージ少佐の顧問とするのも一案かと思います」

マハラジャは黙っていたが、その思いは顔にはっきりりあらわれていた。国内の事件にイギリス人の介入を許すのはたしかに考えものではある。けれども、これは自分の息子の殺害事件なのだ。通常のルールにはあてはまらない。さらには、呪文のような一言もある――〝スコットランド・ヤード〟。世人がこの組織に寄せる敬意には、いつもながらに驚かされる。未開の部族が呪術師の力を信じているように、スコットランド・ヤードの刑事は万能だと思っている。むろん、そのことに異を唱えるつもりはない。

マハラジャは咳払いをした。「警部とそのお連れに私的な立場でバルドワージ少佐の捜査にかかわってもらい、必要に応じて助言をいただくというのは、悪い考えではないと思う。それはあきらかに国益に資することである。おふたりには滞在中できるかぎりの便宜《べんぎ》をおはかりしよう」

「さしつかえなければ、陛下」と、わたしは言った。「関係者から直接話を聞くことをお許しいただけないでしょうか。もちろん、貴国の担当者の立ちあいのもとでということで」

何かが目にとまった。タペストリーの上のブラインドの隙間からさしこむ反射光だ。一瞬きらっと光って、すぐに消えた。

宰相は大きく首を振った。「そこまでのことはいくらなんでも――」

マハラジャはそれを遮《さえぎ》った。「おまかせする、警部。必要とあらば、尋問というかたちをとっていただいてもかまわない」

「全力でお手伝いさせていただきます、陛下」

血色の悪い唇に小さな笑みが浮かんだ。「よろしい。アローラ大佐には関係部局との連絡係になってもらうことにする。ほかのことでも、何かあったらいつでも相談すればいい。どうか、警部、この禍事《まがごと》に一刻も早く決着をつけてもらいたい。時間は限られている。持ち時間は思っているほど長くない」

14

アローラ大佐のあとに続いて控えの間に戻る途中、バネルジーは言った。「こんなにとんとん拍子に話が進むとは思いませんでした」

「同感です」と、大佐は答えた。「あなたはどうお思いですか、ミスター・カーマイケル」

駐在官の顔は相反するいくつかの感情がないまぜになっているように見える。

「警部、あなたとふたりだけで話がしたいのですが」

それから、大佐に向かって、「よろしいですな、大佐」と、イギリスの駐在官然とした口調で言った。

大佐はうなずき、控えの間のドアをあけた。わたしはカーマイケルに続いてなかに入った。

「ドアを閉めていただけますか」カーマイケルはわたしに背中を向けたまま言った。それから、しばらくのあいだ、立ったままサイド・テーブルを指でこつこつと叩いていた。振り向いたとき、その顔は急に十歳ほど老けこんだように見えた。

「これはきわめて異例の事態です、警部。まず第一に、あなたの不意の来訪。そして、今度はこれです」

「何かおっしゃりたいことがあるということでしょうか、ミスター・カーマイケル」

少し間があった。

「できれば言いたくなかったのですが、仕方ありません」ポケットからプレスのきいたハンカチを取りだし、額に押しあてた。「舞台裏をお教えしておいたほうがいいでしょう。いいですか、ウィンダム警部、宮廷というのは伏魔殿なんです。権謀術数が渦を巻いていて、忠誠を尽くす相手はころころと変わります。そこへ来て王太子の暗殺です。王宮内の暗闘はいっそう熾烈《しれつ》なものになるにちがいありません」

わたしは笑った。「まるで海賊船のごろつきどものことを話しているような口ぶりですね。われらの信頼篤《あつ》き同盟国を統べている貴人たちじゃなくて」

そのとき壁の向こうから物音が聞こえ、カーマイケルは素早くそっちのほうに目をやった。顔から血の気が引いている。

「いいですか、警部」その声の量はささやきのレベルにまで落ちている。「非業の死を遂げた王族はアディール王太子がはじめてじゃありません。誰を信用していいか慎重にお考えになったほうがいい」

それだけ言うと、カーマイケルは部屋を横切り、ドアをあけて、バネルジーとアローラ大佐を呼んだ。

「それでは、みなさん、わたしはこれで失礼して、公邸に戻らせていただきます。カルカッタに電報を打って、ことのなりゆきを報告しなければなりませんので」それから大佐のほうを向いて、「ひとつお願いしておきますが、大佐、警部と部長刑事はかならず夕方までに公邸にお戻しいただきたい。カルカッタからの来訪者にお会いするのを、妻が楽しみにしておりますので」

「ご安心ください、ミスター・カーマイケル。おふたりには間違いなく六時までにお帰りいただきます」

カーマイケルはわたしに会釈をし、後ろを向くと、大英帝国がかかえる難題のすべてをひとりで背負いこんでいるかのような足取りで歩き去った。

「さて、どこから始めましょう」アローラ大佐は言った。

「宰相が言っていたバルドワージ少佐とはどういう人物なのか教えてもらえますか」

「わが国の民兵組織の司令官です」その声には蔑《さげす》みの色があった。「実質的には警察署長といってもいいでしょう。少佐という肩書に惑わされてはいけません。軍事訓練とかはまったく受けていません」

「それで、仕事ぶりは？」

「逮捕するのはお手のもののようです。ただ、それが本当に逮捕すべき者かどうかはわかりません」

　その言葉の意味を考えながら、わたしは言った。

「オフィスとして使える部屋を用意していただければありがたいのですが。バルドワージ少佐の民兵組織が入っている建物以外のどこかに。できれば宮殿に近いほうがいい」

「その点は問題ありません。サンバルプールでは、重要な施設はすべて宮殿の近くにありますから。もちろんダイヤモンド鉱床だけは別で、ここから三十マイルほど離れていますがね。それではまいりましょう。ご希望にそう部屋が見つかるはずです」

　われわれは宮殿からヴェルサイユ風に造りこまれた庭園に出た。広い芝地のまんなかを砂利道が横切っている。

「庭園の向こうに〝薔薇の館《グラーブ・バヴァン》〟と呼ばれる政府庁舎がありますよ。宮殿からいくらも離れていません」

　庭園は賑《にぎ》やかだった。多くのイギリス人女性が糊のきいたお仕着せにローヒールの靴といった格好で、それぞれ数人のインド人の幼児を連れて歩いている。ベンチに腰かけ、子供たちに本を読んでやっている者もいる。エメラルド色の制服に扇形のターバン姿の従僕に付き添われて、大きな乳母車を押している者もいる。

「国王陛下のお子さまたちです」と、アローラ大佐は言った。「現時点で二百五十八人います。正室のご子息三人以外に」

「ミスター・カーマイケルは二百五十六人だと言っていましたが」と、バネルジーが言った。

　大佐は微笑んだ。「このまえ数えたときから、またふたり生まれたんです」

　わたしは言った。「それにしても子だくさんですね」

「陛下は性の理論と実践に多大なる関心をお持ちでし

て」

「実践をおろそかにしていないのはたしかですね」

「間違いありません。サンバルプール藩王国は貴国のダンリー・ベビー用品店のいちばんの顧客だと聞いています。去年一年間だけで、乳母車をたしか二十数台購入したはずです」

「あなたのような軍人が、どうしてそんなことをご存じなのですか」バネルジーが訊いた。

「財務報告書に載っているからです。サンバルプールは主権国家ですが、それでもデリーにあるインド政庁の役人に歳出入の詳細な記録をかならず提出しなければならないことになっています。その記載事項を見たら、あなたは腰を抜かすかもしれません」

〈薔薇の館〉は、壁にピンクの漆喰が塗られ、ファサードに蔦《つた》が絡まった瀟洒《しょうしゃ》な三階建ての建造物だった。建物の裏手は正面ほど美しくはなく、いくつもの車庫の扉が並んでいる。開いている扉もあって、その向こうにヘッドライトやぴかぴかの金属やクロムの車体が見える。

「一階には、車庫、整備場、それに運転手や整備士の住まいがあります。一台ごとに専属の運転手と整備士がついていましてね。陛下のご意向により、運転手は全員イタリア人です。イタリア人の運転技術は世界一だと信じておられるのです。オフィスは上の階にあります」

外でふたりのインド人が上半身裸になって、濃紺のロールスロイスを洗っている。特別仕様の車で、運転席はむきだしになっていて、覆いは後部座席だけについている。だが、それでもまだプライバシーの確保が充分でないかのように、窓には分厚いブルーのカーテンがかけられている。

「女性専用車《パルダ・カー》です。王妃がお使いになります。窓が覆われているのは、慎み深くあっていただくためです」

「後宮を離れることは許されているのですか」

「もちろんです」大佐は当然のことのように答えた。

「王妃たちはみな忙しい日々を送っておられます。ときには側室が車を使うこともあります」

「どこへ行くんですか」

「どこへでも。丘にピクニックにいかれることもあれば、川へ沐浴《もくよく》にいかれることもあります。マハナディという、サンバルプールを横切っている聖なる川がありましてね。ジャガンナート神が丸太になってその川を下り、海岸沿いのプリーまで行ったという言い伝えが残っています。第一王妃はほぼ毎朝この車をお使いになり、寺へお祈りにいってらっしゃいます」

開いているドアの脇に、太り肉《じし》の門番がいたが、われわれがなかに入っていっても、何も気にしている様子はなかった。建物のなかはひんやりとし、しんと静まりかえっている。宮殿のような華やぎはなく、逆に優美な感じがする。大理石の床に、漆喰塗りの壁。あちこちにマハラジャの写真が掲げられている。玉座に居ずまいを正しているところ。宝石で飾りたてた象に乗っているところ。イギリスのジョージ五世とお茶を喫しているところ。体重計に乗っている写真もある。その体重は文字どおり金によって測られている。

「ここで国事が決定されます」アローラ大佐は言った。「宰相の執務室は二階に、議場や参議の執務室も同じ階にあります。以前は街のあちこちに散らばっていたのですが、効率化をはかるために、陛下がすべてをここに集めるよう命じられたのです。ただ、参議たちは角突《つの》きあわせることが多く、大半は現在も街なかで仕事をしており、ここの執務室はほとんど使われていません。廟議《びょうぎ》が開かれているときを除くと、ここにいるのは宰相とその配下の者だけです。あなた方のオフィスとして使える部屋はいくつもあります」

その言葉に嘘はなかった。三階へあがると、アローラ大佐はいちばん手前のドアをあけ、なかを覗《のぞ》きこんだ。

それからドアを大きくあけて訊いた。「この部屋はいかがでしょう」

ラル・バザールのわたしのオフィスよりずっと広い。天板に革を張った机がふたつ置かれていて、テニスコートがつくれそうなくらいの空きスペースがある。快適さも比較にならない。壁は塗りかえられたばかりで、椅子はふかふか。床には分不相応なと思うくらいの絨毯が敷かれている。

わたしはバネルジーに目で承諾をとり、それから答えた。「ここでけっこうです。でも、ここで一息つくまえに、バルドワージ少佐が逮捕したという者から話を聞くことはできないでしょうか。早ければ早いほどいい」

一瞬の間のあと、大佐は軍人らしいきびきびとした動作でうなずいた。「わかりました。少し時間をください。バルドワージ少佐に連絡をとって段取りを整えます」

大佐が立ち去ると、わたしは窓の外の景色に目をやった。ビロードのような芝生。並木道。その先の大きな川。それがマハナディ川だろう。今日のところは神も丸太も流れていない。

「なかなか居心地のいい部屋ですね」背後でバネルジーが言った。

振りかえると、バネルジーは机の後ろの椅子になかばふんぞりかえってすわっている。

「あまり気を抜かないほうがいいぞ。この先、席をあたためる暇もないくらい忙しくなる予感がする」

「さあ、それはどうでしょう。逮捕された容疑者が今回の事件の黒幕だとしたら、手間はいくらもかからないはずです」

「その容疑者の逮捕の根拠はなんだと思う」

バネルジーは背筋をのばした。「どういうことでしょう、警部」

「考えてもみろ。連中にどんな証拠をつかめるというんだ。事件が起きたのはカルカッタだ。犯人が自殺したのもカルカッタだ。犯人とサンバルプールとのつながりを示すものは、すべてホテルの部屋で燃えてしまっている。そもそも、われわれがここに来たのだって、単に勘が働いたからにすぎない。そういったことを考えれば、バルドワージ少佐がこれほど早く事件の黒幕逮捕にこぎつけたことに不審の念を抱くのは当然のことだ」

15

マハナディ川を見おろす岩場に築かれた城塞は、〈太陽宮〉から数マイルの距離と、千年の時間を隔てている。堅牢な石壁と銃眼付きの胸壁が、王宮の華奢《きゃしゃ》で享楽《きょうらく》的な建造物を咎《とが》めだてているように見える。

われわれは古いメルセデス・シンプレックスの後部座席にすわっていた。運転手の隣の席で、アローラ大佐はこんなボロ車しか用意できずに申しわけないと謝った。十年ほどまえのもので、サスペンションがきしんでいる。それでも、カーマイケルのオースティンに比べると、乗り心地はずっといい。

「わたしとしてはもっと新しい車をご用意したかったのですが、陛下の仰せなので」と、大佐は言った。

「縁起のいい車だと信じておられるのです。あなたはメルセデスの意味をご存じですか」

知っているわけがない。わたしはケンブリッジへ行っていない。

「スペイン語ですね」と、バネルジーが答えた。「女性の名前によく使われています」

大佐はうなずいた。「そのとおりです。意味は〝神の恵み〟です。陛下はおふたりが神から遣わされたと信じておられます」

そういえば、息子の王太子も初対面のとき同じようなことを言っていた。だが、その三十分後には帰らぬひととなってしまったのだ。

「この古い城塞には、ムガルの将軍の幽霊が出るという噂があります」大佐は後ろを向いて話を続けた。「数百年前、この地ではムガル人とのあいだで戦《いくさ》が絶えませんでした。その将軍は捕らえられ、牢獄につながれ、目をつぶされたうえ処刑されたそうです。それで、東からの風が吹く晩には、幽霊になって現われ、望郷の念に駆られて廊下をさまよい歩くそうです」

車が城門に近づくと、大佐は城壁の高いところにある小窓を指さした。「あそこが留置場になっています」

「地下牢じゃないんですね」わたしは訊いた。

大佐は心外だという顔をした。「われわれは野蛮人じゃありません、警部。どんなところだと思っていたんです。ベンガルの太守がイギリス人を大量殺戮《さつりく》したカルカッタの牢獄ですか」

運転手は土煙の舞う中庭に車をとめた。アローラ大佐を残して、われわれは城塞のなかに入り、番兵の案内で狭い螺旋《らせん》階段を三階まであがって、狭く殺風景な部屋に通された。片方の壁に細長い窓があり、そこから一条の光がさしこんでいる。番兵はバルドワージ少佐を呼びにいった。

窓から、川の対岸にあるふたつの寺院が見える。ひとつは白い大理石の大きな二層の造りで、ヒンドゥー寺院に特有のシカラと呼ばれる塔を有し、塀に囲まれた敷地のなかに建てられている。もうひとつはもっと小さく、地味で、荒れるにまかされている。とそのとき、カーテンがかけられた濃紺のロールスロイスが、大きいほうの寺に近づき、塀の前でとまった。そこから出てくる者の姿を見るまえに、わたしの後ろでドアが開き、バルドワージ少佐が入ってきた。

がっちりした体軀、軍人風の口ひげ、葬儀場にいるような気むずかしげな表情。われわれの訪問はあまり歓迎されていないということだ。

その口調はじつにそっけなかった。「あなたたちのご意向はアローラ大佐から聞いています。囚人との面会をご希望だとか」

「国王陛下のご意向でもあります」

「わかりました。こちらへどうぞ」

少佐はわれわれを連れて石壁の通路を進み、その途中にある分厚い木のドアの前まで行くと、そこに立っていた看守にうなずきかけた。看守はベルトに付けた輪っかから大きな鉄の鍵をはずし、それで解錠してドアをあけ、われわれを通した。たしかにアローラ大佐の言ったとおりだった。彼らは野蛮人ではない。監房は清潔で、まずまず快適に過ごせそうに見える。マハナディ川の眺望までついている。窓に鉄格子がはまっていたり、ドアの前に看守が立っていたりしなければ、ホテルの客室と思ったかもしれない。けれども、この程度の驚きはまだ序の口で、二番目の驚きはそれよりずっと大きかった。

書き物をしていた机の手前で、振りかえり、そして立ちあがったのは、二十代の若い娘だった。短い髪。飾りけのない青い上衣《クルティ》に、白いチュリダーと呼ばれるズボンという格好。墨《コール》に縁どられた目で、怪訝《けげん》そうにバネルジーを見つめている。筋金入りのテロリスト、といった感じではない。むしろどこかの姫君といったほうがいい。宝石で飾りたてていたら、実際にそのように見えただろう。

「部屋を間違えていませんか」と、わたしは訊いた。

バルドワージ少佐は口もとを歪めた。「ご心配なく。ここにいるのは、ムガルの時代以来もっとも大きな災《わざわ》いを国にもたらした女です」

「名前は？」

「そんなことはどうだっていいでしょ」娘は語気鋭く言い、それから少佐のほうを向いた。「いったいいつからアングロ・インディアン・ダイヤモンド社の商人がサンバルプールの良民を尋問することが許されるようになったの？」

「言っておきますが、わたしはアングロ・インディアン・ダイヤモンド社とはなんの関係もありません」と、わたしは言った。

「じゃ、お連れの方は？」娘は言って、バネルジーを指さした。「どうしてたったいま客船から降りたばかりのような格好をしているの？」

わたしは礼服姿のバネルジーに目をやった。その顔には見慣れた表情がある。女性──特に美しい女性の前では、いつも生まれたばかりの子犬、もしくは怯《おび》えた子供のような顔になるのだ。そして、魚のように押し黙ってしまう。いまから尋問しようというときに、これはない。

「こちらはバネルジー。警察官です。やはりアングロ・インディアン・ダイヤモンド社とはなんの関係もありません」

娘は品定めをするようにわたしを見つめた。

「そして、あなたは？　あなたは何者なの？」

「サム・ウィンダム。休暇でここに来ている。さあ、今度はあなたが名乗る番です」

返事はない。

かわりに少佐が答えた。「ビディカです。シュレヤ

・ビディカ。当地の学校の教師です。でも、だまされちゃいけません。反王制運動の急先鋒《きゅうせんぽう》でもあるんです」

「はじめまして、ミス・ビディカ」わたしは言った。

挨拶は無視された。

「ダイヤモンドのために来たんじゃないのなら、なんのために来たの？ 当ててあげましょうか。弁護士ね。この国では万人に公正さと正義が保証されているってことを証明するために宰相に呼ばれたんでしょ」

「いいえ。わたしも警察官です。殺人事件の捜査が専門で、マハラジャからあなたを取調べるよう依頼されたのです」

「さすがは臣民思いのマハラジャね」

「多くの者に慕われていると聞いています」

「みんな小さいときからマハラジャは神だと信じこまされているからよ。神に逆らうことができるとお思い？」

「あなたはできると思っているんですね。あなたはマハラジャは神じゃないと思っているんですね」

口もとに薄ら笑いが浮かんだ。「そうね。貪欲《どんよく》さという点じゃ、神にひけはとらない。でも、神は耄碌《もうろく》しない」

「国民会議派はマハラジャがいないほうがサンバルプールのためだと考えている。そうじゃありませんか」

「わたしは国民会議派じゃありません。そもそも国民会議は藩王国の内政に干渉しないという方針をとっている」

「イギリス政府も同様です。なのに、わたしはここに来ている。そして、あなたはここにいる。不干渉の定義はおたがいにかなり曖昧《あいまい》なようだ」

ビディカは微笑んだ。肩から少し力が抜けたように見える。わたしは寝台の縁に腰をおろし、ビディカにもすわるよう促《うなが》した。バネルジーは相変わらずドアの脇に落ち着かない様子で立っている。

「あなたはご自身の逮捕理由を知っていますか」

「正式には知りません」

「でも、見当はついていると思います」

「カルカッタで王太子が暗殺されたことと関係があるようね」

「事件について何か知っていますか」

「なんにも」

「でも、王制の廃止を望んでいることは否定しないいんですね」

「否定はしません。でも、だからといって王太子の死を望んでいたということにはなりません」

意外な答えだった。「そうでしょうか」

「もちろん。サンバルプールのことを少しでもご存じなら、すぐにわかるはずよ。王制の廃止は民衆が目覚めてはじめて実現しうることです。そのためにも教育が必要なんです」

「教育？」バルドワージ少佐は鼻で笑った。「そりゃ、おまえは学校の先生だ。でも、嘘を教えるのが教育だというのか」

「わたしたちは真実を教えているのです。そうやって、人々の目を開いているのです」

「ふざけるな。心臓に毒を注ぎこんでいるだけじゃないか。いいか。こんなことをしてタダですむと思ったら大間違いだぞ」

ビディカはふたたびわたしのほうを向いた。「これでおわかりでしょ、ミスター・ウィンダム。見解の相違はここでも英領インドと同程度しか許されていませんし」口もとには、苦々しげな笑みが浮かんでいる。

「ただ、英領インドには、法にもとづく適正な手続きがうわべだけでも保障されています。イギリス人より同胞から受ける抑圧のほうが大きいというのは皮肉な話です」

「それで王太子を殺害したというわけですか。抑圧への対抗手段として」

「さっきも言ったように、そんなことはしていませ
ん」
「それを証明できないかぎり、あなたの立場は好転し
ませんよ。サンバルプールは被疑者の人権にそれほど
意を用いているとは思えない」
ビディカは首を振り、ため息をついた。「王太子の
死によって、何が得られるというのです。王太子は、
どんな欠点があったにせよ、父親よりずっとマハラジ
ャにふさわしい人物でした。少なくとも、改革の必要
性を理解してはいました。わたしたちの主張を受けい
れることはできなかったにせよ、聞く耳を持ってはい
ました。いまはもう何も望めません。この先も耄碌し
た老人の支配が続くのです。司祭と占い師への依存度
はこのところ日ごとに強まっている。たとえマハラジ
ャが亡くなったしても、その跡を継ぐ第二王子は、父
親同様、狩りと女性にしか興味を持っていない」そこ
で言葉を切ると、顔にかかった髪を掻きあげた。「い
いですか、ミスター・ウィンダム。誰が王太子を殺し
たにせよ、それによってサンバルプールの改革は何年
も遅れることになるはずです」
意外な言葉だった。急進派は王族の暗殺を歓迎する
ものとばかり思っていた。それはどの歴史書を見ても
わかる。クロムウェルがチャールズ一世の斬首に涙を
こぼしたとか、レーニンがロマノフ家の処刑を悼《いた》んだ
という記述はどこにもない。だが、いまは話を先に進
めなければならない。わたしは上着のポケットから暗
殺者の死体の写真を取りだして見せた。
「この男に見覚えは？」
ビディカは首を振った。
わたしは彼女の目を見据えた。「間違いありません
か」
「ええ」
嘘をついているようには見えない。写真をポケット
に戻そうとしたとき、バルドワージ少佐の目がそこに

注がれていることに気づいた。顔から血の気が引いている。

「この男をご存じなんですか」と、わたしは訊いた。

「えっ？」

わたしは写真を掲げもった。「どっちなんです」

少佐はあわてて目をそらした。

「いいえ、知りません」

「本当に？」

「本当です。ただ似た顔をどこかで見たような……以前付きあいのあった僧侶です」

「僧侶？」わたしは訊いた。最初に犯人に遭遇《そうぐう》したとき、サフラン色の装束と額の線を見て、わたしもそのときは僧侶だと思った。「本当に別人なんですか」

「間違いありません。その男はとうの昔に亡くなっています。それにしても……」

「それにしても、なんです」

「とてもよく似ています」

「親族という可能性は？　たとえば息子とか？」

少佐は首を振った。「その男は修行僧でした。神を見つけるため、しきたりどおりに世俗を捨てたのです。子供はいないはずです」

どうやら少佐は何かを隠しているみたいだった。

「この写真に映っているのは王太子を殺害した男なんですよ。本当に見覚えがないんですか」

「ありません。これ以上お話しできることはありません。四人への質問はもうおすみですか」

少佐からこれ以上の話を聞きだすことはできないようだ。ビディカからも必要なことはすべて訊いた。

「ええ、いまのところありません。きみはどうだ、サレンダーノット。何か付け足すことは？」

「いいえ、ありません」

「よろしい」わたしは言った。「話は以上です。時間を割いてもらったことに礼を言います、ミス・ビディカ」

ビディカはうなずいた。「どういたしまして、ミスター・ウィンダム。時間なら、あり余るほどあります」

「それはどうだろう。車輪はすでに回りはじめているんだよ、お嬢さん」少佐は吐き捨てるように言い、われわれといっしょに監房をあとにした。

バルドワージ少佐のオフィスへ戻ると、わたしは最後の言葉の意味を尋ねた。

「どうなるかまだ正式に決まったわけではありませんが、反逆罪と殺人罪にどのような罰が下るかは容易に察せられるはずです」

「藩王国では死刑が禁じられていると思っていましたが」

少佐は笑みを浮かべた。「それはそうです。しかしながら――」

バネルジーが口をはさんだ。「なんでしょう」

「刑務所での暮らしは過酷なものです。女性にとってはなおさらです」

「どんな証拠を入手しているんです」

少佐はうんざりしたような顔をした。「彼女が扇動家であることは周知の事実です。配っていた冊子も押収ずみです。そのなかで、馬鹿馬鹿しいくらい挑発的な言辞を並べたてています」

「お言葉ですが、扇動と殺人の共謀とは別物です」

「別物？　わたしに言わせれば、程度の差こそあれ、基本的には同じものです。どちらも目的はサンバルプールの合法的な統治制度の転覆です」

「誰が量刑を決めるのでしょう」わたしは訊いた。

「マハラジャですか」

「決めるのは廟議においてです。でも、もちろん王族の意見も充分に考慮されます」

バルドワージ少佐と別れて外に出たとき、アローラ大佐は車にもたれかかって煙草を喫っていた。

街に戻る車のなかで、大佐は尋ねた。「あの火の玉娘のことをどうお思いになりました」

「事前に女性だと教えておいてもらいたかったですね」と、わたしは言った。

大佐はにやりと笑った。「あなたを驚かせようと思いましてね。威勢のいいお嬢さんです。美人で、家柄もいい。政治に首を突っこまなければ、陛下の側室に選ばれていたかもしれません」

「選ばれたとき、断わることはできるのですか」

「もちろんです。でも、通常はひじょうに栄誉なことと受けとられます。なにより一生安泰に暮らせるわけですから」

「一生安泰に？」

「そのとおりです。側室になるのはたいていて貧しい村娘です。後宮《ゼナーナ》で何不自由なく暮らせるのはありがたいことです」

「国王の寵愛《ちょうあい》を失ったときはどうなるんでしょう」

大佐の目には、わかりきったことを訊くなといった表情があった。

「どうもなりませんよ。後宮には一生住みつづけることができます。宮廷での身分はそのままで、ご落胤《らくいん》とその子ども相応の待遇を受けつづけることができるのです。案外、陛下のご寝所に呼ばれなくなったあとのほうが、暮らしは楽かもしれません。それより先ほどの質問ですが、あなたはあの娘が本当に王太子殺害の黒幕だとお考えでしょうか」

カーマイケルの言葉がふと頭に浮かび、どこまで話していいか迷った。たしかにアローラ大佐はわれわれが捜査にかかわれるようマハラジャに進言してくれた人物だが、それでも王家の廷臣のひとりとして、気にしなければならないことは多々あるにちがいない。

「一件落着とするまえに、もう少し調べてみる価値はあると思います」と、わたしは答えた。「サレンダーノット、きみはビディカのことをどう思う」

道路の左側を穏やかに流れるマハナディ川を見ながら、バネルジーは答えた。「美しいひとです」

「それだけか」

「えっ？」

「話を聞いて、何か思うことはなかったか」

バネルジーは急に我にかえったみたいだった。「す、すみません。殺人にかかわるような人物には見えませんでした」

「美人だからといって、ひとを殺さないとはかぎらないぞ」

「それはそうですが……」声が尻すぼまりになって消える。バネルジーはまた何かを考えているみたいだった。

「どうしたんだ、部長刑事。いいから言ってみろ」

バネルジーは首を振った。「たいしたことじゃありません。ただ、ちょっとひっかかる言葉がありまして……異説があるのです」

「どんなことだ？」

「ラーです」

「えっ？」

「エジプトの神の名前です。神は耄碌しないと、ビディカは言っていました。けれども、ラーは耄碌します。年をとり、人間に嘲笑されていると思いこむようになるのです」

「面白いが、だからどうだというんだ」

「わかりません」

けれども、大佐は興味を持ったようだった。「それで、どうなったのです。ラーは嘲笑されて、どんな反応を示したのです」

バネルジーはため息をついた。「あまり愉快な話じゃありません。ラーは人類を絶滅させるために、ふたりの娘を地上に送りこんだのです。娘のひとりが酒に酔っていなければ、人類は間違いなく滅亡していたでしょう」

「なるほど。その話は他人事じゃないかもしれません。われらが神王がそのような考えを起こさないことを祈りましょう」

わたしはうなずいた。「そうですね」

そのとき、わたしはラーと娘たちの神話にもうひとつの教訓があることに気づいた。それは、聡明な女性がとんでもない禍々《まがまが》しいことをやってのける力を甘く見てはならないということだ。

バネルジーが大佐のほうを向いて尋ねた。「それで、ビディカはどうなるのでしょう」

「フランス語で言うなら、プール・デクラジェ・レゾートル。つまり、見せしめにされるということです」

「見せしめ？　具体的に言うと？」

アローラ大佐は目をそらし、川向こうの丘を見つめた。「悪いことは言いません、部長刑事。知らないほうがいい」

16

陽が翳りはじめ、湿気が粗麻布のように身体にまとわりついている。車は駐在官公邸のゲート前にとまった。

「明日九時にお迎えにまいります」アローラ大佐はそう言うと、返事を待たずに運転手に車を出すよう命じた。

わたしは浮かぬ顔をしているバネルジーに言った。「しっかりしろ」

敷地内に入ったとき、従僕が色褪せたユニオン・ジャックを半旗にしていた。ロープをたぐるたびに、錆《さ》びた金属の滑車がきしみ音を立てている。旗にはゴルフ・コースよりも多くの穴があいている。たとえ虫喰いだらけの国旗でも掲揚《けいよう》しないよりましだと、カーマイケルは判断したにちがいない。その判断の是非は意見のわかれるところだろう。

オースティンの姿は見当たらない。カーマイケルはどこかへ出かけているようだ。正面玄関があいていたので、われわれはなかに入り、二階の自分たちの部屋へ向かった。

部屋のドアを閉めると、シャツを脱ぎ、ガムチャで汗を拭いた。ガムチャというのは、インド人が愛用する薄い木綿のタオルだが、水を吸わないので、およそ使いものにならない。結局のところ、汗を身体じゅうになすりつけることしかできず、途中で諦めて、洗面器のぬるま湯で顔を洗うにとどめた。

いつもの痛みが始まった。いまのところは上腕だけだが、そのうちに背中、胸、太腿《ふともも》の筋肉、それから骨にまで広がっていく。背後から霧が忍びよる。最初は神経細胞に細かいミストが降り注ぎ、それが水滴となり、凝固し、結晶になり、頭蓋骨の内側を支配する強い力を持ちはじめる。そこまでいくと、ひとつのことしか考えられなくなる――阿片。

最初の兆候から本格的な禁断症状に至るまで、しばらく時間がかかる。たいていは数日程度だが、いったん症状が出始めると、それを抑えこむ手段は阿片の吸引しかない。大事なのは、それまでの時間を有効に使うことだ。きしむベッドに横になり、だがすぐまた起きあがって、ズボンのポケットからつぶれたキャプスタンの箱を取りだす。そして、煙草に火をつけると、またベッドに戻る。このとき、煙草は頭脳を活性化するという昔の新聞広告を思いだした。〝オグデン社の煙草で頭スッキリ〟。けっこうなことだ。これから今回の一件について考えを整理するつもりなので、いまはどんな助けでもありがたい。そう思って、一本喫ったが、思考力が向上する気配はいっこうにない。けれども、煙草は最初の一手にすぎない。切り札はほかにもある。部屋の隅には、小さなチェストがあり、わたしのスーツケースはその上に置かれている。それをベッドに運び、鍵をあけ、蓋を開いた。携帯用の阿片吸引セットを覆っているシャツに思わず目がいったが、それには手を触れず、半分以上空になったグレンファークラスのボトルを取りだした。これからは飲む量を調整しなければならない。カルカッタでもなかなか手に入らない貴重品なのだ。カーマイケルのしょぼくれぶりからすると、インド大反乱以降この公邸にまともなウィスキーが運びこまれたことがあるとは思えない。

洗面器の横にあったグラスを持ってきてシングル分だけ注ぐと、ベッドに戻って、ちびちびと飲みはじめた。まず引っかかるのは、ビディカの言葉だ。わたしをアングロ・インディアン・ダイヤモンド社の商人と勘違いしていた。それはなぜか。単にわたしが白人だからか。それとも何か別の理由があるのか。

ほかにも、引っかかることはいくつかある。些細《ささい》なことだが、みなどこかおかしい。まず、自死した暗殺者の写真を見たときのバルドワージ少佐の反応だ。亡くなった修行僧によく似ていると言っていた。また、誰がビディカの量刑を決めるのかと尋ねたときは、王族の意見を考慮したうえで廟議で決めると答えた。しかしながら、マハラジャは臣下にとって神に等しい。神はそのような決定を合議に付したりしない。

またウィスキーを数口飲んだが、頭の働きになんの変化も起きないので、残りを一気に飲みほし、二杯目を注いだ。そもそもシングルというのは効率が悪い。最初からダブルにしておけば、注ぎ足す手間を省くことができる。二杯目で効果が現われた。アディール王太子の弟のプニートは、新しい第一位王位継承者として、この一連の出来事について何かしら思うところがあるにちがいない。高齢のマハラジャが次男のプニートに意見を求めるということは充分に考えられる。もしかしたら、バルドワージ少佐はそのことを言っているのかもしれない。

頭が働きはじめたことに気をよくして三杯目を注ごうとしたとき、ドアをノックする音が聞こえた。

ドアをあけると、その向こうにバネルジーが立っていた。

「あまりにもひどすぎると思いませんか」と、開口一番言った。地球を肩にかかえているアトラスのミニチュア版のように見える。

「何のことだ？」

「ミス・ビディカです」

わたしはため息をついた。「とにかく、なかに入れ」

バネルジーは部屋に入ってきて尋ねた。「お邪魔じゃなかったでしょうか」

「入ってきてから訊くな」わたしは言って、机の横の椅子をすすめた。「ちょうど一杯やろうと思っていたところだ。きみもどうだ」

「いえ、けっこうです」バネルジーは訝るような目を向けた。「一杯目ですか？」

わたしは腕時計に目をやった。六時を少しまわったところだ。ということは、最初の二杯は陽のあるうちに飲んだことになる。

「もちろん」わたしはいけしゃあしゃあと答えた。

バネルジーは椅子を無視して、立ったままでいた。

「ビディカは王太子殺害の共犯者として裁かれるのでしょうか」

わたしはグラスにウィスキーを注いだ。

「そうなるだろうな。王家からすればビディカはひじょうに目障りな存在だ。ここでは異議の申し立ては決して許されない。たとえ無罪であったとしても、裁判にかけられ、有罪になるにちがいない」

「そのあとは？　処刑されるのでしょうか」

「死刑は法律で禁じられている。獄につながれるだけだ。でも、長期刑になるのは避けられないだろうな」

返事はかえってこなかったが、何を考えているのかは透視能力者でなくてもわかる。バネルジーは大いなるロマンティストであり、ミス・ビディカは助けを待つか弱き乙女なのだ。なんとしても乙女を救出しなければならないと思っている。たとえ、そのあとには乙女と口をきかねばならなくなるという試練が待っているとしても。

「あなたは有罪だと思いますか」

「そうは思わない。マハラジャも同じ考えだろう。どうしても真犯人を見つけたいと思っているにちがいない。だからこそ、宰相の反対を押しきって、われわれが捜査に関与することを認めてくれたんだ」

バネルジーはこくりとうなずいた。

「それで、部長刑事、われわれはどこから手をつければいいと思う?」

「ご指示に従います」

「わたしは休暇中だ、忘れたのか。きみは勤務中なんだから、給料分は働いてもらわなきゃ困る」

バネルジーはシャツの胸ポケットから手帳と鉛筆を取りだした。「捜査の基本に立ちかえるべきだと思います」

「お説ごもっとも」わたしはウィスキーを一口飲んだ。

「それで?」

「動機です。王太子を殺害して得をするのは誰か」

「ビディカを始めとする反体制派の面々以外に、王太子の死を願っていた者はいるか」

「宗教的狂信者はどうでしょう。暗殺者はヒンドゥー教の聖者の格好をしていました。王太子が彼らの恨みを買うようなことをしたのかもしれません」

「可能性はある。暗殺者が自死という手段を選んだことも、狂信の度合いを示しているといえるだろう。宗教的な軋轢は、バルカン半島以外でも激しさを増しつつある。それにしても、王太子はいったい何をしたというのか。この点についてはアローラ大佐に問いただしてみる必要がある」

バネルジーは手帳に要点を書きとめた。

「ほかには？」と、わたしは訊いた。「もっと身近な人物のなかには？」

バネルジーは鉛筆で軽く歯を叩いた。「いちばんの恩恵をこうむるのは弟のプニートです。アディールが亡くなれば、プニートが第一位の王位継承者になります」

「きみはプニートを個人的に知っているか」

バネルジーは首を振った。「いいえ。プニートはイギリスの学校には通っていません。いわゆる〝第二子症候群〟というやつです。父親の意向にそうかたちで、ラジャスタンのメイヨー・カレッジに通っていました。インドのハロー校と呼ばれている学校です」

「できるだけ早い機会に話を聞くことにしよう。ほかには？」

「これ以上は思いあたりません」

「われわれは？」

バネルジーはぽかんとした顔をしていた。「われわれは殺していません。殺していたら、覚えているはずです」

「そうじゃない。イギリス政府の人間という意味だ。ハウラー駅のコンコースにはドーソン大佐の姿があった。総督が立ちあげようとしている傀儡《かいらい》組織にサンバルプールを取りこむために、H機関が殺害の命を下した可能性もなくはない」

バネルジーは懐疑的だった。「総督がそこまでのことをするでしょうか」

たしかに。一週間前に買ったレタスのような男に、そこまでのことをする胆力があるとは思えない。けれども、昨夜ドーソンがハウラー駅にいたのはまぎれもない事実だ。母親を出迎えにきたわけではあるまい。

わたしは窓辺に歩み寄り、その下枠にグラスを置いてた。

「カルカッタできみから聞いた話だと、アディール王太子は学生時代イギリス人に対してあまりいい感情を持っていなかったようだな。何かあったのか?」

バネルジーは顎を撫でた。言うべき言葉を慎重に選んでいるのだろう。思っていることをそのまま口にすれば、イギリス人の気分を害することになるかもしれないからだ。インド人にとって、それは珍しいことではない。本当のことを言うべきか、それともイギリス人の耳に心地いいように取り繕うべきか、いつも言葉の綱渡りを強いられている。

「そうですね」と、バネルジーは答えた。「もちろん、ちょっとした悪口はよく口にしていました。でも、いちばんいやだったのは、上級生の使い走りをさせられることだったようです。なんといっても、王子であり、自分でもそのことをつねに意識していましたから。まわりの者は、だから余計に図に乗ったのです」

亡き王太子の立場には同情する。学内で幅をきかせている上級生のために毎朝便座を温めなければならないとしたら、一生イギリス嫌いになったとしても不思議ではない。

「反英感情をあらわにするようなことは?」

バネルジーは首を振った。「わかりません。二日前に再会するまで、何年も会っていませんでしたから」

そのときドアをノックする音がして、会話は途切れた。

「ウィンダム警部?」

ドアが小さく開いて、カーマイケルが顔を出した。

「お邪魔して申しわけありませんが、あと一時間で夕食です。今夜はほかにもおふたりのゲストがお見えです」

「そのなかには、アングロ・インディアン・ダイヤモンド社のフィッツモーリスも含まれているんでしょうか」と、わたしは訊いた。

口もとがぎこちなく歪んだ。「いいえ。今夜は宮中の晩餐会に招かれています。われわれの今夜のゲストはちょっと変わり種でして。退屈はしないと思います。ひとりは王室の財務官のミスター・ゴールディング。サンバルプールのことが知りたければ、なんでも教えてくれます。きさくな好人物です。大のクロスワード好きでしてね。難問に挑戦したいと言って、わたしにステイツマン紙の取り置きを依頼しているくらいなんです。もうひとりはポルテッリという人類学者です。その分野では名前の通った人物なんですが……まあいいでしょう。とにかく一時間後に」

カーマイケルはドアを閉めた。階下に足音が消えていく。

バネルジーはまだ厳しい顔をしていた。やはりビディカのことが気になるのだろう。

気持ちをなごませるために、わたしは言った。「きみは人類学者を誰か知っているか」

「ひとりだけ。ケンブリッジの教授です」

「わたしが知っているのは、ホッグという名の老人で、アマゾンの原住民といっしょに何年も暮らしていた男だ。ホワイトチャペルのサルベーション・アーミー・ホールで開かれた講演会で見た十数枚の写真には、部族の女たちがエデンの園からやってきたような格好で写っていた。それに対して、男の写真は一枚だけだった。人類学者になろうとする者の真の動機があのときわかったような気がしたよ」

「あんまりのんびりとはしていられません。服を着替えてきます」と、バネルジーは言った。

わたしはバネルジーの肩を軽く叩いた。「元気を出せ」

バネルジーが出ていくと、わたしは部屋のドアを閉めた。もう一杯飲もうかと思ったが、結局やめておくことにした。夕食の席でサンバルプールについて聞きたいことが山ほどあるので、頭を冴《さ》えた状態に保っておく必要がある。こうしているあいだにも、時間はどんどん過ぎていく。王太子の暗殺の裏にいるのが誰なのかを突きとめることができなければ、ビディカはわたしがバネルジーに説明した以上に過酷な運命を受けいれなければならなくなる。

17

エミリー・カーマイケルは美しい女性だった。長身で、ブロンドで、上っ調子。どうやって駐在官夫人の座を射とめたのかと訝らずにはいられない。

彼女はこの夜の仕切り役でもあり、客をそれぞれの席に案内し、全員が食卓を囲んだとき、マントルピースの上の時計が七つのときを打った。部屋の調度は少なく、取ってつけたような感じが否《いな》めない。凝った造りの暖炉（世界中でここほど暖炉が不要な場所はないだろう）、軍楽隊の全員がすわれそうな大きさの、ぴかぴかに磨きあげられたマホガニーのダイニング・テーブル。壁には、お決まりのジョージ五世の肖像画。天井には、静かに動く木の扇《パンカー》。照明はテーブルの上に並べられた三枝燭台の十二本の蠟燭だけで、その炎が影を揺らし、部屋に安らぎをもたらしている。

　ふたりの従僕が部屋に入ってきた。どちらも飾り気のない白い上衣《クルタ》を着ていて、どちらも足には何も履いていない。ひとりが銀の大きな器《チューリーン》をテーブルの中央に置き、それぞれの皿にスープを入れていく。もうひとりは白ワインのコルクを抜いている。

　食卓を囲んでいるのは全部で六人。間隔はあきすぎるくらいあいている。上座にカーマイケル、その反対側にカーマイケル夫人。片方の側にはわたしとバネルジー、もう一方の側には財務官のゴールディングと人類学者のポルテッリ。

　ゴールディングは四十がらみの痩せた男で、こめかみに白いものが混じった黒く短い髪を丁寧に横分けにしている。鼈甲《べっこう》の丸眼鏡をかけていて、帳簿をつけることに人生の大半を費やしてきた目は鋭い。ディナー・ジャケットの下襟についた小さなゴミをつまみとって、テーブルの上に置き、ナプキンで手を拭いている。

　もうひとりは、陽に焼けた端整な顔に、短い砂色の髪、長期休暇中の大学教授然としている。身を乗りだして、テーブルごしに握手を求め、「ポルテッリです」と名乗った。

　従僕にワインを注いでもらいながら、わたしは訊いた。「イタリアの方ですか」

「いいえ、ちがいます。マルタの出身です」流暢《りゅうちょう》な英語だ。

「素敵なところですわね」カーマイケル夫人が言った。「マルタの方がインドに滞在されているとは思いませんでしたわ」

　このときはじめて気がついたのだが、カーマイケル夫人の肌はミルクのように真っ白で、くすみひとつない。日頃から陽に当たらないよう涙ぐましい努力をしているのだろう。この地で、それはほとんど奇跡といってもいい。

「驚かれるかもしれませんが、マダム、ボンベイやカルカッタにはマルタの商人が大勢います。さらに言うなら、マルタにもインド人が少数ながらいます。ほとんどがシンド州の出身者で、現地で家庭を築いていています」

カーマイケル夫人は驚いたかもしれないが、すぐに話題を変えたところを見ると、さほど興味はなかったようだ。ワインを一口飲むと、今度はわたしのほうを向いた。

「それより、ウィンダム警部、カルカッタのお話をお聞かせ願えないかしら。あちらではいまどんなお洋服がはやっているんです」

その点についてわたしが話せることといえば、カルカッタのご婦人はたいてい昨年と同じ服を着ているということくらいだ。おそらくは、一昨年もそうだったのだろう。ペチコート、コルセット、フランネルの肌着、くるぶし丈のドレス。気を失いそうになるような暑い夏でも、驚天動地の気温の日にも、このような身ごしらえにこだわりつづけるのは、わたしには正気の沙汰とは思えない。少しは現地の女性を見習えばいいのにと思うが、ご当人たちにとっては論じるに足りずということなのだろう。結局のところイギリス人なのだ。守るべき規範というものがある。だから、狂気じみた炎天下でも、ヒマラヤの中腹で快適にお茶が飲めるほどの重ね着をするのだ。

「昨年とそう変わらないのではないでしょうか」と、わたしは答えた。

「わたし、カルカッタが大好きなの。劇場。パーティー。それにお買い物。こんな辺鄙《へんぴ》なところに暮らしていると、あなた方のようなお客さまがたまにいらっしゃらなければ、退屈で死んでしまうんじゃないかと思うほどなんですのよ。カルカッタやデリーの新聞も取り寄せてはいるけど、いつも四、五日遅れ。何ひとつ都会と同じことはありません」

「デリーと言えば」と、カーマイケルが明るい口調で割ってはいった。「インド政庁に電報を打って、あなた方が無事に到着したことを知らせておきましたよ」なぜか意気揚々としている。

わたしはバネルジーと顔を見あわせた。

「それで、返信はありましたか」

カーマイケルは肩をすくめた。「いいえ。そもそも返信などあるとは思っていません」

「デレクの話だと、あなた方は王太子の暗殺事件を捜査なさっているんですってね」カーマイケル夫人は目を輝かせた。「なんて刺激的なんでしょう。ぜひお話を聞かせてください。ここは本当に眠ってるようなところでしてね。多少なりとも興味深いことが起きたためしはありません。デレクの話だと、ビディカという女教師が逮捕されたそうですね。何やらおかしな考えに取りつかれているとのことですが、わたしにはどうしても信じられません」

「なぜです」

カーマイケル夫人はスープを掻きまぜながら答えた。「だって、わたし、あのひとを知ってるんですもの。いろいろ問題はあるかもしれないけど、殺人を犯すようなひとじゃありません。それにあの王太子について言うなら、いなくなってよかったと思ってるくらいなんです。本当に鼻持ちならないひとだったの。デレクに対しても、ほかの者に対しても、憎まれ口ばかり叩いていた。たとえお妃《きさき》に殺されたとしても、ちっとも不思議じゃありません」

「お妃？」と、バネルジーは訊きかえした。

「おいおい、エミリー。めったなことを言うもんじゃないよ」と、カーマイケルは諫《いさ》めた。

「まあ、いいじゃありませんか」と、わたしは言った。「ぜひ奥さまのお考えをお聞きしたい」

カーマイケルは妻を睨みつけたが、それが威嚇《いかく》のためだったとすれば、その目的を果たすことはできなかった。下手な脅《おど》しに屈するような女性ではないということだろう。とりわけ夫の脅しに対しては。

「だいじょうぶよ、デレク。これって、秘密でもなんでもないんだから。宮中の者全員が知っていると言ってたじゃない」

「どんなことを知ってるんです」わたしは訊いた。

「決まってるでしょ。浮気です」

「王太子が浮気を？」

「ええ、そうなんです」たしかな証拠を持たずに告発している者とは思えない断定的な口調だった。「このサンバルプールで、浮気をしていたんです」

「お言葉ですが、ミセス・カーマイケル」バネルジーが口をはさんだ。難解な数式を自明のものとしている話にまったくついていけないといった感じだ。「そんなことはありえないんじゃないでしょうか。あそこには後宮があります。気にいった女性がいれば、側室や側女《そばめ》として侍《はべ》らせたらすむことです」

カーマイケル夫人はワインを一飲みし、それから熱っぽく語りはじめた。「そう単純な話ではないの。お相手の女性は、村娘でもなければ、上位カーストの姫君でもありません。なんとまあ、ありうべからざることに、白人。しかも良家のご令嬢《メムサーヒブ》なんです」口もとには、意味ありげな笑みが浮かんでいる。「名前はキャサリン・ペンバリーといいましてね。王太子のほうがのぼせあがって、第二夫人に迎えたがっていたという話です。おわかりかしら、警部。相手がウェイトレスとか、以前マハラジャがダイムラーを買うために訪れたトゥーティングで見つけた空中ブランコ乗りとかいった下流の娘だったら、なんの問題もない。でも、ミス・ペンバリーは育ちのいい淑女なんです。デレクが言うには、お父さまは海軍将校とのことです。そのような女性がインド人と道ならぬ仲になるなんて……とても信じられません」

ここでポルテッリが口を開いた。「インド人といっても王太子ですが」

「そりゃそうです。でも、だからといって……」

「王室のほうも頭をかかえていたんじゃないでしょうか」と、バネルジーがつぶやくように言った。

「えっ？」カーマイケル夫人は言って、いらだちと好奇の色が混じった目でバネルジーを見つめた。

「単なる想像ですが、王太子が白人の女性と交わったら、神聖な血統が穢《けが》れると考えていたかもしれないということです」

「そうね。考えられるわね。あのマハラジャなら、大いにありうる。なにしろ呪われているんですもの」

「呪われている？」わたしは訊いた。

「ざれ言ですよ」カーマイケルは言った。「いいかい、エミリー。つまらない迷信でお客さまを戸惑わせちゃいけないよ」

「地元のひとたちはみな信じてるわ。そこに真実が含まれていなきゃ、とっくに忘れ去られてしまってるはずよ」

「それはどんな話なんです」わたしはあらためて訊いた。

カーマイケル夫妻は視線を交わしたが、どちらもそれ以上は何も言わなかった。沈黙を埋めたのは財務官のゴールディングだった。

「この国の王家には呪いがかかっていると言われているんです。それは〝サンバルプールの呪い〟と呼ばれています。話は数世紀前にさかのぼります。当時の王が戦いに明け暮れていた頃のことです。詳細に関しては、わたしもよく存じあげていないのですが……」

「では、わたしのほうから」人類学者のポルテッリが話を引きとった。「サンバルプールの王が隣国の王妃を見初《みそ》めたのが話の始まりになります。そのころ両国は同盟関係にありました。それで、サンバルプールの王は隣国の王を古い砦《とりで》に招き、祝宴の席で毒殺したのち、かの地に攻めいって、お妃を奪いとった。お妃は悲嘆に暮れ、婚礼の儀で司祭が祝詞《のりと》を唱えようとしたとき、サンバルプールの王家に永遠の呪いをかけたのです」

「それはどんな呪いだったんです」と、バネルジーが訊いた。

「サンバルプールの王妃は孕《はら》めないという呪いです。奇妙なことに、それはずばり現実のものになっています。現在のマハラジャは王位を継いだだけで、前の王妃に子供はいませんでした。現在の王妃にもやはり子供はいません。ですから、一夫多妻制を正式に認めたのです。それ以前のサンバルプールの王には何人もの側室がいましたが、正室はひとりでした。亡きアディール王太子とプニート王子は亡くなった第二夫人の子で、最年少のアロック王子は第三夫人であるデヴィカ妃の子です。もっとも、現在のマハラジャは正室の数を増やしただけでなく、側女《そばめ》の数もぐんと増やしましたがね」

ゴールディングがくすっと笑った。「たしかに。われらが敬愛するマハラジャは女性《にょしょう》に目がないようです」

「呪いはいまだに解けていません」カーマイケル夫人が付け加えた。「アディール王太子の正室も跡取りをつくることができませんでした」

従僕が部屋に入ってきて、スープの皿を片づけはじめた。わたしはカーマイケル夫人から聞いた話について思案をめぐらせた。呪いかどうかはさておくとして、どんなに安っぽい話でも、とりあえず調べてみる必要はある。白人、それも良家の令嬢が、インド人の王太子と道ならぬ仲になるなんて。駅の売店に並んでいる、けばけばしく煽情的な三文小説の類《たぐい》ではないか。はたしてそんなことが現実に起きるものなのか。

ワインをまた一口飲んだとき、そのような関係がもたらす影響の重大さにあらためて思いが及んだ。バネルジーが指摘したとおり、イギリス人同様、インド人にとっても、それはゆゆしき事態にちがいない。宗教的な狂信者が王太子を暗殺する有力な理由にもなる。とにかく、ミス・ペンバリーに会って話を聞かなければならない。早急に。

夕食はワインと他愛もないおしゃべりとともに続いた。カーマイケル夫人の話し相手はバネルジーに移り、レックス座の封切り映画から副総督夫妻の暮らしぶりにいたるまで質問が矢継ぎ早に浴びせかけられた。お気の毒にと思ったが、バネルジーはそつがなかった。ほとんどは二言三言の返事だけですませ、答えやすい質問にだけ丁寧に答えている。それはクリケットの打球術とたぶん同じなのだろう。

「あなたはなんのためにこちらへいらしたんです、ミスター・ポルテッリ」と、わたしは訊いた。

「王立人類学協会の依頼で、インドの習俗の調査をしているんです。プリーで七日間にわたって催されるジャガンナート神の祭り、ラタヤートラを見物にいく予定だったんですが、王太子の非業の死のニュースを聞き、王族の葬儀を見られる機会はめったにないと思いましてね。それでここに立ち寄ったんです」

「ジャガンナート神に関してなら、ここサンバルプールでも見るものはいろいろあると思いますわよ」カーマイケル夫人が口をはさんだ。「マハラジャの第一夫人があの異形《いぎょう》の神の熱心な信者なんです。川岸にジャガンナート寺院を建立《こんりゅう》したくらい入れこんでいる。どういういきさつでマハラジャのお妃になったのかは知りませんが、宮中で小耳にはさんだ話だと、あのひとは掃除人の娘だったそうでね。信じられないでしょ」

ポルテッリは口もとをほころばせた。「サンバルプール藩王国はジャガンナート伝説と深いかかわりを持っています。ここからそんなに遠くないソーンプールの近くの岩には、最古のものとされるジャガンナート像が刻まれています」

「だったら、ジャガンナート神はなぜプリーと関連づけられるのでしょう」バネルジーが訊いた。

「ひとつには、もっとも大きなジャガンナート寺院がそこにあるからです。プリーの王は寺の長《おさ》として崇められています。それでも、サンバルプールはジャガンナート信仰の中心地のひとつです。ご存じかもしれませんが、ジャガンナート神は丸太になってマハナディ川を流れてゆき、この国を通りすぎたと言われています」

話に熱がこもってきたが、かまいはしない。予算を削られた駐在官の妻のやりくりがどれほど大変かという、カーマイケル夫人の愚痴《ぐち》を長々と聞かされるよりはずっといい。

「その神のことについてもう少し詳しく教えてもらえないでしょうか」と、わたしは言った。

「いいですとも。ジャガンナートは〝宇宙の王〟を意味し、創造と維持と破壊を司《つかさど》るヒンドゥー教の三大神のひとつで、守護神ヴィシュヌの化身とされています。ミセス・カーマイケルがおっしゃっていたとおり、ほかのヒンドゥー神と比べると、とても奇妙な姿かたちをしています。そもそも、ほかの神像は石や金属で作られていることが多いが、ジャガンナートは木製です。異様に大きな丸い目と木の切り株のような腕を持ち、脚はない。さらに興味深いことには、最古のヒンドゥー教の聖典『ヴェーダ』には、ジャガンナートの記述がないのです。つまり、その昔はヒンドゥー神じゃなかったということです。実際のところ、元来は森の神であり、オリッサの土着神であっただろうと考えられています」

「そのことを知っていたか、サレンダーノット」わたしは訊いた。

「ぼくが聞いて知っていた話とはちがっています」

ポルテッリは笑った。「そうでしょうね。ジャガンナートが土着神だったという説は、目下検証中のものなんです。ジャガンナート神がヒンドゥー教の神話に組みこまれたのは、ちょうどアーリア人がオリッサ州に侵攻してきた時期と重なるんですよ」

話はラタヤートラ祭に移った。それは年に一度の祭りで、先の話のとおり切株のような腕を持ち、脚のない奇妙な木像が数千人の信者が引く巨大な山車に乗せられて、叔母の住まいへ行き、そこで一週間過ごしたあと、ふたたび自分の根城に戻るらしい。

カーマイケル夫人は怪訝な表情を隠そうとはしなかった。神に脚がないとか、年に一回、叔母の家に滞在するとか、まったく理解の範囲を超えているのだろう。わたしも納得したわけではないが、われらの神はモーゼの前に〝燃える柴〟の姿で来臨したのだから、木の切り株の腕で現われたとしても、おかしくはないはずだ。でも、実際のところ、そんなことはどうでもいい。ジャガンナート神の話から、わたしはもっと邪悪なものの姿を頭に思い描いていた。アディール王太子の暗殺には、本当に宗教が絡んでいるのだろうか。


「あなたならご存じだと思います、ミスター・ポルテッリ。ヒンドゥー教の聖者が額につけている印の意味です。二本の白い縦線。それが鼻の上で交わり、そのあいだに一本の細い赤い線が引かれています」

ポルテッリはしたりげに答えた。「おっしゃっているのは〝スリチャラナム〟と言われているものです。ヴィシュヌ神の信徒である証《あかし》です」

頭が回転を始めた。暗殺者が額につけていた印は、ヴィシュヌ神の信徒の証しだった。その男はラタヤートラの祭りの人波のなかに消えた。その祭りの主役であるジャガンナート神は、ポルテッリの話だと、ヴィシュヌ神の化身であるらしい。さらに、暗殺者がホテル・イエス・プリーズの宿帳に記した〝バラ・バドラ〟という名前は、ジャガンナート神の兄の名前でもあった。そして、ここサンバルプールはジャガンナート信仰の聖地のひとつだという。偶然の一致が多すぎる。わたしは偶然の一致というものを信じていない。

デザートが供されるまでに、五、六本のワインがあいていた。カーマイケル夫人は酔いしれていて、ほかの者も似たような状態だった。カーマイケルに妻の深酒を諫める気がないように見えるのは、それが珍しいことではないからだろう。だからといって、わたしに非を鳴らされる筋合いはない。サンバルプールで無聊《ぶりょう》をかこっている白人女性にとって、酒を飲むことよりほかに夜の楽しみはいくらもないにちがいない。わたしだって、そういう立場に置かれたら、同じようになっていただろう。いや、正直に言うと、酒だけにとどまらなかったはずだ。もしこの国で阿片を手に入れることができるとすれば……

ゴールディングとポルテッリは明日の葬儀の段取りについて話していた。

「普通は長男が喪主になるものですが」と、ポルテッリが言った。「王太子には子供がいなかったので、おそらくプニート王子が代行することになるでしょうね」

「マハラジャが喪主を務めるということはないんでしょうか」と、わたしは尋ねた。

ポルテッリは肩をすくめた。「そうですね。あるかもしれません」

その言葉はカーマイケル夫人の混濁した頭にも届いたようで、顔が急にあがった。「そんなことはありえません。だって、あの老人はもういつ死んでもおかしくない状態なんですもの」

わたしはその言葉の真偽をたしかめるためにカーマイケルのほうを向いた。「本当ですか」

カーマイケルはインド政庁の耳には入れたくないような妻の放言を封じることを諦めたみたいだった。

「たしかにそういった噂もあります」

「いやね、デレク。マハラジャが来月スイスに行くってことは周知の事実なのよ。そこで医者にかかるために。問題は行ったきり帰ってこられるかどうかってこと」

わたしはカーマイケル夫人を少し見くびっていたかもしれない。いまわたしの知るかぎり、カーマイケル夫人ほどサンバルプール王室の内情に通じている者はいない。駐在官の妻の座にいつづけるのがいやになったら、情報部員に転身するのも手だろう。そのときはわたしがH機関に紹介の労をとってさしあげてもいい。

「本人も息子の喪主にはなりたくないはずよ。息子の母親も亡くしてしまっていることだし……」

その言葉は尻すぼまりになったが、続きを話したくてうずうずしているのはあきらかだった。おそらく事実一に対してゴシップ三の下世話な話だろうが、聞く価値はある。

「何があったんでしょう」

雲間から太陽が現われたように、カーマイケル夫人の顔に笑みが広がった。

揺らめく蠟燭の炎の下で、アディール王太子の母であり、マハラジャの第二夫人の話が始まった。サンバルプールでもっとも美しい宝石と称された美貌の持ち主であり、待望の男子後継者をもうけることによって、王室での地位はゆるぎないものになったという。だが、宮中での暮らしは息苦しく、次第に耐えがたいものになっていった。自分は後宮にずっと閉じこもっていなければならないのに、夫のほうはパリやロンドンで放蕩《ほうとう》のかぎりを尽くしている。ドン・ペリニョンを満たしたプールで泳いだり。電話交換嬢やタイピストに豪華な贈り物をし、あわよくば王妃にという期待を抱かせて慰みものにしたり。側室は仕方がない。だが、白人の女性たちとご乱交に及ぶのは別問題だ。そういった女性たちのなかに、ノーマ・ハティというボルトン出身の娘で、足治療師《カイロポディスト》の助手がいた。マハラジャとはある夜リッツ・ホテルの前で出会ったという。

「それで、マハラジャはいっぺんにのぼせあがってしまい、一カ月後に、第三夫人になってほしいと頼んだの。もちろん、拒む理由はない。金鉱を掘りあてたようなものですものね」

それはそうだろう。イングランドの田舎町から出てきた娘が王妃になるチャンスなど、めったにあるものではない。

「サンバルプールの宰相や参議は大あわてよ。そんなどこの馬の骨とも知れない女性が王室に入るなんて、とうてい受けいれられることじゃない。足治療師の助手がマハラジャ夫人に？　冗談じゃない」

「そういった状況下では、ハティがハーティーのように聞こえるということは、どれほどの助けにもならなかったでしょうね」と、バネルジーは言った。「〝ハーティー〟はヒンディー語で〝象〟を意味しているんです」

カーマイケル夫人は無視して話を続けた。「意外だったのは、そのことに反対しなかった唯一の人物が第二夫人だったということです。もしかしたら、外の世界で好き勝手なことをされるより、正室として後宮に住まわせ、目の届くところに置いておいたほうがいいと考えたのかもしれない。あるいは、宮中の淀《よど》んだ空気に新風を吹きこんでくれることを期待したのかもしれない。

でも、そうはならなかった。第一夫人が不適任の烙《らく》印《いん》を押し、マハラジャを説き伏せて、婚約を破棄させたんです。ミス・ハティはサンバルプールにやってきて、ボーモント・ホテルに滞在し、マハラジャが五十万ポンドの慰謝料の支払いに応じるまで梃子《てこ》でも動かなかったそうよ」その目は金額の法外さにあきれたように大きく見開かれている。「ミスター・ゴールディングはそのあたりのことをよくご存じのはずです」

ゴールディングは咳払いをし、ワインを一口飲んだ。

「第二夫人の死についての話でしたね」と、わたしは言った。

「ええ、わかってます。ノーマの一件が片づいてから一年ほどあとのことです。第二夫人はとうとう宮殿暮らしが耐えられなくなった。それで王室を離脱し、カルカッタに帰りたいと申しでたんです。それがどんな醜聞であるかは、おわかりになると思います。マハラジャ夫人が離婚して実家に帰るというんです。もちろん、臣下の者たちはあれやこれやの甘事を弄《ろう》して説得を試みた。でも、駄目だった。それで、今度は脅しにかかった。ふたりの息子に会えないようにすると言って。それで考えを変えざるをえなくなったんです。亡くなったのはそれから三カ月後のことです。医者は腸チフスだと言っていますが、そんなことは誰も信じていません。噂だと、ふたたび王室を離れる計画を立てていたために亡き者にされたそうです。おそらくは、毒を盛られて」

ポルテッリは音が聞こえるくらい大きく息を吐き、その前の蠟燭の炎が揺れた。ゴールディングの反応は口もとに運んだワイングラスのせいでわからない。

「マハラジャが命じたのですか」バネルジーが訊いた。

カーマイケル夫人は答えた。「それが奇妙なことに、誰の話でも、マハラジャは心から嘆き悲しんでいたそうなの。その年に予定していたヨーロッパ旅行も取りやめて、宮殿に引きこもっていたらしいわ。それからの一年は喪に服し、国事にも携《たずさ》わらなかった。喪があけると、ふたたび人前に姿を現わすようになったけど、それまでとはすっかり人が変わったと言われている」

第二夫人の不審死の話で、食卓の雰囲気は重くなっていた。ゴールディングは青ざめた顔でワインを飲んでいる。会話はそれぞれ近くにいる者とのあいだで交わされるようになった。カーマイケルはポルテッリと何かについて意見を交換しあっている。カーマイケル夫人はゴールディングとひそひそ話をしている。バネルジーは蚊帳《かや》の外だ。

しばらくして、ゴールディングが腕時計を見ながら言った。「申しわけありませんが、わたしはそろそろ失礼させてもらいます。すっかり遅くなってしまいました」

「ええ、そうですね」カーマイケル自身も同じように思っていたのだろう。「そろそろお開きにしましょうか」

わたしもそのほうがよかった。これで少しバネルジーと話をすることができる。酔っぱらって頭が働かなくなっていなければいいのだが。もっとも、わたしのほうもそんなにしっかりしているわけではない。タングラの阿片窟を出てからもう四十八時間近くたっている。身体の節々の疼きがだんだんひどくなってきている。それと並行して、スーツケースに忍ばせてきたものを試したいという思いは膨らむ一方だ。馬鹿なことをしてはいけないという自戒の念は、これまでは強くあったが、ここにきてオイルランプの炎の上の阿片膏のように気化しはじめている。早く部屋に戻りたい。バネルジーとの話はできるだけ手短かにすまそう。そうすれば、すぐに飢えを満たすことができる。

ダイニングルームを出ようとしたとき、ゴールディングに呼びとめられ、部屋の隅に連れていかれた。ずいぶん酔っているようだ。汗だくになり、蝶ネクタイをはずして、襟もとを緩めている。

「ウィンダム警部」と、ゴールディングは呂律《ろれつ》の怪しい小さな声で言った。小指にはめた印章《シグネット・リング》つきの指輪を忙しなげにいじっている。「お話ししたいことがあるのですが……やや厄介な問題なんです」

「わかりました」と、わたしは答えた。

ゴールディングはまわりに目をやった。カーマイケル夫人がワイングラスを両手に持って近づいてくる。

「王太子の暗殺に関することでしょうか」

ゴールディングはまだ指輪をいじっている。一風変わった指輪で、印章には白鳥が彫られている。「ここではちょっと……念のためです。用心するに越したことはないので」

「外に出ましょうか」

ゴールディングは強く首を振った。「いや。明日にしましょう。明日の朝に」

「では、明日。わたしは九時に〈薔薇の館〉に出向く予定になっています」

「いや、あそこはまずい。ここでお会いすることにしましょう。八時に。ゲートの前で」

18

わたしはバネルジーの部屋の椅子にすわって、ゴールディングのことを考えていた。先ほどは何かに怯えていたみたいに見えた。それが何かはわからない。ただ、食事が始まったときにはなんともなかった。としたら、食事中の会話のせいか。カーマイケル夫人の暴露話のせいか。それとも、単純にアルコールのなせるわざか。どちらにしても、明日の朝八時にははっきりする。

わたしは腕時計に目をやった。十一時十五分。戦時中、ドイツ軍の砲弾を受けて以来、よく遅れたり止まったりするが、秒針が動いているところを見ると、一応は信用してもよさそうだ。

バネルジーの部屋はわたしの部屋より狭く、調度の数も少ない。窓からの見晴らしもあまりよくないだろうが、外が暗いので、それはたしかめようがない。

「面白い話でしたね」バネルジーは笑いながら言った。その顔はワインのせいで日なたに長くいすぎたみたいに赤黒く火照《ほて》っている。

だが、彼の言うことはよくわかる。「ミセス・カーマイケルに捜査を依頼したら、二十四時間以内に解決してみせるだろうね。たとえ解決できなかったにしろ、被疑者は何人でも見つけだしてくれるはずだ」

バネルジーは笑った。「王太子妃からも話を聞かなきゃならないですね」

「そのつもりだ」

顔から笑みが消えた。「本気ですか」

「動機がある。それとも、インドの女性は夫を殺さないと考えているのか」

「正直に言うと、驚きました」

「請けあってもいい、部長刑事。インドの女性もイギリスの女性と同じように夫を殺害する」

バネルジーはゆっくり首を振った。「ベンガルの女性はちがいます。夫を脅して服従させるだけです。殺害する必要はありません」

それが冗談なのかどうかは判然としない。

「とにかく、話を聞く必要はある。王太子と付きあっていたというイギリス人女性ミス・ペンバリーからも、同様に話を聞く必要がある」

「わかりました」バネルジーは言い、それから頰を膨らませた。「でも、王太子妃から話を聞くのはそんなに簡単なことじゃないと思います」

「どうして？　王太子妃という、やんごとないお方だから？」

「それもあります。でもそれだけじゃありません。王太子妃は後宮にいます。そこに入るためには、おそらく……」

「去勢しなければならない？」

「そういうことです」

「よくわかった、部長刑事。そうせざるをえなくなった場合、少なくとも、きみが母親の意向どおりに結婚させられることはなくなるわけだ」

ゴールディングと会う約束をしたことをバネルジーに伝えてから、廊下に出て、自分の部屋に戻った。

ドアの錠をおろすと、衣装だんすからスーツケースを取りだして、ベッドの上にのせる。鍵をあけ、冷たい金属のボタンを親指で押す。留め具が音を立ててはずれると、蓋をあけ、カムフラージュ用の衣服を引っぱりだし、そこでいったん動きをとめた。

めまいがしたのだ。

ゆっくりと息を吐き、銀細工が施された木箱を見つめる。ランタンの揺れる炎に照らされて、取っ手のドラゴンが踊っているように見える。

崖っぷちに立っているような気がする。すぐ前には、切り立った絶壁がある。さて、どうすればいいのか。

この部屋で阿片を吸うのが愚の骨頂であることはあきらかだ。何よりもまず発覚する恐れがひじょうに高い。カーマイケル夫妻のどちらかに、いや、それよりも従僕の誰かに、匂いを嗅ぎつけられるかもしれない。カーマイケルは帽子が床に落ちただけでデリーに電報を打つような男だ。見つかったら、わたしの悪習は夜が明けるまえに万人の知るところとなるにちがいない。

それに、わたしはいままで一度も自分で阿片の下準備をしたことがない。指が震えださなければいいが。

けれども、そこに立ったまま、キセルに火をつけるところを考えているうちに、名案が浮かび、不安は消えた。ズボンのポケットに手を突っこみ、キャプスタンの箱とマッチを取りだす。煙草は半分ほどしか残っていなかったが、五本か六本で用は足りる。箱から煙草を取りだし、そのすべてに火をつけ、机の上にあったブリキの灰皿にそっと置く。それから数分のうちに、紫煙が部屋に充満した。それを満足げに見ていたとき、〝必要は発明の母〟という言葉の意味がはじめてわかったような気がした。

煙草はそのままにして、スーツケースのほうを向き、そこからそっと木箱を取りだし、ベッドの上に置く。昨夜、列車のなかでしたように、ポケットから銀の小さな鍵を取りだし、竜の口にさしこんで回す。

木箱の中身を取りだしたことは覚えていない。気がついたときには、赤いベルベットで裏張りされた箱は空になり、中身は床の上に並んでいた。磁器の吸い口がついたキセル、火皿、オイルランプ、ガラスの覆い、灯芯、ココナツオイル入りの真鍮の容器。阿片を丸めたり、火皿の燃えかすを掻きとったりするための道具。そして、阿片膏を火にかざすときに使う針。

オイルランプに油を注ぎ、灯芯を切る。それをオイルランプに取りつける。火をつけ、ガラスの覆いをかぶせる。スーツケースの小物入れから、暗殺者が持っていた阿片膏を取りだし、それに針を刺す。床に膝をついて、火にかざす。手順はチャイナタウンの阿片窟で何度となく目にしている。

火の上で、ゆっくりと回したり引いたりしているうちに、阿片膏に粘りが出てきた。気持ちがたかぶってくる。いい感じだ。わたしは阿片を調理し、そこに魔法の力を付与しようとしている。卑金属を金に変える錬金術師のように、わたしはいま宇宙の神秘を目のあたりにしているのだ。

だが、それも途中までだった。

何かが間違っていた。阿片膏がくすぶりだし、焦げてきはじめたのだ。わたしは必死で考えた。何か忘れていなかったか。大事な行程を抜かしていなかったか。火に近づけすぎたのではないか。やり方を変えたらと思ったが、もう手遅れであるのはあきらかだった。阿片膏は燃えるだけで、煙にならない。それを急いで火皿に移し、キセルに据えつける。貴重な煙を少しでも回収しなければならない。キセルを口もとに運び、吸いこむ。

ただ苦くて、焦げ臭いだけだ。

気持ちが急速に沈んでいく。

キセルを床の上に置き、その横に頭をかかえてうずくまる。発作的な激痛のせいで、身体がぶるぶる震えだす。

どれくらいそこに横たわっていたかはわからないが、目を覚ましたときにはオイルランプの火は消えていた。激痛は鈍痛と頭の疼きに変わっていた。

立ちあがり、ランタンの薄明かりの下で、力なくキセルを手に取る。そこから火皿をはずしながら、阿片膏の黒い残りかすを見つめる。それをつまみあげて、てのひらで握りつぶすと、窓際に歩いていって、風のない夜に向かって放り投げる。

19

一九二〇年六月二十一日　月曜日

夜が明けるまえに眠りに落ちた。戦場で、わたしは数時間の睡眠がいかに大事かを学び、以降どんなときでもそれを自分に義務づけている。カルカッタにいたら、寝過ごす心配はまずない。そこで一晩でも寝起きしたことがある者ならわかると思うが、ニワトリの鳴き声や、野良犬のうなり声や、溝《どぶ》の悪臭や、南京虫などの総攻撃で、いやでも目を覚まさざるをえない。目覚まし時計は無用だ。

サンバルプールはちがう。静かだし、悪臭も漂っていない。だが、それゆえの短所もある。目が覚めたときには、陽が高いところに昇ってしまっている恐れがあるということだ。

インフルエンザのような症状がぶりかえす。頭はずきずきし、目は涙でかすんでいる。あと一時間ここで眠っていられるなら、一カ月分の給料をさしだしてもいい。だが、ゴールディングとの約束がある。八時に会うことになっているのだ。腕時計を見ると、針は二時四十五分のところでとまっている。

身体をよじってベッドから出ると、大急ぎで服を着て、部屋から飛びだし、階段を駆けおりる。廊下の時計を見ると、八時十分前だった。ほっとため息をつき、建物の外に出て、ゴールディングの姿を探す。

空はどんより曇り、空気は重い。ゲートのそばで、白いシャツを着て、ターバンを巻いた従僕が熊手で砂利を均《なら》している。

「ミスター・ゴールディングを見かけなかったか」

「ジー、サーヒブ。ミスター・ゴールディングが来られたのは昨日です。とても良いお方です」

「今朝は見ていないのか」

従僕はすまなそうに首を振った。「見ていません、サーヒブ」

ゲートの前まで行き、そこで煙草に火をつけて待った。それから二十分後、湿気と頭痛が我慢の限界を超えたので、建物に戻ることにした。ゴールディングは来ない。いま急いでこちらに向かっているということも考えられなくはないが、わたしの知るかぎりでは、遅刻をするような人間ではない。むしろ約束の時間より早く来るはずだ。昨夜はあきらかに何かを打ちあけたがっていた。が、したたかに飲んでもいた。酔いが覚めて、考えが変わったのかもしれない。あるいは、二日酔いを寝て治そうと思っているのかもしれない。理由はどうあれ、そう簡単に約束を反故《ほご》にされたらたまらない。本人が望むと望まざるとにかかわらず、今日中になんとしても話を聞く必要がある。

建物内に戻ったとき、バネルジーはダイニングルームで朝食をとっていた。

「ゴールディングを見なかったか」と、わたしは訊いた。

「いいえ。来なかったんですか」

「そのようだ」

「昨晩はけっこう飲んでましたからね。約束を忘れたのかもしれません」

「かもしれない」わたしは言って、テーブルの上の磁器製のポットからブラックコーヒーをカップに注ぎ、バネルジーの向かいの椅子を引いた。

　車がとまる音がして、数分後に、アローラ大佐が部屋に入ってきた。

「いっしょに朝食をとりませんか、大佐」と、わたしは言った。

　大佐は首を振った。「ありがとうございます。でも、けっこうです」

「ここに来る途中、ミスター・ゴールディングを追い越しませんでしたか。八時に会う約束をしていたんです。田舎で暮らしていると、時間にルーズになるものなんでしょうか」

　大佐は苦笑いをした。「ミスター・ゴールディングに限ってそんなことはないでしょう。時間には厳格な方です」

「あなたはどうしてこんなに早くここに来たんです。お迎えは九時だと思っていましたが」

「あなたたちイギリス人からいろいろなことを学びつつあるということです」大佐はにやりと笑い、それから話題を変えた。「ひとつお知らせしておきたいことがあります。今夜、追悼の儀が執《と》り行なわれます。国王陛下はぜひあなたたちも参列していただきたいと仰せです。午後七時に迎えの車をよこします」

「わかりました」わたしはそう答えて、腕時計を見た。

約束の時間から三十分以上過ぎている。ゴールディングはもう来ないだろう。「ミスター・ゴールディングのオフィスはどこにあるんでしょう」

「〈薔薇の館〉に。あなたたちのオフィスの下です」

「だとしたら、そこを訪ねることにします。そこへ行けば、見つけることができるでしょう。いずれにせよ、しなきゃならないことは山ほどあります。お力を貸していただければ幸いです」

アローラ大佐の口もとに薄笑いが浮かんだ。「なんなりとお申しつけください」

四十分後、われわれは王宮の庭園を見おろす自分たちのオフィスにいた。途中、二階のゴールディングのオフィスに立ち寄ったが、ドアには鍵がかかっていた。わたしが窓外の景色を愛《め》でているあいだ、バネルジーとアローラ大佐は事情聴取の対象者のことで言い争っていた。

「論外です」大佐は声を荒らげ、立ちあがって、バネルジーの前に進みでた。「プニート殿下なら、なんとかなるかもしれません。でも、ギタンジャリ妃殿下は駄目です。儀典というものがあります。王妃にも、王太子妃にも、側室にすら、近づくことは許されていません。特にあなたは、ウィンダム警部」

「どうしてです」と、わたしは訊いた。

大佐はふたたび椅子にすわりなおし、両手を組みあわせた。

「この二百年間、われわれはイギリスとの関係のなかで多くのことを受けいれてこなければなりませんでした。でも、後宮だけはつねに犯すべからざる聖域でありつづけました。それはサンバルプールに限ったことではありません。どの藩王国でも同じです。王室の女性は穢されてはならないのです。アディール殿下はわたしが親しくお仕えしてきた方です。たとえわたしが妃殿下を犯人と考えていたとしても、事情聴取の許可を国王陛下に願いでることはできません」

「バネルジー部長刑事だとどうでしょう」

バネルジーとアローラ大佐はわたしを見つめた。

「バネルジーはイギリス人ではありません。イギリス人のようにも見えません。バネルジーなら王太子妃から話を聞けるんじゃありませんか。もちろん、あなたが同席してくださってもかまいません」

大佐は首を振った。「いずれにせよ、陛下の許可がいります。許可はおりないでしょう」

バネルジーはもじもじと身体を動かした。「なにもそんなに頑《かたく》なにならなくても――」

わたしは遮った。「頼むだけ頼んでもらえませんでしょうか」

「だったらお訊きしますが、どうしてあなたたちは妃殿下から話を聞きたいのです」

梃子でも動こうとしない者に、カーマイケル夫人の酔いにまかせた与太話を聞いたからだとは答えにくい。

そこで、優秀な刑事の常套《じょうとう》手段を採用することにした。

嘘をつくのだ。

「王太子が受けとった二枚のメモ書きですが、いずれも宮殿内の私室に置かれていました。つまり、王宮の内部の者がやったということです。王太子妃なら何かを知っているかもしれません。王太子妃から話を聞くのは、捜査を一歩でも前に進めるためにどうしても必要なことなのです」

大佐はため息をついたが、異議は唱えなかった。少なくとも一歩前進ではある。

「それからもうひとつ。王太子の私室を見せていただきたい。メモ書きがどこに置かれていたかを正確に知りたいのです」

「わかりました。やるだけのことはやってみます。ほかには?」

「これはちょっと微妙な問題なんですが、王太子がミス・ペンバリーという白人女性と付きあっていたという話を人づてに聞きましてね。お心当たりは？」

アローラ大佐は表情を引きしめた。その目には、われわれがカルカッタの政府庁舎の前ではじめて会ったときと同じ険しさがあった。

「もちろん知っています。わたしはその女性が滞在していたホテルの宿泊費を支払いにいかされたんです」

「そのことをわれわれに話そうとは思わなかったんですか」

「捜査とは関係のないことです。それに、率直に言って、あまり愉快なことじゃありません」

「あなたはふたりの関係を認めていなかったということでしょうか」

返事はかえってこなかった。

「正直に答えてください」

「そういった振るまいは国のためになりません」大佐はそつなく答えて立ちあがった。「では、ほかに用がないようでしたら……」

「あとひとつだけ、大佐」バネルジーは言って、自分のかばんから薄いファイルを引っぱりだした。それを開いて、いまはラル・バザールの遺留品保管庫にある暗殺者の拳銃の写真をさしだした。

「この拳銃に見覚えはないでしょうか。五つの薬室を持ち、撃鉄を起こすと折りこみ式の引き金が出てくる仕掛けになっています。かなり特殊な拳銃です」

大佐は写真をちらっと見ただけで、すぐにバネルジーにかえした。「コルトです。コルト・パターソン。古いものですが、いまでも使えます」

「よくご存じですね」

大佐は笑った。「当然です。わたしも持っていましたから。この拳銃は長年にわたってサンバルプールの兵士に支給されていました。新式のものがインド政府から入ってくるようになったのは一九一五年のことです。

それまでイギリスは藩王国に武器を供給することに

消極的でした。ですから、われわれは別の調達先を見つけなければなりませんでした。そのひとつがアメリカです。われわれは前世紀にそこから百挺ほどのコルト・パターソンを購入しています。それは南北戦争時にテキサスの軍隊で使われていたものですが、戦争が終わって合衆国への復帰が決まると、使い道がなくなったので、サンバルプールに売却されることになったのです。

大戦が勃発《ぼっぱつ》し、各地のマハラジャたちがイギリス軍を支援するために兵を出すようになったとき、貴国の政府はそれまでの方針を変え、われわれの旧式の武器をすべて新しいのものに取りかえました。コルト・パターソンはそのときに大部分が回収されましたが、行方不明になったものも相当数あったようです」

「それで決まりです」バネルジーはつぶやいた。

「どういうことでしょう」

「それは暗殺者が所持していた拳銃です。われわれは王太子の暗殺に使われたものと考えています。つまり、暗殺者はなんらかのかたちでサンバルプールと関係していたということです」

さらに言うなら、暗殺者もしくは暗殺を依頼した者は、なんらかのかたちでサンバルプールの軍事組織と関係しているか、でなかったら関係している者からそれを入手したということだ。

「どれくらいの数の拳銃が消えたかおわかりになるでしょうか」わたしは訊いた。

「いいえ。でも、誰に訊けばいいかはわかっています」

「当ててみましょう。ミスター・ゴールディングですね」

大佐は微笑んだ。「ええ。在庫管理の専門家ですから」

「見つかればいいんですが。向こうはどうかわかりませんが、こちらはいまも会って話を聞きたいと思っています」

頼むことはほかにもいくつかあった。アローラ大佐はそれを書きとめると、王族二名の事情聴取とアディール王太子の私室への立ちいりの許可がとれたらすぐに連絡すると言って、部屋から出ていった。

そのすぐあとに、ドアがノックされた。大佐が何かを忘れたのかと思ったが、やってきたのはカーマイケルだった。

額には大粒の汗が浮かんでいる。この蒸し暑さでは別におかしなことではないが、その表情にはわたしの不安を掻きたてるものがあった。

バネルジーが椅子をすすめたが、すわろうとはしない。

「どうかしたんですか、ミスター・カーマイケル」わたしは訊いた。

「悪い知らせです。まずいことになりました」カーマイケルはズボンのポケットからハンカチを出して、額を拭った。「デリーから電報が来ました。今日、葬儀が終了したら、すぐにサンバルプールからカルカッタに戻るようにとのことです」

カーマイケルがわれわれの到着をインド政庁に報告したという話を聞いたときから、このような展開になるのではないかと恐れていた。だが、その電報がカルカッタではなくデリーから送られてきたということに対しては、若干のつけいる隙がある。

「その指示は誰に対して出されたものでしょう。われわれふたりにですか？」わたしはバネルジーを指さしながら訊いた。「それとも、わたしひとりに？」

「電報には、ウィンダム警部はサンバルプールにとって好ましからざる人物《ペルソナ・ノン・グラータ》であるので、ただちにカルカッタに帰任するように、と記されていました」

「しかし、マハラジャはウィンダム警部に捜査の協力を要請されたんですよ」と、バネルジーは言った。

「わたしは電報に記されていたことをお伝えしただけです」

「誰からです」と、わたしは訊いた。

「えっ？」

「その電報の発信者は誰なんです」

「藩王国担当官です。もちろん」

「なるほど」

電報の文面も発信者も、無視できるものではない。だが、言い逃れはできる。藩王国担当官は総督の側近のひとりで、インド高等文官の最高位にある人物だ。だが、わたしもカーマイケルも高等文官に何かを届けでたわけではない。わたしはインド帝国警察の一員としてカルカッタの上司の指揮下にあり、カーマイケルはサンバルプールの駐在官としてロンドンのインド省の指揮下にある。

「としたら、それはあなたの問題です」

カーマイケルは宮廷の庭を裸で走ってこいと命じられたような目でわたしを見つめた。「わたしの問題？」

「お話だと、電報はデリーの高等文官から送られてきたものです。でも、そこにはあなたもわたしも一報も入れていません。わたしはここに休暇で来ているのです。そして、ご存じのとおり、マハラジャはわたしが今回の事件に職業上の興味を持つことに理解を示し、サンバルプールでの捜査に立ちあうことをお認めになった。わたしがいまこの国を去ると、マハラジャならびに王室、ひいてはサンバルプールの国民全体に大変な無礼を働くことになります。わたしはカルカッタの上司から帰任の命令を受けていないのです」

カーマイケルは肩を落として、バネルジーがさしだした椅子にどさりと腰をおろした。顔には戸惑いの色がありありと浮かんでいる。状況が少しずつ見えてきたということだろう。気持ちはよくわかる。キャリアを積んだ外交官であり、電信機の向こうにいる顔の見えない人間の命令に従って長年生きてきた男だ。その指揮系統の外から命令が発せられ、そこにあからさまに疑問符をつけられた場合、どう対処していいかわからなくなるのは当然のことだろう。結局は、優秀な外交官がみなするように言葉を濁した。

「どうすればいいか考えておきましょう。ただ、これ以上は公邸に滞在していただくわけにはまいりません」

むしろそのほうがありがたい。ボーモント・ホテルに空きがあるとすれば、そっちのほうがずっと快適に過ごすことができる。あそこなら電気も来ているはずだ。

「わかりました。出ていくのは、今日の午後、葬儀が終わったあとでよろしいでしょうか」

「ええ。それでかまいません」

「さて、ほかに用がなければ、われわれには仕事がありますので。あなたもお忙しいでしょう。イギリスの代表として葬儀に参列されるんでしょうから」

「ええ、もちろんです」カーマイケルは言って、椅子から立ちあがった。「おっしゃるとおり、いろいろ準備をしなければなりません。では、ご機嫌よう。のちほど葬儀の席でお会いしましょう」

カーマイケルが去ったあと、バネルジーは言った。

「あなたがここにいることを快く思っていない者が上層部にいるようですね」

そのとおりだ。候補者はふたりいる。昨年のセンの一件以降わたしを信用していない総督と、わたしを含めて誰も信用していないH機関の幹部。そのどちらなのか、そしてなぜなのかはわからない。だが、そこに宗教やサンバルプール国内の政治的対立以上の何かがあるのではないかという疑いは、これでますます強くなった。

「さて」と、わたしは言った。「少しは時間を稼ぐことができたが、カーマイケルはすぐに電報を打ち、どうすればいいかお伺いをたてるはずだ。総督が裏で手をまわしているとすれば、いまから何時間も立たないうちに、タガート卿はわたしを呼び戻せという命令を受けとることになる」

正直に言えば、そうなったほうがいいという思いもある。昨夜、阿片を黒焦げにした精神的な痛手は大きい。あまり褒《ほ》められた考えではないが、サンバルプールに滞在する時間が長引けば、それだけ阿片を喫えない期間がのびるということだ。

けれども、バネルジーのほうは別のことを考えていたみたいだった。「そうさせない手があります、警部」

20

「うまくいくとは思えない」廊下を走りながら、わたしは言った。

「やってみても損はしませんよ」と、バネルジーは答えた。

「とにかく急ごう。カーマイケルはすでに電報を打ちにいっているはずだ」

われわれはアローラ大佐の執務室を探していた。最初に行きあったドアをあけて、飛びこんだが、誰もいなかった。毒づきながら振りかえったとき、バネルジーが部屋に駆けこんできて突き飛ばされそうになった。

「誰もいない」わたしは言って、バネルジーを外へ押しやった。

あちこち探しまわり、ドアをあけつづけたが、どの部屋も空っぽだった。この階にはどうやら誰もいないようだ。いらだちを覚えかけたころ、バネルジーが手振りでわたしを制した。

「ちょっと待ってください」

「駄目だ。一服するのはアローラ大佐の執務室が見つかってからだ。カルカッタに戻ったら、体力検査を受けるのを忘れるな」

「ちがうんです。もっといいやり方があるんです」

バネルジーは無人の部屋のひとつに入ると、受話器を取って交換手に伝えた。

「至急アローラ大佐と話がしたい。オフィスにつないでください」

受話器の向こうから呼びだし音が聞こえてきた。バネルジーはわたしのほうを向いて微笑んだ。「アローラ大佐ですね。こちらはバネルジー部長刑事です。急ぎお願いしたいことがあるんです」


数分後、われわれはアローラ大佐の執務室に立って、電話が終わるのを待っていた。

机の向こうで、大佐は受話器を置くと、顔をあげて言った。「これでいい。この街で電報を打てるのは、王宮と駅の二カ所だけです。どちらの施設にも技術的な問題が発生し、これから一時間にわたって不通になります」

「ありがとうございます」と、バネルジーは言った。

「どういうことなのか聞かせてもらえるでしょうか」

答えていいかどうかバネルジーが目で訊いてきたので、わたしはうなずいて諒承《りょうしょう》した。大佐に嘘をつかなければならない理由はない。さらに言うなら、もっともらしい嘘を考えている時間もなかった。

「ウィンダム警部の帰任を命じる電報がデリーから公邸に届いたんです。幸いなことに、手続き上の不備がありましてね。その電報は警察ではなく、高等文官から発信されたものだったんです。そこで、ミスター・カーマイケルは上司に確認をとらなければならなくなりました。言うまでもなく、確認がとれるまで、警部はサンバルプールにとどまることができます」

大佐はわたしのほうを向いた。「では、お訊きしますが、あなたをカルカッタへ呼び戻さなければならない理由は何なんでしょう、警部」

「これといった理由があるとは思いません。あれば、命令はデリーの役人じゃなく、カルカッタの警察本部から来たはずです。連中はわたしをサンバルプールから追い払いたいだけだと思います」

「それって、どういうことなんでしょう」

わからないが、思いあたる節はいくつかある。いずれも難儀な問題をはらんでいて、大佐に話して聞かせていいと思えるものではない。

わたしは肩をすくめた。「あなた以上のことを思いつけるとは思いません」

「とにかく、あなたはミスター・カーマイケルがデリーに連絡をとるのを阻止したいわけですね。でも、どうして電話を使わないんでしょう。公邸には電話があるはずです」

「正式な命令は書面でということになっているんです。話に出たついでにお願いしたいのですが、電話回線のほうにも細工をしていただけるとありがたい。モンスーンの雨はまだここには来ていませんが、ここからデリーまでの多くの場所がアトランティス同様の状態になっているはずです。そのせいで回線が切断されたとしてもなんの不思議もありません」

口もとがほころぶ。「許可をとる必要があります。宰相はとりあってくれないでしょうが、陛下なら同意してくださるかもしれません。イギリス人をからかうのがお好きなんです。以前、ミスター・カーマイケルにサンバルプールからの敬意の証しとしてゴルフ・バッグとクラブをお贈りになったことがあります。駐在官閣下はご満悦でしたが、じつはそのバッグは象の一物の皮で作ったものだったんです。陛下のお見立てです」

「じつに興味深い。滞在期間を数日のばすことができたら、ミスター・カーマイケルに一ラウンドお手あわせを申してるんですか」

「ゴルフをなさることにします」

「いいえ。でも、これでやってみようという気になりました」

大佐は笑った。この男にも笑うことができるとわかったのは収穫だ。

「それで、期間は？　そういつまでも駐在官の通信を妨害することはできません。もっと些細なトラブルから戦争が始まったこともあります。いまのところ開戦の命令は出ていないし、わたしはイギリスのインド支配を終わらせた男になろうと思ってもいません」

今度はわたしが笑う番だった。「わかっています。ミスター・ガンジーもあなたに先を越されたくないはずです。でも、期間は長ければ長いほうがいい。できれば一週間」

「最長で三日。条件つきです」

「条件というと？」

「愛用のゴルフ・バッグの素材をミスター・カーマイケルに教えないこと」

「その条件なら呑めそうです」

大佐は微笑んだ。「としたら、これから七十二時間、電話も電報も不通にすることは可能だと思います。ミスター・カーマイケルはデリーまで歩いていったほうが早いということを思い知らされるでしょう」

自分たちのオフィスに戻ろうとしたとき、アローラ大佐の執務室のドアがノックされた。いや、ノックというと語弊《ごへい》があるかもしれない。ハンマーでドアを叩いているような音だった。ドアがあき、黒い目に、アクスミンスター絨毯ばりの密な顎ひげを生やした大柄な男が入ってきた。ゆったりとしたエメラルド色のシルクのチュニックをベルトでとめ、手に封書を持っている。それを大佐に渡した。

そして、大佐がうなずくと、振り向いて、バネルジーの横に立ち、そこに大樹のような影をつくった。

大佐は封を切って、そこから一枚の用箋を取りだし、素早く広げて読んだ。

「なるほど」予想どおりといった口調だった。「陛下からのご返答です。まず、ギタンジャリ妃殿下との面談は許可できないとのことです」

わたしの横で、バネルジーが安堵のため息をついた。

「プニート王子のほうは？」わたしは訊いた。

「そちらについては問題ありません」

「では、そこから始めましょう」

大佐は唇をすぼめた。「それはむずかしいかもしれません。プニート殿下には明日から狩猟の予定が入っています。そして、今日は兄君さまの葬儀に参列しなければなりません。あなたたちのために時間を割いていただけるかどうか」

「兄の葬儀の翌日に狩りに行くんですか」

大佐はうなずいた。「出発は昨日の予定でした。すでに一日以上延期になっています。さらに先のばしにすることはできないとのことです」

興味深い。異母弟のチャーリーが戦死したとき、わたしは何週間も悲しみの淵《ふち》に沈んでいた。そんなに親しかったわけではないが、それでも狩りが優先順位の上位にくることはなかっただろう。

「としたら、われわれには何ができるんでしょう」

「アディール殿下の私室に立ちいることと、くだんのイギリス人女性から話を聞くこと」

「あと一声ほしいところです」

「プニート殿下との面談については、なんとか都合をつけてもらえないか、もう一度頼んでみます。それとは別に、本日の追悼式の席で話を聞くという手もあろうかと……」

21

王太子の私室は〈太陽宮〉の翼棟の最奥部にあった。その所在地をこれ以上細かく説明するのはむずかしい。宮殿の広さのせいと、わたしがほかのことに気をとられていたせいだ。

前を歩いているのは先ほどアローラ大佐に封書を届けにきた男で、バネルジーは置いていかれないようになかば駆け足になっている。しばらくして足をとめたのは、少し奥まったところにあるアーチ形のドアの前だった。ドアの表面には孔雀の羽根の彫刻が施され、翡翠《ひすい》と青いトパーズが象嵌《ぞうがん》されている。その前には、先導の男と同じ背格好に顎ひげの番兵が立っている。

ふたりは二言三言ことばを交わした。ふたりの外見から判断すると、北西部の国境付近の言語だろう。番兵はしかつめらしくうなずいて、ドアをあけ、その横に立ち位置を変えた。

「こちらが王太子殿下の居室です」先導の男はわたしのほうを向いて言うと、身振りで入室を促し、われわれの後ろでドアを閉めた。

そこはこじんまりとした控えの間で、その向こうに広い居間があった。ハウス&ガーデン誌なら〝東洋の贅のきわみ〟と評するであろう調度の数々。手動式の扇《パンカー》も扇風機もないが、室内は涼しく、ジャスミンと薔薇の香りが漂っている。

「いい部屋ですね」と、バネルジーがつぶやいた。

わたしはうなずいた。「ああ。プレームチャンド・ボラル通りの下宿とはだいぶちがう」

バネルジーは隣の寝室へ向かいながら訊いた。「それで、われわれはここで何を探せばいいんでしょう」

「さしあたっては部屋を見るだけでいい。誰かの人となりを知るには、その生活空間を見るのがいちばん手っとりばやい」

「それが王太子であっても?」

バネルジーは作りつけの棚にあった宝飾品を手に取って見ていた。そのすぐ横には、金色のシルクのシーツが敷かれ、ヘッドボードに大理石がはめこまれた四柱式の大きなベッドがある。たしかに王太子にそんな理屈は通用しないかもしれない。

わたしはそのベッドに腰をおろした。弾力がなくて、固い。なかにはスプリングではなく、綿が詰まっているにちがいない。意外だった。王宮のほかのものの多くが西洋化されているだけに、ベッドもそうだろうと決めてかかっていたのだ。

枕のひとつを手に取って、裏がえしてみる。やはりインド式で、固い。そのとき、王太子が殺される直前、マイダン公園を走る車のなかで聞いた話をふと思いだした。一枚のメモ書きは枕の下にあり、もう一枚はスーツのポケットのなかに入っていた。何かが引っかかる。

ベッドと反対側の壁際に、優美な作りの書き物机があった。その前へ歩いていき、引出しをあけて、なかのものをチェックする。国璽が印刷された用箋や、宝石をちりばめた筆記用具が入っているだけで、とりたてて気になるものはない。

引出しを閉めると、隣の小部屋へ移り、そこに並んでいるいくつもの大きな衣装だんすのひとつをあけた。なかには、三十着ほどのスーツがかかっている。

寝室に戻ったとき、バネルジーは金縁の姿見の両側にかけられたシルクのタペストリーのひとつを見ていた。

「どうしてだろうな」と、わたしは言った。

「何がどうしてなんです?」

「メモ書きがあった場所のことを言ってるんだ」

バネルジーはきょとんとした顔をしている。「どうして私室にあったのかってことですか」

「どうして枕の下に置かれていたのか。どうしてスーツのポケットのなかに入っていたのか。どうして机の上じゃいけなかったのか」

「言うまでもありません。王太子が――王太子だけが見つけるようにしたかったからです」

わたしは立ちあがって、部屋を横切り、最後に残ったドアをあけた。そこは王太子専用の浴室だった。青いタイル張りの棚に、十数枚の白いタオルが丁寧にたたんで置かれている。一枚ずつ手に取り、開いては、床に落としていく。

「何をしているんです」

「同じ文面のメモ書きが二枚あったのはなぜなのか」

バネルジーは少し考えてから答えた。「わかりません」

「なぜかというと、一枚目を見つけてもらえなかったからだ。王太子の話だと、一枚目は枕の下にあり、二枚目はスーツのポケットのなかに入っていた。でも、相手は王太子だ。持っているスーツは百着以上ある。もしかしたら、スーツのポケットに入っていたほうが一枚目で、気づくのがあとになっただけかもしれない」

最後から二枚のタオルを取ったとき、小さく折りたたまれた白い紙が床に落ちた。それを拾って、開き、それからバネルジーのほうを向いた。

「これが二枚目だったのかもしれない。タオルのなかにメモ書きを忍ばせるのは一種の賭けだった。ここには共同浴場に置けるくらいの数のタオルがある。でも、使うのは王太子本人だけだ。王太子がそれを見つける確率は、特定のスーツを選ぶよりずっと高い。だが、それも功を奏さず、三枚目を枕の下に置くことにした。そこならほぼ確実に見つかる」

「つまり、どうしてもほかの者に知られたくなかったということですね。でも、暗殺のたくらみがあったとすれば、なぜ直接伝えなかったのでしょう」

「こういうことだ。メモ書きは地元オリッサの言葉で書かれていた。つまり書いたのはオリッサの地元の人間だということだ。宮廷語ではなく、現地の言葉の読み書きができる程度の教育は受けている。王太子の私室に入ることはできるが、話ができる地位でも身分でもない。それは誰か」

答えは明白だ。

「侍女《じじょ》ですね。じゃ、さっそくアローラ大佐の執務室へ行って、王太子の部屋付きの侍女から話を聞くための手筈《てはず》を整えてもらいましょう」バネルジーは言って、居間へ戻り、ドアのほうへ向かいかけた。

「待て。もっといい手がある」

わたしはベッドの脇にあるテーブルの前へ行って、受話器を取った。

「今度は侍女の取調べですか」

アローラ大佐の声には、少なからぬいらだちの色がまじっていた。

「あのようなものを王太子の部屋に置ける者がほかにいますか」

「でも、なぜ侍女に王太子の暗殺計画を知ることができるんです」

「話を聞いてみないとわかりません」

大佐はため息をついた。「いいでしょう。すぐに手配します。王太子殿下の私室にもう用はありませんか」

「ええ、用は足りました」

「それなら、十分後に〈薔薇の館〉の前に来ていただけないでしょうか。車を待たせておきます」

「どこか楽しい場所へ連れていってくれるのですか」

「それは財務官の自宅をどう考えるかによります」

「ミスター・ゴールディングの身に何かあったんですか」

一瞬の沈黙があった。「お申しつけどおり探していたんですが、今朝から誰も姿を見ていないそうなんです。自宅に電話をしてみましたが、応答はありませんでした」

胸騒ぎがした。

「所用でどこかへ出かけている可能性は?」

「あまりないでしょう。どんなに急いでいても、かならず行き先を告げていく方ですから」


メルセデスがとまったのは、ケント州にあってもおかしくないような、チューダー様式風の瀟洒な屋敷の前だった。高い生垣に、緑色に塗装された鉄のゲート。その向こうに、手入れの行き届いた芝地とイギリスの草花が植えられた花壇が広がり、そのあいだに小道が通っている。建物は漆喰を塗り直されたばかりで、外側の柱や梁《はり》はゲートと同じ緑色に塗装されている。

あたりは森閑《しんかん》とし、ときおり聞こえてくるのはムクドリのさえずりだけだ。

運転手を車に残し、わたしはバネルジーといっしょに玄関ドアの前へ歩いていった。アローラ大佐はいっしょではなかった。運転手が預かっていたメモには、葬儀の段取りの最終調整をしなければならないので同行できないと記されていた。

わたしは大きな黒いドアノッカーに手をのばして数回叩いた。そして、待った。だが、応答はなかった。

「この音なら、死人でも目を覚ますはずです」と、バネルジーが言った。

「そうなっていないことを祈ろう。屋敷のまわりを回って、窓や裏口があいていないかどうか見てくれ」

「わかりました」バネルジーは答えて、屋敷の横手へ向かった。

わたしはその反対側にまわって、窓を覗きこんだ。そこは居間のようだが、室内は薄暗く、レースのカーテンがかかっているので、よく見えない。玄関に戻って、ドアを強く押したが、鍵がかかっていて、微動だにしない。かといって、もちろん体当たりするつもりはない。前回ドアに体当たりしたのは、銃弾を浴びせかけられていたからだ。いまは基本的に休暇中であり、ここはサンバルプールの財務官の屋敷なのだ。

一歩後ろにさがって、足もとのドアマットをめくり、心のなかで悪態をついた。合鍵はない。

バネルジーが家を一周して戻ってきた。何を言うかは、その顔を見ただけでわかった。

「裏口に押しいった形跡がありました」

裏庭は前庭より広いが、手入れは前庭と同じように行き届いていた。手前には、赤やピンクの花が咲き誇る薔薇の茂みがあり、ジャカランダの木の下に、テーブルと二脚の籐《とう》の椅子が置かれている。絵葉書のような小景だが、裏口のドアがそれを台無しにしていた。

バネルジーは〝押しいった形跡〟と言ったが、それはずいぶん控えめな表現になる。おそらく斧《おの》が使われたのだろう。ドアの半分は叩き壊されて地面に転がり、残りの半分は蝶番《ちょうつがい》のひとつにかろうじて支えられている。ひとつだけたしかなことがある。ゴールディングは急に思いたって休暇をとったのではない。

ドアの残骸を端へ押しやり、地面に散らばっている木片を踏みしだきながら、ゆっくりポーチへ向かう。建物のなかはしんと静まりかえっていた。タイル張りの床の上に、茶色い乗馬靴が置かれている。

バネルジーの前に立って、隣の部屋のドアをあけた。そこはキッチンだったが、爆撃を受けたあとのようになっていた。引出しは抜きとられ、食器棚は倒れ、食器は床の上で粉々になっている。

わたしはバネルジーのほうを向いた。「拳銃を持っているか、部長刑事」

「いいえ。公邸に置いてきました」

咎めることはできない。自分の拳銃は数百マイル離れたカルカッタにある。

「だとしたら、祈るしかない。ここをこんなふうにした者はすでに逃げ帰ったか、われわれと同じくらい無頓着《むとんちゃく》であることを」

忍び足で奥のドアのほうへ歩いていく。ドアを少しだけ開いて、なかの様子をうかがう。居間のようだが、そこも混乱のきわみで、家具は倒れ、本は床に散らばり、ソファーはナイフで切り裂かれ、灰色の綿が引っぱりだされている。分厚いベルベットのカーテンは引きちぎられ、裏地が剝がされている。

背後で何かが割れる音がした。はっとして、振り向き、キッチンへ引きかえす。気をつけろと言うまえに、バネルジーはドアをあけていた。武器も持たずにそんなことをするのは無謀すぎる。銃弾が雨あられと飛んでくることは充分に予想されることだ。わたしは後ろから飛びかかって、バネルジーを床に引き倒した。だが、銃声はあがらない。ドアの向こうの床の上で、茶と黒のぶちのネコが人間のとつぜんの出現に面食らったような顔をしている。

バネルジーは立ちあがって、服の埃を払った。そのあいだに、ネコは棚の上に飛び乗り、また食器を床に落とした。わたしは振り向き、ふたたび部屋を見てまわりはじめた。

寝室はひとつだけで、ほどよい広さがあり、ベッド、衣装だんす、チェスト、机などが置かれている。だが、そこは寝室というより、ゴミ捨て場に近かった。マットレスはずたずたに切り裂かれ、羽毛があたり一面に降り積もっている。引出しはすべて抜きとられ、中身は無造作に床に放り投げられている。

争った形跡を探したが、それらしいものは見つからなかった。部屋のこの惨状は、そのせいではなく、何かを探したあとということになる。ここに押しいった者はナイフを持っていたはずだが、血のあとはどこにもない。部屋が荒らされたとき、ゴールディングはここにはいなかったということだ。

バネルジーが寝室に入ってきた。ネコを抱きかかえている。

「友だちになったようだな」と、わたしは言った。

「首輪のタグによると、モルデカイという名前のようです。ここで飼われているんでしょう」

そうとはかぎらない。裏のドアは叩き壊されている。われわれのあとについて、なかに入ってきたのかもしれない。

「どうして断言できるんだ」

そんなことを訊かれるとは思っていなかったようだった。「インド人なら、聖書からとった名前をつけたりしません」

もっともだ。わたしは腰をかがめて、床からふたつの写真立てを拾いあげた。ひとつはガラスが割れて、なくなっている。どちらにも、いまより十歳か十五歳ほど若いゴールディングが、椅子にすわった年配の女性といっしょに写っている。ほかにもどこかに写真が落ちているかもしれないと思って、まわりを見まわしたが、なかった。

わたしは写真をバネルジーに見せて訊いた。「誰だと思う？」

「母親のようですね」

おそらくゴールディングは独身なのだろう。ネコを飼っている確率は、既婚者より独り者のほうが高い。誰にでもパートナーは必要だ。たとえ財務官であっても。

次に浴室へ行って、床に膝をつき、亜鉛メッキの浴槽のなかに投げこまれていた薬戸棚の中身をチェックした。

「このネコなんですが、どうすればいいんでしょう」

後ろからバネルジーが訊いた。

「放っておけ。ネコはひとりでも生きていける」

「イギリス人に飼われていたネコがここで野良になったら、五分と生きていられないでしょう」

いましなければならないことは、ゴールディングを見つけだすことであって、ネコの身の上を案じることではない、とわたしは言った。

「わかりました。すみません」バネルジーはきまり悪そうに答えた。「ミスター・ゴールディングは連れ去られたとお考えでしょうか」

「そうだとしても、連れ去られたのはここからじゃないはずだ」

「いまはどこにいるんでしょう」

「さあ、わからない」わたしは言いながら、白い丸薬が半分ほど入った青い小瓶を手に取った。

「厄介ごとに巻きこまれるかもしれないと思って、身を隠したのかもしれません。昨夜はどこか落ち着かない様子でした」

「可能性はある」わたしは答えたが、実際のところそうは思っていなかった。青い小瓶を見ながら考えていたのは、ゴールディングはすぐに帰ってくるつもりで家を出ていったにちがいないということだった。

「家のなかは荒らされてめちゃめちゃになっていました」わたしは言った。

われわれはアローラ大佐の執務室に立っていた。大佐は机の向こうにすわって紅茶を飲んでいる。

「ミスター・ゴールディングは拉致《らち》されたということでしょうか」

「かもしれません。あるいは、なんらかの厄介ごとに巻きこまれて、累《るい》が及ぶまえに逃げだしたのかもしれません。どちらとも言えませんが、家に押しいられたときに、連れ去られた可能性は少ないと思います」

「でも、ゼロではない」

大佐はティーカップを置いて、ポケットから銀のシガレット・ケースを取りだした。そして、それを開いて、われわれに煙草をすすめ、それから自分も一服つけた。

「押しいった者が誰にせよ、何かを探していたのは間違いありません。ゴールディングが同じ者に拉致されたとすれば、探し物がどこにあるか最後まで口を割らなかったということになります」

「探し物が見つからなかったと断定することはできないのではないでしょうか」バネルジーが口をはさんだ。

「見たところ、家探しは隈《くま》なく徹底的に行なわれていました」

「たしかにそうだが、見つかったとは思えない」

「どうしてです」大佐が訊いた。

「どの部屋も荒らされていました。浴室に至るまで。探し物が見つかったら、そこ以外の部屋まで調べたりしなかったはずです。つまり、最後に探した場所で見つけたか、あるいは最後まで見つけられなかったかのどちらかということです。賭けるなら、わたしは後者に賭けます」

「それで、探し物が何だったのかはおわかりなんですか」

「それはこちらからお訊きしたかったことです」

大佐は答えなかった。表情を変えずに、わたしをじっと見つめただけだった。何を考えているかはわからないが、大佐がどこまで話していいのかをつねに考えていることは、これまでの数日間の言動からあきらかだ。いまも何かを隠しているのはまず間違いない。ゴールディングを探してくれと頼んでから一時間もしないうちに、行方不明になったかもしれないと言ってきたのだ。わたしの経験から言って、財務官の身を単なる気づかいからそこまで案じる者はいない。

「ゴールディングはここでどういう仕事に携わっていたのでしょう」わたしは訊きなおした。

このときはすぐに答えがかえってきた。

「ダイヤモンド鉱床の資産価値の見積りです。おおよそ察しはついていると思いますが、アーネスト・フィッツモーリス卿が当地を訪れたのは休暇のためではありません。アングロ・インディアン・ダイヤモンド社は再度ダイヤモンド鉱床の買収工作を始めたのです。ただ今回は、陛下のご下命によって、売却は正式の検討課題としてとりあげられることになりました。議論の経緯は宰相からアディール殿下に逐一報告されることになっていました。それで、ミスター・ゴールディングは売却額の見積書の作成を依頼されたのです」

「そして、王太子は暗殺され、財務官は行方不明になった。そのこととなんらかの関連があると思いますか」

大佐は緑色の目でわたしを見すえた。

「ミスター・ゴールディングは信頼できる人物です、警部。几帳面《きちょうめん》で、正直で。サンバルプールにとって欠かせない人材です」

質問の答えにはなっていない。だが、その言葉は多くのことを示唆している。わたしは煙草を一服し、そこれから言った。「ゴールディングの執務室を見させてもらえないでしょうか。失踪の手がかりになるものが見つかるかもしれません」

「わかりました。葬儀のあと、すぐに手配します」

「もうひとつ。事件のまえの数週間に王太子の私室に出入りしていた侍女のリストはできているでしょうか」

大佐は机の上から一枚の用紙を手に取った。「ここにあります」

「ありがとうございます」わたしは言って、バネルジーのほうを向いた。「葬儀のあと、部長刑事、そのリストに名前があがっている女性たちから話を聞いてくれ。なんとかして王太子に例のメモ書きを渡した人物を見つけだしたい」

バネルジーはこくりとうなずき、大佐からリストを受けとった。

「いいでしょう」大佐は言った。「では、ひとりずつあなたたちのオフィスに出向くようにと命じておきます。通訳もつけます。侍女の大半はオリヤー語しか話せませんので」

「助かります」と、わたしは言った。

22

一時間後、わたしとバネルジーは屋根のない金ぴかの馬車にすわっていた。六頭の馬はみなダービーの優勝候補のように見える。御者は頭にターバンを巻き、エメラルド色と金の綺羅《きら》をまとって、手綱《たづな》をさばいている。この一台だけでも充分に印象的だが、王室の一族郎党を乗せた馬車は二十台ではきかない。

先頭を行くのは一頭の象で、花輪で飾りたてられ、牙《きば》には銀の覆いがかぶせられている。背中にしつらえられた金の輿《こし》には、ふたりのインド人が乗り、コンブーと呼ばれる大きなラッパを吹き、独特の甲高く物悲しい音を響かせている。そのあとに続くのが、礼服姿の儀仗兵の一団で、アディール・シン・サイ王太子の亡骸を乗せた砲車を引いている。棺《ひつぎ》はない。遺体は首まで布で覆われ、その上からサンバルプールの国旗がかけられ、黄色とオレンジのマリーゴールドの花輪が幾重にも手向《たむ》けられている。

葬列は送列者であふれた通りを進んでいった。男たちは沿道を埋め、子供たちは木の枝にのぼり、女たちは通りぞいの家のバルコニーや窓辺に鈴なりになっている。屋上からは花が雨のように降ってくる。

わたしの向かい側にはアローラ大佐がすわっていた。大佐は群衆のざわめきに声を掻き消されないよう前かがみになって言った。「いい知らせがあります」

「われわれはいい知らせとはあまり縁がありません。これが転換点になってくれればいいんですが」

「ミスター・カーマイケルを外部の世界から遮断したいというあなたたちの要望を陛下にお伝えしたところ、これは面白いと仰せられましてね。これからの数日間、電話と電報を不通にすることに同意してくださいました。なんなら、今後もときおりこういういたずらをしてもいいとのことでした。われらが駐在官殿の困った顔を拝めるなら多少の不便は我慢できるそうです」

「それを聞いてほっとしました。これで問題はひとつだけになりました。カーマイケルに公邸から追いだされましてね」

「宿なしということですか」

「ええ。ボーモント・ホテルに部屋を確保できなければ」

大佐は微笑んだ。「それならもっといいところがありますよ」

葬列の先頭が街はずれに到達し、マハナディ川にかかる橋を渡りはじめた。川の向こうは住居もまばらで、花も降ってこない。道端に人だかりができ、象の一群が並んでいた。耳は着色され、腹には絹布がかけられている。遺体を乗せた砲車がその前にさしかかると、象使いがラッパを吹き、象の群れがいっせいに膝をついた。

「警部、見てください！」バネルジーが指をさして叫んだ。「あの象、泣いています」

わたしは笑い飛ばそうとしたが、たしかにその灰色の巨象の目には涙が浮かんでいる。

「驚きましたか」と、アローラ大佐は言った。「神の御子が天に召されたのですから、象が嘆き悲しむのは当然のことです」

葬列は川にそって南へ下っていく。シュレヤ・ビディカが拘禁されている部屋から見えた寺が遠望できる。白い大理石の塔が空高く聳《そび》えている。

近づくにつれて、塔の表面を覆う精緻な彫刻が見えてきた。神と人間の交合を描いたもので、なかにはイギリスの教区牧師には想像もできないであろう体位でことに及んでいるものもある。もちろん、教区牧師はみずからの教会の前面をこんな意匠で埋めつくすことなど夢にも思っていない。ガーゴイルの像と地獄の業火を描いたステンドグラスで事足れりとしている。それで、ふと思った。われわれキリスト教徒は、なぜ愛の営みの描写を避けるのか。枢機卿《すうきけい》や大主教は何を恐れているのか。

葬列は寺の外門の前でとまった。儀仗兵の一団が異国のおもちゃの兵隊のように直立不動で捧げ銃《つつ》をし、金色のターバンを陽に輝かせている。その横には、火葬用の薪《まき》の山がある。想像していたよりずっと大きく、カティーサーク号のような船のかたちに積みあげられている。

馬車から廷臣たちが次々に降りてきた。白い帽子と白い上衣《クルタ》姿の数人の老人が、王太子の遺体の上に置かれた花輪を恭しく手に取り、キリスト教徒が聖遺物に払うような畏敬の念を持ってかたわらに積み重ねていく。それが終わると、兵士たちが遺体を砲車からおろし、薪の山の前へゆっくりと運んでいく。

先頭の馬車から、マハラジャがふたりの従者の手を借りて降りてくる。別の従者が黒い大きな日傘をさしかけている。薪の前の一段高くなったところに、赤いビロード張りの分厚いクッションが敷かれた玉座がしつらえられている。その横に、頭を剃《そ》りあげた、サフラン色の装束の司祭が立っている。額には、二本の白い縦線。それが鼻の上で交わり、そのあいだに一本の細い赤い線が引かれている。ヴィシュヌ神の信徒の印だ。

従者がマハラジャの手を取って、そろりそろりと玉座へ導いていく。日傘がそれについて歩いているので、顔に陽が直接あたることはない。マハラジャが玉座に着くと、別の従者が大きな羽根の扇で風を送りはじめる。

司祭が身をかがめて何か言うと、マハラジャは周囲を見まわして、白装束の若い男を指さした。死んだ王太子に驚くほどよく似ている。弟のプニート王子だろう。本日の葬儀の喪主を務めることになっているにちがいない。

会葬者が見守るなか、王子は司祭に先導されて、かたわらの焚き火の前へ歩いていった。火の横には、小さな布袋が置かれている。王子が地べたに胡坐《あぐら》を組んですわると、司祭は布袋から鉄の鍋を取りだし、素焼きの壺からそこに水を注いだ。

わたしはバネルジーのほうを向いて訊いた。「何をやってるかわかるか」

「おぼろげには」

「おいおい。きみはバラモンなんだろ。〝おぼろげには〟はないんじゃないか。お父さんに叱られるぞ」

「父は問題ありません。無神論者ですから。でも、母は――」

「まあいい。わかる範囲で教えてくれ」

「承知しました。われわれインド人は肉体の再生を信じていません。肉体は魂《たましい》の単なる器でしかないのです。魂が輪廻《りんね》の旅を続けるためには肉体から解き放たれなければなりません。そのために、糧《かて》となるものが必要になります。なので、食事の準備をしているのです。鍋には米と胡麻《ごま》が入っています」

王子が鉄の鍋を炎の上に掲げ持ち、司祭が火を竹の棒で突つく。鍋から白い湯気が立ちのぼりはじめる。司祭は王子から鍋を受けとり、耳もとで何やらつぶやいた。王子が立ちあがって、火葬用の薪の山のまわりをゆっくりと歩きはじめる。司祭がマントラを唱え、王子がそれを復唱する。マントラを唱えおわると、王子は司祭の隣に戻って、鍋から一握りの米と胡麻をつかみ、それを丸めて、遺体の唇の上に置いた。司祭が小さな木の枝をさしだす。王子はそれを受けとると、その先端を水の入った壺に浸し、ふたたび祈りの言葉を唱えながら遺体に水を振りかけていく。

司祭は別の壺を手に取り、そこに指を浸して、油をつけ、アディール王太子の額に三本の線を引いた。三本線。それは王太子を殺した男が額につけていたものであり、いま王太子の最後の儀式を執り行なっている司祭が額につけているものだ。

司祭は焚き火の前に戻り、マントラを唱えながら松《たい》明《まつ》に火を移し、それをプニート王子に渡した。王子は松明を持って、薪の山に歩み寄り、火をつける。前もって可燃性の油が撒《ま》かれていたようで、火はすぐさま燃え広がった。火勢にあわせて、司祭の祈《き》禱《とう》の声が大きくなる。わたしは玉座に目をやった。マハラジャの顔は泣き濡れている。だが、王子の顔からはなんの表情も見てとれない。

王子は小さな声で祈りの言葉を唱えながら火のまわりを歩きつづけている。しばらくして、ほかの会葬者もそのあとに続いた。

焼け焦げた白檀の臭いが鼻腔を満たし、黒煙が目にしみだしたころ、祈禱の声はわたしの脆《もろ》い頭のなかでがんがん鳴り響くようになっていた。思わず顔をそむけたとき、人ごみのなかにひとりの白人女性の姿が目にとまった。まわりには、王宮の使用人の一団がひとかたまりになって立っている。料理人、乳母、車の整備士……みな黒衣に身を包んでいる。だが、その女性だけはちがう。白いサリーを着て、みんなの少し後ろに立っている。使用人のあいだに隙間ができたとき、顔がちらっと見え、わたしの心臓はとまりかけた。妻のサラにそっくりだったのだ。一瞬、幽霊かと思ったくらいだった。サラが死んだのは一九一八年だが、いまこの瞬間、わたしの心にあふれた喪失感はあまりにも生々しく、それは二年前ではなく、つい数週間前のことのように思えた。落ち着かなければならない。

「あそこにいる女性は誰です」わたしは指さして、アローラ大佐に尋ねた。

大佐はしかつめらしくうなずいた。「あれが、警部、アディール殿下と浮き名を流したミス・キャサリン・

ペンバリーです」

司祭の祈禱の声がさらに大きくなり、使用人の一団が大きな嘆声をあげて前へ進みでてきた。それで、ミス・ペンバリーの姿は見えなくなった。

ふたたび前を向いたとき、プニート王子は棍棒《こんぼう》で兄の頭を殴っていた。

大佐はわたしの驚きを見てとったみたいだった。

「頭蓋骨を叩き割ろうとしているんですよ」

「なんのために?」

「魂を解き放つためです」

火の勢いが衰えはじめた。プニート王子を先頭に、会葬者はまだ薪の山のまわりを歩きつづけている。そこへ司祭が近づき、残り火に水をかけた。それから、手に持った竹の棒で遺骨を突ついたり、転がしたりしはじめた。しばらくして、ふいにかがみこみ、灰のなかから黒焦げになった小さなものを親指と人差し指でつまみあげた。

バネルジーが説明してくれた。「ナービ——臍《へそ》です。われわれインド人にとって、そこはとても重要な場所です。胎児のころは臍の緒で母親とつながっているし、死んだあとは、肉や骨が灰になるまで焼かれても、なぜか臍だけは黒焦げのまま燃え残る。なんとも奇妙な話ですが、そこには人間の精が宿っていると考えられていましてね。ですから、死んだあと、土にかえさなければならないとされているんです」

司祭は焼け焦げた臍を土でくるんで、素焼きの壺のなかにおさめた。王子はそれを受けとり、焼き場から川のほうへ歩いていった。そして、川のなかに入り、胸の下まで水に浸かるところまで行って、壺を水底に沈めた。会葬者のあいだから口々に悲しみの声があがる。王子は岸に戻ると、玉座の手前に設けられた貴賓席へ向かい、フィッツモーリスの隣に腰をおろした。

それはそれで驚きだったが、次に見たものと比べたら、どれほどのものでもなかった。

　そのすぐ後ろの席に、エミリー・カーマイケルと並んで、アニーがすわっていたのだ。

23

　その場にバネルジーを残し、わたしは人ごみを掻きわけてアニーがいたところへ走っていった。葬儀が終わり、廷臣たちは待機している馬車のほうへ歩を進めながら、それぞれにひそひそ話をしている。どの国でも、どんな宗教でも、式後のこの光景は変わらない。

　プニート王子はまだフィッツモーリスと話をしている。わたしは懸命にアニーの姿を探したが、なぜか見あたらない。

　汗が首を伝い落ちていく。立ちどまって、悪態をついたとき、一抹《いちまつ》の不安が脳裏《のうり》をよぎった。あれは幻《まぼろし》だったのではないか。先ほどはアディール王太子の恋人を死んだ妻と見まちがえ、いまはカルカッタにいるはずのアニーを幻視したのではないか。

だが、次の瞬間には、車のほうへ歩いていくアニーの後ろ姿が目にとまっていた。

わたしは安堵のため息を漏らし、あと先の考えもなくまた走りだした。車の前では、制服姿の運転手がドアをあけて待っている。

わたしは大声で呼んだ。「ミス・グラント！」

アニーは振りかえり、わたしを見て、小さな笑みを浮かべた。そこには、わたしを惹きつけてやまない瞳のきらめきと挑むような物腰があった。

「こんにちは、ウィンダム警部」

「どうしてここに？」

「あなたと同じだと思うけど。最後のお別れをしにきたのよ」

「ハウラー駅に来なかったからてっきり……」

アニーは冷ややかな口調で言った。「てっきり何？」

「来ないと思っていた」

「どうして？ 何もかも放りだして、あなたについていかなかったから？ 本気でそんなふうに思っていたの？」

「でも、きみはいまここに来ている」

愚かな言い草だ。失意や安堵や何やらのせいで口をついて出てきたもので、言った尻から言ったことを後悔せずにはいられなかった。

「わたしがここに来たのは、王家から招待されたからで、あなたに誘われたからじゃないのよ。用がなければ、これで失礼させていただくわ」

アニーは後ろを向いた。

わたしは腕をつかんだ。「待ってくれ。そうじゃない。ただ、あまりにも驚いたもので……嬉しい驚きだ」

目の表情がほんの少し和らいだ。

「捜査のほうはどんな具合？」

「いっこうに進んでいない。総督はカルカッタに戻れと言ってきているし、マハラジャは重要参考人の事情聴取を許可してくれない」

「どうして許可してくれないの？」

「向こうが王室の女性で、こっちが男だから。厄介なのは、アディール暗殺のくわだてがここサンバルプールで行なわれたのはたぶん間違いないってことなんだ」

アニーは思案顔になった。捜査をアディール王太子と同様に死んだものとみなし、お悔やみの言葉を述べようとしているのかもしれない。

「力を貸してあげられるかもしれない」と、アニーは言った。

わたしはもう少しで笑うところだった。

「どういうことだい」

「事情聴取よ。あなたには無理だけど、わたしならなんとかなるかもしれない。マハラジャとは顔見知りの間柄だし。わたしが話を聞きたいと言えば、考えなおしてくれるかもしれない」

「本気で言ってるのかい」

答えは顔に書いてあった。

「わたしの力を借りたいの？　それとも借りたくないの？」


十分後、わたしはアニーといっしょに車の後部座席にすわり、ボーモント・ホテルへ向かっていた。バネルジーには、アローラ大佐といっしょに王宮へ戻り、侍女の事情聴取を始めるようにと命じてあった。

アニーが話して聞かせてくれたところによると、わたしが誘いの電話を入れたのは、王家に弔電を送ったあとだったらしい。その返礼として、葬儀へ招待されたのだ。しかも、破格の礼遇で。サンバルプール入りするために用意された足も、わたしの上をいくものだった。王室の専用列車より贅沢な乗り物といえば王室の専用飛行機しかない。アニーはプニートの申し入れに応じて、この日の朝カルカッタから飛行機でこの地に到着したのだった。

アニーは鏡付きの小さなコンパクトを取りだして、顔におしろいをはたいていた。「それで、サム、いままでにわかったことは？」

「いくらもない」

アニーはコンパクトを閉じた。「何それ。助けてもらいたいのなら、もう少し協力的になったほうがいいんじゃないの」

わたしは話すことにした。そう言われたからというだけでなく、話したかったからであり、少しばかり格好をつけたかったからだ。けれども、これまでわたしが探しあてたことのなかに、格好をつけられるようなものは何もなかった。

「王宮内に、王太子に身の危険を警告するメモ書きを少なくとも三枚残した者がいる。当局はこの件でひとりの女性を逮捕しているが、彼女が犯人である可能性はきみと同じくらい低い」

「ほかに何か手がかりになるようなものは？」

「あったが、話を聞こうとした人物は行方不明で、しかも自宅は逆上したサムライの一党に押しかけられるようになっている」

ひとしきり、アニーは思案にふけっていた。

「それで、わたしは誰から話を聞けばいいのかしら」

「そのためには、まずマハラジャの許可を得なきゃならない」

「それはわたしに任せておいて、ウィンダム警部。でも、誰から話を聞きたいのかわからなかったら、許可を得るのはもっとむずかしくなる」

「ギタンジャリ妃。亡き王太子の妻だ」

ボーモント・ホテルは壁一面に水漆喰が塗られていて、陸地に百マイル引きあげられた外洋船のように見

世界600万部、
シリーズ国内累計15万部のベストセラー、待望の新版！

フィッシュ！〈アップデート版〉

——鮮度100％ぴちぴちオフィスのつくり方

スティーヴン・C・ランディン、ハリー・ポール&
ジョン・クリステンセン／相原真理子・石垣賀子訳

eb3月

グーグル、マクドナルドも導入したベストセラー『フィッシュ！』が20年を経て帰ってきた！ 働くヒト一人ひとりのモチベーションを引き出し、仕事と人生をよりよい方向へ導く哲学の詰まった本篇に加え、導入のガイドと実践談を追補した完全版！

四六判変型上製　本体1800円[17日発売]

円熟の作家が精神世界をめぐる旅を描く

シルクロード

キャスリーン・デイヴィス／久保美代子訳

eb3月

ラビリンスの奥深く、香の匂いが立ち込める部屋で、ジー・ムーンが導くヨガクラスが行われている。参加者は、文学者、記録家、植物学者、守護者、位相幾何学者、地理学者、氷屋、コック。彼らは屍のポーズをとりながら、それぞれの過去をめぐる旅に出る……。

四六判上製　本体2800円[17日発売]

野村胡堂賞&角川春樹小説賞受賞作家が描く命懸けの友情小説

明治七年、伊豆入間村。村の漁師・達吉は嵐の海から一人の異人を救った。かくまえばおと

える。わたしはアニーに手をさしだして車から降ろし、いっしょにロビーへ向かった。タイル張りの床、むきだしの壁、片隅に古びたテーブルと椅子。テーブルの上で、半野良のように見えるネコが眠っている。

「送ってくれてありがとう、サム。マハラジャには今夜お会いできると思うわ。そこで、内々にお話ししてみるつもりよ。あなたにはどうやって連絡をとればいいの?」

「えっ?」

「滞在先よ」

「じつを言うと、まだ決まっていないんだ。何かあれば、王宮詰めのアローラ大佐にことづけてくれ」

別れの挨拶を交わし、アニーは階段をあがっていった。その後ろ姿を見ていたとき、ふと思いついた。

フロントには誰もいなかったので、カウンターの上の真鍮のベルを鳴らすと、白いシャツに蝶ネクタイ姿のインド人が出てきて、愛想笑いをした。

「お待たせしました、サーヒブ」

「ミス・ペンバリーと会う約束をしている」わたしは嘘をついた。

「かしこまりました。その旨、お伝えしてまいります」

わたしはカウンターごしに五ルピー札をさしだした。「部屋番号を教えてくれればいい。自分で行く」

受付係は周囲に目をやった。ロビーにはわれわれとネコしかいない。

受付係は紙幣をポケットに入れながら言った。「二階の二十五号室です」

わたしは礼を言って、階段へ向かった。

薄い木のドアをノックすると、蝶番が揺れた。ややあってドアが開き、先ほどと同じ白いサリー姿のミス・ペンバリーが出てきた。わたしは息を呑んだ。やはり恐ろしいほどサラに似ている。目は赤く充血し、葬儀の際にまとめていたブロンドの髪はおろされている。

「ミス・ペンバリー？」

「ええ」

どこか上の空だが、状況を考えれば無理もない。

「ウィンダムといいます。帝国警察の警部で、カルカッタから来ました。いくつかお訊きしたいことがありまして」

「どうしてわたしに？」その口調には警戒の色があった。だが、警察官に質問されると思うと、たいていの者は心中穏やかでいられない。

「わたしはアディール王太子の暗殺事件の捜査を手伝っています。あなたと親しくされていたという話を小耳にはさみましたもので。ご協力いただければ幸いです」

どうすべきか判断がつかないみたいだった。いまもまだショックを引きずっているのだろう。先ほど茶毘《だび》に付された遺体が、事件以降はじめて見る王太子の姿だったにちがいない。いまようやく喪失感の大きさを実感しはじめたのだろう。

「さしつかえなければ部屋のなかで、ミス・ペンバリー」

それで我にかえったみたいだった。

「ええ、もちろん」そう言って、ミス・ペンバリーは身体を脇に寄せた。

部屋は雑然としていた。ベッドの上には中身が半分ほど詰まったスーツケース、床には衣類や日用品がはみだしたスーツケースが広げて置かれている。

ミス・ペンバリーはわたしの目のやり場に気づいたらしく、申しわけなさそうに言った。「ごめんなさい、散らかっていて」

「帰国の準備ですか」

「これ以上ここにいる理由はありません」ミス・ペンバリーは答え、それから首を振った。「いいえ、あるかもしれないけど、いずれにせよ、もうここにはいられません」

ベランダに通じる両開きの窓の横の壁際に、小さなソファーがあった。わたしは彼女をそこに導き、自分はその向かいの椅子に腰をおろした。

ソファーに腰をおろすと、ミス・ペンバリーは少し落ち着いたみたいだった。「それで、警部さん、何をお話しすればいいんでしょう」

「そうですね。まずは王太子とのなれそめから」

ミス・ペンバリーはうなずいた。「出会ったのは三年前のことです」

「サンバルプールで？」

「いいえ、ロンドンです。オリエンタル・クラブで、先の戦争での藩王国の尽力をねぎらう催しがあったんです。父が海軍代表として参加することになり、わたしも同行しました。その席に国王陛下といっしょにアディも来ていたんです。サンバルプールは一連隊分の義勇兵の派遣と財政的な貢献をたたえられていました。

晩餐会では、わたしの向かいの席にアディがいました。話はほとんどしなかったけど、気にいられていることはわかりました。見つめられていることに気づいたのは一度や二度じゃありません。臆面もないとはこのことです。こんなふうにじろじろ見るなんて、なんて失礼なひとだろうと思ったことを覚えています。

その二日後、手紙が届きました。当日の午後にリッツ・ホテルでお茶をしないかとのことで。あのころ、わたしは若くて、世間知らずで、そのような強引さは理解の範囲を超えていました。と同時に、嬉しかったのも事実です。だって、王子さまとのデートですもの……そう。女の子なら誰でも憧れます。それで、応じることにしたのです。

そこへ向かったときには、『千夜一夜物語』の登場人物のような格好をしているのだろうとなかば思っていましたが、実際はターンブル・アンド・アッサーのシャツにサヴィル・ローのスーツ姿。肌の色以外はイギリスの紳士そのもので――」

ミス・ペンバリーは急に口をつぐみ、窓の外に目をやった。その目に映っているのは、サンバルプールの街並みではなく、リッツ・ホテルのパーム・コート・ラウンジにちがいない。

「それで？」わたしは先を促した。

ミス・ペンバリーはブラウスの袖口からハンカチを取りだし、頬にそっと押しあてた。

「ごめんなさい」

「だいじょうぶですよ」

いまにも泣き崩れそうだ。そうなった場合、涙をとめる有効な手立てはふたつしかない。ひとつは、言うまでもなく紅茶だ。けれども、室内に電話はなく、ルームサービスを頼むことはできない。としたら、ふたつ目の手を使うしかない。わたしはポケットからキャプスタンを取りだし、少ししか残っていない煙草の一本をさしだした。

ミス・ペンバリーは首を振り、申しわけなさそうに言った。「ありがとう。でも、煙草は喫いませんので」

としたら、もう打つ手はない。涙があふれだしたら、肩を叩いて慰めるしかなく、おたがいに気まずい思いをすることになる。しかし、どうやらわたしは見誤っていたようだ。ミス・ペンバリーは泣き崩れなかった。ただ目もとを拭い、ハンカチを折りたたんだだけだった。

「それで、あなたはリッツ・ホテルでアディール王太子に会ったんですね」

「ええ、そうです。それで、その場で求婚されたんです。いっしょにインドへ行って、妃になってほしいって。そこには夢のような生活が待っているって」

「それで？」

「心がときめいたのは、ほんの十秒ほどでした。インドへ行って、王子さまと結婚した女性の話を物の本で何度か読んだことがあります。ロンドンでどんなに華やかな暮らしをしていても、インドへ行くと、そこは十八世紀から時がとまっているような人里離れた小さな町で、後宮に閉じこめられ、十人の妻と数知れぬ側女といっしょに明日をも知れない日々を送らなきゃならない。そんな生き方はとてもできません。だから言ったんです。ありがたいお言葉ですが、いっしょにインドに行くつもりはありません、と」

「でも、あなたはいまここに来ています」つい一時間ほどまえにアニーに言ったことをなぞったような台詞《せりふ》だった。

ミス・ペンバリーは肩をすくめた。「アディは断わられることに慣れていなかったんでしょうね。それからはいっそう熱をあげるようになりました。まず花束が届き、つづいて宝石が送られてきました。イヤリングとか、ネックレスとか。小ぶりのものばかりだったので、べつだん気にもとめていなかったのですが、あるとき母がハットン・ガーデンに持っていって見てもらうと……結局、もう一度お会いすることになりました。そのとき、きみといっしょにいたいから帰国予定を遅らせると言われたんです。ええ、それで情が移ったんでしょうね。本当は繊細で、アディの別の側面を見たような気がして。とても傷つきやすいひとなんです。

それからの数週間、熱心に言い寄られつづけ、わたしもさらに好意を持つようになりました。アディは単なる甘ったれな王子さまではありません。国民の生活の向上を心から願っていました。それで結局、わたしはインドに行くことに同意したんです。妻としてではなく、友人として。お役に立てることが何かあるかもしれないと思って」

「アディは大喜びでした」口もとに小さな笑みが浮かんだ。まるで新しいおもちゃを与えられた子犬のような。すぐさま地元の学校の教師の仕事を手配してくれ、その一カ月後に、わたしはアディといっしょにサンバルプールにやってきました。わたしは学校で英語を教え、アディは……そう。アディはここではまったくの別人でした。それでも、わたしをあちこちに連れていってくれ、地元の人々や動物のことをいろいろ教えてくれました。お父さまや弟とちがって、狩りにはあまり興味がないようでしたが。のどかで楽しい日々でした。森でピクニックをしたり、週末には飛行機でボンベイに遊びにいったり。いつしかわたしはアディを愛するようになっていました。それに、ここにいると、本当に生きているという実感があるんです。子供たちと接しているときだけではありません。母親たちも同様です。インドは保守的なところですが、人々は驚くほど広い心を持っています……少なくとも女性は。

状況が変わったのは半年ほどまえのことです。お父さまの病状が悪化したので、王太子が国事を代行しなければならなくなったからです。それでも、公務多忙のなか、アディはできるだけわたしと会う時間をつくってくれていました」

「どんな仕事をしていたかご存じですか」

「まずは、総督が立ちあげようとしている藩王院への加盟の件です。アディは断固として反対していて、インド政庁や廷臣たちの説得にも耳を貸しませんでした。それだけイギリス人に強い敵愾心《てきがいしん》を抱いていたのです」

「あなた以外の、ということですね」

また口もとに笑みが浮かんだ。「わたしに求婚したのも、イギリス人に対する当てつけなのではないかと思うことすらあったくらいです。そうだとしても、咎めだてすることはできません。じつをいうと、わたしたち、スコットランド・ヤードの刑事に尾行されたこともあるんですよ」

「本当に？」

「ええ。去年、パリ経由でサンモリッツへ行ったときのことです。アディはフランス語が堪能なんです。そこでベルリンから来る同胞と会う約束をしていましてね。インド独立のための運動の支援を求められていたんです。そのせいだと思うんですが、そこにいる間じゅう、ずっと尾行がついていました。同一人物が少なくともふたつのレストランにいたこともあったそうです。着ている服でわかったと言っていました。フレンチ・アルプスでモス・ブロスのスーツを着ているのはイギリスの刑事以外にいないとのことでした」

興味深い。スーツのことではなく、アディール王太子の話のほうだ。もちろん、実際に尾行されていたという確証はない。それに、その手のことをするのはスコットランド・ヤードではなく、秘密情報部だ。だが、たしかに可能性は否定できない。政治的な扇動家は情報機関の重要な監視対象になる。彼らがヨーロッパでアディールを尾行していたとすれば、当然インドのH機関とも連絡をとりあっているだろうから、数日前にドーソン大佐がハウラー駅に姿を現わしたことも説明がつく。

「ほかにはどんな仕事を？」と、わたしは訊いた。

「あとは、もちろんダイヤモンド鉱床の売却の件です。アングロ・インディアン・ダイヤモンド社はすでにそのために動きはじめていて、重役のひとりが半年前からずっとこのホテルに滞在しています。そろそろ具体的な話があるだろうと、アディは言っていました」

「ご本人は売却のことをどう思っていたのでしょう」

「適正価格であれば、と言っていました」

「宗教への関与は？」

ミス・ペンバリーは肩をすくめた。「知っているかぎりでは別に。宗教に興味は持っていませんでした。人々から神として崇められていましたが、そういったことを信じていたわけではありません。この国の宗教行事を取りしきっているのはマハラジャの第一夫人です。とても信心深い方でしてね。マハラジャがあのような方をお妃にお選びになったのが不思議なくらいです」

　これまであえて避けてきた質問がある。悲嘆に暮れる女性に訊くのは酷だが、避けては通れない。わたしは気を引き締めて訊いた。

「王太子の死を望んでいた者に心あたりはありませんか」

　ミス・ペンバリーはわたしをじっと見つめた。「あります。もちろん」

「教えてください、ミス・ペンバリー」

「弟のプニート王子です。アディールがいなくなると、王位継承権を持つ者はプニート王子と幼いアロック王子のふたりだけになります。もちろん、より王座の近くにいるのはプニート王子です。マハラジャのお身体の具合を考えると、プニート王子はクリスマス前に国王に即位すると思われます」

　プニート王子が容疑者リストの上位にあるのはたしかだ。アローラ大佐の話だと、兄の暗殺事件の直後だというのに、狩りの予定を取りやめようとしない。バネルジーもプニート王子には強い動機があると言っていた。だが、結論を急ぐ必要はない。

「王太子妃についてはどうでしょう」わたしは訊いた。「王太子があなたと長い時間を過ごしていることをどう思っていたんでしょう」

　ミス・ペンバリーは手をあげて、なかば上の空で自分の耳たぶを引っぱった。

「わかりません。アディールの話だと、結婚したのは子供といっていいくらいのときだったそうです。王家の妃としての役割を受けいれ、女性隔離《パルダ》や側室といった王室特有の制度や習慣に異を唱えるようなことはしなかったようです。もちろん、例の呪いのことも知っています。それがどういうものかは、あなたもご存じですわね」

　わたしはうなずいた。「つまり、夫を殺す理由はないということでしょうか」

「イギリス人であれば、あったかもしれません、警部。でも、わたしの知るかぎりでは、現状になんの不満も持っていませんでした」

「シュレヤ・ビディカという女性をご存じでしょうか」

「もちろん。学校の同僚です。請けあってもいいですが、彼女はアディの死となんの関係もありません」

「どうしてそう言いきれるんです」

「王室の賛美者じゃないことは本人も認めているところです。王族を追放することになんのためらいも見せないはずです」

ひとしきり思案の時間があった。それから口を開き、一語一語嚙みしめるようにゆっくり言った。「ミス・ビディカと知りあってもう一年以上になります。王室についての意見の相違はたしかにあります。でも……」そこで言葉は尻すぼまりになった。

「具体的にはどんな相違があったんです」

「王家がサンバルプールの人々にとってどのような意味を持っているかという点です。シュレヤは彼らの贅沢な暮らしぶりを指弾しています。側室や宝石。とんでもない浪費。その一方で、農民や村人たちは無一物同然で、食うや食わずの生活を強いられているというわけです。

でも、人々の福利のための施策には目を向けようとしません。農地の灌漑《かんがい》、電気の供給、学校……意外そうな顔をなさっていますね、警部さん。王室と臣民の関係はとても深くて、複雑なんです。王族はたしかに贅沢三昧《ざんまい》の生活を送っています。でも、臣民に対する責務を忘れているわけではありません。とても真摯《しんし》に取り組んでいるんです。シュレヤについて言うなら、問題はいろいろあるかもしれませんが、ひとを殺すようなことは絶対にないと思います。それに……」また尻すぼまりになった。

「それに、なんです、ミス・ペンバリー」

ミス・ペンバリーはためらい、またハンカチを取りだし、今度は口もとに持っていった。その目には、これまでとはちがう表情があった。悲しみのかわりに、決意のようなものが垣間見える。

「シュレヤはわたしとアディの関係を知っていました」

「あなたが話したんですか」

ミス・ペンバリーはうなずいた。「サンバルプールは小さな国です。わたしには話し相手が必要でした。シュレヤは親身になって話を聞いてくれ、自分を信じなさいとアドバイスしてくれました。これでおわかりでしょ、警部さん。シュレヤがアディの死にかかわっているとは到底思えません。王宮には何人ものイギリス人女性がいるのに、どうしてインド人にそんな話をするのかと、あなたは不思議に思っているんじゃありませんか」

近ごろでは、不思議に思うことはそんなに多くない。

おそらくその質問はわたしがどういう人間かを見定めるためのものだろう。インド人と対等に接するのはイギリス人の沽券《こけん》にかかわると思っているのか。そのような思いは、まがいものであり、見せかけであり、罪の意識に根ざした偽善であると考えているのか。だが、自分がどちらの側の人間かをここであかさねばならない理由はない。

わたしは答えた。「身内より赤の他人のほうが話しやすいこともあります」

口もとに弱々しい笑みが浮かんだ。「ひとつ言っておきます、警部さん。この地にいるイギリス人は赤の他人ですが、シュレヤはちがいます」

24

〈薔薇の館〉へ戻ったのは午後のなかばごろだった。

わたしがオフィスに入ると、バネルジーは弾《はじ》かれたように背筋をのばした。

「結局、ミス・グラントはあなたのあとについてここに来たんですね」

「そう言えなくもない」わたしは答えて、机の向こうの椅子にすわった。「侍女たちから何か聞きだせたか」

「ええ。アディールの私室にメモ書きを置いた娘が見つかりました。いまはアローラ大佐の執務室にいます」

「それで？」

「それで、なんです？」

「書いたのはその娘か」

バネルジーは首を振った。「いいえ。彼女は読み書きができません」

わたしの気持ちは爆雷を受けたUボート以上の速さで沈んだ。

「成果はゼロってことか」

バネルジーは口もとをわずかに緩めた。

「そうでもありません。そのメモ書きは後宮の女性のひとりから手渡されたそうです。あなたの推測どおりです。暗殺計画は宮中で立てられたということです」

「それで、そのメモ書きを渡したのは誰なんだ。アディールの妻か」

「いいえ、ちがいます」

「じゃ、誰なんだ」

「問題はそこなんです。侍女にメモ書きを渡したのは、ルパリという側室のひとりです。アローラ大佐に面談の許可を求めたんですが、取りつく島もありませんでした。先にギタンジャリ妃との面談をマハラジャに断わられているので、今回も同じ扱いになるとのことで」

バネルジーの顔にはいらだちの色があった。わたしも同じ思いだった。どうしても話を聞く必要のある女性が、これでふたりできたことになる。唯一の望みの綱はアニーだ。なんとかマハラジャを説得し、われわれにかわって話を聞いてもらわなければならない。いま、われわれには早急にしなければならない別のことがある。

ゴールディングのオフィスは、アローラ大佐の執務室と同じ階にある。狭くて、風通しが悪く、見出しつきのファイルの箱が所狭しと並べられている。家具の上などの表面が平らになっている部分で、書類やファイルが積みあげられていないところはない。書類の上には、珊瑚《さんご》や硬貨が埋めこまれたガラスの文鎮が置かれている。壁面は、土地の面積を割りだすための計算式が書きこまれた表や いくつの記号や×印がついたサンバルプールの地図で埋めつくされている。扇風機はとまっていて、ただ天井からぶらさがっているだけだ。

「部屋のこの状態から判断すると」と、バネルジーは言った。「やはり何者かが自宅の家探《やさが》しをしたということになりますね」

わたしはその言葉を無視した。「とにかく調べてみよう。アングロ・インディアン・ダイヤモンド社への鉱床売却の件で、王太子に作成を依頼された書類が見つかるかもしれない」

わたしはバネルジーに書類の山をチェックするよう命じた。こういった仕事は彼の得意とするところだ。わたしは苦手もいいところで、特にいまは電話帳の内側に閉じこめられているのではないかと思うほどの手に負えなさを感じている。壁のほうを向いたとき、そこに貼られた一枚の地図が目がとまった。いちばん上に黒のインクで〝埋蔵地〟と記され、その下にサンバルプール藩王国の略図が描かれている。見慣れた形だ。マハナディ川が北から南へ流れ、首都はその右岸にある。川の上流には十数個の赤い×印がついていて、南西方向には黒い×印がひとつだけついている。

「これをどう思う」と、わたしは訊いた。

バネルジーが書類の山から離れて、こっちにやってきた。

「ダイヤモンド鉱床の場所だと思います」

「南西部の黒い×印は？」

バネルジーは肩をすくめた。「廃鉱かもしれません」

ドアをノックする音がして、アローラ大佐が入ってきた。

「進展はありましたか」

「あったとは言いがたいです」

「わたしのほうはいい知らせをお持ちしました。客殿にあなたたちの部屋を用意しました。いまそちらへ荷物を運ばせているところです」

背筋に冷たい震えが走った。昨夜、阿片を吸い損ねたあと、吸引セットをスーツケースにしまったのはたしかだが、今朝はゴールディングと会う約束があり、ばたばたしていたので、箱に鍵をかけたかどうかは思いだせない。

大佐はわたしのためらいを見てとっていた。

「それでよろしかったでしょうか、警部」

「もちろんです。ありがとう」

大佐が立ち去ったあと、わたしは机の引出しのひとつをあけ、なかのものを床に広げた。阿片の吸引セットが見つかったのではないかという恐怖は大きく、胸の鼓動は速いままだ。たとえ目の前にゴールディングの遺書があったとしても、この心の状態ではおそらく気がつかなかっただろう。いまの自分のていたらくを考えたら、わたしは建前も実際も休暇中ということになる。幸いなことに、バネルジーはやるべきことをきっちりやってくれている。

「ごらんになりたいと思われるものが見つかりました」と、バネルジーは書類の山の下から言った。

「なんだ、それは」

「ゴールディングのスケジュール帳のようです」

わたしはそれを受けとり、ざっと目を通した。打ちあわせや書類の提出日時といった、上級官吏のごくあたりまえのスケジュールだ。

この日の予定はひとつ。時間と場所だけで、名前は書かれていない――〝6:30PM、新しいほうの寺〟

25

腕時計を見る。午後六時を少し過ぎている。

もう一度スケジュール帳にざっと目を通す。どの会合や待ちあわせにも相手の名前が記されている。ゴールディングが六時半に会うことになっているのは誰なのか。なぜ寺なのか。

「行こう」わたしは言って、椅子の背にかけていた上着を取り、戸口へ走っていった。

階段を駆けおり、中庭に出て、建物の裏手の車庫へ向かう。

そこで、古いメルセデス・シンプレックスを指さした。「あれを使おう」

薄暗がりに黒い車体が光っている。

「キーは?」

「必要ない」わたしは言って、ラジエーター・グリルの下の小さな穴を指さした。「クランクを回せばエンジンはかかる。きみは車に乗っていろ。手動だと、エンジンが逆回転する恐れがある。怪我をするといけない」

クランク棒が取りつけられている場所はすぐにわかった。それを穴にさしこんで回すと、カタカタという乾いた音のあと、車体が野生の馬のように震え、エンジン音が晴れやかに響きはじめた。

猛スピードで王宮のゲートを出ると、マハナディ川にかかる橋へ向かった。幸いなことに道はすいていた。川から戻ってくるサリー姿の数人の洗濯女を除くと、あとは牛が歩いていたり、たまに荷車が通ったりするだけだ。ゴールディングが誰と会う予定になっているかはわからないが、用件はゴールディングがわたしに話そうと思っていたことと関係があるのではないかという気がしてならない。約束の相手はそこに姿を現わすだろうか。それとも、ゴールディングが失踪したことを知り、来るのをやめるのだろうか。心の片隅には、ゴールディング自身がそこに姿を見せるかもしれないという思いもある。もしかしたら、その約束の場所に行くために、追っ手の目の届かないところに身を隠していたのかもしれない。アドレナリンが湧きでてくるのがわかる。わたしはさらにアクセルを踏み、土ぼこりの道に車を駆った。なんとしても六時半までに寺に着かなければならない。

陽が暮れかけたころ、そこに着くと、道からはずれ、寺から数百ヤード離れた木立ちの陰に車をとめた。ここなら門の前まで誰にも気づかれずに歩いていける。わたしはバネルジーに寺のまわりを見にいかせ、自分自身は大きく枝を広げたバニヤンの木の下で見張りの番をすることにした。

そこには穏やかな光景が広がっていた。門の前には、年老いた数人の男女が胡坐をかいてすわっているだけだ。ゴールディングと会う約束をしていたように思える者はいない。

バネルジーが寺の塀のまわりを一周して戻ってきた。

「どうだった」

「問題はないと思います。ほかに出入口はありません」

つまり、見張るのは一カ所だけでいいということだ。

「わかった。それならここに立って、誰が来るか見ていよう」

待っているあいだに、門前の人だかりは少しずつ増えていき、二十分ほどのあいだに五十人ほどの群れになった。

七時になると、鐘が鳴り、門が開いた。そこからサフラン色の衣《ころも》をまとった数人の僧侶が出てきて、門前に集まった人々に施しを始めた。そのあと人影はまばらになり、僧侶は寺に戻った。

「待ちあわせの者が来た様子はなかったな」

「まだ待ちますか」

わたしは腕時計に目をやった。どうやらここに来たのは無駄足だったようだ。待ちあわせの相手は、ゴールディングが失踪したことを知っていたのだろう。これ以上ここにいても仕方がない。アローラ大佐がわれわれを待っている。

「のんびりしている時間はない。戻ろう」

26

街へ戻る車のなかで、わたしはハンドルを強く握りしめていた。確信はなかったが、心の片隅では、あの寺で何かが起きるにちがいないと思っていたのだ。

わたしの横で、バネルジーは黙りこくり、むずかしい顔をしていた。その表情にわたしはいつにないいらだちを覚えた。落胆と頭の鈍痛のせいだろう。

アローラ大佐はまだ〈薔薇の館〉の自分の執務室にいた。

「何かあったのですか、警部」

わたしは言葉を濁したが、王太子の追悼の儀に遅れるようなことがあってはならないので、大佐は深追いをしなかった。

「部屋にまいりましょう。お召しものの用意もあるでしょうから」

それは宮殿から見えないところに建てられた瀟洒な邸だった。お仕着せ姿の従僕に案内されて、なかに入り、階段をあがるあいだ、ずっと客殿の沿革について聞かされつづけた。だが、わたしの関心はそこになかった。わたしが気にしている過去は、この十二時間のうちにスーツケースに生じた出来事だけだった。

「こちらのお部屋です、サーヒブ」

おざなりだが不躾《ぶしつけ》にならないよう礼を言ってから、なかに入り、ドアに鍵をかけた。フランスの家具、テニスコートのような広さの四柱式のベッド。贅沢を絵に描いたような部屋だ。けれども、そんなものには目もくれず、チーク材の大きな衣装だんすのほうへ直行し、虎の毛皮の敷物につまずきそうになった。その虎の口の大きさはわたしの頭くらいある。衣装だんすの取っ手を引っぱり、扉をあける。

心臓が凍りつく。

棚に服が丁寧に折りたたまれて置かれている。スーツケースは見あたらない。振りかえって、あたふたと室内を見まわす。あった。部屋の隅の折りたたみ式テーブルの上だ。

小走りにそこへ行って、留め具のボタンを押す。留め具が音を立ててはずれると、戦時中以来の不安な思いでスーツケースの蓋をあける。

安堵のため息が漏れた。

阿片の吸引セットの箱はそこにあり、錠もかかっている。スーツケースの内側の小さなシルクのポケットから鍵を取りだして、箱の蓋をあける。中身はすべて元の位置にある。秘密はばれていない。それでも、わたしはそんなものをサンバルプールに持ってきた自分の馬鹿さ加減を呪わざるをえなかった。

シャワーを浴びたあと、衣装だんすをあらためて見ると、驚いたことに、わたしの服の横に、糊のきいた白いシャツと黒のタキシードと蝶ネクタイが置かれていた。それを身に着けながら、これまでにわかったことを整理することにした。

アディール王太子は思っていたよりずっとこみいった事情をかかえていたようだ。キャサリン・ペンバリーは前日シュレヤ・ビディカが話したことを裏づけていた。アディールは単なる教養人ではなかった。国民に愛されていたし、ひとりのイギリス人の女性からも愛されていた。そう思うと、あまりいい気はしなかった。それが引き金となって、これまで無意識のうちに避けていたことを考えずにいられなくなった。

それは蔑《ないがし》ろにしていいことではない。白人男性の多くは現地の女性を愛人にしている。わたしがこの一年ほど熱をあげている女性も、ユリのような白い肌をしているわけではない。インド人の男が白人女性と恋に落ちるのと、どこがちがうというのか。けれども、実際には大きな違いがある。イギリス人の男ならみなわかっている。もしくは感じている。それは言葉に出してはっきりと教わることではない。白人の男の優位性についての戯言《たわごと》とともに、次第に身体に染みついていくものだ。そういったことを考慮に入れた上でも、わたしはやはりインド人の男とイギリス人の女との愛を素直に受けいれることはできない。

このとき、はたと気がついた。本当に厭《いと》うのはインド人の男が白人女性に惹かれることではない。それは歓迎すべきことではないが、少なくとも理解はできる。そうではなく、どうしても受けいれられないのは、女性のほうがその愛に応えることだ。そういった思いが、ミス・ペンバリーの心情に対する反発からきているのか、わたし自身の感情に根ざしているのかはわからない。だが、いずれにせよ、そんなことをここでいつまでもぐだぐだと考えているわけにはいかない。

それより、もっと実りのあることのために意を用いなければならない。容疑の対象となる者の数は増えてきており、いまはプニート王子、亡き王太子の妻、イギリスの情報機関、そしてアングロ・インディアン・ダイヤモンド社もそのなかに含まれている。無視していいと思えるのはただひとり、サンバルプール当局がこの一件で逮捕した女性だけだ。

それに、財務官の失踪という喫緊《きっきん》の問題もある。アディールの暗殺とゴールディングの失踪にはなんらかの関係があるのか。

ドアがノックされ、思考が途切れた。

外の廊下から声が聞こえた。「失礼ですが、ウィンダム警部、アローラ大佐がお待ちです」

わたしは礼を言って、蝶ネクタイを結び、タキシードに袖を通した。着心地はいい。カルカッタの衣装だんすに吊るしてあるものと変わりないくらいだ。天井の扇風機のスイッチを切って、わたしは部屋を出た。

車は〈太陽宮〉の前にとまった。すでに数台の車が来ていて、ぴかぴかに磨かれたクロムと車体の塗料に宮殿の明かりが反射している。

アローラ大佐の先導で衛兵の列の前を通り、広間に通じる両開きの扉の前までやってきた。大佐の言葉を借りるなら、それは〝象がいてもおかしくないような広さ〟の紫煙漂う部屋だった。部屋の片側で、アーネスト・フィッツモーリス卿と駐在官のカーマイケルが立ち話をしている。フィッツモーリスは片手にウィスキー、もう一方の手に葉巻を持っている。駐在官のほうはお説ごもっともという顔で話を聞いている。実際のところ、何をどんなふうに言われても、お説ごもっともという顔になるのだろう。

部屋の中央のソファーには、カーマイケル夫人と、緑色のサリーを着た若く美しいインド人女性がすわっている。夫人は相手のサファイアのネックレスを褒めそやしていて、インド人女性は戸惑っているように見える。

奥の隅では、みんなから離れたところに、ダヴェ宰相とバルドワージ少佐が身体を寄せあって立ち、ひそひそ話をしている。宰相は膝までの丈のクリーム色の上衣《クルタ》を着ている。少佐は軍服姿で、胸には造幣局から盗んできたのではないかと思うほどの勲章がついている。

従僕が銀のトレーにシャンパングラスを載せてやってきたとき、わたしは緑色のサリーを着たインド人女性を指さして訊いた。「あそこにいるのは誰です」

アローラ大佐は答えた。「あれはデヴィカ妃殿下。国王陛下の第三夫人です」

これは驚きだった。マハラジャの孫かと思うほど若いからというだけではなく、王家の女性が王室行事に出席できるとは思っていなかったからでもある。王妃が御料車で外出することは知っていたが、それは男性のいない場所に限られると思っていたのだ。

「後宮から出られないというわけではないんですね」

馬鹿馬鹿しいというような、でなければ侮辱的な質問だというような視線がかえってきた。

「後宮は牢獄じゃないんですよ、警部」大佐は言って、ため息をついた。「男性の出入りが禁じられてるだけです。そこに住んでいる者が外出を禁じられているのではありません。出入りは自由です」

「だったら、どうしてギタンジャリ妃との面談が許可されないんです」

そのとき、若い王妃がちらっとこちらのほうを見た。本当に美しい。

大佐はシャンパンを一口飲み、それからわたしの顔に困惑の表情を読みとったみたいだった。

「その話はすんでいます、警部。われわれには守らなければならないしきたりがあるのです」

言葉をかえすまえに、扉が開き、アニーが入ってきた。へりに金色の花が刺繍された黒いシルクのサリーを身にまとっている。黒い髪を後ろでひっつめ、首にはダイヤモンドをあしらったチョーカー。カルカッタでつけていたのと同じものだが、民族衣装は初のお披《ひ》露目《ろめ》で、女神の化身のように見える。

アローラ大佐の顔がぱっと明るくなった。

「ミス・グラント、またお会いできて嬉しいです」

アニーは微笑をかえし、こっちへやってきた。大佐はその手をとってキスをした。

「今夜はいちだんとお美しい」

ふたりは旧知の間柄のようだが、考えてみれば当然だろう。アニーはアディール王太子の友人であり、大佐はその侍従武官だったのだ。それでも、わたしはわずかながら苦々しさを覚えずにはいられなかった。

大佐はわたしのほうを向いて言った。「ご紹介します。こちらはウィンダム警部。そしてバネルジー部長刑事。カルカッタからお越しです」

「存じています。こちらのおふたりはわたしの友人なんです」アニーは言って、わたしに手をさしだした。

わたしはためらうことなくその手にキスをした。

「驚きました」と、大佐は言った。

「世界は狭い」と、わたしは言った。

「たしかに」アニーは同意した。その目にはいたずらっぽい光がある。「事実、わたしたちには全員に共通する知人がいる。実業家のジェームズ・バカンよ。彼がカルカッタで催したレセプションの席上で、わたしはアディールとアローラ大佐を紹介されたの」それから大佐のほうを向いて、「困ったことに、ウィンダム警部はミスター・バカンと馬があわないんです。でも、それって仕方のないことかも。なにしろ、相手が誰であろうが出会った者はみな容疑者と見なすようなひとなので」

大佐はわたしを見つめ、それからアニーのほうを向いたが、どんな返事をしたらいいかわからないみたいだった。「今夜のあなたがわけても美しく見えることは、警部もきっと同意すると思いますよ」

「ドレスアップしていることは認めます」と、わたしは言った。

アニーはにこっと笑った。「ありがとう、警部。お褒めの言葉をそっくりそのままおかえしするわ。あなたのタキシード姿を見るのは本当に久しぶり。蝶ネクタイの結び方を忘れていなかった？」

わたしは思わず首もとに手をやった。アニーの指摘はかならずしも的はずれなものではない。

大佐はわたしの困惑を見てとり、気まずい雰囲気を取り繕わなければならないと思ったらしく、アニーの腕をとって言った。「さあ、ミス・グラント、ご婦人方をご紹介しましょう」

わたしはシャンパンを飲み、ふたりがカーマイケル夫人とデヴィカ妃のほうへ歩いていくのを見ていた。

横からバネルジーのため息が聞こえた。

「どうかしたのか、部長刑事」

「いいえ、べつに」

「いいから言え。考えなきゃならないことは山ほどあるんだ。きみが何を思い悩んでいるか一晩中考えている暇はない」

「たいしたことじゃありません。アローラ大佐はミス・グラントに気があるんじゃないかと思っただけです」

「馬鹿馬鹿しい。どうしてそんな突拍子もないことを思いつくんだ」わたしは言って、バネルジーの身体をカウンターのほうへ向けた。「ウィスキーを飲みにいこう。きみの想像力がさらに羽を広げるまえに」

われわれが近づいていくと、フィッツモーリスはカーマイケルと話すのをやめ、笑みを浮かべた。カーマイケルのほうは、われわれに割りこまれたことを快く思っていないみたいだった。


「ウィスキーを二杯。ダブルで」わたしはバーテンダーに注文してから、ふたりのイギリス人のほうを向き、何食わぬ顔で訊いた。「デリーから何か知らせはありましたか、ミスター・カーマイケル」

カーマイケルは顔をしかめた。「電報が不通になっているんです。モンスーンのせいで。サンバルプールの北で電信線が濁流に押し流されてしまったようなんです。連絡をとるすべはありません」

「それは困ったことですね」わたしは言って、バーテンダーが置いたクリスタルのタンブラーを手に取った。

「電話はお試しになりましたか」

「電話も不通になっています」

「なるほど。としたら、通信手段が復旧するまで、わたしはここにいなければなりません。マハラジャから賓客として手厚いもてなしを受けているのに、逃げるように大急ぎで立ち去るのは失礼というものです」

カーマイケルはジンを大きく一飲みした。

「あなたは、サー・アーネスト？　あなたは長期滞在なさるご予定ですか」

　フィッツモーリスは宰相とバルドワージ少佐のほうに鋭い視線を投げた。

「わたしはできるだけ早くカルカッタに戻りたいと思っています。街が流されてしまっていなければ。モンスーンの雨はすさまじいという話を聞いていますからね」

「サンバルプールの水は肌にあいませんか」

　フィッツモーリスは葉巻を一喫いした。「民度というものがわたしの基準とは少しちがっておりますので」

　わたしは部屋を見まわし、カクテルやシャンパンを飲んでいるお歴々に目をやった。

「今日の葬儀をどう思われましたか」

「大がかりな見世物です。わたしの好みからすると、やや芝居がかりすぎている。なにしろ象が泣くんですからね。いやはや」

「あなたはアディール王太子と親しくされていたんですか」

　フィッツモーリスはウィスキーを一飲みした。「それほどではありません。仕事上の付きあいはありましたが、どちらかというと苦手なタイプでした」

「それは興味深い。聞いたところでは、ひじょうに聡明な人物だったようですね。先見の明に富んでいた。立派な指導者になるだろうと、みな言っていました」

「ええ。そのとおりです」カーマイケルが割ってはいった。「じつに聡明な方でした。聡明すぎたかもしれません」

　フィッツモーリスはうなずいた。「一筋縄ではいかない人物でした。交渉のほうも難航していました」

「弟のプニート王子のほうが与《くみ》しやすいとお考えなんでしょうか」

「そう願っていますよ」フィッツモーリスは微笑んで、

グラスをあげた。

もっと話を聞きたかったが、このとき扉が開き、プニート王子が一同の視線を一身に浴びながら部屋に入ってきた。その目は早くもそこにいる女性陣のほうに向けられている。身に着けたタキシードの線は手が切れそうなほど鋭い。エナメル革の靴に光を反射させながら、部屋の中央へ進みでると、カーマイケルに軽く会釈をしてから、フィッツモーリスのほうを向いた。フィッツモーリスはグラスを葉巻といっしょに左手で持ち、右手を王子にさしだした。

プニート王子はさしだされた手を無視した。「ようこそ、サー・アーネスト。ご機嫌いかが」留学はしていないと聞いていたが、亡くなった兄同様きれいなイギリス英語だ。

「おかげさまで、殿下」行き場を失った手はさりげなく引っこめられ、そのまま芝居がかったお辞儀になった。「ご父君のおもてなしはいつもどおり非の打ちどころがありません」

「食事もお楽しみに。このまえあなたがここに来られたあと、新しいシェフを雇ったのです。もちろんフランス人です。ロマノフ家の料理長でしたが、皇帝一家はボリシェビキに処刑されてしまいました。われわれにとっては、もっけの幸いです」王子はにやりと笑った。「おかげで、極上の料理に舌鼓《したつづみ》を打つことができるのですから。ジョルジュ・サンク・ホテルやスウェーデン王室からもお呼びがかかっていたそうですが、予算面では到底われわれにかないませんからね」

王子はソファーのまわりに集まっている女性たちにふたたび視線を向けた。

カーマイケルが訊いた。「陛下も来臨されるんでしょうか」

「えっ？　ええ。来ると思います」王子は言って、若い王妃を指さした。「そうでなければ、デヴィカがここにいるはずがないですから」それから、バネルジーとわたしのほうを向いて、「あなたがウィンダム警部で、こちらがバネルジー部長刑事ですね」

「そうです、殿下」と、わたしは答えた。

「兄を殺した男を追いつめた功績は高く評価されるべきだと思っています。わたしの家族はあなたたちに大きな借りをつくりました」

わたしは礼を言った。「お兄さまのことで話をお聞きする時間はあるでしょうか」

「話ですか。申しわけないが、数日お待ちいただかねばなりません。明日、アーネスト卿と狩りをする予定になっているんです。今回の惨事のせいで期間はすでに短縮されています。アーネスト卿のためにも中止にするわけにはいきません」

「それは残念です。お父上はわれわれがあなたと話をすることを強く望んでおられます」嘘だが、嘘をつくだけの価値はある。

「今週の後半になんとか時間をつくるようにします。では、わたしはこれで」王子は言って、女性たちのほうに手をやった。「ほかの方のお相手もしなければなりませんので」

プニート王子が歩き去ると、カーマイケルはフィッツモーリスのほうを向いた。「どうです。彼とうまくやっていけそうですか」

フィッツモーリスは葉巻をふかし、それから口の端に小さな笑みを浮かべた。「ええ。そう確信しています」

プニート王子はデヴィカ妃と二言三言ことばを交わした。王妃は最小限の言葉しかかえさず、決して目をあわせようとしなかった。

続いてのお相手はカーマイケル夫人だった。夫よりずっと丁寧に応対され、話の途中で急に大笑いをした。だが、もう少しゆっくり話をしたいと思ったとすれば、期待ははずれることになる。王子の視線はすぐにアニーに移った。そして、その表情が一変した。美しい女性を前にしたときの世の男のつねとして、急に目の色が変わったのだ。その瞬間わかったことがある。王子は部屋へ入ってきたときから、アニーに目をつけていたのだ。そんなことをする男は何人もいたが、相手が王子であることはこれまで一度もなかった。少なくとも、わたしが知っているかぎりでは。アニーが微笑むと、王子はその手を取ってキスをした。わたしはみぞおちにさしこみを覚えた。王子が腰をかがめてお辞儀をしたとき、アニーはわたしに一瞥《いちべつ》をくれ、それから王子と談笑を始めた。

そのとき、バネルジーがわたしを見ていることに気づいた。

「どうしたんだ、部長刑事」

バネルジーは酒が半分残っているわたしのグラスを見て言った。「注ぎ足してもらいましょうか」

そこで銅鑼《どら》が鳴り、国王の来臨が告知された。マハラジャは杖をつき、紺色のサリーを着て金のネックレスをつけた白髪まじりの老婦人に付き添われている。その隣には、エメラルドのボタンがついた象牙色のシルクの上衣《クルタ》を着た、よちよち歩きの小さな子供がいる。マハラジャの顔色は悪く、痩せ細った身体からディナー・ジャケットが垂れさがっているように見える。

「マハラジャの横にいるのは誰です」と、わたしはカーマイケルに訊いた。

「ひとりはアロック王子。マハラジャの第三子。デヴィカ妃殿下のお子さまです」

「女性のほうは？」

「スバドラー王妃。マハラジャの第一夫人です」

小柄な女性で、夫より頭ひとつ小さい。温厚で知的な顔立ち。優しい叔母といった感じだ。わたしを見て、口もとをほころばせた。

第三夫人のデヴィカは、マハラジャが部屋に入ってくると、ソファーから立ちあがり、いまはそのそばに侍っている。小さな子供にキスをし、第一夫人と短く言葉を交わしてから、マハラジャの手を取った。ふたりの妻のあいだに何かしら反目があったとしても、それを見てとることはできない。そこにあるのは。どちらかというと慈《いつく》しみであり、ふたりのあいだでときおり交わされる視線に刺々《とげとげ》しさはない。第一夫人はこれでお役御免ということらしく、集まった弔客のほうを向いて微笑みかけると、幼い王子を連れて部屋から出ていった。

その間《かん》も、わたしはマハラジャの顔の表情をずっとうかがっていた。第三夫人のデヴィカが何かささやきかけると、振り向いて、にこやかに微笑んでいる。そこに恩愛の情があるのは間違いない。だが、それ以上に興味をひかれたのはデヴィカの表情だ。わたしはそういったことに明るいほうではないが、そこにも恩愛の情があるのは間違いないように思える。

マハラジャと第三夫人は、宰相とバルドワージ少佐を従えて、弔客のあいだをゆっくりと歩きまわりはじめた。まずはアーネスト・フィッツモーリス卿から。だが、そこからいくらも行かないうちに、従僕が部屋に入ってきた。それを待っていたようにマハラジャはそちらに視線を向けた。

「お食事の用意が整いました」

晩餐の間の中央には、マホガニーの大きな長いテーブルがでんと置かれ、天井にはシャンデリアがきらめいている。その両横に、緑のラシャ布に覆われた大きな扇《パンカー》がある。テーブルの上には銀のレールが渡され、カルカッタで乗ったお召し列車の黄金の模型と、シャンパンやスピリットのボトルが積まれた無蓋貨車が置かれている。

お仕着せ姿の給仕がそれぞれの席へ案内した。マハラジャはテーブルの上座へ着き、その左の側面にカーマイケル、右の側面にダウェ宰相。宰相の隣にはフィッツモーリス、そしてアニー。食事の時間になったら、王子とアニーの語らいはカルカッタの涼しい時間のようにあっさり幕切れになると思っていた。けれども、卓上には、アニーの名札の横に王子の名札が置かれていた。

　マハラジャと反対側の席にはデヴィカがすわり、わたしはその右の側面の席に案内された。

　給仕は忙しげに立ち働き、ナプキンを広げたり、グラスを満たしたりしている。デヴィカは従僕にお小言を並べていて、カーマイケル夫人は夫と話をしている。なので、わたしには、テーブルの向こう側で王子とアニーが交わす微笑と楽しそうなやりとりを無視する以外にできることは何もなかった。供されたワインが一九〇七年のモンラッシェであることを考えると、それはそんなにむずかしいことではないはずだったが、その味を楽しめるようになるまでには、グラスを何度か空にしなければならなかった。

　この夜の唯一の気慰みは、デヴィカ妃がときおりわたしのほうを向いて話しかけてくれたことだった。

「お料理がお口にあわないのですか、警部」イギリスのパブリック・スクールとスイスの花嫁学校《フィニッシング・スクール》のあいだくらいの口のきき方だった。アーモンド形の大きな茶色い目。どこかしら謎めいた雰囲気。たしかに美しい。マハラジャの若妻だから、当然といえば当然だろうが。

「とんでもありません」と、わたしは答えた。「ただちょっと食欲がないだけです」

　わたしがアニーと王子のほうにちらっと目をやったのを、王妃は見逃さなかった。唇にナプキンをそっと当てて言った。「ええ。よくわかります。困ったものですね」

　まいった。わたしの心のうちはそんなに見え見えなのか。

「このようなときに、あんなふうにはしゃぐのは本当にどうかと思いますわ」王妃は言って、棘《とげ》のあるまなざしを王子に向けた。

ちょうどそのとき、王子の声が聞こえてきた。「そうなんです、ミス・グラント。コート・ダジュールにはぜひ行ってみるべきですよ。あのようなところはほかにありません」それから、フィッツモーリスのほうを向いて、「サー・アーネスト、あなたはヨットをお持ちでしたね。数週間お借りできませんか」

「いいですとも、殿下。喜んでお貸しいたしますよ」

王妃の指摘は正しい。プニートへの反感は増すばかりだ。アニーを口説《くど》こうとしているということもあるが、それだけではない。兄の遺体が荼毘に付された数時間あとに、地中海クルーズの話をする者がいったいどこにいるというのか。

ありがたいことに、食事の時間はとつぜん終わった。マハラジャは侍従に何やら耳打ちし、身体を支えられてゆっくりと立ちあがった。その身のこなしのおぼつかなさを見て、デヴィカ妃は素早く立ちあがり、急ぎ足でそこに歩み寄った。ふたりは手短に退出の挨拶をして、部屋から出ていった。

もっと食事の時間を長引かせたいと思っていたのは、ただひとりだったにちがいない。プニート王子だ。しばらくして一同を広間に移動させると、従僕に命じて蓄音機のぜんまいを巻きあげさせ、部屋をチャールズ・ハリソンのやけに甘ったるいリンゴの花の歌で満たした。

もう少し酒を飲みたい気分だった。それでバネルジーに言った。「寝酒に一杯どうだ」

バネルジーは首を振った。たしかにもうすでに飲みすぎているように見える。

「一杯だけ付きあってくれないか」

バネルジーはため息をついた。「わかりました。では、ウィスキーを。軽く一杯だけ」

「そうこなくっちゃ」わたしは言って、カウンターに向かい、そこでウィスキーのダブルを二杯注文した。

数分後、わたしはグラスをバネルジーに渡した。バネルジーはウィスキーの量を気むずかしげに確認してから一口飲んだ。

「ところで、部長刑事、ゴールディングのオフィスにあった書類について、きみはどう思う？」

「とても丁寧な仕事ぶりです。側室の小遣いからダイヤモンドの加工費にいたるまで、あらゆる費用の見積もりをしています。全部の書類に目を通すには、もう少し時間が必要です。明日の朝、あらためて調べてみようと思っています」

「アディール王太子に命じられて作成していた書類は見つかったか。ダイヤモンド鉱床の資産価値の見積書だ」

「いいえ、まだです……奇妙なことに、関連書類は山のようにあるんですがね。採取率の計算書とか地質調査書とか。でも、見積書だけがないのです。下書きさえ見あたりません」

「破棄したのかもしれない」

バネルジーは首を振った。「十二年前の乳母の給料の記録でも取っているんです。そんな大事なものを破棄するとは思えません」

「誰かが持っていったということか」

「可能性はあります」

「そんなことをして誰がどんな得をするのか」

「誰かがダイヤモンド鉱床の売却を阻止しようとしているのかもしれません」

「だが、書類を盗んでも、時期を少し遅らせるくらいにしかならないだろう。新しい書類をつくるのに、そんなに手間がかかるとは思えない。とりわけ、きみの言うように関連書類が全部残っているとすれば」

「だったら、誰が持っていったんでしょう」

「公表前にそれを見たかったということかもしれないな」わたしは言って、葉巻をくゆらせながら宰相と話をしているフィッツモーリスに目をやった。

「でも、それではミスター・ゴールディングの失踪の説明になりません」

「ああ。それではなんの説明にもならない。まあいい。とにかく飲め。ウィスキーが蒸発するまえに」

バネルジーはごくりと一飲みし、顔をしかめた。

わたしはアニーにちらっと目をやった。相変わらず王子と楽しそうにやっている。

「ミス・グラントはとてもサマになっていますね。サンバルプールのお妃のように見えます」

あとの祭りだ。バネルジーにダブルのウィスキーを飲ませるのではなかった。

「さすが見る目がちがう。きみの女性についての知識は百科全書なみだってことをすっかり忘れていたよ」

バネルジーは笑った。「恐縮です。それもこれもあなたのおかげです。ところで、ミス・グラントに依頼した一件はどうなっているんでしょう」

わたしはウィスキーを一口飲んだ。「たいていの場合は、部長刑事、結果を待っているときがいちばん心ときめくものだ」

バネルジーは笑った。「としたら、あなたはインド中でいまいちばん心をときめかせているひとかもしれませんね」

「ウィスキーは残しておいたほうがいい、部長刑事。きみは明日またゴールディングのオフィスで書類を捜さなきゃならない。明日はわたしも忙しい。きみの二日酔いの介抱をしている時間はない」

「わかりました、警部」バネルジーは言った。そして、一同にお休みの挨拶をし、部屋から出ていった。

わたしはカウンターの前に立ち、部屋に背中を向けて、後ろから聞こえてくる会話の断片を耳に入れないようにした。空中には葉巻の匂いが漂っている。ウィスキーをちびちび飲んでいるうちに、気がつくと、また事件のことを考えていた。プニート王子が兄の殺害にかかわった可能性はあるだろうか。兄を失って悲しんでいるとしたら、これほど巧みに気持ちを隠せる者はめったにいないだろう。

ウィスキーを飲みほし、もう一杯注文し、待っていたとき、アニーの香水の匂いがした。この匂いを嗅ぐと、いつもみぞおちが締めつけられる。腕に手が触れたのがわかった。

「どう、楽しんでる、サム？」

「それほどでもない。そもそも追悼式で楽しめたことはあまりない」

アニーは微笑んだ。「これが追悼式だと思ってたの？　あなたにはもう少しものを見る目があると思っていたけど」

バーテンダーがわたしの酒を持ってきてくれたとき、アニーはピンク・ジンを注文した。

「きみは新しい友人の戴冠式だと思ってるんだろ」

「はずれよ」

「じゃ、教えてくれ。これが追悼式でも戴冠式でもないのなら、いったい何なんだい」

「そんなのわかりきったことでしょ」アニーはバーテンダーからグラスを受けとり、一口飲んだ。「人形芝居よ」

「えっ？」

「少しは頭を働かせたら、サム。この部屋を見まわしてごらんなさい。誰がここにいて、誰が糸を操っているか」

「なんの話をしているのかさっぱりわからないね」わかる必要はない。少なくとも、アニーはいま王子とではなく、わたしと話をしているのだ。

「ちょっと飲みすぎかも、ウィンダム警部。明日の朝になれば、たぶんわかるはずよ」

阿片がないと、むずかしいかもしれない。わたしは話題を変えた。

「アディール王太子の未亡人との面談について、マハラジャに話す機会はあったかい」

「いいえ。でも、王妃とは話したわ」

「どちらの？」

「若いほう。デヴィカよ」

「それで？」

「あなたのことが気になっていたみたい。ギタンジャリ妃が夫の殺害に関与しているのではないかと疑っているんじゃないかと言ってたわ。それで、わたしはわからないと答え、あなたに言われたように、マハラジャの許可をとってくれたら、そのとき聞いたことをあとで教えてあげるって約束したの。興味しんしんだったわ。ゴシップの種としてこれ以上のものはないじゃない。まかせておいてと請けあってくれたわ」

わたしはアニーに礼を言い、もうひとつ頼みたいことがあると言った。

「話を聞きたい女性があとひとり後宮にいる。側室だ。あらためてデヴィカに頼んでみてくれないか」

「次から次へとずいぶん注文の多いひとね、サム」

「今回の事件の捜査には、きみにも一枚噛んでもらいたいんだ、ミス・グラント。カルカッタに戻ったら、いくらチャーリー・ピールに頼んでも、こんな面白い経験はさせてもらえないと思うよ」

「容疑者より捜査する側にまわったほうが面白いのはたしかね」

音楽が終わり、プニート王子がやってきた。「おや、ミス・グラント。何をお飲みですか。ピンク・ジン？わたしも同じものをいただこう」

バーテンダーは注文を受けると、わたしが頼んだときとちがい、驚くほどてきぱきと酒をつくりはじめた。

「それで、ミス・グラント、わたしの先ほどのお誘いはご検討いただけましたでしょうか」

「喜んでお受けしますわ、殿下」

アニーはにっこり笑い、わたしの気持ちは床の下に沈んでいった。

「さっきから考えていたのですが、ウィンダム警部もお連れしていいかしら。きっとはじめてでしょうから」

「コート・ダジュールですか。そんなところに行きたいとは思いませんね」わたしは吐き捨てるように言った。「フランスは先の戦争のときに一生分見ましたから」

「何か勘違いなさっているようですな」王子は鼻で笑った。「われわれが話しているのは明日の虎狩りのことですよ。お望みなら、ごいっしょにどうぞ」

わたしを連れていくことを王子が少しでも望んでいるとは思わない。だから、わたしは二つ返事で応じた。

「光栄です」

王子はうなずいた。「わかりました。出発はお昼どきを予定しています。遅れないでくださいよ」

音楽がふたたび始まった。今度はアル・ジョルソンだ。悪くない。

「さあ、ミス・グラント。踊りましょう。夜は短い」

アニーは誘いに応じ、ふたりで広間の中央へ歩いていった。このときにプニート王子はダンスの名人だということがわかった。そのために、反感はさらに募ることになった。ダンスの上手な男は基本的に信用できない。

ウィスキーを飲みながらつらつら考えていたとき、アローラ大佐がやってきた。

「何か気になることでも？」

よく見ている。

「いや、べつに。ただ、ここは予想していたところとずいぶんちがうなと思いまして」

「ええ。そう言うイギリス人はあなたが最初じゃありません。わかりますよ。文明から遠く離れた未開の地を想像なさっていたんでしょ」

「いや、そんなことは……」否定しようとしたが、たしかに大佐の言ったとおりだ。わたしは中世の暗黒時代のようなものを頭に思い描いていた。ダイヤモンドで飾りたてた無能な君主、後宮、苦役にあえぐ人民……しかし、実際はそれほど単純ではなかった。たしかにマハラジャの財は桁はずれだし、その所業は常軌《じょうき》を逸《いっ》しているが、決して田舎臭くはない。イギリス人の乳母やイタリア人の運転手、フランス人のシェフ。民のために尽くす王族。わけても意外だったのが後宮だ。アルコールのせいでなかば朦朧《もうろう》とした頭で、わたしは自分の考えをアローラ大佐に話した。

「イギリス人の作家や記者が書いていることを信じちゃいけません」と、大佐は答えた。「彼らが後宮の何をどれだけ知っているというのです。宦官のことを戯画化する以外に何をしたというのです。大事なのは自分の目で見ることです、警部。カルカッタで得た偏見は捨てたほうがいい。そんなものはロンドンでしか通用しない。いいですか。後宮の女性たちの何人かは、サンバルプールでもっとも有能な実業家なんですよ」

大佐はわたしの表情を見てとった。

「どうかしましたか。女性がビジネスに興味を持つことがそんなに意外ですか」アニーのほうへ指を向けて、「ミス・グラントも卓越したビジネスのセンスをお持ちになっているとお見受けしています。それと後宮の女性とどこがちがうというのです。彼女たちが弱い立場にいると思うのは、実態をご存じないからです。お気づきになりませんか。彼女たちはすべてを見たり聞いたりしているのです。見ているのに、見られていないというのは、しばしば取引上の大きな利点になります」

「では、宦官は？　彼らは去勢されたことを喜んでいると言うのですか」

「そこまでは言いませんよ、警部。ただ、そういった身体的障害ゆえに大きな力を持つことができるのはたしかです。宦官は後宮の女性の良き相談相手になります。秘密を打ちあけられ、それを守ることを誇りにしてもいます。そうやって、多くの者が仕える女性とともに次第に大きな富と権力を得ていくのです。そこに心や肉体の問題は介在しません」

最後の一言でストンと胸に落ちた。「そうすれば、面倒なことが起きる心配はないというわけですね」

「ここはインドなんです、警部。大英帝国の擁護者や東洋学の教授が信じこませようとしていることを前提にするのではなく、ありのままを見るようになさったほうがいい。でなければ、いつまでたっても、わたしたちを理解することはできないでしょう」

大佐の言葉で、心の扉が開き、光がさしこんできたような気がした。一瞬のうちに、これまで信じこんでいたものが消え、新しい考えと可能性が目の前に出現したみたいだった。わたしは混乱し、同時に奮い立っていた。これからはアディール王太子の殺害事件への光の当て方も変わるにちがいない。そう思ったとき、ダンスフロアにいるアニーと王子の姿が目にとまり、心の扉がバタンと閉まった。わたしはグラスを空にし、カウンターに置いた。

「これで退出なさるんですね」と、大佐が言った。

わたしはため息をついた。「夜もふけてきました」

「気付け薬《トニック》を用意しましょうか」

「お構いなく。ジンで用は足ります」

大佐は微笑んだ。「気付け薬がわりのものもあります」

首筋の毛が逆立つのがわかった。

「ご存じでしょうか、警部。サンバルプールの財を築いたのは、ダイヤモンドだけじゃありません」

なんのことかはわかっていたが、わたしは素知らぬ顔をしていた。

目がきらりと光る。「興味がおありならということで申しあげますが、警部、われわれは百年前からインドでもっとも良質の阿片をつくっていました」

額に冷や汗が浮かぶ。知っているのか。大佐は従僕に命じて、わたしの荷物を公邸から宿舎へ運ばせた。スーツケースのなかの服は衣装だんすのなかにしまわれていた。そのときに木箱を見て、それがなんのためのものなのかを知り、そのことを大佐に伝えたのか。

大佐の話は続いていた。「長きにわたり、われわれはダイヤモンド鉱床から得られるよりずっと多くの歳入をそこから得ていました。このところは需要が大幅に減ってきていますが、生産はいまでも続いています。質もいいです」

「試したことはあるんですか」

「もちろんです。驚きましたか」

「いいえ」

大佐はくすっと笑った。「本当に？」

27

アローラ大佐とともに中庭に出ると、われわれは〈薔薇の館〉のほうへ歩きはじめた。

「こんな夜遅くに、あなたのオフィスに行くことになるとは思いませんでしたよ」と、わたしは言った。

大佐は微笑んだ。「でしょうね。でも、われわれがこれから行こうとしているところは、この街のはずれです。車を使わなきゃなりません。できればなるべく速い車のほうがいい」

建物の裏手の車庫から、エンジンをふかす音が聞こえてきた。

「ここの整備士は働き者ですね」

「いまがいちばん忙しい時期なんです」大佐は答えな

がら車庫の扉のひとつを押しあけた。「もうすぐモンスーンがやってくるので、そのための準備をしなきゃなりませんから。それに明日は虎狩りです。迷彩柄のロールスロイスの出番になります。狩りといってもほとんどの時間森のなかを走っているだけなので、点検整備が欠かせないんです」

ふたりの整備士が迷彩柄のボンネットの下に頭を突っこんでいる。大佐は鈍く光る車の列に目を走らせた。そして、二列目の奥の赤い車を指さした。「あそこにある。いつもほかの車の陰に隠れているんですよ」

「メルセデスじゃないんですか」

「いいえ。もっとエキサイティングな車です」大佐は大股で歩いていき、真紅のクーペ型自動車の前で立ちどまると、その車を愛しげに見つめた。

「なんという車です」

「ご存じない？　でしたら、お教えしましょう。アルファロメオ20／80です。レース場では八十マイル以上の時速が出ます。わたしは一度五十マイルで走ったことがあります。もう少しで引っくりかえって、溝に突っこむところでした」

「今夜は二十五マイル以下でお願いできますか」

「わかりました、警部」大佐はボンネットを撫でながら言った。「少し時間がかかってもかまわないと、あなたがおっしゃるなら」

車は閑散とした道を街の南のはずれに向かって走っている。時速は二十五マイルを大幅に超えていて、夜風はイギリスを出て以来もっとも冷たく感じられる。わたしは流れ去る景色を見ながら、ひとり思案にふけっていた。

しばらくしてアローラ大佐が訊いた。「ところで、あなたはわれわれの新しい王太子についてどう思われますか」

なんと答えたらいいかわからない。

大佐は微笑んだ。「あまり好ましく思っておられないようですね」

「兄と比べると、そう言わざるをえないでしょうね」

「結論を出すのが少し早すぎるような気がしますが」

「あなたはそう思わないんですか」

大佐は笑った。「そうは言っていません。どうして早合点なさるのか不思議に思っただけです」

「直感です。お忘れですか。わたしは警察官です。自分の直感を信じています」

「あなたの友人のミス・グラントに対する関心とは関係ないということですか」

「ミス・グラントは聡明な女性です。身の処し方は心得ています」

「自信たっぷりですね、警部。でも、そこにどのような根拠があるんでしょう。地位と金がひとに与える力の大きさには驚くべきものがあります」

たしかにそうかもしれない。億万長者で、遠からずマハラジャになる者に興味を示したり、魅かれたりしない女性がどこにいるというのか。

「その男が殺人の疑いをかけられていたとしても?」

わたしは言った。

大佐はわたしのほうを向いた。その目には鋼《はがね》のような強い力がこもっている。「プニート殿下が兄上の暗殺に関与していたということでしょうか」

「少なくとも、シュレヤ・ビディカにその罪を押しつけることはできません。そして、プニート王子には明確な動機があります」

「証拠は?」

「ありません。いまのところは」

「今後も証拠が出てこなかったとしたら?」

「なんとかして見つけだします」

大佐は苦笑いした。「言うまでもないと思いますが、イギリスでは、〝疑わしきは罰せず〟という原則があるはずです。ちがいますか」

「国法ではそうなっています」

「でも、ここはあなたの国ではありません。そして、そのような思想がサンバルプールに到達するには、まだだいぶ時間がかかるはずです」

それからしばらく沈黙が続き、そのあと大佐が口を開いた。

「ゴールディングの捜索に進展はありましたか」

「ええ、少しは」

大佐の目がまたわたしのほうを向いた。道路に注意を戻させるために、わたしはもう少し詳しく話すことにした。

「ゴールディングの身に何が起きたにしろ、それはアディール殿下に提出することになっていた見積書と関係があると思われます。バネルジーの話だと、関連書類はオフィスにあったが、見積書はどこにもなかったそうです。下書きすら見つかっていません。おおやけになるまえに、それを見たかった者がいるということです。どういう目的かはわかりませんが」

大佐は首を振った。「見積書の行方については謎でもなんでもありません。宰相が持っています。先ほど宰相がそういったことをフィッツモーリスに話しているのをたまたま立ち聞きしたんです」

今度はこちらが大佐を見つめる番だった。「宰相はそれをどうやって入手したんでしょう」

大佐は肩をすくめた。「わかりません。お望みなら、明日訊いてみましょうか」

「それはありがたい。でも、その書類をこっそり持ちだすことができたら、もっとありがたい。その内容をバネルジーに精査させるつもりです」

「どうやって持ちだすんです」

車は速度を落とし、細い脇道に入った。

「あなたは頭が回ります、大佐。名案を思いついてくれると確信しています」

車はなんの変哲もない二階建ての家の前でとまった。

上階にはバルコニーがあり、窓には鎧戸がおりている。

このときも、わたしはまだゴールディングのことを考えていた。もし宰相が問題の書類を持っているとしたら、ゴールディングの失踪はいったいどういうことなのか。みずからの意思でサンバルプールを去ったとは思えない。そんなはずはないということは、家探しを始めた時点でわかっていた。

可能性はいくつかある。ゴールディングが宰相に書類を渡し、そのあとどこかへ連れていかれた。もしくは、宰相の命令で拉致され、書類の提出を強要された。だが、それでは筋が通らない。宰相はつねに真っ先に報告書を受けとる立場にいる人間だ。もしかしたら、ゴールディングはフィッツモーリスの手の者に拉致されたのかもしれない。早い段階で数字を知ることでアングロ・インディアン・ダイヤモンド社が得られる利益は大きいはずだ。しかし、交渉を有利に進めるためだけに、はたしてイギリス人の拉致という挙に及ぶだろうか。

アローラ大佐が玄関のドアをノックした。すぐにドアがあき、白い上衣《クルタ》を着た小柄な男が出てきた。黒い髪を油で後ろに撫でつけ、鉛筆で書いたような細い口ひげをはやしている。その出迎え方は、まるで大佐が古くからの友人であるかのようだった。大佐は振りかえって、わたしを手招きした。ゴールディングのことはもう考えなくていい。何があったにしろ、答えは明日までおあずけだ。

阿片の香りが立ちこめている。店の者に先導されて、中庭を横切り、淡い灯《あか》りのともった広い部屋に入る。ところどころにシルクのシーツがかけられたベッドがあり、先客が何人かいる。ドアにいちばん近いベッドには、白人の男が横たわっている。着ているものからして、それなりの地位にある者だろう。かたわらにはキセルが置かれた真鍮の台があり、一筋の煙がゆるやかに立ちのぼっている。部屋の片隅で、サリー姿のふたりの女がひそひそ話をしている。

阿片窟とはいっても、リッツ・ホテルとまではいかないにせよ、間違いなくウォルドーフ・クラスではあり、わたしが通っていたところとはロンドンと月くらい離れている。

が、郷に入っては郷に従えだ。

ピンクのサリーを着た美しい娘がやってきて、ふたつ並んだベッドに案内してくれた。ふたつのベッドのあいだには、阿片用のオイルランプを置くための小卓がある。大佐に倣《なら》って、わたしはディナー・ジャケットを脱いで娘に渡し、ベッドに横になった。大佐がもうひとつのベッドに身を横たえると、娘はジャケットを持って立ち去った。

娘が戻ってくるまで、身体を横に向けて、リラックスして待てばいい。それは少しもむずかしいことではない。ベッドの快適さは、カルカッタの行きつけの店にあるような木と縄でできた寝台《チャーポイ》とは比べものにならない。それでも、もうすぐ望みがかない、阿片を吸えると思うと、気持ちが高ぶってリラックスできない。

娘が銀のトレーと二本の長いキセルを持って戻ってきた。トレーを小卓の上に置いたとき、おやっと思った。オイルランプとキセル、その洗浄道具一式……そこまではいつもと同じだが、丸い阿片膏とそれを火にかざすときに使う針がない。そのかわりに、目薬の容器のような小さなスポイト、一ルピー貨よりひとまわり小さい銀の皿、そして、金のジャガンナート神が象嵌された漆《うるし》の瓶が用意されている。

「阿片を吸いにきたと思っていたんですが」と、わたしは言った。

大佐と娘は顔を見あわせた。

それから大佐は笑った。「もちろんそうですよ」

娘が瓶の蓋を取ると、阿片の土臭い香りが立ちのぼった。スポイトが瓶にさしこまれ、吸いとったものが四滴ほど銀の皿に落ちる。

「でも、それは――」

「そう、液体です。キャンドゥと呼ばれる最高級品で、混じりけなしの生阿片を蒸留し、それを瓶に詰めて、高級ワインのように熟成させたものです」

娘は皿を灯油ランプの炎にかざして温めはじめた。

「液体の阿片？ そんなものがあるとは知りませんでした」

大佐は目をきらりと光らせた。「驚かれるのも無理はないと思います。警部。最近では市場にほとんど出まわっていません。量さえ間違わなければ、キャンドゥの効果は抜群です。創造力や霊感の源泉になります。混じりけがないので、カルカッタで入手できるようなものとちがって、前後不覚になったりしません」

炎の上で、キャンドゥが音を立て、炒《い》ったピーナッツのような匂いがしはじめる。

「昔は中国の官吏や芸術家や上流の人士はみなこれを吸っていました。あなたたちの東インド会社が阿片戦争を始めるまでです」

「サンバルプールを大いに潤すことになった戦争ですね」

大佐は微笑んだ。「そのとおりです」

娘は煙をあげる液体をふたつのキセルに分けいれ、それをさしだした。わたしは前かがみになって、目を閉じ、深く吸った。

数分のうちに、大佐の言ったとおりだとわかった。キャンドゥの作用はカルカッタで吸ったものとはまったくちがっていた。肌がひりひりするような感覚が、腕から胴体、そして頭蓋骨へと広がっていく。娘が二服目を用意し、またキセルをさしだす。それを吸うと、肌がひりひりする感覚はなくなり、神経細胞が燃えあがり、爆発し、頭のなかでとつぜん目がくらむような白い閃光がはじけた。その光は静かに消えていき、やがて深い安らぎと充足感に変わっていった。

28

一九二〇年六月二十二日　火曜日

暑さをしのぐために開け放たれた両開きのドアから最初の光が入ってきた。見ると、緑の丘の向こうの空がほんのり明るくなっている。まだ日の出とはいえない。漆黒の闇から暗い灰色へ変わりつつあるだけだ。

空には雲が低く垂れこめているが、わたしの心の霧はすっかり晴れていた。アローラ大佐のおかげだ。彼が言ったとおりだった。これまでにない体験だった。いつもとちがって前後不覚にならなかったし、朝のけだるさもなく、頭はクリスタルのように冴えわたっている。

キャンドゥを吸ったのは全部で四回か五回で、そのあと店を出て、夜中の一時ごろ宿舎に着いた。そして、自分の部屋に入るとほとんど同時に眠りに落ちた。

これほどいい気分でいられたことは久しくない。わたしはマハラジャ・サイズのベッドの天蓋の下に横たわり、気がつくと、アニーのことを考えていた。自分はいまこの広いベッドにひとりでいる。アニーもボーモント・ホテルの部屋のベッドにひとりで横たわっていればいいのだが、もしかしたら——いや、よそう。そんなことは考えないほうがいい。

かわりに、アディールと、額にヴィシュヌ神の印をつけた暗殺者について考えることにした。今回の事件に本当に宗教が関係しているとすれば、その答えが見つかりそうな場所はひとつ。わたしは起きあがり、急いで服を着て、部屋を出た。

バネルジーを起こそうかとも思ったが、とりたてて用があるわけでもない。だったら、寝かせておいたほうがいい。今日はあとでしてもらわなければならないことが多くある。それで、そのまま下におり、正面玄関から外に出た。

〈薔薇の館〉でメルセデスを借り受け、砂利敷きの車まわしを進み、宮殿のゲートを通りぬける。そこから南に進み、橋のほうへ向かう。だが、二股道に近づいたとき、ふと別の考えが浮かんだ。それで、川のほうへ向かうかわりに、左側の道に進路をとり、街の中心部へ向かった。

ホテルの前の道路は混雑していたが、ホテル自体はひっそり閑《かん》としていた。近くに車をとめて、ロビーに入ると、そこには昨日と同じ受付係がいたが、わたしを見ても知らん顔をしていた。

「部屋番号を教えてもらいたい。宿泊客の名前はミス・グラント」

同伴者のいない女性の部屋番号を訊くのはこれで二度目だ。だが、その理由を白人《サーヒブ》に問いただすほど受付係は無分別ではない。おたがいに金で片をつけようとしているときには特に。だがそれでも、手順は踏まなければならない。

「申しわけありませんが、そのようなことをお教えすることは──」

言いおえるまえに、わたしはカウンターごしに五ルピー札をさしだした。

「二十二号室です、サー。でも、お泊まりのお客さまは部屋にはおられませんよ」

胸が苦しくなる。王子がアニーといっしょにいるところが頭に浮かぶ。アニーの飲み物におかしなものを入れて、宮殿から出られないようにしたのではないか。東洋のバカ殿ならやりかねない。

「いまはダイニングルームです。そこで朝食をおとりになっています」受付係は言って、ドアを指さした。

ほっとして笑いだしそうになった。わたしは受付係にさらに五ルピー渡した。

ダイニングルームには六脚の丸テーブルがあり、食事客の話し声でざわついていた。アニーは窓際の席にいて、その少し先にキャサリン・ペンバリーがいた。後ろからの光でシルエットになっていて、それだけ余計にサラそっくりに見え、また鋭い胸の痛みを覚えた。ふたりがわたしを見たときには、どちらに会いにきたのか一瞬わからなくなったくらいだった。

と、アニーが微笑んだので、わたしはそこへ歩いていって、同席していいかと訊いた。

「どうぞ、ご遠慮なく、警部」アニーは言って、磁器のカップに口をつけた。「昨夜は早々に引きあげたみたいね」

「アローラ大佐に話があると言われてね」わたしは嘘をついた。「きみは遅くまでいたのかい」

「そうでもないわ」糊のきいたナプキンでそっと口もとを拭う。「本当のことを言うと、昨夜はずっと気分がすぐれなかったの。それより、あなたはどうしてここに？」

「きみに礼を言うために。今日の午後の虎狩りに同行できるようになったのは、きみがプニートに頼んでくれたおかげだ。感謝のしるしに、きみを郊外へのドライブに誘いたい。暑くなるまえに出かけよう」

アニーは訝しげな目をわたしに向け、それから紅茶をもう一口飲んだ。

車が橋にさしかかったとき、アニーは煙草に火をつけた。

「どこへ行こうとしてるの」

「せっかくだから、お寺を見ておいたほうがいいと思ってね」

アニーは煙草を一服した。「あの廃寺のこと？」

「いや、新しいほうだ。アディールが荼毘に付された火葬場の近くの」

わたしの側頭部をひっぱたくような視線がかえってきた。「新しいものより過去の遺物のほうが好きだと思っていたけど、サム。いつだってあなたは過去のなかで生きているほうが幸せそうに見える」

前方の靄《もや》のなかから寺が姿を現わした。

わたしは砂ぼこりを舞いあげながら車を路肩に寄せ、寺の境内を囲む塀のすぐ近くにとめた。前方には、一面に彫刻が施された大理石の塔が聳えている。アニーはそれを何食わぬ顔で見ていたが、べつにおかしなことではない。イギリス人とインド人の混血ではあるものの、このようなことに関しては、イギリス人よりずっとインド人に近いということだろう。寺の入口のほうに向かって歩きながら、アニーは手を額にやり、それから胸にやった。そういえば、バネルジーも神像の前で同じようなことをしていた。

「それはなんだい」

「なんだいって、何が？」

「きみが手でやったことだよ」わたしはその仕草を真似ながら言った。

「ああ、それね。ヒンドゥー教ではこうすることになってるの。内なる神々への敬意のしるしよ」

「きみがそんなに信心深いとは思わなかったよ」

「信心深くはないけど、神さまと仲よくしておいても損はないでしょ」

アニーのあとについて、わたしは建物の前の大理石の階段をのぼった。木の扉は固く閉ざされている。その扉を押そうとしたとき、アニーに腕をつかまれた。

「ちょっと待って。勝手に入ったらいけないわ」

「どうして？　ここは神の家だろ。来る者は拒まないと思っていたが」

「教会じゃないのよ、サム。お寺によっては、カーストの低いインド人を門前払いにしているところもあるくらいなんだから。イギリス人やイギリス人との混血を喜んで迎えてくれると思う？」

「やれやれ。そんなやり方をしていたんじゃ、誰も改宗させることはできないだろう」

「ヒンドゥー教は人々を改宗させることにさほど熱心じゃないの。たとえその気があったとしても、まずはあなたからとは思わないでしょうね」

「それは心外だな、ミス・グラント」

そのとき、扉が低い音を立ててゆっくりと開きはじめた。

「司祭に頼んでみようか」と、わたしは言った。

だが、香の匂いとともに最初に出てきたのは、司祭ではなかった。短い列の先頭に、青い無地のサリーを着た年配の女性がいた。手首に金のバングルをつけているが、足には何も履いていない。暗がりから姿を現わすと、それが誰かわかった。スバドラー王妃。マハラジャの第一夫人。昨夜の追悼式にマハラジャを連れてきて、若い第三夫人に預けていった女性だ。

その数歩あとを、ダヴェ宰相が歩いている。わたしを見て、びっくりしたみたいだったが、そのあとにとった行動からすると、嬉しい驚きではなかったにちがいない。テリアのように素早く前に進みでて、スバドラー王妃の視界を遮ろうとした。

「ここは神聖な場所です、ウィンダム警部！　お引きとりください！」

スバドラー王妃がわたしを見ているのがわかった。目と目があったとき、われわれは同じことを考えているのがわかった。どちらも宰相のあわてぶりを面白がっているのだ。それで、一芝居打つことにした。

「申しわけありません、宰相。ミス・グラントは宗教的な建造物に強い関心を抱いていましてね。それで、わたしがなかに入ってみようと誘ったのです。もちろん、支障があるようでしたら、すぐに立ち去ります」

わたしはアニーの腕を取り、立ち去るふりをした。

「ウィンダム警部」背後から柔和な声が聞こえた。

「お待ちください。ジャガンナート神は身分による分け隔てをしません。このお寺だけが例外だとは思いません。さあ、どうぞ。歓迎いたしますわ。あなたも、あなたのお友だちも」

それから、王妃は自国語で宰相になにやら仰せつけた。宰相はしかめ面で言われたことを受けいれ、軽く会釈をしてから、寺のほうへ戻っていった。

幸運は勇者に味方すると言うが、インドでは幸運などというものはない。われわれが〝運〟と呼ぶものは、ラクシュミ神の思《おぼ》し召しとみなされる。だとすれば、ラクシュミ神はどうやらわたしに微笑みかけてくれているようだ。まさかスバドラー王妃から直接話を聞くことができるとは思っていなかったが、少なくとも数分間は自由の身で、お付きの者もいないのだから、あとはそのあいだここにとどめておく口実を見つけるだけでいい。けれども、驚いたことに、先手を取ったのは老王妃だった。

「ねえ、ミス・グラント。警部のお相手はわたしがしますから、あなたはお寺を探索なさったらいかが」

アニーは微笑んで小声で何か言うと、思わせぶりな視線をわたしに投げてから、境内の奥へ歩いていった。

短い間のあと、王妃はわたしのほうを向いた。

「では、警部」

階段をおり、前庭に出たところで、王妃は灰色の空を見あげた。

「あなたはアディールの事件を調べておられると夫から聞いています。進展はありましたか」

「少しは」と、わたしは答えた。「事件となんのかかわりもない者の名前をあげることならできます。バルドワージ少佐が逮捕した女性――教師のミス・ビディカです」

王妃は何か考えているようだったが、結局は何も言わなかった。

「あなたはミス・ビディカをご存じですか」と、わたしは訊いた。

「話をしたことは何度かあります。ときには実り多い会話になったこともあります。あのひとは立派な教師です。でも……口を慎むということを知りません。あのような考えでは、いつか面倒なことになるだろうと思っていました。それにしても、警部、あなたは今回の件になぜサンバルプールが関係しているとお考えなんです」

どこまで話したらいいものか、わたしは思案をめぐらせた。

「アディール殿下の私室に、身の危険を警告する三枚のメモ書きが置かれていました。つまり、宮中の少なくともひとりは犯行計画を知っていたということです」

「その者は見つかったのですか」

「いいえ、まだ見つかっていません」

ふたりの僧侶と擦れちがい、会話は途切れた。

それから、僧侶に声を聞かれない距離ができるのを待って、王妃は言った。「容疑者はいるのですか」

「ひとりかふたり。でも、名前は伏せさせてください」

「わかりました。わたしのほうからもひとつお願いしたいことがあるんです、警部。サンバルプールの宮廷には何かとおかしなところがありましてね。これまでの経験からわかっていることなんですが、話がすんなりと上にあがってこないことがしばしばあるんです。ですから、もし夫に何か知らせたいことがあるようでしたら、正規の手順を踏むのではなく、わたしを通していただきたいのです」

ダヴェ宰相やアローラ大佐を介さずにマハラジャに話を伝えることができるとしたら、それに越したことはない。もちろん、マハラジャと直接話をするのがいちばんだが、これはそれに次ぐいい便法だ。

「わかりました」

後ろから、アニーの声が聞こえた。宰相と話をしているのだ。時間はもうあまりない。

「いくつかお尋ねしたいことがあるんですが、よろしいでしょうか、王妃陛下」

少し間があった。「車までいっしょに行きましょう。おわかりだと思いますが、わたしは早く歩けません。話は歩きながらお聞きします」

黒い顔の猿の群れが塀の上にすわり、われわれの様子を注意深くうかがいながら、寺から盗んできた供え物を分けあっている。

どこからどのように始めたらいいかわからず、結局、単刀直入に切りだすことにした。

「アディール殿下がイギリス人女性と付きあっていたという話を聞いています。サンバルプールでは誰もが知っていることなんでしょうか」

王妃はため息をついた。「残念ながら、そうです。少なくともサンバルプールの社交界では」

「それで、そのことはみんなからどのように思われていたのでしょう」

顔が曇った。「どのように思われていたと思いますか、警部。王位継承者が白人女性と戯《たわむ》れていたんですよ。みんな、あきれかえってました。ロンドンで羽目をはずすのと、この国のボーモント・ホテルに住まわせて睦《むつ》みあうのとではわけがちがいます。それは愚劣の極みであり、先祖代々のしきたりを足蹴《あしげ》にする背徳行為です」

「あなた自身は彼女のことをどのようにお思いになっていたんです？」

少し間があった。

「あざとい野心家と。何もはじめてのことではありません。サンバルプールにやってきて、国王に取りいろうとしたイギリス人女性は昔から大勢いました。わたしの夫はそれが許されないことであるとわかっていて、深追いはしませんでした。でも、アディールは見事にたぶらかされて、みずからを厄介な立場に追いこんでしまいました」

何かが猿たちを驚かせたらしく、甲高い鳴き声をあげて、近くの木に飛び移り、枯れ葉を地面にまき散らした。

「厄介な立場といいますと？」

「サンバルプールは小さな国です。そして、いまは動乱の時代です。国を治めるには民の後押しが必要です。王室は永劫《えいごう》不変であると見なされていなければなりません。王太子が人前でイギリス人の情人と遊び歩いていたのでは、民の信託を受けることはとうてい不可能です」

「そういったことを王太子殿下にお話しになりましたか」

顔の表情が少しこわばったみたいだった。「わたしはそのような立場にはありません」

「国王陛下には？　そのことをお話しになりましたか」

われわれは角を曲がった。雲の切れ目から陽の光がさしこみ、前庭に影ができている。

「ごめんなさい。もう着いてしまいました。お話の続きはまたの機会に」

運転手が小走りで車の反対側にまわり、後部座席のドアをあけた。

「さしつかえなければ、王妃陛下、もうひとつお訊きしたいことがあるのですが。王太子殿下とは関係ないことです」

王妃はじっとわたしを見つめた。「いいでしょう、警部」

「昨日、あなたはこの寺に来られましたか」

「ここにはほとんど毎日来ています。ときには一日に何度も」

「それで、昨日もおいでになったんですね」

「そうです」

「そのとき、ミスター・ゴールディングの姿をお見かけになりませんでしたか」

少し間があった。「財務官の？　ええ、見ました」

「いつごろでしょうか」

「いまと同じくらいの時間です。朝のお祈りのあとです」

「朝？　夕方じゃないのですね」

「間違いありません、警部」

「ミスター・ゴールディングがここで何をしていたかおわかりになりますか」

「いいえ。べつに気にして見ていたわけじゃありませんから。おそらく、お寺の見学でしょう。あなたのお友だちのミス・グラントと同じように。わたしと会ったときは、壁の彫刻を見ていました」

「誰かといっしょでしたか」

王妃は首を振った。「連れはいなかったように思います。断言はできませんが」

後ろから足音が聞こえたので、振りかえると、ダヴェ宰相がやってくるのが見えた。

「そろそろお帰りになったほうがよろしいかと、王妃陛下」と、宰相は言った。

「わかりました」王妃は答え、それからわたしのほうを向いた。「ではこれで、警部。お会いできてよかったですわ。わたしの言ったことをどうかお忘れにならないよう」

王妃は宰相と運転手の手を借りて車に乗りこんだ。そのあと、宰相はわたしには何も言わず、車の反対側にまわり、助手席に乗りこんだ。

車は走り去り、わたしはスバドラー王妃の言ったことに思案をめぐらせた。ゴールディングはこの寺にいたが、それは午後の六時半ではなく、午前の六時半だった。その九十分後、わたしと公邸前で会うことになっていたが、そこには姿を見せなかった。おそらく、スバドラー王妃は失踪するまえのゴールディングを最後に見た人物ということになるのだろう。

可能性としては、どんなことが考えられるか。ゴールディングは同じ日の朝と夜の二回この寺で誰かと会う約束をしていたのか。だが、もしそうだとしたら、スケジュール帳に朝のほうの予定が記されていなかったのはなぜなのか。

そのときとつぜん謎が解け、わたしはもう少しで笑いそうになった。その答えだけでなく、ゴールディングがそのとき会おうとしていた人物が誰かまでわかったからだ。

29

わたしはアニーを連れて、軽い足取りで車に向かった。

「なんだか楽しそうね」

「かもしれない」わたしは言って、アニーのために車のドアをあけた。「新鮮な空気を吸いながら朝の散歩をする効能は驚くほどだ。きみはどうだい。このお寺は気にいったかい」

アニーは車に乗りこんだ。「魅了されたわ。でも、同じようなお寺はカジュラホにもあり、規模はそっちのほうがずっと大きい」

「行ったことがあるのかい」

アニーは微笑んだ。「ええ。今年のはじめ、ブラントというドイツの考古学者が招待してくれたの」

「ドイツの考古学者？」

わたしは必要以上に強くドアを閉めると、車の横へ回ってクランク棒を取りだした。こういうときに、車のエンジンをかけるのはそんなにむずかしいことではない。

「ドイツ人がインドで何をしていたんだい」と、わたしは訊いて、運転席に乗りこんだ。

「ここにはあなたが思ってるより多くのドイツ人がいるのよ。ヒンドゥー教の聖典を英語に翻訳したマックス・ミュラー教授を筆頭として」

「それで、そのブラントって男もここでヒンドゥー教の聖典を翻訳してるのかい」

アニーは笑った。「いいえ。そのひとの言うには、インド人とドイツ人の祖先は同じなんだって」

「あえて言うが、あまりにも馬鹿馬鹿しすぎる。その考古学者は耄碌しているんじゃないのか」

「いいえ、そんなことはないわ。年はあなたより若いのよ」

車は横滑りして角を曲がり、街へ戻る道に出た。通りには、農具を手に持ったり肩に背負ったりして、畑へ向かう人々があふれている。ブラントやその馬鹿げた理論について議論する気にはなれなかったので、わたしはずっと黙っていた。

しばらくして、アニーが沈黙を破った。

「王妃と話がはずんでいたみたいね」

「いい感じで話ができた」

「どんな話をしてたの」

「アディールの殺害事件について。捜査に進展があったかどうか知りたがっていた」

「それで、あなたはなんて答えたの？」

「本当のことを。誰がやったかわからないが、シュレヤ・ビディカでないことはたしかだと」

「王妃はどう思ったのかしら」

「わからない。無罪だと確信しているようには見えなかった。よかったのは、マハラジャに言いたいことがあれば自分が伝えると言ってくれたことだ」

「それが何かの役に立つの？」

わたしは肩をすくめた。「立つかもしれない。少なくとも、アローラ大佐やダヴェ宰相を通さずにすむ。きみは宰相のことをどう思う？」

アニーは少し考えてから答えた。「笑わせるわ。わたしたちがお寺の境内を歩きまわるのは神への冒瀆《ぼうとく》と考えているみたい」

「早く慣れることだ。王妃の話だと、ゴールディングは昨日の朝あの寺に来たらしい。たぶん彫刻を見にきたんだろう」

アニーは驚いてわたしのほうを向いた。「本当に？」

「おそらく」

「変ね。お寺のなかにいたとき、宰相はさんざん文句を言っていたのよ。ヒンドゥー教徒以外でお寺に入ることを許されたのはあなたとわたしだけだって」

「本当かい」

「本当よ、サム。憤懣《ふんまん》やるかたなげだったわ」

「じゃ、なぜ王妃はあそこでゴールディングを見たと言ったんだろう」

「ゴールディングがヒンドゥー教徒だという可能性は？」

「先日、駐在官の公邸でローストビーフをむさぼり食っていた様子からして、その可能性はないと考えていいだろうね」

「見たのはお寺の敷地外だったのかもしれない」

わたしは首を振った。「ゴールディングは壁の彫刻を見ていたと言っていた。だとしたら、境内にいたということになる」

「ということは、王妃がゴールディングを見たとき、ダヴェ宰相はそこにいなかったということね」

「いいや」と、わたしは言った。「いたと思う」

バネルジーは宿舎の食事室でオムレツを食べていた。顔をあげて、わたしがアニーといっしょに入ってきたのを見ると、喉を詰まらせそうになった。

「朝食に何か問題でも？」

バネルジーはむせるのをこらえて、首を振った。

「いいえ、警部。ただ青トウガラシに不意打ちをかけられただけです」

わたしは背中をぽんと叩いて、隣の席にすわった。

「ふたりでどこに行っていたと思う？」

「散歩ですか」

「そんなところだ。ミス・グラントが寺の彫刻を見たいと言ってね」

バネルジーは顔を赤くした。「あのエロティックな？」

「そう。すっかり魅了されたらしい」

「部下をそんなふうにからかうものじゃないわ、サム」アニーは言って、われわれの反対側の席にすわった。

「わかった、わかった。ゴールディングのスケジュール帳に、寺で誰かと会うことになっていると書かれていたので、様子を見にいっていたんだよ。なんでも、スバドラー王妃はそこでゴールディングの姿を見たらしい」

バネルジーの目に困惑の色が浮かんだ。「でも、約束の予定は昨夜の六時半でした。ゴールディングは来ませんでした」

給仕がやってきたので、わたしは振りかえって、オムレツを注文した。「時間を間違えていたんだ」

「でも、スケジュール帳には〝6:30PM、新しいほうの寺〟と書かれていました」

「たしかに。でも、別の読み方をすることもできる。本当は、六時半にPMつまりプライム・ミニスターと会うという意味だったのかもしれない」

バネルジーは身を乗りだした。「ダヴェ宰相ということですね」

「そのとおり」

「昨日の朝、寺にいたんでしょうか」

「今朝は王妃といっしょに寺に来ていた。王妃は昨日も寺に行っている。昨日も同行していたと考えるのが普通だろう」

「でも、ゴールディングはなぜそこで宰相と会ったんでしょう。自分のオフィスではなく。しかも、そんな朝早くに」

わたしは肩をすくめた。「わからない。もしかしたら、ゴールディングが作成した報告書と関係があるのかもしれない。これはアローラ大佐から聞いたことなんだが、宰相は報告書を持っているとフィッツモーリスに言っていたらしい」

少し間があり、それからバネルジーは答えた。「つまり、ゴールディングは宰相と会って報告書を渡し、そのあと行方をくらましたということでしょうか」

「問題はそこなんだ。ゴールディングが報告書を宰相に渡したとは思えない。もしそうだとしたら、家探しをしたりする必要はなかったはずだ。それで思ったんだが、ゴールディングは宰相ではなく、われわれに報告書を渡したかったのかもしれない。だから、昨日の朝わたしと会うことにしたのかもしれない。つまりその書類は謎を解く鍵になるかもしれないってことだ」

「それでアディールの殺害事件の謎が解けるということでしょうか」

「可能性はある。これはあくまで仮定の話だが、王室の知らないところで、ダイヤモンド鉱床がらみの不正が行なわれていたとしよう。たとえば、宰相が売りあげの一部をかすめとっていたとか。そこへアングロ・インディアン・ダイヤモンド社への鉱床売却の話がもちあがり、ゴールディングはアディールの命を受けて見積書を作成することになった。そして、その作業の過程で不正に気づいた。宰相はそのことを知り、不正の発覚を恐れて、アディールの殺害をくわだてた。あとは見積書を手に入れ、ゴールディングに沈黙を約束させるだけでいい。

それで、昨日の朝、ゴールディングに会って、金で片をつけようとした。だが、堅物の財務官はそれを拒んだので、拉致と家探しという手に打ってでた。そうやって、見積書を見つけだした。あるいは、可能性としてはこちらのほうが高いと思うが、ゴールディングが口を割り、見積書の隠し場所を教えた」

考えながら話しているうちに、全体像が少しずつ見えてきた。とつぜん浮かびあがった容疑者には、すべてではないが、多くの点で事実に符合するし、動機もある。

「その場合、ゴールディングはどうなるんでしょう」

「わたしの仮説どおりだとしたら、あまり期待はできないだろうな」

給仕が戻ってきて、わたしの前に皿を置いているあいだ、会話は中断された。

そして、給仕が立ち去ると、アニーが小さな声で言った。「まさかイギリス人を殺したりしないでしょうね。そんなことをしたら大変なことになる」

「大騒ぎになるのは間違いないだろうね。ゴールディングが殺されたとわかったら、この街には帝国警察の捜査員であふれかえることになるだろう。でも――」

バネルジーがあとを継いだ。「死体がなければ、何も証明することはできません」

「しかも、総督はいまサンバルプールの藩王院への参加を妨げるような揉め事が起きるのをなんとしても避けたがっている」わたしはオムレツを一口食べた。バネルジーがむせるのも無理はない。ここの料理長はトウガラシをケチらない。「いずれにせよ、これは単なる推測にすぎない。大事なのは見積書を手に入れることだ」

「どうやって？」

「アローラ大佐に頼んである」そう言ったとき、お仕着せ姿の従僕が部屋に入ってきた。

「ウィンダム警部ですね。アローラ大佐からことづけをお預かりしています」

「噂をすればなんとやら」

わたしは従僕に礼を言って、メモ用紙を受けとった。一枚の紙を折りたたんだもので、封筒に入ってもいない。それを広げて、手書きのメッセージを読んだ。

〝ギタンジャリ妃殿下との面談の件ですが、ご要望を再検討した結果、質問はすべてミス・アニー・グラントがするという条件で許可がおりました。

アローラ拝〟

わたしはアニーとバネルジーのほうを向いて微笑んだ。

「例の書類がどうしても必要なんです」

アローラ大佐はすでに机に向かっていた。カットグラスの灰皿の上で、煙草の吸いさしから紫煙が立ちのぼり、天井の扇風機によって拡散されている。

「さっきも言ったように宰相に頼んでみるつもりです」

アニーとバネルジーをゴールディングのオフィスに残し、わたしはいま大佐と向かいあってすわっていた。

「頼んでも応じてはもらえないでしょう」わたしは言って、宰相に対して芽生えた疑念を伝えた――宰相がゴールディングと会っていたこと。ゴールディングの失踪に関与しているかもしれないこと。「ほかに何かいい手はないでしょうか」

大佐は口ひげを撫でた。

「なくもありません。宮殿の警護はわたしの管轄《かんかつ》になります。ですから、この建物内のすべての部屋の鍵を自由に使うことができます。ダヴェ宰相の執務室も含めて」

「それはどうでしょう。その書類を手に入れるためにイギリス人を拉致することも辞さなかったのです。簡単に見つかるところに置いているとは思いません」

「部屋のどこかに金庫があるはずです」大佐は言って、煙草を一服した。

「王室に金庫破りのプロがいるんですか」

大佐は微笑んだ。「もっとうまいやり方があります。陛下はときおり廷臣の失態を厳しくお咎めになります。六年前、前宰相も陛下の不興を買って辞任させられました。ダヴェが後任の座につくまで、宰相の不在期間が丸一日あり、そのあいだ、わたしは宰相の執務室のすべての鍵を利用することができたので、ちょうどいい機会だと思って合鍵をつくっておいたのです。もちろん金庫の合鍵も。親鍵を紛失したときのために」

「なるほど。となると、問題はいつ執務室に忍びこむかですね。宰相はプニート王子の虎狩りに同行するんでしょうか」

「フィッツモーリスが誘われているので、宰相も同行すると思いますが、本人がいないときでも、控え室に秘書がいます。夕方、秘書が帰ったあとということでいかがでしょうか」

「いいと思います。今晩、書類を手に入れて、目を通し、翌朝、秘書がやってくるまえに戻しておきます。もちろん、その書類がそこにあったらの話ですが」

「わかりました。それまでのあいだ、どうなさるおつもりですか」

「狩りに行きます。でも、そのまえにふたりの女性から話を聞いておきたい」

30

「それで、どんなことを訊けばいいの？」

朝の暑気のなか、アニーとわたしはアローラ大佐のあとについて〈バニヤン宮〉へ向かっていた。そこは王宮のなかの王宮といっていいような豪奢な黄色い砂岩の建物で、階上にはテラスが設けられ、正面には格子窓が点在している。

「アディール王太子について。彼との関係について。事件の裏にいる者に心当たりがないかどうか。あとはそのつど指摘する」

〈バニヤン宮〉の玄関口には、採石場から彫りだされたもののように見える髭面の衛兵ふたりが立っていた。おそらくラジャスタンの砂漠のどこかの出身だろう。彼らラジプート族には、ヨーロッパにおけるスイスのように、インド中の王室に衛兵を提供してきた歴史がある。

扉の向こうの廊下では、別種の男たちが警護の任についていた。〈バニヤン宮〉に入ることを許されている男は、マハラジャとその息子たちを除けば、宦官だけだ。

アローラ大佐の説明によると、昔は、戦争で捕まって奴隷《どれい》になった者や犯罪者が去勢させられていた。昨今の宦官の成り手については、もっと哀れを誘うものがある。たいていは貧困家庭の子供たちで、家人によって性器を切断されることもあるという。宦官にはそれだけの価値がある。実際のところ、性欲を無理やり抑えなければならない男たちでは、王家の後宮を守る役割を担いきれない。

「ちょっと待ってください」と、大佐は言った。そして紐を強く引くと、どこかでベルが鳴った。「ここからは宦官長がご案内いたします」

石の床に足音が響き、青いシルクのお仕着せ姿の男が現われた。ひょろっとした身体つきで、髭はない。両手を合わせて挨拶をすると、完璧な英語の発音で言った。「サイード・アリと申します。ミス・グラントとウィンダム警部ですね」

わたしはうなずいた。

「どうぞこちらへ。ギタンジャリ妃殿下がお待ちです」

「話がすむまで、わたしはここで待っています」と、アローラ大佐は言った。

「いっしょに来ないのですか」

大佐は眉を吊りあげた。「よほどの用がなければ、ここから先へ立ちいることはできません。側室の面談の手配をする必要もありますので」

というわけで、大佐をそこに残し、わたしとアニーは宦官長に先導されて廊下を進んだ。壁には『カーマ・スートラ』の世界を髣髴《ほうふつ》させる絵が描かれ、回廊に囲まれた中庭には、建物の名前の由来となったバニヤンの大樹が聳えている。アーチ形の扉を抜け、その先の階段をあがって三階まで行くと、日当たりのいい広い部屋に出た。部屋は、いくつもの小さな穴と透かし彫りの装飾が施されたチーク材の衝立《ついたて》で仕切られている。その前の大理石の床には、ゴールドと黒のペルシャ絨毯が敷かれ、シルクのクッションが置かれている。

「すわってお待ちください。妃殿下はすぐにおいでになります」

宦官長は後ろにさがり、われわれは床のクッションに腰をおろした。

ほどなくカチッという音がして、衝立の向こうでドアが開くのがわかった。それから、大理石の上を素足で歩く音と衣擦《きぬず》れの音。礼を失しないよう、わたしとアニーはとりあえず立ちあがった。人影が動くにつれて、衝立の小穴から漏れる光が遮られていく。その向こうに白い衣装の一部が見える。人影はわれわれのすぐ前で立ちどまった。それから女性の声が告げた。

「どうぞおすわりください」

ギタンジャリ妃もどうやら同じようにしたみたいだった。

アニーが小さな声で言った。「お時間をとっていただきありがとうございます、妃殿下。わたしの名前はアニー・グラントといいます。お亡くなりになったご夫君にお見知りおきいただいていた者です。わたしの隣に控えているのはカルカッタ警察のウィンダム警部です。今回の事件の捜査の指揮をとっています」

衝立の後ろでかすかな動きがあった。小さな穴ごしに、かぶりものを着けていない黒い髪が見えた。

「お尋ねになりたいことがあるという話は聞いていはきはきとした口調で、力強い。喪に服している女性の声のような感じはしない。英語は流暢で、発音や言葉使いは高等教育を受けた女性のものだ。

「はい。いくつかお訊きしたいことがあります、妃殿下」と、アニーは言った。

このときふと思ったのだが、これまでこのようなかたちで事情聴取をしたことは一度もない。バネルジーの助けを借りて、英語を話せないインド人から話を聞いたことは何度もあるが、姿が見えない者を相手にしたことは一度もない。それはあまり望ましいことではない。ひとの顔はしばしば口とちがうことを語る。質問に対する身体的な反応からも、多くを知ることができる。顔の筋肉がひきつったり、あたふたしたり、汗をかいたり……優秀な刑事なら、そこからいくつもの手がかりをつかむことができる。

今回は攻守ところを変えている。こちらは衝立から少し離れたところにすわっているので、その向こうの様子を窺《うかが》い知ることはできない。一方の王太子妃は衝立のすぐ近くにいるので、小さな穴ごしにわれわれの姿をはっきりと見ることができる。こういった両者の立場の違いを考えると、本来なら手控えるような遠慮会釈のない質問をしたほうがいいことはわかっている。だが、一日前に夫の遺体が荼毘に付されたばかりの女性に、どうしてそんなことができるというのか。

わたしは小さな声でアニーに言った。「こう言ってくれ。答えにくいことを訊くかもしれないが、それは王太子の殺害の背後に誰がいるのかをあきらかにするためだと」

アニーはうなずき、衝立のほうを向いた。

「ぶしつけな質問をさせていただくかもしれません。でも、それは今回の事件の背後にいる者を見つけるためです。どうぞご理解ください」

「わかっています。どのような質問にも可能なかぎりお答えするつもりです。どうぞ続けてください」

わたしが何か言うまえに、アニーは質問にとりかかっていた。

「まず最初に王太子殿下と結婚されたいきさつを教えてください」

衝立の向こうで、シルクが擦れあう音がした。

「婚約したのは、わたしが六歳で、アディールが九歳のときです。そうなることは何年もまえから決まっていました。生誕の日時と場所を基礎にした占星図から司祭が決めたのです。その条件に合致し、しかるべきカーストに属する女児は何人もいたと思います。そのなかからわたしが選ばれたのは、カルマというしかありません。でも、十三歳になるまで、顔をあわせたことは一度もありませんでした。そのすぐあとに結婚して、家族の元を離れ、宮中に入りました」

「そんなことを他人に勝手に決められてなんとも思わなかったのかと訊いてくれ」わたしは小声で言った。

「そんなことを訊いていいの？」

わたしはうなずいた。「いいんだ、ミス・グラント」

「そういった取り決めにご不満はなかったのですか」

「おかしな質問をなさいますね。小さな子供がそのときに何か言えたとお思いですか。六歳のときから、わたしはそういった役割を担うよう訓練されてきたのです。宮仕えをし、後宮に入る定めにある者に、ほかの人生を期待することはできません。それが世の習いというものです。これまでもずっとそうでした。王も平民もみな同じです。あなたのお国でも、ごく最近までそうだったのではありませんか」

アニーはわたしに鋭い目を向け、それから言った。

「申しわけありません、妃殿下。どうかお気を悪くなさらないでください」

「年端《としは》もいかないふたりのあいだに愛情はあったのかと、警部は考えておられるのでしょうね」

わたしはなんと答えていいかわからず、衝立の穴ごしに見られていることを前提として、小さくうなずくにとどめた。

「これだけは言えます、警部。わたしはアディールを会うまえから愛していました。愛情が揺らぐことは一度としてありませんでした」

「逆にあなたへの愛はどうだったのでしょう」一瞬、自分の立場を忘れて、わたしは訊いた。

後ろで、サイード・アリが身じろいだ。「ウィンダム警部、面談が許可された条件をお忘れなきよう。約束をもう一度破ると、面談を中止させていただくことになります」

わたしは謝罪した。

それからしばしの間があった。わたしの質問はきわめて挑発的なものだったが、王太子妃は真っ向から受けて立った。

「ゴシップについては存じています、警部。ボーモント・ホテルに滞在しているイギリス人の女性のことです。後宮にいて耳に入ってこないことはいくらもありません。わたしはその女性に会ったこともあります。

でも、ご安心ください。ふたりの関係がどんなものであったとしても、アディールはずっとわたしを愛してくれていました。側室は以前から何人もいましたが、それが夫婦仲に影をおとすことはまったくありませんでした。渦中の女性がたまたま白人だっただけで、そこにどんな違いがあるというのでしょう。わたしたちの愛にかりそめの恋が割ってはいる余地はありません」

だが、その声には苦々しさがたしかに含まれていた。

「アディール殿下のことをもっと聞かせてください。どんな方でしたか」と、アニーがだしぬけに尋ねた。

いい質問だ。わたしは黙って話を聞くことにした。

「いいひとでした。優しいひとでした」その口調にためらいはなかった。「サンバルプールを二十世紀にふさわしい国にしなければと考えていました」

「どういうことでしょう」

「つまりこういうことです。イギリスによるインド支配の時代はもうすぐ終わり、ゆくゆくは国民が主役になる。そのような世界で、王国が存続しつづけるのは時代錯誤以外の何ものでもない。サンバルプールはこれからやってこようとしている変化に備えなければならない」

「それに対するほかの人たちの反応は？」

またひとしきり間があった。

「さしつかえなければ、ミス・グラント、わたしのほうからひとつ質問をさせてください。あなたは自分自身をインド人だと考えていますか」

アニーは少しためらってから答えた。「はい。そう思っています、妃殿下」

衝立の存在にもかかわらず、王太子妃が微笑んでいるのがわかった。

「でしたら、この土地と人々のことはおわかりでしょう。インドの歴史は何千年もさかのぼることができますが、そのあいだにどれだけの変化があったたか。人々は数千年前と同じように神を敬い、農民は『マハーバーラタ』の時代のままに土地を耕しています。インドでは何もかもごくゆっくりとしか変わりません。山が砂漠の風によって細石《さざれ》になるほうがもっと早いくらいです。変化に抗する人々はどこにでもいます」

「そのような人々をいたずらに刺激するようなことはありませんでしたか。たとえば司祭とかを」

「アディールは信心深くはありませんでした。実際のところ、迷信と無知蒙昧が発展を妨げている原因だと考えていました。けれども、宗教上の習わしや儀式が人々にとって必要なものであるということもよくわかっていました。義務は果たしていました」

「義務というと？」わたしはささやいた。

「もう少し詳しくお話しいただけませんでしょうか、妃殿下」と、アニーは言った。

衝立の向こうでバングルが音を立てた。

「人々は統治者が宗教儀式を率先して執り行なうことを望んでいます。マハラジャがその任を果たすことができなければ、それは後継者の仕事になります。本来なら、数日後にも祭事をつかさどることになっていました。ジャガンナート神が山車《だし》に乗って本堂に戻る祭りです。アディールが亡くなったので、弟のプニートが代役を務めることになると思います」

「プニート殿下のことをもう少し聞かせてください」

「なんとお答えしたらいいのでしょう。良くも悪くも父の子です」

「兄のアディール殿下とは似ていないということですか」

「アディールは亡くなられた母親似です。プニートはアディールのような改革推進論者ではありません。そのような施策を講じることはないでしょう」

「宮中でアディール殿下の考えに強く反対するひとはいましたか」

「大勢いました。お父さまともよく言い争っていました。それは宰相のせいだと言っていました。宰相はお父さまの厚い信任を得ています。それで、いろいろ吹きこんでいると思っていたのです。宰相が変化を恐れているのは、自己保身のことしか頭にないからだとも言っていました」

ここに来て、声のトーンが変わった。ごくわずかな変化だったので、普通だったら気がつかなかっただろう。だが、このときは、相手の顔が見えず、声だけに集中していたので、微妙な違いに気がついたのだ。夫への愛や夫の政治姿勢について話していたときには、その物言いは確信に満ちていた。だが、いまはちがう。アディールは父親との意見の相違を宰相の入れ知恵のせいだと考えていたが、王太子妃はかならずしもそう思っていないような印象を受ける。

わたしは言った。「宰相がマハラジャにいろいろ吹きこんでいたという話をどう思っているか訊いてくれ」

アニーは訊いた。

衝立の向こうで衣擦れの音がした。おそらく周囲を見まわしたのだろう。何かを──あるいは誰かを探していたのかもしれない。それから王太子妃はふたたび衝立のほうに注意を戻したみたいだった。

「おわかりになるでしょうが、そこにはいくつかの疑問点が──」

衝立の向こうで物音がした。大理石の床に足音が響き、誰かが王太子妃に近づいた。衝立の小穴ごしに緑色のシルクが見え、それからささやき声が聞こえた。

「どうなさいました、妃殿下」アニーが尋ねた。

「急な用ができました」と、王太子妃は答えた。「お話の途中ですが、これで打ち切らないといけません。最後にひとつだけ言わせてください。警部は夫の死の現場にいあわせ、犯人を追いつめたという話を聞いています。感謝いたします」

「わたしのほうからももうひとつだけ、妃殿下」アニーは言った。

少し間があった。衝立の向こうにいる者の許可を求めているのかもしれない。

「いいでしょう」

「あなたはこれからどうなさるおつもりです」

「夫という後ろ盾がなくなったので、わたしはお払い箱になるとおっしゃりたいのですか」

「お気を悪くされたとしたら、どうかお許しください。ご家族の元にお戻りになるのかということをお訊きしたかっただけです」

「いいですか、ミス・グラント。わたしの家庭は後宮です。アディールと結ばれて以来ずっとそうでした。それはいまも変わりません。わたしはサンバルプールの王家の妃です。今後もわたしの前にはずっと金のお皿が並べられます」

アニーは礼を言ったが、ギタンジャリ妃はすでに部屋から出て、後宮の奥へ戻っていきはじめていた。

31

アローラ大佐は外で待っていた。木陰に立って、煙草を喫っていたが、われわれが近づくと、靴で火を揉み消した。

「首尾のほどはいかがでした？」

「上々です。次の面談の準備はできていますか」

「ええ。側室のルパリですね」大佐はいたずらっぽく微笑み、下端に国璽が入った用紙をさしだした。「勅《ちょく》書《しょ》です。国王陛下はミス・グラントの頼みごとにノーとは言えないようです」

わたしは用紙を受けとった。「彼女に手なずけられた男性はひとりじゃありません」

アニーはその言葉を無視した。「後宮のことを少し教えていただけないでしょうか」

「国王陛下は多くの側室をお持ちです。みなそれはもう お美しい方ばかりです」

「どうやって見つけるんです」

「決まってはいません。村を通りかかったとき、見初められることもあります。旅先で出くわされることもあります。カシミールを視察されたときには、十数人以上の女性を連れておかえりになったという話を聞いています。もちろん、召しかかえられた者の家族には充分な手当てが支給されます。でも、たいていの場合、側室選びは側近の判断に委ねられています。そのうちのひとりふたりは身体的な検査までしているという噂まであります」

「序列はあるのでしょうか」と、わたしは訊いた。

「当然あります。最上位は国王陛下の正妻のスバドラー王妃とデヴィカ王妃。次にアディール殿下とプニート殿下の母后である亡くなられた第二夫人。続いて、アディール殿下の未亡人であるギタンジャリ妃。それから五十人ほどのお気にいりの側室。みな良家の出か、でなければ特殊な才能の持ち主です。それだけではありません。村娘も大勢います」

「名前を覚えきれませんね」

大佐は笑った。「そうなんです。それで、ミスター・ゴールディングが識別法を考案してくれました。名前で呼ばれるのは王妃と王太子妃だけです。側室はアルファベットと番号で分類されます。A1からはじまってD42まで。おかげで誰にどれだけの経費がかかっているか容易に知ることができるようになりました」

「経費というと?」と、アニーが訊いた。

「衣服や食事から宝石その他の贈り物にいたるまで、後宮の維持にかかった費用はミスター・ゴールディングが念入りに検《あらた》めています」

「わたしたちが会うことになっている女性はどうでしょう」わたしは訊いた。「序列のどのあたりに位置するのでしょう」

大佐はポケットからリストを取りだして確認した。

「C23。普通の村娘です。年は二十。オリヤー語を話します。それ以外に特筆すべきことはありません」

「会ったことはありますか」

「いいえ。でも、念のためにミスター・ゴールディングが作成した経費の報告書には目を通しておきました」

「貴重な人材のようですね、ミスター・ゴールディングというのは。見つけだすことができないと、いろいろなところで不都合が生じるでしょうね」

「大きな痛手になるでしょう。失踪前には、王族の子孫の序列を確定する仕事もしてもらっていました。子供たちはいまも増えつづけていて、名前を覚えるのも容易でないくらいです。それがどれだけ面倒な仕事かおわかりいただけると思います」


アローラ大佐と別れ、われわれはふたたび後宮に戻り、先ほどの控えの間に入った。そして、そこの紐を引き、ベルを鳴らして待った。

数分後に、宦官長のサイード・アリがやってきた。

「ミス・グラント、ウィンダム警部。忘れ物ですか」

「いいえ」わたしは言って、勅書を取りだした。「今度はあなたがお世話をされているミス・ルパリに用がありまして」

勅書を渡すと、宦官長はゆっくり丁寧に目を通した。それから顔をあげて言った。「きわめて異例の事態です」

「王太子の暗殺というのも異例の事態です。だから、国王陛下は誰からでも話を聞けるようとりはからってくださったのです」

「少しお時間をいただけるでしょうか」宦官長は言って、勅書をポケットにしまった。「いまどこにいるかわかりません。もしかしたら祈りを捧げているところかも……」言葉は尻すぼまりになって消えた。「面談の段取りを整えてまいりますので、申しわけありませんが、ここでお待ちください」

そして、宦官長はてのひらを合わせた。

「勅書をかえしてもらえますか、ミスター・アリ」

宦官長は躊躇《ちゅうちょ》した。

「段取りが整ったら、すぐにおかえしします」

宦官長は後ろを向いて、部屋から出ていき、ドアを閉めた。

宦官長がいなくなると、わたしはアニーに言った。

「おかしいと思わないか」

「何が？」

「どうして勅書を持っていったんだろう」

「誰かに見せる必要があるんじゃないかしら」

「かもしれない。でも、誰に？　そこには勅令が記されている。後宮の主《ぬし》の命令なんだ。それを誰に見せる必要があるというんだ」

「あなたは刑事よ。あなたにお訊きしたいわ」

「言葉より行動だ」わたしは言って、ドアのほうへ歩きはじめた。「行こう」

アニーはわたしのあとについて控えの間から出た。そして、小声で訊いた。「どこへ行くつもりなの」

「ミスター・アリがどこへ行くか見にいくんだ」

壁に男女が睦みあう絵が描かれた廊下には、幸いなことに誰もおらず、われわれは急ぎ足で後宮の奥へ向かった。そして、バニヤンの大樹が聳える中庭に面した扉の前まで来ると、そこで立ちどまった。

「きみが先に行ったほうがいい。中庭に誰かいるかもしれない。男が急に顔を出したら、どんな騒ぎになるかわからない」

「あなたはわたしを狼の群れのなかに放りだすつもり、サム？」

「そうならないことを祈ってる」

アニーは大きく息を吸った。「わかったわ、警部。

とりあえず覗いてみる」

　扉をほんの少しあける。わたしは待った。アニーは外を見ている。

「どうだい」

「サイード・アリは奥の扉を通り抜けた。上の階に行くみたい」

「そこに誰かいるかい」

「中庭に？」アニーは扉をまた少しあけて覗きこんだ。「女性がふたり、木の下にすわっている。側室だと思うわ。手首に宝石をつけている」

　ということは、これ以上先へは進めないということだ。

「サイード・アリの姿が見える」とつぜんアニーは言った。「二階の窓辺にいる。格子細工ごしなので、はっきりしないけど、たぶん間違いない。誰かと話をしているみたい。女性のような……女性よ。サリーを着ている。側室のルパリかもしれない」

「ここには百二十人以上の女性がいるのに、最初に会った女性がわれわれのお目当ての女性だというのかい。そんなことはちょっと考えにくい」

「だったら、自分で見てみたら」

　場所をかわって、わたしは扉の隙間ごしに中庭を覗きこみ、向かい側の壁の高いところにある窓に目をやった。見つかるまでに少し時間がかかったが、間違いない。それは宦官長のサイード・アリであり、むこうを向いて女性と話をしている。女性はこちらを向いているが、格子細工のせいでその姿は一部しか見えず、サリーや髪の色以外は判然としない。

　後ろのほうで扉が開く音がした。わたしは振りかえった。

「誰か来るわ」

「こっちに来させないようにしてくれ」

「えっ？　どうやって？」

「どうやってでもいい。たとえば、伝説的なきみの魅力を駆使して。その効能は証明ずみだ。チャーリー・ピールからプニート王子に至るまで。なんとかして控えの間に戻してくれ」

「あなたは何をするの？」

「それはむずかしい質問だ」

アニーは廊下を走っていった。

わたしはまた外を見た。先ほどのふたりの女性はまだバニヤンの木の下にすわっている。そっちの方向には逃げることも隠れることもできない。後ろからは男の声が聞こえてくる。その口調からして、アニーと出くわしたにちがいない。ついさっきまではラジプートの衛兵だろうと思っていた。だが、よく考えてみると、彼らの持ち場は〈バニヤン宮〉の玄関口だ。としたら、いまこっちに向かってきつつあるのは宦官のひとりだろう。もしアニーの女性としての魅力に惑わされない男がいるとしたら、それは宦官だ。十字を切って、幸運を祈るしかない。

窓に視線を戻したとき、サイード・アリの姿はもうなかった。だが、女性のほうはまだいた。そこに立って、何か考えているみたいだった。それから窓に歩み寄り、わたしのほうに視線を落とした。まるでわたしを見ているかのようだった。わたしは扉の後ろに隠れているにもかかわらず、反射的にあとずさりをした。

「サー！」後ろで声がした。「ここは立入禁止です！」

振りかえると、少年が廊下をやってくるのが見えた。その数歩後ろにアニーがいる。

「すまない」わたしは言って、廊下を後戻りしはじめた。「間違えて曲がってしまったようだ」

少年のあとから控えの間に向かいながら、わたしはサイード・アリと話をしていた女性のことを考えていた。向こうからは見えなかったはずだが、こちらからは一瞬ちらっと顔を見ることができた。追悼式での食事のとき、わたしの隣にすわっていた若くて美しい娘だ。

十分後、サイード・アリが戻ってきた。

「用意が整いました」そう言って、勅書をぞんざいに突きかえした。「ついてきてください」

「あなたは地元の言葉を話せますか、ミスター・アリ」

宦官長は立ちどまって、振りかえった。「もちろん」

「だったら、わたしたちのために通訳をしていただけないでしょうか」

ひとしきり間があった。「お引きうけして、たぶん問題はないと思います」

このとき通されたのは、前回より狭く、質素な部屋で、やはり衝立で仕切られていた。ルパリはすでにそこにすわっていた。衝立の小穴から、金色のサリーと浅黒い肌とバングルで飾られた腕が見える。

サイード・アリはわれわれの横の絨毯の上にすわった。

わたしはポケットからペンと用箋を取りだし、宦官長に渡した。

「ミス・ルパリに渡して、自分と両親の名前を書いてもらってください」

宦官長は衝立の隙間ごしに筆記用具を渡して、わたしの指示を伝えた。ルパリは何かを尋ね、宦官長がうなずくと、用箋に名前を書き、ペンといっしょにさしだした。宦官長はそれをわたしにかえした。

字体はアディールの私室で見つかったメモ書きと同じだった。けれども、同じ筆跡かどうかはわからない。

「二週間前にアディール王太子の私室に残されていたメモ書きについて、何か知っているかどうか訊いてください」

宦官長は質問を伝えた。

ルパリはためらいがちに答えた。

ルパリはすすり泣きはじめた。だが、すすり泣きながらも返事をした。

「書いたことを認めました」と、宦官長は言った。

「悪気はなかったと言っています」

「信じていると言ってください」わたしは言って、アニーのほうへちらっと目をやった。「むしろ称賛に値する行為だと言ってください」

通訳の口調は優しく、その言葉は鎮静薬のような働きをし、ルパリは少し落ち着きを取り戻したみたいだった。

「どうしてメモを書くことになったか尋ねてください」

返事は途切れ途切れに数分間続き、そのあと宦官長は通訳した。

「王太子殿下にはずっと親切にしてもらっていた。だから、好意を持っていた。王太子殿下が王位を継承されたら、自分の地位もあがると思った。あるとき、後宮の女たちが王太子殿下のことで話しているのを耳にした。


「何も知らないと言っています」

顔を見なくても、言葉がわからなくても、それが嘘だということはわかる。その口調がはっきりとそう語っている。

「本当のことを言ってほしいと伝えてください。そのせいで面倒に巻きこまれるようなことはないと」

宦官長は通訳した。ルパリの口調がまた変わった。懸命に訴えている。

宦官長の表情は変わらない。「本当に何も知らないと言っています」

「では、こう言ってください。あなたが書き、侍女に頼んで、王太子の私室に置かせたことはわかっている。侍女がそれを認めているし、筆跡も一致している」

このときはためらいの時間が長く続いた。

「本当に書いていないのかと、もう一度問いただしてください」

「サム、これは脅迫よ」と、アニーが小声で言った。

宮で奇妙な噂を耳にした。王太子殿下が身の危険にさらされているという。最初はまったく気にとめていなかった。まわりにはつねには中傷や陰口があふれていて、どれもすぐに消えてなくなる。でも、それはちがった」

「どこから出た噂かわかりますか」と、アニーが訊いた。

「わからないと言っています。後宮には序列があります。交流は基本的に同じ序列の者のなかでしか行なわれません。噂の出どころは誰も知らないそうです」

「そのことを誰かに話しましたか」

ルパリはまたすすり泣きはじめていた。宦官長は困惑のていで頬をこすっている。

「はばかりながら、ウィンダム警部、ミス・ルパリは弱齢で、どれほどの教育も受けていません。誰に頼れば、ことを荒立てずにすむかわからなかったそうです。それで、メモを書き、侍女に預けた。王太子殿下に読んでもらおうと思って」

「後宮で耳にしたたくらみの裏にいる者の話を聞いていませんか」

宦官長は首を振った。「聞いていないようです」

それで糸がぷつんと切れてしまったみたいだった。この娘に話を聞けば、事件の全容があきらかになると思っていたが、結局のところ、何もわからなかった。収穫といえば、サンバルプールと宮廷がなんらかのかたちで事件と関係していることが確認できたことくらいで、誰が裏で糸を引いているのかは相変わらず藪《やぶ》のなかだ。

「本当に誰の名前も聞いていないのですね」

「間違いありません」

「ミスター・アリ」今度はアニーが訊いた。「一般論として、そのような噂はどこからどんなふうに始まるのか訊いてもらえませんか」

宦官長は通訳し、返事を待った。

「後宮にいると、サンバルプールでのすべての出来事が手に取るようによくわかると言っています。便りは風に乗って運ばれてきます。噂がどこからどんなふうに広まっていくかは、太陽が夜どこに行くのかわからないのと同じです」

「あなたはどうです、ミスター・アリ」わたしは訊いた。「あなたはそのような噂を聞いていましたか」

宦官長は扉のほうを向いて、唇に小さな笑みを浮かべた。「後宮にはつねに多くの噂が飛び交っています。いつのまにかわたしはそういった話に耳を貸さないようになりました」

「答えになっていません」

一瞬の間のあと、宦官長は答えた。「その点についてお話しできるのはそれだけです。あなたはキリスト教徒ですね、警部」

「一応は」

「そうであるなら、あなた方の救世主の言葉を思いだしていただきたい。〝聞く耳のある者がいれば、聞くがよい〟」

やはり宦官長からは何も聞きだせそうにない。わたしは矛先《ほこさき》をルパリに戻した。

「では、プニート殿下についてどう考えているか訊いてください」

通訳するかわりに、宦官長はわたしのほうを向いて、ため息をついた。「ミス・ルパリが何を話すと期待されているのですか、警部。あなたはただの村娘に未来の国王についてどう思うかと訊いているんですよ。かえってくる返事は決まっています。〝プニート殿下は神の末裔であり、よき治者におなりになるでしょう〟」

「それで、あなたは、ミスター・アリ？　あなたは未来の国王のことをどうお考えになっていますか」

宦官長は表情を変えることなく、小さな穴からさしこむ光の筋のなかで躍《おど》る埃ごしに衝立を見つめている。

「ひとつ申しあげておきます、警部。プニート殿下のことをお知りになりたいのであれば、この半年間、殿下がご執心だった女性にお訊きになったほうがよろしいのではないでしょうか。兄上のアディール殿下の殺人容疑で逮捕された女性です」

32

バネルジーはじっとわたしの顔を見つめていた。わたしがシャツを背中にへばりつかせて、部屋に飛びこんでいったからだ。

「上着を着ろ、部長刑事。きみのお友達のミス・ビディカにもう一度会いにいく」

アニーと〈バニヤン宮〉の玄関前の階段で別れると、わたしはバネルジーがゴールディングの報告書を探している〈薔薇の館〉まで走っていった。あとから考えたら、走ったのは間違いだった。この暑さで、そんなことをするのは正気の沙汰ではないが、そのときは頭がまともに働いていなかった。

古い城塞に閉じこめられているミス・ビディカの事

情聴取にアニーを誘ったが、あっさり断わられてしまったからだ。

「宮殿の案内をしてもらうことになっているから」という理由で、虎狩りに行くときにまた会おうということになった。その話はそれで終わった。誰に案内してもらうのか気になったが、そんなことを深く考えている時間はなかった。宦官長から聞いた話は大きな驚きだった。最初は冗談かと思った。新しい第一位王位継承者がアディールの殺人容疑で逮捕された女性に言い寄っていたとは、にわかには信じがたい。だが、宦官長の口調は真剣で、いい加減に言ったものではなかった。

「でも、どうして誰もわれわれにそのことを話してくれなかったのでしょう」車が王宮のゲートを抜けたとき、バネルジーは言った。髪が風で乱れないように片方の手でおさえている。取るものも取りあえず部屋から出たときにも、櫛を取りだして、大急ぎで髪を梳かしていた。

「誰もが知っていたわけじゃない」と、わたしは答えた。「知っているのは自分だけだと宦官長は言っていた。後宮の諸事万端を取り仕切っている者として、プニートの贈り物についてもすべてを把握していたらしい」

「ずいぶん巧みな誘導尋問をなさったんですね。その場にいなかったことが悔やまれますよ」

「わたしは何もしていない。宦官長が自分から話してくれたんだよ」

短い間があった。バネルジーの顔には、先ほどと同じ怪訝そうな表情があった。

「どうかしたのか」

「えっ？」

「今度は何が問題なんだ」

額に皺が寄った。「たいしたことじゃありません。なぜかってことがわからないだけです」

「何がなぜなんだ」

「宦官長はなぜあなたに自分から話したんでしょう」

いい質問だ。前夜アローラ大佐が言ったように、宦官が重用されるのは口が固いからだ。それなのに、なぜサイード・アリはわたしにそのような話をしたのか。側室への質問の過程で、知られたくないことに近づきすぎたのか。あるいは、誰かがわたしに話すように命じたのか。

「わからない」どうしてもっと早くそのことに思い至らなかったのかと思うと、われながら情けない。

熱気のなかで揺らめく古い城塞が目の前に立ち現われた。

わたしは話題を変えることにした。「ゴールディングの書類のなかで、役に立ちそうなものは見つかったか」

バネルジーは首を振った。「いいえ。何も見つかりませんでした」


運転手は城塞の中庭に車をとめた。バネルジーとわたしは車から飛び降り、バルドワージ少佐のオフィスに向かった。

舟の舳先《へさき》のような顎をした背の高い男が、そこへ案内してくれた。少佐は不機嫌そうな顔で机の向こうにすわっていた。前回も上機嫌ではなかったが、今回は敵意をあらわにしている。

「許可証は？」と、木で鼻をくくったように言って、立ちあがった。「わたしは囚人との面会の許可証を受けとっていません。ひとのオフィスにずかずかと入ってきて、いきなりああしろこうしろと指図するなんて、あなたはいったい何さまのつもりですか。ここはあなたの国じゃないんですよ、警部」

「たしかに。でも、わたしはこの国の王に捜査を依頼されたんです。だから、そうしているんです。先日ミス・ビディカから聞いた話ですが、われわれが期待していたほど率直なものではなかったことがわかりました。だから、あなたにお力添えをいただきたいのです。駄目な場合には、宮殿に電話をかけて、国王陛下の下知を待つことにします」

ひとしきり、われわれは柵のなかの二頭の雄牛のように睨みあった。

「聞いてください、少佐」わたしの後ろから、バネルジーが口をはさんだ。「われわれと同様、あなたもミス・ビディカが何を話すか気にされていると思います。大事なのは、チーム一丸となってボートを漕ぐことです」

少佐に話を聞かれるのは望むところではないが、協力を取りつけられるなら、バネルジーの妥協案を呑むことに異存はない。

「それでいいとわたしは思います。あなたはどうです、少佐」

バルドワージ少佐は考え、それからゆっくり首を縦に振った。

われわれはオフィスを出て、シュレヤ・ビディカが拘禁されている塔に向かった。

通路の角を曲がったとき、わたしは小さな声でバネルジーに言った。「チーム一丸となってボートを漕ぐ？　きみはもうケンブリッジにいるんじゃないんだぞ、バンティ」

「わかっています、警部。あのときは急場しのぎにあいうふうに言うしかなかったんです」

ミス・ビディカは寝台に横になって、本を読んでいた。表紙は擦り切れ、ページはあちこち角が折れ、取れかかっている。その本を脇に置いて、立ちあがった。

「ウィンダム警部、それにベンガル人の部長刑事ね」素っ気ない口調だった。「今日は何をしにいらしたの？」

「プニート王子のことで」わたしは言った。

ビディカは目をしばたたいた。

「どういうことかしら」

「前回ここに来たときには、プニート王子に好感を持っていないという印象を受けました」

返事はない。

「プニート王子との関係について、前回あなたは何も言いませんでしたね」

わたしの横で、少佐が息をのんだ。「何を言ってるんですか、警部。あなたはまるで――」

わたしは遮った。「どうなんです、ミス・ビディカ」

ビディカは机の前へ歩いていき、椅子を引きだしたが、すわりはしなかった。「関係と呼べるようなものは何もありませんでした」

「本当に？　プニート王子はあなたにご執心だったそうじゃありませんか」

「気にはいっていたんでしょうね。ほかの多くの女性と同じように。簡単にものにできると思っていたにちがいない」

「でも、できなかった」

「できていたら、ここではなく後宮にいたでしょう」

たしかにそうだろう。だが、わたしに話していないことはほかにもあるはずだ。

「あなたはプニート王子とひそかに何度か会っていたそうですね」

「最初は説得にきたのよ。王制に反対する運動をやめさせるために。後宮で影響力を行使できる地位を用意すると言って。そこで改めるべきものは改めればいいとのことだった」

「結婚を望んだのではなかったのですか」

ビディカは苦々しげにくすっと笑った。「ちがいます。少なくとも最初はちがいました。最初のうちは側室として侍らせておきたかっただけ。もちろんわたしは断わった。ずいぶん辛辣《しんらつ》なことも言った」

「それでも、会いつづけた」

ビディカは窓の前へ行き、川向こうの寺を見やった。

「向こうが会いたいと言ってきたのよ。会うだけなら拒む理由はないでしょ。なんでも、わたしのような口のきき方をする女性はこれまでひとりもいなかったらしいわ。国の改革を推し進めたいとも言っていた。それから贈り物攻勢が始まり、一ヵ月後に求婚された。知的な女性をそばに置きたいとのことで」

「でも、断わった？」

ビディカはわたしのほうに顔を向けた。「王家の末席に連なるつもりはありません。お断わりするだけじゃなく、へらず口まで叩いてしまった。サイ家の息子の第一夫人にかけられる呪いのことよ」

「プニート王子の反応は？」

「気を悪くしたのはたしかね。最初は戸惑っていた。ゲームのような感覚だったのかもしれない。あなた方イギリス人が言うところの〝ほしいものを追い求める《スリル・オブ・ザ・チェ》快感《イス》〟といったものよ。でも、わたしの気持ちが動かないとわかると、戸惑いは怒りに変わった。当然でしょうね。それまで、ほしいものはなんでも手に入ると思っていたのだから」

「それで、何が起きたんです」

ビディカはバルドワージ少佐にちらっと目をやった。

「最初は脅迫。続いて兄の暗殺。そしてとつぜんの拘禁」

「そんなことにプニート殿下が関与しているというのか」バルドワージ少佐は声を荒らげた。「おまえの逮捕状には国王陛下の御印章が捺《お》されていたんだぞ」それから、わたしのほうを向いて、「冗談じゃありません、警部。こんな与太話はこれで打ち切りにすべきです」

ビディカは応じた。「たとえわたしの逮捕に関与していないとしても、わたしがここにいることも、わたしが無実であることも知っているはずよ。わたしを釈放するのは、指をパチンと鳴らすだけでできる。でも、そうする気持ちはさらさらない」

「どうしてです」と、わたしは訊いた。「そうしないことによって得られるものがあるのですか」

「わたしを意のままに動かしたいのよ。これまでの言動を悔い改め、足もとにひれ伏し、許しを請えば、自由にしてやるというわけ。無償では決して自由にしてもらえない」ビディカはわたしをじっと見つめた。

「プニートを見くびってはいけません、ウィンダム警部。外面《そとづら》は愛すべき愚か者のように見えるけど、実際はなかなかの策士なんだから」

「自分の兄の殺害計画を立てるくらいのことをしてもおかしくない？」

「もう充分です、ウィンダム警部」少佐はぴしゃりと言った。

そして、扉をあけ、看守に声をかけた。

監房から無理やり追いだされたとき、後ろからビディカの声が聞こえた。「ご心配なく、ウィンダム警部。プニートは馬鹿じゃない。そのようなことをするとは思えません。と同時に、逮捕されるような下手なことをするとも思いません」


アローラ大佐が〈薔薇の館〉の裏手で待っていた。

「どこに行っていたんです」と、いらだたしげに言い、時計に目をやった。「急がなきゃ。でないと、時間どおりにウシャコティに着きません」

「ウシャコティ？」と、バネルジーが訊いた。

「虎狩りが行なわれる森の名前です。ここから二十五マイル。車で二時間ほど行ったところにあります」

「ミス・グラントを呼んできてもらえないでしょうか。いっしょに行くことになっているんです」

「その必要はありません。三十分前にプニート殿下といっしょに出発しました」

バネルジーはわたしの顔色を読み、あわてて場を取り繕った。「つまり、これ以上時間を浪費する必要はないということです」
「ああ。それは何よりだ」

33

ウシャコティは荒漠たる大地の、どことも知れないところにあった。そこまでの二時間は、こまっしゃくれた藪と砂塵《さじん》にまみれて黒ずんだ木しかなかった。ルーフをたたんだキャデラック55の後部座席で、バネルジーとわたしは涼風を堪能していた。前席には、アローラ大佐と、口がきけないのか、話に興味がないのか、どっちともつかない運転手がすわっていた。ドライブは単調で、車の揺れのせいもあって、わたしの思いは過去のあちこちに飛んだ。

たとえば戦時中のこととか。先の大戦に遅れて参加したアメリカ人は、キャデラック55を軍の高官用の車両として使っていて、一九一七年にはパリの通りでよく見かけた。さすがに前線近くの泥だらけの道で出くわすことはめったになかったが、それはイギリス軍の高官の車も同様だ。

思案を途切らせたのはアローラ大佐だった。「狩りに最適な時間は早朝です。朝早くなら、そんなに暑くありません。でも、プニート殿下は午後遅くの時間に狩りをなさいます。暑くてかないませんが、そのほうがお目覚めの時間にあうからです」

しばらくして車は砂利道を離れ、日干し煉瓦の高い塀の前まで行って、錆だらけの古いゲートを抜けた。その先は乾いた森のなかの小道が何マイルもうねうねと続き、それからふいに開けたところに出た。そこには、屋外結婚式用の天幕サイズの白いテントが二張り並んでいて、車はその前でとまり、運転手はエンジンを切った。森は深い静寂に包まれ、聞こえてくるのはコオロギの鳴き声と停止したエンジンのカチカチという音だけだった。空には灰色の雲が低く垂れこめていて、神が森に蓋をかぶせたかのように見える。

車から降りて、伸びをし、それからアローラ大佐のあとに続いてテントのひとつに向かった。野営地にしては、安っぽい感じはまったくない。もっと貧相な煉瓦造りの建物はいくらでもある。テントの内側にはカーテンが張りめぐらされていて、なかに入ると、外の森は一瞬にして遠い過去のものになった。ペルシャ絨毯、フランスの家具、ハロッズやフォートナム&メイソンの食料品を詰めたバスケット。

アニーはジョッパーズにハンティング・ジャケットという格好で籐の椅子にすわり、ピンク・シャンパンのグラスを片手にタトラー誌を読んでいる。その横には、首に翡翠色のスカーフを緩く巻いたエミリー・カーマイケル、その向かいに、プニート王子がすわっている。ニッカーズにツイードのジャケット。オリッサよりスコットランドのオークニー諸島にふさわしい格好だ。

テントの片側では、アーネスト・フィッツモーリス卿が手に葉巻を持ち、カーマイケルとダヴェ宰相の三人で話をしている。宰相は狩猟用の装いではない。ピンストライプのスーツにオックスフォード・シューズ。カーマイケルの衣装だんすから持ちだしたものといっても疑う者はいないだろう。

「よく来てくださった」王子が大きな声で言って、椅子から立ちあがった。これでやっと狩りを始められると思ったからか、ご満悦のていだ。「勇敢な警部と部長刑事にシャンパンを」

トレーが持ってこられると、わたしはグラスをふたつ取り、ひとつをバネルジーに渡した。シャンパンに口をつけたとき、誰かに見られているような気がしたので、振りかえると、フィッツモーリスが目をそらして葉巻をふかすのが見えた。何か気がかりなことがあるのかもしれない。話を聞いたほうがよさそうだが、そのためには彼をほかの者から引き離す必要がある。その算段を考えていたとき、向こうからひとりでこっちのほうに歩いてきはじめた。

その身体は以前よりひとまわり小さくなったように見える。持ち前の尊大さは消え、ほかの何かにとってかわられたみたいだ。バネルジーもそのことに気がついたにちがいない。

「何か気になることがあるみたいですね。ぼくはここにいないほうがいいかもしれません」と、小声で言って、食料品のバスケットを指さした。「サンドイッチを取りにいってきます」

イギリス人が一身上の問題を他人と共有することを嫌うのは絶対不変の真理といっていい。だからこそ、イギリスは宗教改革をあれほどあっさりと受けいれたのだ。われわれは司祭に対しても罪を告白することをよしとしない。神に仕える者に対してすら心中を表白するのが容易でないとすれば、その場にインド人がいあわせたときのことなど思いもつかないにちがいない。

それは弱さの証し以外の何ものでもないのだ。

「いい考えだ」と、わたしは言った。「少し離れたところから様子をうかがっていてくれ」

バネルジーがうなずいて歩いていくのと入れちがいに、フィッツモーリスがやってきた。

「ウィンダム警部」

首筋が汗で光っている。喉は赤らんでいる。

「少しお話ししたいことがあるんですが」

「外へ出ましょうか。テントのなかは空気がこもっていますから」

わたしはテントの出入口の防水シートをまくり、フィッツモーリスのあとに続いて外に出ると、落ち葉を踏みしだきながら野営地のはずれのほうへゆっくり歩いていった。フィッツモーリスは気むずかしげな顔をして森の匂いを嗅いでいる。

「何か心配ごとでも、サー・アーネスト」

「じつは……」フィッツモーリスは言いよどみ、それから勇を鼓して続けた。「身の危険を感じているんです」

わたしは驚きを表に出さないようにした。

そして、前を向いたまま訊いた。「どうしてそう思われるのですか」

葉巻をふかす手は震えている。「サンバルプール在住のイギリス人で、名前はゴールディングというのですが……」

声は尻すぼまりになって消えた。わたしに言葉を継いでほしいのだろう。だが、わたしはそうしなかった。

「その男が行方をくらましたようなんです」

後ろから落ち葉の音が聞こえた。振り向くと、バネルジーがテントから出てきて、指示どおりこちらの様子をうかがっている。予想外だったのは、ダヴェ宰相もテントから出て、こっちを見ていたことだった。

わたしは宰相を無視して、フィッツモーリスとの会話を続けることにした。

「どういうことかよくわかりません。ミスター・ゴールディングはあなたの友人なんですか」

「まあ、そうです」フィッツモーリスは野営地のはずれで立ちどまると、葉巻をセンダンの木の細い幹で揉み消して、地面に捨てた。「以前アングロ・インディアン・ダイヤモンド社に勤めていたんです。昨日、会うことになっていたんですが、すっぽかされてしまいましてね。ずっと探していたんですが、どこに行ったか誰も知らない」

ゴールディングのスケジュール帳に、フィッツモーリスと会う約束のことは書かれていなかった。ということは、書きこむのを忘れたか（そんなことは考えにくいが）、故意に書きとめなかったか。でなければ、フィッツモーリスが嘘をついているということになる。

「ミスター・ゴールディングの失踪がどうしてあなたの身の危険につながるんです」

フィッツモーリスは振り向いて、わたしを見つめた。

その顔からは血の気がほとんど失われている。

「ゴールディングは当社が王室と交渉している取引に深くかかわっていました。取引に必要不可欠な書類を作成していたんです。わたしはその書類を事前に見せてくれと頼んでいたんですが――」

「どんな手を使って？」

フィッツモーリスは首を振った。「それはこの問題と無関係です。問題はゴールディングが行方不明になったということです。サンバルプールには、わたしがゴールディングと通じていることを快く思わない者がいます」

「だから彼の身を案じているんですね」

「そうです。彼の身も、わたしの身も」その口調からして、本気でそう思っているのは間違いない。

「その程度のことでイギリス人の命を狙うでしょうか」

フィッツモーリスはうなずいた。「警部、ここの連中はわれわれとはちがいます。やられたら、徹底的にやりかえします」

それはそうかもしれないが、まだ全面的には信じることができない。

「だとすれば、何より避けるべきは虎狩りじゃないでしょうか。装塡された銃器や野生動物は安全確保のよすがとなるものではありません。どうしてすぐにカルカッタにお戻りにならなかったのです」

「そう考えていました。嘘じゃありません。あなたがいなかったら、そして、プニート王子からじきじきに狩りに誘われていなかったら、もちろんこんなところには来ていなかったでしょう。いずれにせよ、わたしは今夜のうちにここを出るつもりでいます」

王子がテントから出てきて、フィッツモーリスを呼んだ。

「王子を待たせちゃいけません、サー・アーネスト。前々から楽しみにしておられた狩りなんですから。ちがいますか」

「もちろんです。狩りほど楽しい遊びはありません」

王子は手を叩き、わたしはフィッツモーリスといっしょにテントに戻った。


各人にライフルが配られた。名機だ。ロンドンのメイフェア地区に店を構える王室御用達のパーディ社製で、撃ちかえされることのない相手を撃つのを恬《てん》として恥じない上流階級や金持ち連中に愛用されている。

王子が自分の銃を点検し、それから架空の獲物に狙いを定めるようにわたしの頭の左に銃口を向けた。

「狩りの経験は、警部？」

「ありませんが、銃の使い方くらいは知っています」

「素晴らしい」王子は微笑み、制服姿の従者のほうを向いて、指示を与えた。

ラッパの音が鳴り響き、森のなかから四頭の象が出てきた。それぞれに緑とゴールドの布がかけられ、べルベットのクッションを敷いた銀の鞍《ハウダ》が取りつけられている。象の横には、象使いがひとりずつ付いている。

「さて、どういう組みあわせにするかを決めなければなりません」と、王子が言った。「象一頭にふたりずつ。わたしはミス・グラントといっしょに乗ります。あとは、アーネスト卿とウィンダム警部。カーマイケルご夫妻。そしてバネルジー部長刑事とアローラ大佐」

「ダヴェ宰相は？」と、わたしは訊いた。

「狩猟に興味はないんです。それに、ダヴェはこれから街に戻らなきゃなりません」

二時間もかけてやってきてすぐに帰るとは奇妙な話だが、王子は何も気にしていないみたいだったし、わたしもそんなことを深く考えているゆとりはなかった。ふざけたことに、王子はアニーといっしょに象に乗ろうとしている。それを黙って見ているわけにはいかない。もちろん、横槍を入れる口実はある。職業上の正当な理由だ。この機を利用して、王子からいくつかのことを聞きだしておかなければならない。

「殿下」と、わたしは言った。「さしつかえなければ、わたしと組んでいただけないでしょうか。殿下が狩りの名人だという話をお聞きしましたので」

王子はためらった。自分の技量を白人《サーヒブ》の男にひけらかしたいという思いとアニーといっしょに象の鞍《くら》に乗りたいという思いのはざまで、気持ちが揺れているにちがいない。

「いい考えね」アニーが口をはさんだ。「警部は射撃が苦手なんですって。いろいろ教えてあげてください」

それで決まりだった。

「いいでしょう、警部。わたしの象にお乗りください。虎狩りのコツをお教えしましょう。ミス・グラントにはアーネスト卿と組んでもらいましょう」

一同は指定された象のほうへ歩きはじめた。わたしはアニーの腕をつかんだ。

「王子はきみにメロメロのようだね」

アニーは微笑んだ。「妬《や》いてるの、サム？　あなたには感謝されてしかるべきだと思うけど。わたしの口添えがなかったら、あなたの提案は受けいれられなかったはずよ」


象に乗るのは、たとえ分厚いクッションが敷かれた鞍がついていたとしても、さほどに快適なものではない。象が足を前に踏みだすたびに、鞍は大きく横揺れするし、風が吹くと、小舟で海を漂流しているような気分になる。

それでも、象に乗って森のなかを進むこと自体は楽しく、小鳥のさえずりや象の規則正しい足音は耳に心地いい。

しばらく行ったところで、ひとの声が聞こえた。

また森の開けたところに出た。今度のはまえのより広く、百人近くのインド人が集まっている。痩せた身体に、陽に焼けた顔。むきだしの脚。白いシャツ姿で、日よけのために頭に木綿の布を巻いている。数人が太鼓を持ち、ほとんどの者が棍棒などの簡単な武器を持っている。

「行け《チャロ》！」王子が叫び、集まっていた男たちは雄叫《おたけ》びの声をあげた。太鼓が鳴りはじめ、一同は頭の高さまである草むらのなかに入っていった。だが、象はそのあとに続かない。

「勢子《せこ》を先に送りこみます。お国のキツネ狩りでは、猟犬を放って獲物を追います。ここでは犬のかわりにひとを使うだけで、基本的にはどこも変わりません」

それはそうかもしれないが、猟犬はキツネに噛みちぎられない。

「勢子が襲われることはないんですか」

「ときどき。それほど多くはありません。でも、そうなったときには、その家族の暮らしは手厚く保護されます」

それはたいそう心強い。

「イギリスで一度キツネ狩りをしたことがあります。でも、あまり好きになれなかった」王子は顔をしかめながら続けた。「一日中、雨のなかを馬に乗って走りまわり、大きなネズミのようなものを追いかけ、猟犬の餌《えさ》になるのを見ているだけです。退屈でさえありました」

「それがイギリスです」と、わたしは言った。王子の言い分もわかる。雨模様の週末、陰気なレスターシャーの野原でキツネを追うのは、誰にとってもそんなに楽しいことではない。象に乗って虎を狩ることに慣れている者にとっては、なおさらだろう。

叫び声や太鼓の音が小さくなり、王子の号令一下、われわれは草むらのなかに入っていった。

「ここから先はくれぐれも用心を怠らないように」と、王子は言った。

わたしは訊いた。「なんのためにです」

「豹《ひょう》です。豹は人間を象の鞍から引きずりおろします」

警告を聞いて、わたしはライフルの撃鉄を起こした。

ふたたび太鼓を叩く音が大きくなり、扇状に広がっていた勢子の群れが、草を叩いたり叫んだりしながら、こっちのほうへ戻ってきはじめた。それでようやく意味がわかった。勢子は虎を見つけ、われわれのほうに追いたてているのだ。包囲網は次第に狭まっていく。虎は逃げ場を失い、草むらのどこかに姿を隠している。

そのとき、赤茶けた草むらのなかに、黄色と黒の縞柄がちらっと見えた。

「行け!」と、王子が象使いに命じる。

茂みのなかを進んでいたとき、とつぜん虎がむっくと起きあがり、振りかえって、牙をむいた。毛皮の下で、筋肉がひくひく動いている。わたしの知るかぎりでは、ベンガル虎以上に偉大な生き物はいない。その肉体には、優雅さと強さと美しさが宿っている。

王子はフィッツモーリスに声をかけた。「サー・アーネスト、最初の一発はあなたからどうぞ」

フィッツモーリスはいかにも紳士らしく慎み深かった。「その栄誉はミス・グラントにお譲りましょう」

アニーはライフルをあげ、狙いを定めて、発射した。銃声が鳥の群れを木から飛びたたせる。虎は茂みのなかに逃げこんだ。

王子は笑った。「これだからご婦人は！　どうしたらこんな近くからはずせるのか」

フィッツモーリスが象使いに何やら命じ、象は虎のあとを追いはじめた。と同時に、アローラ大佐とバネルジーの象は、虎の逃げ道を遮断するために斜め前に進みはじめた。

勢子たちも四方へ散らばり、虎は行き場を失い、ふたたび追いつめられた。このときはフィッツモーリスが撃った。虎がうなり声をあげる。次の一発はプニート王子のライフルからだった。そして最後にアローラ大佐。そのすべてが標的に命中した。だが、虎は倒れなかった。さらに数発撃ったあと、ようやく脚を折って地面に倒れた。それでもまだ威嚇的なうなり声をあげている。王子は虎の頭に狙いを定め、とどめの一発を放った。

インド人の一団が獲物の回収作業を始め、箱型の簡易カメラを持った男が撮影の準備にとりかかる。フィッツモーリスは獲物といっしょに写真におさまるために象から降りた。

「あまりフェアじゃないような気がします」と、わたしは王子に言った。「勢子や何やら。樽《たる》のなかの魚を釣るようなものです」

「サー・アーネストのためです。向かってくる虎と命がけで戦わせるわけにはいきません。だから、年老いて疲れている虎を撃たせたのです。どんな獲物でも八フィート以上あると記録されるよう、特別の巻き尺まで用意してあります。けれども、わたし個人としては本物の狩りのほうを好みます」

「では、勢子は使わないようにしましょう。本物の狩りをしましょう」

王子はわたしを見て微笑んだ。「あなたはこの種のスポーツがお好きでないと思っていました、警部。でも、じつは正真正銘のハンターだったわけですね」そして、銀のスキットルを取ると、蓋をあけ、大きく一飲みしてから、わたしに渡した。

「ある意味では」わたしは答えて、一口飲んだ。

王子が勢子のひとりに大声で何か言うと、伝令はすぐに四方に飛んだ――〝殿下は本物の狩りをお望みだ〟。われわれは背の高い草むらのなかに戻ったが、このときは叫び声も太鼓の音も聞こえなかった。

ほとんどの者はそこに残った。カーマイケル夫妻はアニーとフィッツモーリスの組といっしょに射とめた獲物を称賛していた。われわれと行動をともにしたのはバネルジーとアローラ大佐の組だけで、お付きの者は虎の痕跡を探して歩く年とったインド人ひとりだけだった。

それから何時間にも思えるほどのあいだ、森の音のなかを進んだ。薄気味の悪い鹿の鳴き声、象が枝を折ったり、こすったりする音、それに様々な鳥のさえずり。本当に何もないところで、サンバルプールの街や宮廷の陰謀は遙か後方に退《しりぞ》き、ややこしいことは何も存在しないような気がする。

王子が沈黙を破った。「その昔、父はここで何週間も過ごしていました。毎朝早く起き、従者をひとりだけ連れ、その者に銃器を持たせて森のなかに入り、朝食前に虎を一頭しとめて帰るという日々だったようです。父は狩りの名手でした。七歳のとき、わたしははじめて父と兄に同伴することを許されました。お膳立ては整っていました。おいぼれの虎です。それでも七歳の子供にとっては、充分に刺激的な体験でした」

「その虎を撃ったのですか」

「もちろん。両目のあいだを」王子はこともなげに答えた。

陽が翳りはじめたが、それでもわれわれは先へ進み、虎の痕跡を探しつづけた。土の上に残った足跡、イバラの茂みに絡まった毛、糞。しばらくして従者がようやく顔をあげ、うなずいた。痕跡を見つけたのだ。淀んだ熱気のなかに新しい何かが加わったのがはっきりとわかる。五感が研ぎ澄まされ、森の音が新たな意味を帯び、電気が充《み》ちる。

すぐ近くで、一羽のカラスが甲高い声で鳴き、空に舞いあがる。わたしは顔をあげた。バニヤンの木の上の猿たちも、警戒しているように見える。舌に砂ぼこりの味を感じる。と、とつぜん従者が立ちどまって指さした。草むらのなかに、何かが一瞬現われて消え、それからまた現われた。

「いた。あそこだ」王子が言った。

たしかにそこにいた。距離はわずか四十フィート。だが、その後ろにさらにもう二頭いる。黄色と黒の小さな虎だ。

「母親です」と、わたしは言った。

「ええ」王子は言って、ライフルに手をのばした。

虎は危険を察知したにちがいない。だが、逃げはせずに、子供たちの前に立ちふさがって、牙をむいた。

王子が銃を構えて、狙いを定める。一瞬、時間がとまる。それは殺戮の直前にしばしば起きることだ。猿も何かを感じたらしく、木の上でキーキー鳴きはじめた。そっちのほうへ目をやった瞬間、別のものが見えた。

一本の木の上で、金属がキラッと光ったのだ。

戦争中、三年にわたってフランスの塹壕のなかにいて、学んだことはいくらもなかったが、数少ない例外のひとつは、狙撃者の存在をどうすれば素早く見つけだせるかということだった。わたしは伏せろと大声で叫び、それと同時に前に飛びだして、王子の身体を鞍の床に押しつけた。

銃声があがり、木霊《こだま》のように鳴り響く。頭の上から樹木の破片が降ってくる。

「伏せたまま動かないように！」わたしは叫んで、自分のライフルを手に取った。

ふたたび銃声があがり、銃弾が鞍のへりに当たって跳ねる。

わたしはライフルを構えた。狙撃者がどこにいるかは一瞬でわかった。だが、この距離だと、その男がインド人で、灰褐色の肩かけをつけているということしか見てとれない。そのとき、別の発砲音がした。それは狙撃者からではなく、われわれの左側からのものだった。バネルジーだ。もう一頭の象が追いついて、同じように狙撃者を見つけだしていたのだ。バネルジーの射撃の腕前は折り紙つきで、その銃弾は狙撃者をあわてさせるのに充分な近さのところに当たった。わたしの指導のたまものだ。今度はわたしが銃の狙いを定めて、発射した。先のバネルジーの一発と比べると、精度は劣っていたが、気にすることはない。狙撃者のバランスを崩すだけで用は足りる。あとはバネルジーにまかせておけばいい。

バネルジーは次の一発を撃ち、狙撃者に命中させた。狙撃者は木から落ち、ライフルはその手から離れた。バネルジーは地面に銃口を向けたが、背の高い草と薄明のせいで、狙撃者の落下地点は判然としない。

プニート王子はまだ鞍の床にへばりついていた。わたしは前かがみになって、王子の肩を軽く叩いた。

「危険は去りました、殿下」

王子はわたしの手を取って起きあがった。とつぜん別の象の上から叫び声があがった。アローラ大佐だ。

「あそこです。逃げようとしています」アローラは草むらのなかを動くものを指さし、それからわたしのほ

う を向いた。「あなたには軍隊経験がおありですね、警部。としたら、何をどうすべきかわかるはずです」

大佐が象使いに何やら命じると、象は草むらのなかを斜め左に進みはじめた。

「殿下、逃げた男を追いかけるよう象使いに命じてください」わたしは前方を指さして言った。

王子が何か言うと、象使いは「ディガー！　ディガー！」と答え、われわれはふたたび進みだした。

「アローラはどこに行こうとしているんです」と、王子は訊いた。「どうしてわれわれと同一行動をとらないんです」

「戦術です、殿下。虎狩りと同じです。われわれは勢子です。われわれの仕事は獲物をアローラ大佐のほうへ追いやることです。あとはあのふたりにまかせておけばいい」

陽は沈みかけていたが、あとを追うことはまだなんとか可能だった。わたしは王子に頼んで、象使いに進行速度を落とさせた。アローラとバネルジーが逃亡者の前に立ちふさがる位置につくまでは、あまり急がないほうがいい。だが、だからといって、あまり時間をかけすぎるわけにもいかない。外が暗くなると、逃げる側のほうが俄然《がぜん》有利になる。

そのとき、一発の銃声が鳴り響いた。

「急げ！」わたしは大声で叫び、銃声のほうを指さした。もう一頭の象は川の近くに立ちどまっている。アローラ大佐は地面に降りたち、バネルジーは象の鞍から草むらにうつぶせになっている男に銃を向けている。

「死んだのですか」と、わたしは訊いた。

大佐は顔をあげた。「いいえ、死んではいません」

「あなたが撃ったのですか」

「いいえ」大佐は答えて、自分のライフルの銃床を振った。「わたしはこれで頭を小突いただけです」

大佐は地面に膝をついて、男の身体を仰向けにした。意識はないみたいだった。腕と顔は汗で光り、こめかみには紫色の痣ができている。ライフルの銃床が当たったところだろう。そのせいで、額に塗られた灰はかすれているが、それがなんであるのかは見間違えようがない。スリチャラナム——ヴィシュヌ神の信徒の印だ。

象使いが象に膝をつかせ、わたしは地面に降りた。

「小突いただけには見えませんがね。この男を知っていますか」

「知りませんが、サンバルプールは小さな国です。地元の人間なら、誰かが知っているでしょう。そうでなければ、本人に語らせるしかありません」

「そのためには、街へ連れてかえる必要がある」と、王子が言った。

「それより、殿下、お怪我はございませんでしたか」

「案ずるには及ばん」王子はいらだたしげな口調で答えた。

意識を失った狙撃者の両手両足を縛って、大佐の象に乗せると、われわれは暗闇のなかをゆっくりと後戻りしはじめた。一時間余り行ったところで、野営地のちらちら揺れる明かりが見えた。襲撃のあと、会話はぱたりと途絶えていた。王子は話をしたくなさそうだったし、わたしも考えを整理したかったので、沈黙はありがたかった。

こんなふうになったからには、当初予定していた王子への質問は控えなければならない。命を狙われた直後に兄の暗殺について尋ねるのは、ぶしつけにすぎる。

野営地に近づいたとき、王子がようやく口を開いた。

「先ほどのあなたの行動に感謝します。ウィンダム警部。ご恩は忘れません」

「あのようなとき誰でもすることをしただけです、殿下」

「狙撃者の口を割らせることはできると思いますか」

「それがわかるのは街へ着いてからです」

「いずれにせよ、あなたには大きな借りができました。でも、今回のこの出来事については、内緒にしていただけないでしょうか。ほかのゲストたちに心配をかけたくありませんので」

「承知しました、殿下。他言はいたしません。バネルジー部長刑事にも申し伝えておきます。ただアローラ大佐に関しては、わたしは何かを指図できる立場にありません」

「それはまかせておいてください」

われわれが近づくと、野営地は活気づいた。数人の従僕が走ってきて、われわれを象からおろし、それから各人にウィスキーのグラスを配って歩いた。プニート王子は一杯目を一気に飲みほすと、別のグラスを取って、テントのほうに歩いていった。狙撃者の身柄はアローラ大佐とその部下が預かることになった。そっちのほうへ向かいかけたとき、わたしはバネルジーに呼びとめられた。

「お話ししたいことがあります。内密に」

あらたまった顔をしている。このような顔のときは、悪い知らせがあると相場が決まっている。

テントのまわりにいる者に聞かれないように、われわれは象が餌や水をもらっているところまで歩いていった。そこでキャプスタンを取りだすと、一本をバネルジーに渡し、自分用にもう一本取った。その両方にマッチで火をつけてから、深々と一喫いし、煙を吐く。

「どんな話だ、部長刑事」

「アローラ大佐のことです。狙撃者の身柄を確保するのをためらっていたような様子が見受けられたんです」

わたしは煙草の煙にむせそうになった。

「大佐は狙撃者の頭を遠慮会釈なくぶん殴っている。見間違いか何かじゃないのか」

「そんなことはないと思います」

だが、やはり何かの間違いとしか思えない。アローラが狙撃者をわざと取り逃がそうとしていたなどということはありえない。

わたしはため息まじりに言った。「何があったのか話してくれ」

バネルジーは首《こうべ》をめぐらせ、誰にも聞かれていないことを確認してから話しはじめた。「ごらんになっていたように、狙撃者が木から地面に落ちたあと、走りだすと、大佐はその斜め前にまわりこんで――」

わたしはうなずいた。「ああ。狙撃者の退路を断つためだ。あれは戦略であって、どこにもおかしいところはない」

「ええ。でも、おかしなことが起きたのは、われわれが持ち場についたあとのことです」バネルジーはせわしなげに煙草を喫った。「大佐は狙撃者が近くの川に向かっていると言いました。そのあたり一帯で塀に囲まれていないのは、そこだけだからです。それで、自分たちも川のほうへ向かい、近くの高台で待機していたんです。その数分後に、あなたたちの象が近づいてくるのが見えました。

大佐はそちらへ向かうよう象使いに命じました。あなたたちが狙撃者をこっちへ追いたてていると考えてのことです。でも、まわりが暗くなりつつあるので、狙撃者に脇を擦り抜けられてしまうかもしれない。こっちは象に乗っているので、その可能性は高い。そこで大佐は地面に降りて、少し離れたところに姿を隠すことにしました。ぼくは鞍にとどまって、狙撃者が近づいてきたら撃つようにと命じられました」

だんだんじれったくなってきた。「すべて理にかなっているように思える。いったい何が言いたいんだ、部長刑事」

「問題はここからです、警部。そのとき、夕闇のなかで、川に向かって走る男の姿が見えたんです。われわれの読みどおり、男は象を見て進路を変え、待ち伏せをしている大佐のほうへ向かいました。次に見たのは、ライフルを持って草むらから出ていく大佐の姿です。そこへ狙撃者が走っていき、鉢合わせをすると、数秒間ふたりはおたがいを見つめあっていました。大佐がライフルの銃床で殴りかかったのは、ぼくが一発目を撃ったあとのことです」

「間違いないか」

「暗がりのなかでしたが、間違いありません」

「大佐はきみが見ていたことを知っているのか」

「そうは思いません。狙撃者に気をとられていましたから」

いったいどういうことなのか。バネルジーの言ったことが事実だとすれば、考えられることはふたつ。ひとつは、狙撃者が知っている者だったので、軍人らしからぬ反応ではあるが、なんらかの理由で凍りついた。ふたつめは、さらに驚嘆に値する。アローラ自身がなんらかの理由でこの襲撃にかかわっていた。もしそうだとすれば、アディール王太子の殺害にもかかわっていたということになる。

わたしはそこにあった木にもたれかかって考えた。いま自分にできるのは、煙草を喫いながら考えを整理することだけだ。第一容疑者であったプニート王子は、じつは殺害の対象となっていた。しかも、サンバルプールで唯一信頼できると思っていた、そして数時間前にはいっしょに阿片を吸った男が、陰謀に加担している可能性まで出てきた。それだけではない。小さな事件としては、行方不明になっているゴールディングは、この国の宰相に殺された疑いがある。もうひとりのイギリス人は身の危険が迫っていると考えている。

わたしは木の幹に煙草の吸い殻を押しつけて消した。

「これからどうします?」と、バネルジーが訊いた。

「これから? サンバルプールに戻って、関係者から話を聞く。だがそのまえに、テントに戻って、おもてなしにあずかろう」

34

アローラ大佐が二心を抱いている可能性が急浮上し、いくつもの事柄に疑問符がつくようになった。何がどうなっているかをあきらかにするために考える時間がいる。わたしは街へ戻るまでの時間をそのために使おうと思っていたが、プニート王子には別の考えがあった。

正確な時間はわからないが、難にあいかけたあとのある時点で、わたしを事実上のボディーガードにすることを決めたのだ（少なくとも、街に戻るまでは）。そんなわけで、わたしは王子とアニーが乗る迷彩柄のロールスロイスの前席にすわり、自分の人生でもっとも長く感じられた二時間を過ごすはめになった。後ろの席では、わたしに命を助けられた男が、わたしの意中の女性と楽しそうにおしゃべりをしている。それは塹壕で毒ガス攻撃にさらされたときに次ぐ苛酷な経験だった。

王子のおしゃべりには、上流社会や映画スターや高級リゾート地のことなどが盛られていたが、話は榴弾砲なみに仰々しいだけで、面白くもなんともなかった。けれども、問題は面白かろうがなかろうが、榴弾砲には充分な威力があるということだ。アニーは男を見る目も知性も持っているはずだが、クリスマスのシャモニーや春のカンヌへの招待に抗するのは簡単ではない。ただ、つい先ほど命を狙われたことや、狙撃者が荷物の運搬車の後ろに積まれて宮殿に向かっているということには、一言も触れられなかった。いつも自分のことばかり話したがる男にしては、いささか不自然な感じがする。もしかしたら、あのときの自分の役まわりに肩身の狭さを感じているのかもしれない。わたしが同乗していなかったら、アニーの気を引くために、自分を襲撃事件の英雄のように描いて話したかもしれない。あるいは、そのことに触れないのはただ単に恐怖のせいということも考えられる。

後部座席のたわむれは無視するに如《し》くはない。それで、主だった事実関係をここで再確認することにした。最初にアディール王太子が殺害された。手を下したのは、額にスリチャラナムの印をつけた男だった。その男はのちに自殺した。そして今度は、プニート王子が額に同じ印をつけた男に襲撃された。人類学者のポルテッリの話だと、その印はヴィシュヌ神の信徒の証しであり、ジャガンナート神はヴィシュヌ神の化身らしい。さらに、サンバルプールはジャガンナート信仰のゆかりの地であるという。

今回プニート王子も殺害の対象になったということは、王室全体に対するより大規模なたくらみが進行中だということになる。それで、プニートが兄の殺害に関与しているのではないかという疑いも消える。けれども、宮廷内にその原因があるのは間違いのないところで、でなければ、そのような風説が側室のルパリの耳に届くはずがない。

王室に仇《あだ》なすたくらみがあり、そして、それは宮中で生まれた。このふたつが、どうしても結びつかない。

可能性はもうひとつ考えられるが、それはわたしが疑い深い人間だからであり、プニートをよく思っていないからかもしれない。道路に深いへこみがあり、車が大きく揺れた拍子に、ふと思いついたのだ。プニートへの襲撃は自作自演であり、わたしの目をくらませるための演出だったのではないか。プニートの身の危険など元々なかったのではないか。狙撃者はプニートに金で雇われていた。だから、アローラはその男を殴るまえに躊躇したのではないか。

だが、もしそうだとすると、アローラはプニートと結託しているということになる。アローラはプニートの意を受けて、カルカッタでアディール王太子を殺害する手筈を整えたのか。あの日、王太子が宿泊していたホテルへの回り道を選んだのは、たしかにアローラだ。けれども、それでは筋が通らない。宰相の反対を押し切って、われわれの捜査を許可するようマハラジャを説得してくれたのも、われわれがカルカッタに呼びもどされないよう電信や電話の線を切るよう手配してくれたのも、アローラなのだ。彼が事件の黒幕のひとりだとすれば、どうしてそんなことをしなければならないのか。考えれば考えるほど、わからなくなってくる。彼が狙撃者の身柄を確保するのをためらったのは、何か別の理由があったからか。

その答えがどんなものであるにせよ、この日捕まえた男から話を聞けるとしたら、それに越したことはない。

車が客殿の前にとまると、プニート王子は言った。

「夕食にお誘いしたいのですが、いかがでしょう、警部。ごく内々のものです。お招きするのは、わたしと、ミス・グラント、アーネスト卿、カーマイケル夫妻、ダヴェ宰相、アローラ大佐、そしてあなたと部長刑事。かねてよりのご希望どおり、いろいろな話を聞くいい機会だと思います」

断わる理由はない。

「ありがとうございます、殿下。ただ、そのまえにひとつ用をすませておかねばなりません」

「なんの問題もありません。時間は九時でよろしいでしょうか」

従僕がドアをあけ、わたしは車から降りた。

「ええ。バネルジー部長刑事にも伝えておきます」

「では、九時に」

従僕がドアを閉め、車が宮殿に向かって走り去ると、わたしはアニーのほうを向いた。

「暖かい服を買い揃えておいたほうがいい。ダグラス

・フェアバンクス王子とアルプスでクリスマスを過ごす計画を立てているとしたら」
「いやね、サム」アニーは言って、わたしの腕を取った。「そんな口のきき方はあなたらしくないわ。いまのわたしのいちばんの関心事は、あなたたちがわたしやフィッツモーリスやカーマイケル夫妻を置き去りにして、森の奥へ入っていったときに、何が起きたのかってことよ。象の上で数時間いっしょに過ごして、あなたとプニートは親友になったってこと？」

「きみにも同じ質問をしたい」

アニーは微笑んだ。「訊きたかったことを訊くことはできたの？」

「いいや。疑わしきは罰せずという言葉もある」

アニーは息を深く吸った。

「アディールはカルカッタで殺された。あなたの説によると、それは綿密に計画されたもので、追いつめられた犯人はみずから命を絶った。プニートがそんな計画を立て、配下の者にそこまでの忠誠心を持たれると、あなたは本気で思ってるの？」

わたしは答えず、アニーを建物のなかに導きいれた。空気中に薔薇の香油の匂いが漂っている。

階段の下で、アニーはわたしの腕から手を離した。

「よかったら、お酒でもどう？」

アニーとふたりだけで過ごせる時間――これこそアニーをサンバルプールに誘ったときに望んでいたことではないか。だが、いまは捕らえた男から話を聞かなければならない。呪われている。

「それが駄目なんだ……しなきゃならないことがあって」

「本当に？」

「残念だけど」

アニーはちょっとがっかりしたみたいだった。「そうね。それなら、わたしも夕食まで一休みすることにするわ。ひとりで飲んでもつまらないから」

アニーは階段をあがり、プニート王子のはからいで用意された部屋に向かった。彼女にはたしかに見る目がある。プニートは見せかけだけのお調子者にすぎない。たとえ兄に殺意を抱いていたとしても、準備万端整えて実行に移すだけの度量があるとは思えない。ただ、わたしよりずっとプニートのことをよく知っているシュレヤ・ビディカは、可能性を否定しなかった。真実は依然として藪のなかだ。

夜の闇のなかに出ていったとき、アローラ大佐とバネルジーを乗せた車がやってきた。

「捕らえた男はどこにいますか」わたしは訊いた。

「兵舎の一角にある営倉に収容しています」大佐は答えた。

「現状は？」

バネルジーが答えた。「意識は取り戻したものの、言っていることは支離滅裂です。脳震盪《のうしんとう》を起こしたのかもしれません」

あまりいい知らせではない。わたしは車の後ろのドアをあけて、バネルジーの横に乗りこんだ。「とにかく、会いにいこう」

35

営倉はずんぐりした屋舎で、〈薔薇の館〉の隣にあった。アーチ形のドアの向こうの廊下には、靴クリームと汗の臭いがこもっている。アローラの命を受けて、ふたりの番兵がわれわれを監房に案内した。問題の男はいちばん奥の監房で簡易ベッドの上に横たわっていた。大佐がうなずくと、番兵は監房のドアの錠をあけ、男の腕をつかんで立たせた。頭は力なく前に垂れている。大佐は前に進みでて、男の髪をつかみ、後ろに引いた。男の目は充血し、焦点が定まっていない。

「これからいくつか質問をするので答えろ。おまえは誰の命令で動いているんだ」

返事はない。

「名前は？」

大佐はさらに強く髪を引っぱり、男はうめいた。

「どんなことをしても吐かせるからな」

つかんだ手を離すと、男はまた首を前に垂らした。大佐は男の後ろにまわり、何やらつぶやいてから、腎臓に一発パンチを見舞った。男は身をよじり、ふたりの番兵がその身体を支え持った。大佐は腕を振りあげた。だが、次の一撃を見舞うまえに、わたしはその拳をつかんだ。

「待ってください」

大佐は振りかえって、わたしを見つめた。その目には狂気じみたものが見てとれた。

「無意味です。われわれは尋問したいのであって、叩きのめしたいのじゃない」

「もっといい方法があるんですか」

「医師を連れてきましょう。頭の怪我の手当をして、何か食べさせるのです。尋問は明日の朝でいい」

大佐は少し考えてから言った。「わかりました」そして、番兵にいくつか指示を出し、つかつかと歩み去った。番兵は男を無造作に監房の床におろし、われわれを外に出してからドアに錠をかけた。

わたしはバネルジーといっしょにゆっくり歩いて宿舎に向かった。

「これからどうしますか」

「当初の計画どおりだ。プニートと夕食をとったあと、宰相の執務室に忍びこんで、ゴールディングが作成した報告書を探す」

「宰相が今日の襲撃に関与しているとお考えですか」

「わからない。だが、宰相がアディール暗殺の容疑者だとしたら、同時にプニート襲撃の容疑者でもあるということになる」

「別の可能性もあります。標的がプニート王子でなかったとしたら？　命を狙われていたのはあなただったとしたら？」

「いまでも事態は充分にややこしいんだ。新たな陰謀論を持ちだす必要はない」

「冗談で言ってるんじゃないんです。まだあります。もし宰相の執務室の捜索が罠だとしたら？」

「説明してくれ」

「アローラ大佐のことです。狙撃者を取りおさえるまえに見せたためらいが、どうしても頭から離れません。あなたは大佐を本当に信用してもいいとお思いですか」

「大佐はわれわれが捜査にあたるのを許可するようマハラジャを説得してくれたんだ。大佐が真相の究明を望んでいないとしたら、どうしてそんなことをするんだ」

バネルジーは納得していないみたいだった。「だったら、今日の午後の行動は？　おかしなことは何もないと言いきることができますか」

わたしは髪を手で梳いた。「大佐がサンバルプールの王子たちの暗殺計画にかかわっているとはどうしても思えない」

バネルジーは思案顔になり、それからおもむろに言った。「かかわっているのはプニート王子の暗殺計画だけかもしれません」

「なんだって？」

「大佐はプニートがアディールを殺したと思っている。今回の出来事は復讐のためだったということです」

仮説としては悪くない。もしそうだとしたら、アローラがプニートを襲撃した男を逃がそうとしたことも、アディール殺害計画の黒幕を見つけるためにわれわれの助けを仰ごうとしたことも説明がつく。そして、プニートは依然としてアディールの殺害計画をくわだてた容疑者ということになる。アローラがプニートを殺すために狙撃者を雇ったとしたら、口を割るまえにその男を叩きのめそうとしたことも納得できる。

「どう思われますか」バネルジーは訊いた。

わたしはため息をついた。「当分のあいだアローラ大佐から目を離すことはできないということだな」

36

晩餐はサンバルプールの基準からするといささか盛りあがりに欠けるものになった。それはたぶんプニートが浮かれていなかったからだろう。無理もない。暗殺の標的にされたら、誰だってはしゃぐ気にはなれない。日ごろから称賛と敬慕を当然のこととして受けいれている者にとっては、なおのこと大きな衝撃だったにちがいない。

ただし、それが自作自演ではないと仮定しての話だ。可能性は低いかもしれないが、バネルジーが指摘したことを言下に否定することはできない。

いつもの食前酒が振るまわれたが、アニーがやってきたのは、食事の開始を告げる銅鑼が鳴るわずか数分前のことだった。してみれば、王子がご機嫌麗《うるわ》しくなかったのは、アニーがなかなか姿を現わさなかったことにも原因があったのかもしれない。カーマイケルとはほとんど一言も口をきかなかったし（そのことを咎めるつもりはないが）、宰相にはこの上なくそっけない言葉をかけただけだった。フィッツモーリスの姿はない。いまごろは、カルカッタ行きの列車に乗るため駅に向かっているのだろう。

狩りの話になって、徐々に賑やかになってきた。カーマイケルは宰相のためにこの日のことを話して聞かせてやり、宰相はいかにも興味しんしんといった顔をして熱心に耳を傾けていた。続いて、カーマイケルの過去の狩猟の手柄話になった。アンテロープから水牛まで、目の前を通りすぎたほとんどすべて動物を仕留めたとのこと。かつてコンゴで現地人を片っ端から撃ち殺していったベルギー国王レオポルド二世もかくやと思われる。退屈しのぎに、わたしは壁にかかったカーマイケルの頭を思い浮かべて、ひとり悦に入っていた。

ようやく到着したアニーは、天からの授かりもののように見えた。アイボリーのシルクのドレス。インド風の精緻な造りの、小さなダイヤモンドがちりばめられた金のネックレス。これまでこのようなネックレスをつけているのを見たことはない。おそらく、プニートからの贈り物だろう。わたしは以前アニーに花を贈ったことがある。贈り物競争ではほぼ互角だ。

父親が不在なので、プニートは食卓の上座にすわり、アニーはその右手の席に着いた。と、アローラ大佐がすぐさまその隣の席に向かって歩いてきた。だが、そうは問屋がおろさない。わたしはバネルジーに先回りをさせ、そこにすわらせた。大佐は渋い顔をしていたが、いかんともしようがない。諦めて、わたしの隣の席にすわった。

それはわたしの戦術ミスだった。バネルジーは食事中ほとんど何もしゃべらず、アニーはプニートに独占される結果になってしまったのだ。わたしは心のなかで毒づいた。大佐ならアニーに話しかけて、少しはプニートと張りあっていただろう。バネルジーはただそこにすわって、ひたすら野菜を食べているだけだ。

わたしの横で、大佐は岩を押すシーシュポスのような顔をしている。口数は少ない。その点では、わたしも同様だ。だが、食事が終わると、大佐はにわかに活気づき、ここで待つようわたしに小声でささやきかけた。

そして、ほかの者が部屋から出ていくのを待って、上着のポケットに手を入れ、封緘《ふうかん》された封筒を取りだした。

「宰相の執務室と金庫の鍵です。幸運を祈っています」わたしが封筒をポケットにしまうと、大佐は続けた。「では、みんなのところへまいりましょう」

広間で、プニートは蓄音機にレコードをセットした。ラグタイムの調子っぱずれなリズムが部屋の空気を震わせはじめる。

「さあ、踊りましょう！」王子は言って、アニーの腕を取った。

アニーは微笑み、王子といっしょに部屋の中央に進みでた。見ていると、王子はひきつったように身体を動かしはじめた。塹壕で砲弾ショックを受けた兵士のようだ。けれども、わたし以外には誰も変に思っていないらしく、なかには拍手をしている者までいる。

「王子は何をしているのですか」と、わたしはカーマイケルに訊いた。

「ターキートロット」カーマイケルは答えて、ウィスキーを一口飲んだ。「王子がお気にいりのアメリカのダンスです」

「発作を起こしているように見えます」

「王子の前でそんなことを言っちゃ駄目ですよ。本人は最高に洗練されたダンスだと思っているんですから」

音楽が終わると、アニーが王子といっしょにやってきた。「殿下はダンスがとてもお上手ですわね。どこでお習いになったのですか」

「ここで」王子は息を切らせながら答えた。「師はブラックプールの出身です。優秀なダンサーはみなブラックプール出身です」

王子が指を鳴らすと、お仕着せ姿の給仕が銀のトレーにドン・ペリニョンのボトルと六脚のシャンパングラスを載せてやってきた。王子は一脚をアニーに渡してから、自分用にもう一脚を取った。

そして、シャンパンを一口飲み、笑いながら言った。

「今夜は無礼講です」

わたしは二脚のグラスを取り、黙ってまわりの様子を見守っているダヴェ宰相のほうへ向かった。だが、持っていった酒は丁寧に断わられた。

「申しわけありません。酒は飲まないんです」

「宮中に飲まない方はいないと思っていました」

「全員が飲むわけではありません。誰かが素面《しらふ》でいて、殿下が無事に寝室にお戻りになるのを見届ける必要があります」

「王子のお守《も》りですか。宰相の仕事らしくないですね」

宰相はため息をついた。「ええ、まあ。わたしの仕事がお国のロイド・ジョージ氏より広範囲にわたっているのはたしかでしょうな」

「もっと気楽になさってもいいのでは。今夜、王子が早々に寝室に引きあげる気配はありません」

わたしは一同のほうに目をやった。カーマイケル夫妻は部屋の中央に出て、王子とアニーのダンスに加わっていた。もっとも、夫のほうは、その表情からしてあまり楽しめてはいないみたいだった。

「あなたは踊らないのですか」と、宰相が訊いた。

わたしは王子のほうに顎をしゃくった。「ええ。少なくともあんなふうには」

そして、シャンパンを飲みほすと、今夜はこれで失礼させてもらうと言って、バネルジーといっしょに戸口へ向かった。

「行こう、部長刑事。見積書を見つけださなきゃならない」

37

〈薔薇の館〉は闇に包まれ、一階の車庫に電球がひとつ点いているだけだった。わたしはバネルジーといっしょに暗い階段を手探りであがり、二階の廊下を進んで宰相の執務室の前まで行った。そこで、アローラ大佐から預かった鍵の大きいほうを鍵穴にさしこんで回した。

真っ暗な部屋に入り、ポケットからマッチ箱を取りだして、一本擦る。火がつき、広い部屋をぼんやりと照らしだす。部屋はふたつの区画に分かれていて、片側はソファーやロー・テーブルが置かれた、くつろぎのためのスペースになっている。そこから小あがりになったところが仕事用のスペースで、大きな木の机が鎮座し、壁には歴代の君主と王妃の肖像画が並んでいる。床には数枚の絨毯が敷かれ、机の後ろには椅子がある。ほかには何もない。

「金庫はどこにあるんでしょうかね」と、バネルジーが訊いた。

「とりあえず机まわりを調べてみてくれ」

マッチが燃え尽きかけ、指を火傷《やけど》しそうになったので、あわてて火を吹き消す。机の隅に、エメラルド色のガラスのシェードがついた真鍮の電気スタンドがあった。バネルジーが窓の鎧戸を閉めて、その電気スタンドをつける。部屋にほの青い明かりが満ちる。机の上はきれいに片づいている。

バネルジーが机の引出しをあけて、なかを調べはじめる。わたしは部屋を見まわし、金庫が隠されていそうな場所を捜す。

数分後に、わたしは訊いた。「何か見つかったか」

バネルジーは引出しのひとつから取りだした書類の

束に目を通している。

そこから目を離さずに答えた。「いまのところ何も。金庫のほうは？」

「肖像画の後ろまで調べたが、隠せそうな場所はどこにも見あたらない」

「大佐が何か勘違いしているのじゃないでしょうか」

「いや、そんなことはないと思う」

「でも、机まわりにも、壁の後ろにもない。だったら、どこにあるというんです」

「それがわからないんだ」

バネルジーはまだ書類の束を調べている。しばらくしてから、わたしはそこへ歩いていった。

「どうだ？」

バネルジーは顔をあげた。

「やはり何も見つからないか」

「見つかったのは地質の調査資料のようなものだけです」

「それはダイヤモンド鉱床に関係するものか」

「さあ、どうでしょう」

「何もないよりはましだ。それを持って帰ろう」わたしは言って、電気スタンドを消した。

バネルジーは椅子から立ちあがり、われわれはふたたび闇に包まれた部屋を手探りでドアのほうへ向かった。このときには、ふたりとも部屋に段差があることを忘れていた。覚えていたら、今後の展開はまったくちがったものになっていただろう。

わたしはバネルジーの数歩前を歩いていた。そのために、そこで最初に空足を踏んで転んだのはわたしだった。無様な格好で床に倒れ、左の足首に走った激痛に顔をしかめた。その直後に、バネルジーがわたしの横で大の字になっていた。

「まいったな」傷《いた》めた足首をさすりながら、わたしは言った。「だいじょうぶか？」

「ええ。あなたは？」

わたしは左足に体重をかけながら、ゆっくり立ちあがり、それから安堵のため息をついた。「たぶんだいじょうぶだ。それにしても、部屋のまんなかに段差をつくるなんて、いったい何を考えているんだろう」

だが、バネルジーが返事をするまえに、その答えに思いあたった。わたしは足を引きずりながら机の前に行って、また電気スタンドをつけた。

「そこの絨毯だ。めくるのを手伝ってくれ」

ふたりで机の後ろの絨毯をめくり、床に膝をついて近くで見ると、そこに一平方フィートほどの長方形の厚板がはめこまれていることがわかった。片端に、指が一本入るくらいの穴があいている。厚板をそっと持ちあげ、かたわらの床の上に置いて、その下を覗きこむと、無彩色の金属製の箱が見つかった。小さな真鍮の飾り板に〝パリ／フィシェ社製〟という文字が打ちだされている。

「あったぞ」わたしはバネルジーのほうを向いて言い、それからまた床下に目をもどした。「スティール製の耐火金庫だ」

今度は二本の鍵の小さいほうを鍵穴にさしこむ。

金庫のなかには、グレーの薄いファイルの束と小さなベルベットの袋、そしてリボルバーが入っていた。

アローラ大佐に教わったおかげで、このときはすぐにわかった。暗殺者がアディール王太子の殺害に使ったのと同じコルト・パターソンだ。拳銃と袋はそこに残し、ファイルを手に取って、バネルジーに渡す。

バネルジーはまた机に向かって、最初のファイルに目を通しはじめた。

「どうだ？」

「予算関係の通常の書類です」バネルジーはそのファイルを閉じて脇に置き、次のファイルからフォルダーを取りだした。ややあって顔をあげると、にこっと笑った。「見つかったようです。ゴールディングが作成したサンバルプールのダイヤモンド鉱床の見積書です」

「よろしい。後片づけをして退散しよう」

絨毯を元の位置に戻し、ドアに鍵をかけ、十分後には自分たちのオフィスに戻っていた。バネルジーは机の向こうにすわって、ディナー・ジャケットの内側からグレーのフォルダーを取りだした。そのとき、そこから二通のファイルが滑りでて、机の上に落ちた。それを手に取り、表紙を見ると、急いで両方のファイルに目を通して、眉を寄せた。

「どうしたんだ」

「見積書は二通あります。どちらも同じ表題で、どちらにもゴールディングの署名と一昨日の日付が入っています」

「同じものが二通？」

「同じかどうかはわかりません。少なくとも署名はちがっています。見てください」バネルジーは言って、二通のファイルをさしだした。

たしかに。微妙にちがう。明かりにかざすと、またもうひとつの相違点が見つかった。「インクもちがう。両方ともブルーだが、濃淡がちがっている」

バネルジーはファイルを受けとると、最初のページをあけ、中身を見比べはじめた。それからしばらくして顔をあげた。

「まだありました」両方の記述の同じところを指さして、「数字もちがっています」

「どれくらいちがっているんだ」

「大幅に。まるで別の国の地下資源のことを記しているみたいです」

「そんなことがあっていいのか」

「精査する必要がありますが、要約を見たかぎりでは、ダイヤモンドの埋蔵量の評価額の差は数百クロー・ルピーにのぼっています」

インドでは、十万にラク、一千万にクローという単位を使う。この単位にはいまだに慣れないが、数百クロー・ルピーが途轍《とてつ》もなく大きな金額であることは、数学の博士号がなくてもわかる。

「どっちが高い値段をつけているんだ」

バネルジーは片方のファイルを指さした。「こっちです。あなたは宰相が怪しいとおっしゃっていましたが、これでその可能性はずいぶん大きくなりましたね」

バネルジーはふたたび書類に目を通しはじめた。その途中で急に顔が曇った。

「あなたはこのことをどんなふうに考えていますか」

「単純明快だ。宰相はダイヤモンド鉱床がらみの不正をしていた。裏取引をしていたとか、売りあげの上前をはねていたとか。それで、ダイヤモンドの埋蔵量の数字を改竄《かいざん》して、不正の痕跡を消そうとした。そこにとつぜんアングロ・インディアン・ダイヤモンド社が鉱床を買いとりたいという話を持ちだしてきた。これまではそういった話にいっさい耳を貸さなかったが、このときは前向きに検討しようということになった。そういう流れのなかで、アディールはゴールディングに評価額の見積書の作成を命じた。それによって、宰相のこれまでの不正行為があきらかになる恐れがでてきた。だから、アディールを殺害し、ゴールディングを拉致した。そして、書類を手に入れ、数字を改竄した」

バネルジーは眉間に皺を寄せていた。

「どうしたんだ。どの部分が気にいらないんだ」

「気にいらないのじゃありません。いくつか質問があるだけです」

「いくつあるんだ」

「四つです」

「四つ？」

「そうです」

わたしは歩きまわるのをやめて、机の手前の椅子にすわった。

「アディールはイギリス人に好感を持っていませんでした。サンバルプールの事実上の生命線である資産がイギリス人の手に渡るのをよしとするとは思えません」

「たしかに。でも、ダイヤモンド鉱床を売却するようマハラジャを説得したのは、かならずしもアディールである必要はない。ほかの誰でもいい」

「では、なぜアディールを殺害したのでしょう。宰相が売却を阻止したかったとすれば、アディールは誰よりも強い味方だったはずです」

もっともな指摘だが、それはわたしの仮説の致命的な欠陥にはならない。

「最初はそうだったかもしれない。だが、アディールがゴールディングに見積書の作成を命じた時点で、そうでなくなった。だから、その書類を手に入れるためにアディール殺害の計画を立てた。アディールがいなくなると、見積書は自動的に自分のところに来る。それを改竄し、ゴールディングに口どめ料を払う。そんな筋書きだったのだろう。でも、ゴールディングは買収に応じなかった」

「わかりました。それは二番目の質問につながってきます。宰相がアディールの暗殺をくわだてたとすれば、今日プニートを殺そうとしたのはなぜでしょう」

「その質問には、さっききみが自分で答えた。ふたつの事件は同一犯によるものとはかぎらない。アローラはプニートがアディール暗殺の裏にいると考え、プニートの殺害をくわだてた。宰相はそれには関係していない」

バネルジーは少し考え、それからうなずいた。

「三番目の質問は？」

「ゴールディングが噂どおりの実直で有能な財務官だとすれば、なぜもっとまえにダイヤモンド鉱床の不正を見抜けなかったのでしょう。アローラ大佐が言っていたように王室の経費全般を把握していたとすれば、おかしいと思わなかったはずはありません。ダイヤモンドは国の主要な財源であり、数字の違いの大きさを見れば、不正は何年にもわたって続いていたと考えられます。何も気づかなかったわけはありません」

それに対する答えは思いつかなかった。

わたしはため息をついた。「その質問については後まわしにしよう。四番目は？」

「さっきも言ったように、数字の差は数百クロー・ルピーに及んでいます。ポンドで言うと――」

「それはいい」と、わたしは言った。正確な数字がわからないことをあえて口にする必要はない。

「わかりました。不思議なのは、それほどの金額を横領したとすれば、マハラジャなみの資産家ということになります。不正が発覚しそうになったら、そそくさと逃げを打ち、どこかで贅沢三昧の暮らしをすればいいはずです。どうして宰相としてここにとどまりつづけなければならないのか」

わたしは心のなかで毒づいた。この質問にもやはり答えられない。お手あげだ。だが、宰相がゴールディングの失踪にかかわっているのは間違いない。どんなふうにかかわっているかはもうすぐわかる。

「二通の報告書を読み比べて、ほかに何か見つかったら教えてくれ」と、わたしは言った。

バネルジーは机の上にそれを並べて置いた。

「少し時間がかかると思います」

「夜は長い」

「あなたはどうなさるんです？」

「ここにいたほうがいいか」

「いいえ、べつに」

わたしは部屋のドアと金庫の鍵を放り投げ、バネルジーはそれを片手でキャッチした。

「だったら、わたしは宴会場に戻る」

階段をおり、夜の闇のなかに出る。宮殿には明かりが煌々《こうこう》とともり、庭に浮かぶ砂漠の蜃気楼《しんきろう》のように見える。アメリカ音楽の旋律が風に乗って流れてくる。宮殿に戻って、アニーとたわむれているプニートを見なければならないと思うと気が滅入る。

それで、木にもたれかかって、煙草に火をつけた。捜査は手づまり状態にある。十二時間前にはアディール殺害の明確な動機を持っていると思われていたプニートは、暗殺未遂の標的であったかもしれず、いまはアル・ジョルソンという見知らぬ友人の助けを借りてアニーを口説こうとしている。一方、この右も左もわからない遠隔の地でいちばん頼りになると思っていたアローラ大佐には、プニートの殺害をくわだてたのではないかという疑惑が生じている。狙われたのはプニートではなく、わたしではないかというバネルジーの指摘もある。さらにあげつらうなら、フィッツモーリスは身の危険を感じておろおろしている。おそらく被害妄想だろうが、すでにひとりのイギリス人が行方不明になっているのだ。権謀術数が渦を巻くサンバルプールでは、いくらか被害妄想ぎみであったほうが長生きできる。

ゴールディングの失踪にダヴェ宰相はどんな役割を果たしたのか。失踪当日の朝、ふたりが会ったことはわかっている。問題は宰相が全体の絵図のなかにどのようなかたちで当てはまるかだ。少なくとも、いまわれわれの手中には、ゴールディングが作成した報告書がある。一通ではない。バージョン違いのものが二通ある。

実際のところ、疑問だらけで、その数は限りなく多い。答えがほしい。それを得るためのもっとも手っとりばやい方法は、ここから百ヤードほど離れた営倉にいる男を尋問することだ。わたしは向きを変え、そっちの方向に歩きはじめた。このあたりでそろそろ片をつけなければならない。

38

兵舎のまわりは非番の兵士で賑わっていた。夜の熱気のなかで、安煙草《ビディ》を喫ったり、カードをしたりして、くつろいでいる。わたしは彼らの視線を感じながら、その前を通りすぎた。

営倉は薄暗く、しんと静まりかえり、聞こえてくるのは当直の番兵がランタンのそばで読んでいる新聞の音だけだ。

「囚人と面会させてもらいたい」と、わたしは言った。

番兵の顔はあばただらけで、パイナップルに勝るとも劣らない。それ以外にこれといって目立つ特徴はない。

番兵は首を振った。「面会することはできません、サーヒブ。囚人は移送されました」

「なんだって。どこへ？　病院か？」

「ちがいます、サーヒブ。城塞です」

「いつ？　誰の命令だ」

「ほんの十分前です。勅書を受けとりました」番兵は言って、用紙を掲げもった。そこにはマハラジャの御璽が捺されていて、その横に署名が入っている。

「アローラ大佐はこれを見たのか」

番兵は首を振った。「わかりません、サーヒブ」

番兵をそこに残し、勅書を持って兵舎を出ると、庭を走って横切り、宮殿に戻った。

宴《うたげ》はまだまだたけなわで、アローラ大佐は部屋の隅に立って、ウィスキーを飲んでいた。

わたしはそこへ行って、腕をつかんだ。

「話があります。いますぐに」

廊下に出ると、わたしは勅書をさしだした。

「あなたの差し金ですか」

大佐は困惑の表情でわたしを見つめた。「それはなんです」

「囚人を城塞に移送することを命じる勅書です。二十分ほどまえに届けられたそうです」

「なんですって?」大佐は勅書をひったくった。「誰がそんなものを?」

「あなたなら説明できると思っていたんですが」

大佐は勅書をじっと見ている。「国王陛下の御印章ですが、署名に見覚えはありません」

大佐は勅書を丸めて、ポケットに入れた。「いっしょに来てください」

そして、廊下を進み、書斎に入ると、そこの受話器を取った。

「誰にかけようとしているんです」

「バルドワージです」

アローラ大佐は電話に出た者に早口でなにやらまくしたてた。いったん話が途絶え、それから返事がかえってきた。話を聞いているうちに、大佐の顔は見る見る曇っていった。

そして、受話器を叩きつけるようにして置いた。

「今夜、城塞に移送された者はいません。そのような命令は受けとっていないそうです。囚人が営倉から連れだされたのはいつのことです」

「いまから十五分ほどまえです」

大佐はふたたび受話器を取った。質問の内容からすると、電話はどうやら兵舎にかけたみたいだった。

「囚人の身柄を誰に引き渡したんだ……なんだって?」

大佐は電話を切り、わたしのほうを向いた。

「誰に引き渡したんです」

「宦官のひとりです」

「宦官?」

頭が急速回転を始める。

サイード・アリの姿がふいに頭に浮かんだ。後宮の中庭に面した二階の窓ごしに後ろ姿が見えたとき、話していたのは……まさか。

「急がなきゃ」わたしは言って、戸口に向かった。「〈薔薇の館〉へ行かなきゃなりません」

芝地を駆け抜け、わずか数分でそこに着いた。アローラ大佐は迷うことなく建物の正面玄関に向かった。

「そうじゃない。車庫へ」と、わたしは言った。

「どうして？」

「確認しなきゃならないことがあるんです」

走って建物の裏手にまわり、車庫の扉を押しあける。なかは真っ暗だ。大佐が明かりをつけたとき、わたしは背筋に冷たいものを感じた。

「街の外に出るすべての道路を封鎖する必要があります。できるだけ早く」

「どうしてです」

わたしは車庫の空いている場所を指さした。「王妃の車がありません」

大佐は車があるはずのスペースを見つめ、それから首を振った。「どういう意味でしょう」

もちろん、わたしにも確信はない。単なる仮説だ。「もしかしたら、第三夫人のデヴィカのしわざかもしれない」

「なんですって？」

「彼女がプニート王子の殺害をくわだてたのかもしれません。自分の息子を王位につかせるために」

わたしの言葉を理解するのは容易ではないみたいだった。「アロック殿下を？　そんな馬鹿なことが……」

でも、そうでないとしたら、どうして宦官がしゃしゃりでてこなければならないのか。宦官を使って暗殺者を雇ったから、いま逃亡に手を貸そうとしているのではないか。してみれば、国王陛下の御印章は、よほどの者でないかぎり、そう簡単に入手できるものではありません」ここで急に表情が変わった。「でも、だとすれば……デヴィカ妃はアディール殿下の殺害にもかかわっていたということになる」

　目がきらっと輝き、大佐はくるりと身体の向きを変えて、奥の壁にかかっている電話のほうに走っていった。

「待ってください！」わたしは叫んだ。「これは単なる仮説にすぎません」

「わかっています。仮説だが、事実に符合します」

　そう言ったあと、大佐は受話器に向かってヒンディー語で何やら叫んでいた。そして、その五分後に戻ってきた。

「手配をすませました。プニート殿下にもお伝えしておきました」大佐は言って、アルファロメオのほうに向かいはじめた。「わたしはこれから街に出て、道路封鎖の指揮をとります」

「同行します」

「その必要はありません、警部。何かあればすぐにお知らせします」

「その場にいたいんです」

　大佐は思案顔でわたしを見つめた。「バネルジー部長刑事に知らせなくていいんですか」

「彼にはほかにしなければならないことがあります」

　大佐は眉を吊りあげた。「見積書を見つけたんですか」

「ええ。見つけました。二通」


　アローラ大佐はアルファロメオを駆り、ヘッドライトが闇を切り裂いた。その表情は石のように固く、険しい。プニートと電話で話をしてからは、ほとんど何もしゃべらず、昨夜のドライブの浮《うわ》ついた気分は重苦しい沈黙にとってかわられている。ブレーキがきしり、車は鋭くカーブを曲がって街の中心部に向かった。

「何か気がかりなことでも？」と、わたしは訊いた。

大佐はわたしに一瞥をくれた。「囚人が逃亡したということのほかに?」

「そうです」

大佐は質問を無視し、ボーモント・ホテルの前で車を横滑りさせてとめた。

「街でいちばん高い建物です。ここの屋上に陣取りましょう」

われわれはロビーに飛びこんでいって、受付係を驚かせた。大佐はヒンディー語で何か言い、それから階段に向かった。わたしは黙ってあとをついていった。四階分の階段をあがり、そこのドアをあけると、屋上に出た。手すり壁ごしに、琥珀《こはく》色の街灯の明かりの下を、大佐の部下が持ち場に向かいつつあるのが見える。

受付係が後ろに姿を現わし、走ってきて、大佐にメモを渡した。

「ちょっと失礼」大佐は言って、メモを読んだ。「電話をしなければなりません。すぐに戻ります」

大佐が階段をおりていくと、わたしは手すり壁の前に戻って、夜の眠りについている街を見渡した。そのどこかで、宦官の助けを借りて王宮から脱けだした囚人が、御料車の後部座席にすわって街を出ようとしている。デヴィカのような若い娘にはたしてそんな手回しができるのだろうか。やはりあまりにも現実離れしすぎているような気がしてならない。

驚いたことに、とつぜんエンジンの爆音があがった。屋上の反対側に走っていったとき、大佐のアルファロメオが走り去るのが見えた。わたしは階段を駆けおり、ロビーを横切って通りに出たが、車影はもうどこにもなかった。急いで建物のなかに戻り、フロントのカウンターに向かったとき、受付係は帳簿に顔を埋めていた。わたしは帳簿を払いのけ、受付係のシャツをつかんで、カウンターごしに引き寄せた。

「アローラ大佐に渡したメモには何が書いてあったんだ」

受付係は追いつめられたトカゲのように目を泳がせている。たとえ警察官としての権限が及ばないところでも、こんなふうに他人を威圧できると思うと、悪い気はしない。

「なんにも、サーヒブ」受付係は哀れっぽい声で言い、わたしの顔にすえたような臭いの息をかけた。

「なんにもって、どういうことだ」

「入ってきたとき、大佐がわたしにこう言ったんです。五分たってから、屋上にあがってきて、メモ用紙を渡せって」

わたしはシャツから手を離すと、よろけるようにあとずさりし、そこにあった椅子に腰かけて、おのれの愚かさを呪った。バネルジーから用心したほうがいいと言われていたにもかかわらず、聞く耳を持たなかった結果、ホテルに置いてきぼりになってしまった。アローラは車に乗って走り去ったが、どこへ何をしにいったかはわからない。


選択肢はいくつかある。なんらかの交通手段を確保して宮殿に戻るか、それとも外に出てアローラを探すか。どちらも、あまりいい結果は出そうにない。それで、三番目の選択肢をとることに決めた。

「バーは開いてるか」と、わたしは訊いた。

「はい、開いています」受付係は困惑のていで答え、片手でその方向を示した。「あちらです」

わたしはそっちへ向かったが、途中で立ちどまり、腕時計に目をやった。時間は遅いが、失うものは何もない。そう思って、フロントに引きかえした。

「二十五号室のミス・ペンバリーにことづてを頼む。ウィンダム警部からと言って、こんなふうに伝えてくれ。〝夜分遅くに申しわけないが、バーにいるので、さしつかえなければ来ていただけないだろうか〟」

「かしこまりました、サーヒブ」受付係はうなずき、用箋にメッセージを書き記した。

バーはがらがらで、スーツ姿のヨーロッパ人がひとり片隅でグラスを傾けているだけだった。窓際の席を選んで、ラフロイグ・ウィスキーをちびちび飲んでいると、ミス・ペンバリーがやってきた。白いブラウスに黒のスカートという格好で、髪を無造作に肩におろしている。わたしは立ちあがった。

「いらしていたとは思いませんでしたわ、警部」

「こんな時間に申しわけありません、ミス・ペンバリー。たまたまこの近くへ来たので、また少しお話をうかがえればと……」

「あなたは強運の持ち主です。いまこの時間でなければお会いできていませんでした。お別れの挨拶をするために今日はずっと外出していたんです。明日ここを発つ予定です」

「何をお飲みになります」

「トニック・ウォーターを」

わたしはバーテンダーに合図を送り、トニック・ウォーターとウィスキーのおかわりを注文した。

「捜査の進み具合はいかがですか」

「まずまずです」

バーテンダーが飲み物を持ってきた。

「それで、お話というと？」

「宰相についてあなたの意見をうかがいたいのです」

「ミスター・ダヴェのことですか」ミス・ペンバリーは言って、トニック・ウォーターを一口飲んだ。「意見と言えるかどうかわかりませんが、アディには好かれていなかったと思います」

「アディールが国王になれば、解任したと思いますか」

「そういう話をしたことはあります。でも、後任を誰にするかまでは考えていなかったようです」それから急に背筋をのばして、「あなたはダヴェがアディの殺害にかかわっていると思っているんですか」

「あらゆる可能性を考慮に入れています」

ミス・ペンバリーは戸惑い、首を振った。そして、強い口調で言った。「弟のプニートのしわざだということは、あなたもわかっているはずです。ですから、警部、あらゆる可能性を考慮に入れるのではなく、彼がやったという証拠を見つけることに全力を傾けたほうがいいと思います」

「そうしたいのはやまやまですが、ミス・ペンバリー、できることはすべてしなければ故人の霊に申しわけが立ちません」

ミス・ペンバリーはもう一口飲み、窓外の暗闇を見つめた。「ごめんなさい。わたしはただ……」

「いいんですよ、ミス・ペンバリー。あなたのいらだちはよくわかります。でも、信じてください。アディール殺害の首謀者が誰であれ、わたしはかならず見つけだします」

そう言いながらも、それが確信ではなく、希望にすぎないことはわかっていた。それはミス・ペンバリーの不満を和らげ、わたしの良心を慰撫《いぶ》するための言葉でしかない。事態は制御不能な状態になりつつある。

返事がかえってくるまえに、叫び声とガラスが割れる音が夜の静寂《しじま》を破った。窓の外を見ると、男たちが通りを駆けている。松明《たいまつ》を持っている者もいれば、棍棒のようなものを持っている者もいる。

「いったい何ごとなの」と、ミス・ペンバリーが訊いた。

人出は増えるばかりだ。深夜、通りに繰りだす群衆を見たことは以前にもある。一九一四年ワッピングで、ドイツ人が経営する店に人々が徒党を組んで押し寄せたのだ。いくつかの点で、東インドと東ロンドンはよく似ている。わたしは酒を飲みほして立ちあがった。

「あなたは部屋に戻ったほうがいい。ドアに鍵をかけるのを忘れないように」

「あなたはどうするんです」

わたしは窓のほうに顎をしゃくった。「様子を見てきます」

表通りも裏通りもざわついていた。家には明かりがともり、あちこちのドアが開いて、男たちが飛びだしていく。困惑のていでなりゆきを見守っている者もいれば、わたしのように騒ぎの中心に向かって走っていく者もいる。どこからともなく暴動の噂が流れてくる。ここで実際に何が起きているのかを知っている者はどれくらいいるのだろう。おそらく、ほとんどいないにちがいない。みな大きな流れの一部になり、暴徒化することによって得られる興奮と解放感を味わうために、尻馬に乗って騒いでいるだけだろう。

建物の陰に半分隠れているのでよくわからないが、何かが燃えている。車だ。土嚢《どのう》と有刺鉄線でつくったバリケードの横の電信柱に突っこみ、ボンネットはひしゃげて、鉄板はひん曲がっている。わたしはそっちのほうへ歩いていった。車の窓は粉々に割れ、ドアはねじれた蝶番からもぎとれて地面に転がっている。ゴムが燃える臭いと肉が焦げる臭いが鼻を突く。

王妃の車だ。

運転手は頭をハンドルに打ちつけて死んでいる。もぎとれた後部座席のドアの窓ガラスが、わたしの足の下でばりばりと音を立てて割れる。カーテンは引きちぎられ、革張りのシートとドアの内側の取っ手には、血がこびりついている。地面に血のあとが残っている。乗っていた者が車から引きずりだされたのだろう。

人垣の前に進みでると、わたしはそこでつと足をとめ、十数本の松明の炎の下で繰りひろげられているおぞましい光景に息を呑んだ。

ふたりの男が手を背中で縛られ、道路脇の空き地へと追い立てられていく。そこには、二本の短い木の切り株がある。

ふたりが誰かはすぐにわかった。ひとりは暗殺未遂犯で、力なくうなだれている。もうひとりは長身で、痩せていて、顔は傷つき血まみれになっているが、間違いない。宦官長のサイード・アリだ。

　つづいて、アローラ大佐の姿が目にとまった。山頂の嵐のような厳しい表情で赤いアルファロメオの横に立ち、兵士たちに何やら命じている。兵士たちはふたりの男を地面に押し倒し、留め金がついた革ひもで頭を切り株にくくりつけた。

　わたしは大きな声で大佐の名前を呼んだ。大佐は振り向き、一瞬戸惑いの表情を浮かべたが、すぐに冷静さを取り戻して会釈をした。その目には、はじめて会ったときに見た氷河のような冷たさが宿っている。

　わたしは血に飢えた群衆を掻きわけて前へ進んだ。サイード・アリは祈りの言葉を唱えている。もうひとりの男は忘我の境にあるみたいに地面に伏したまま微動だにしない。

　大佐の目はふたりの男から目を離さずに言った。

「あなたにはここに来てもらいたくありませんでした、ウィンダム警部」

「これはいったいどういうことなんです、大佐」

「わたしにはどうすることもできません」

「鞭打ちでもするつもりですか」

　大佐は振り向いて、困ったような目をわたしに向けた。「鞭打ちはしません。処刑するんです」

　わたしは見つめかえした。プニートを狙撃した男を取りおさえるのをためらったのは、こういうわけがあったからなのか。狙撃者と気脈を通じていたわけではなく、その場で撃ち殺すべきかどうか決めかねていただけなのか。

「あなたにあのふたりを処刑する権限はないはずです」

　大佐はまた元のところに視線を戻した。「わたしは命令に従っているだけです」

「誰の？」

「プニート殿下です」

「いつ命じられたんです」

「車庫からかけた電話で、あなたから聞いたことを伝えたときに」

「でも、藩王国では死刑は禁止されているはずです」

「あのふたりは大逆の罪をおかしたのです」

「断定はできません」

このときは心底困ったような顔になった。「あなたが言ったんですよ、警部。あなたが宦官長と御料車とデヴィカ妃を関係づけたんです。ふたりの命運を尽きさせたのはあなたなんですよ」

「でも、それは単なる仮説にすぎません。そのときふと思いついただけのものです」

「それでも、プニート殿下を納得させるに充分なものではありました。なにも良心の咎めを感じる必要はありません。あなたの言ったことは間違っていないはずです」大佐は地面にうつぶせている暗殺未遂犯を身振りで示した。「われわれはあの男があなたと殿下に向けて発砲したことを知っています」

「でも、取調べをしなければ――」

「そんなことをしている時間はありません」

大佐は部下のひとりのほうを向いて、何か言った。部下は敬礼をして、ポケットから法螺貝《ほらがい》を取りだすと、唇にあてがって長く一吹きした。群衆のあいだに沈黙が垂れこめ、聞こえるのは松明が燃える音だけになった。

建物の後ろから、象が出てきた。わたしが先刻乗った象より大きい。背中に鞍をつけておらず、首のところに象使いが乗っている。足首には、それぞれ三枚ずつの短い刃がついた金色の輪っかが装着されている。

これから何が起きようとしているかわかったとき、わたしは顔色を失っていたにちがいない。

大佐はわたしの顔をじっと見ながら言った。「ひどいことをすると思っておられるかもしれないが、象による処刑はこの地で何千年もまえから行なわれてきた伝統的な罰則なんです」

象がうつぶせになったふたりに近づいた。暗殺未遂犯は脚をばたつかせている。それを見てその男から取りかかることにしたのだろう。象はそこに行って、片方の前脚をあげた。だが、踏みおろしはせず、脚を軽やかに一振りし、男の両脚をスパッと身体から切りとった。悲鳴は群衆の歓声によって掻き消された。わたしは目を閉じた。

「宦官長を殺しちゃいけません」

「彼は囚人の逃亡を助けています。いっしょに御料車に乗っていたんです」

「取調べたのですか」

「すべてを認めました。アディール殿下は殺され、プニート殿下は殺されかけた。幼い王子を王位につかせるために」

「自白したということでしょうか」

大佐はうなずいた。「十分前に」

「デヴィカ妃はいまどこにいるんです」

「話は宮廷に伝わっています。こうしているあいだにも、プニート殿下はなんらかの手を打っているはずです」

「それで、デヴィカ妃はどうなるんでしょう」

「それはわたしが云々《うんぬん》すべきことではありません」

わたしは処刑現場に目を戻した。象はまだ最初の犠牲者をもてあそんでいて、胴体は傷つけることなく、脚の付け根を切り刻んでいる。

「死なせてやってください」と、わたしは言った。

「わかりました。いいでしょう」

大佐は象使いに大きな声で何か言った。象が前に進みでて、男の頭の上に脚をあげる。そしてそれから、大佐のほうを向く。まるで最後の許可がおりるのを待っているかのように。大佐がうなずくと、象は片脚に全体重をかけて男の頭蓋骨を押しつぶした。卵の殻を割るような呆気《あっけ》なさだった。

歓声があがる。

わたしは後ろを向き、ふたたび人垣を掻きわけはじめた。次は宦官長の番だったが、もう何も感じはしなかった。ただ虚《むな》しいだけだった。後ろからまた歓声があがった。宦官長が処刑されたのだ。わたしは振り向かず、ボーモント・ホテルまでひたすら歩きつづけた。

39

一九二〇年六月二十三日　水曜日

このまえ阿片を吸ってから三十時間ほどたつが、頭はまだ澄んでいる。靄もかかっていないし、鼻水も出ていない。手足の痛みもない。なんの症状も出ていない。少なくとも、いまのところは。おそらくアローラ大佐の言ったとおりなのだろう。キャンドゥは神からの授かりものかもしれない。けれども、この先もなんの問題もないかというと、かならずしもそうとは思えない。これが奇跡でないことは、心のどこかでわかっている。禁断症状は遅れてかならずやってくる。それがそんなにひどいものでないことを祈ろう。

わたしはキャサリン・ペンバリーが待つボーモント・ホテルに戻り、何が起きたのかを手短に伝えた。ミス・ペンバリーはベッドの隅にすわって考えていたが、わたしの話を理解するのは容易ではないみたいだった。無理もない。話をしたわたし自身が完全には理解できていなかったのだから。

午前一時少し過ぎにホテルを出て、〈薔薇の館〉のオフィスに戻ったとき、そこにバネルジーの姿はなく、机の上に走り書きのメモが残されていた。二通の見積書は、丁寧に目を通したあと、宰相の執務室の金庫に戻しておいたという。一通は別の一通の写しで、数字だけが書きかえられており、断定はできないが、低い評価額が記されたもののほうが本物と思われるとのことだ。それは警察の分析手法にのっとった丁寧な比較検討の結果であり、充分に信頼に足るものであるにちがいない。けれども、ついいましがた目にした出来事のあとでは、そんなことはどうでもよくなったような気がする。

重い足取りで宿舎に戻ると、バネルジーを起こして、先ほどの出来事を話して聞かせようかと思ったが、そうしたからといって何がどうなるわけでもない。ふたりが処刑されたのは、わたしが自分でもいまひとつ確信が持てない仮説（たとえそれが辻褄《つじつま》のあう唯一の仮説だったとしても）を口にしてしまったからだ。寝ている者をわざわざ起こすことはない。この種のことを知らせるのはいまでなくてもいい。

払暁の灰色の雲が重く垂れこめるなか、わたしは宿舎の階段をおりて、〈薔薇の館〉の裏手に向かった。王宮の敷地はひっそり閑として、前夜の出来事などまったくなかったように思える。近くで、孔雀が悲しげな鳴き声をあげている。

車庫にも動きはなかった。王妃の車があったところには、オイルの染みができている。その隣に古いメルセデス・シンプレックスがあったので、わたしはためらうことなくクランクを回した。そして、エンジンがかかると、すぐに車を出し、マハナディ川にかかる橋へ向かった。

思っていたとおり、ジャガンナート寺院の前に一台の車がとまっていた。大きさと豪華さからして、御料車の一台にちがいない。その横にメルセデスをとめると、車から降りて、境内に入る。寺の扉は閉まっていて、なかから僧侶の声明《しょうみょう》が聞こえてくる。それで、階段にすわって待つことにした。猿の一家が木の枝からおりてきて、あけっぱなしの窓から寺のなかに入り、しばらくして果物や神への供え物を小さな黒い手に持って出てくる。

ようやく扉が開くと、昨日の朝のようにスバドラー第一王妃が出てきた。そのあとにダヴェ宰相と司祭、そしてお香の香りが続く。王妃は疲れているように見える。

わたしは立ちあがって挨拶をした。

「わたしたちのお寺にこれほど興味をお持ちだとわかっていたら、ウィンダム警部、今朝のお参りにお誘いしましたのに」

「さしつかえなければ、王妃陛下、少しお時間を割いていただけないでしょうか」

「もちろんかまいませんよ」王妃はうなずくと、宰相のほうを向いて、小声で二言三言話した。宰相は深々と頭をさげて、司祭といっしょに寺のなかに戻っていった。王妃はわたしの腕に軽く手を触れた。

「また少し歩きましょうか」

われわれは階段をおり、寺の前庭に出た。

王妃はまっすぐ前を見たまま静かに言った。「昨夜の出来事のことで、ここにいらしたのですね」

「第三王妃がご無事かどうかお訊きしたかったのです」

「デヴィカは逮捕されました。プニートが夜中に配下の者を後宮に送りこんだのです。言語道断です」その声には怒りがこもっていた。

「では、アロック殿下は？」

「いまのところは無事です。なんとか子供だけは守ることができました。これまで起きたことの裏に何があったとしても、子供にはなんの罪もありません」

「あなたがアロック殿下を守ったということでしょうですか」

「ほかに誰がいます？」

「父親の国王陛下では？」

王妃は立ちどまり、わたしのほうを向いた。「これから申しあげることは極秘事項です。国王のお身体はいま深刻な状態にあります。デヴィカが逮捕されたことを伝えたとき、発作を起こしたのです。そのようなことがなければ、国王はみずから子供と母親をお守りになっていたでしょう」

「あなたはデヴィカ妃がアディールとプニート両王子の殺害をくわだてたとは考えておられないのですね」

王妃は少し間をおき、それから答えた。「そんなことは考えられません。プニートはありもしない悪だくみを頭に思い描いているだけです。さらに言うなら、それに関与しているのはプニート自身かもしれません」

「デヴィカ妃は無実で、裏で糸を引いているのはプニート殿下だとおっしゃりたいのですか」

「その可能性のほうが高いと思いませんか。これはぜひとも言っておかねばならないことですが、警部、わたしは国の将来を心から憂《うれ》いています。国王が公務の執行能力を失ったいま、プニートは明日の叙任式で王位継承第一位の資格を得るだけでなく、同時に摂政の座につくことになります。明日はジャガンナートの儀式の日でもあるので、人々はそれを神の祝福のしるしと受けとるでしょう。そのようにしてプニートが神のご加護を賜《たまわ》り、近いうちに国王になるのは間違いありません。でも、その後どうなるかは……神のみぞ知るです」

「あなたはどうされるおつもりですか」

「何ができるというんでしょう。わたしは死の床にある男の妻にすぎません。プニートの母親ですらありません。わたしの影響力は限られたもので、日ごとに弱まるばかりです」

腹を殴られつづけているような気がした。一夜のうちに、信じられないような多くのことが起きた。そのすべてがわたしの一言から始まったのだ。そして、老王妃は何もかもプニートのしわざだと言い立てている。プニートは本当に囚人の逃亡の手引きをしたのか。だが、だとすれば、どうして宦官長がしゃしゃりでてこなければならないのか。どうしてプニートのために命を捨てなければならないのか。筋が通らない。

「ミス・ビディカはどうなるのでしょう。デヴィカ妃が逮捕されたので、ミス・ビディカは釈放されるのでしょうか」

「わたしにはなんとも言えません」

「彼女は何もしていないんですよ」

王妃はため息をついた。「プニートの主張が通り、何もかもデヴィカ妃のしわざだということになれば、ミス・ビディカを監禁しなければならない理由はなくなります」

「プニート殿下がミス・ビディカと結婚したがっていたことをご存じでしたか」

王妃はうなずいた。「宮中で知らない者はいません。求婚を断わられたので、その腹いせということなんでしょう。なんとかしてあげたいと思ってはいますが、そのためには時間と知恵が必要です。わたしが裏で動いているとわかれば、プニートは意地でもミス・ビディカを釈放しないでしょう」

少し間があり、それから王妃は振り向いて、わたしの手を取った。

「わたしの考えを聞いていただけるかしら、警部」

「お願いします」

「インドの信仰は多種多様で、共通点は多くありません。でも、魂はわたしたちの存在の本質だと信じていることは同じです」また少し間を置き、サリーの縁を整えてから続けた。「すべてのひとの魂は唯一無二で、その魂はそれぞれの感情によって動かされています。けれども、魂のなかには、もっと高邁《こうまい》な精神によって動かされているものもあり、その場合には、どんな結果が待ち受けていようと、それに抗うことはできません。あなたの魂を動かしているのは、サティヤンヴィシ、つまり真実を突きとめたいという思いです。それがなければ、わざわざサンバルプールまで来ることはなかったはずです。わたしの知るところでは、あなたはアディールを殺害した者を追いつめました。ほかの刑事ならそこで捜査を打ち切ったでしょう。でも、あなたはちがいました。あなたの魂がそうさせなかったのです。あなたは真実を究明する衝動を抑えることができない。ジャガンナート神を乗せた山車のように立ちどまることができないのです。あなたはここに来るしかなかった。やるべきことをやり残すことはどうしてもできなかった。だから、あなたは今朝ここに来たのです。真実を見つけるために」

わたしは首を振った。なんとなくもてあそばれているような気がする。神秘主義は苦手だ。わけてもインドの神秘主義には閉口する。それだけ手がこんでいるのだ。頭では馬鹿げているとわかっていても、彼らの神色自若《じじゃく》ぶりを見ていると、戯言にも三分の理があるのではないかと思えてくる。

「そうだとしても、わたしにはもう何もできません。そもそも、ここでは最初からなんの権限もないのです。たとえあったとしても、デリーのお偉方はわたしがそれを行使することを望まないでしょう」

王妃の口の端が歪み、小さな笑みになった。「ついてきてください」

　われわれは寺の門のほうへ歩いていった。前方には、マハナディ川の滔々たる流れがある。内陸部で降ったモンスーンの雨で水をため、いまはこの干上がった大地を奔流《ほんりゅう》となって横切っている。王妃は川の中央のまんなかにある大きな岩を指さした。

「あそこに大きな岩がありますね。いまから千年後、川の水はあの岩を砂粒ほどの小さな石に変えているはずです。信じられないかもしれませんが、そうなるのは間違いありません。目で見ることはできませんが、それが真実だということはわかります」

「どういう意味かわかりかねます」

「真実と結果は別物です。貴人がかならずしも賢者でないのと同様、真実はかならずしも正義ではありません。あなたの魂は真実を求めています。その先に正義があるとすれば、それはけっこうなことです。でも、そうでなかったとしても、それはそれでなんの問題もありません。いずれにしても、正義にはさまざまなかたちがあります。見ても、気がつかないときさえあるくらいです」

　王妃はふたたび寺のほうを向いた。宰相と司祭はその階段の上からこちらを見ている。

「残念ですが、そろそろ宮殿に戻らなければなりません。二日続けて帰りが遅くなるのは、さすがに気がひけますので」

　わたしは時間をとってもらったことに礼を言った。

「よろしいですか、警部」王妃は背中を向けて歩きながら言った。「あなたが追い求めてやまないのは真実です。結果ではありません」

40

宿舎に戻ったとき、バネルジーは食事室でオムレツを食べおえようとしていた。わたしを見ると、目を丸くし、あわてて立ちあがり、もう少しで椅子をひっくりかえしそうになった。

「お聞きになりましたか。デヴィカ妃が逮捕されたようです」

「そうらしいな」

バネルジーはわけがわからないみたいだった。「でも、なぜなんです」

「プニートは彼女が自分とアディールの暗殺をたくらんだと考えている。息子を王座につけるために」

「あんな若い女性にそんなことができるんでしょうか」

「宦官長が手を貸していたらしい。四人の逃亡の手引きをして逮捕された。それで、昨夜ふたりとも処刑された」

「どうしてそんなことをご存じなんですか」

「その場にいたからだ」わたしは言い、それから椅子に手をやり、すわって朝食を終えるよう身振りで示した。

「その場といいますと？」

「街の中心部だ。処刑されるところをこの目で見ていた。きみはデヴィカのことを誰から聞いたんだ」

「侍女のひとりからです。ヒンディー語を話すことができたので」

「ようやく女性と話ができるようになったんだな」

バネルジーの顔に困惑の表情が浮かんだ。「使用人なら平気です」

わたしが向かいの席に腰をおろすと、侍女が注文を取りにきた。それが昨夜の出来事のことをバネルジーに話した女性だろう。

「何があったか教えてください」

「話せば長くなる」いまここで事をわけて説明する気にはなれなかったが、バネルジーの顔には待ちきれないといった表情が浮かんでいる。

そこで、自分がかかわった部分を除いて、一部だけを伝えることにした。「現時点できみが知っておかなきゃならないのは、いまはプニートが全権を握っているということだ。われらが友アローラ大佐への疑いは晴れた。正義をまっとうするには、懲役刑を言い渡すより、象に頭を踏みつぶさせたほうがいいと大佐は考えているようだ」

「象に？」

わたしはうなずいた。「よく訓練されていた。人間の身体のことをよく知っているようだった」

「新手法ですね」

「そうでもない。大佐の話だと、ここでは何世紀もまえから行なわれていたらしい。オムレツの味はどうだった？」

「えっ？」

「オムレツだよ。うまかったか」

バネルジーは正気を疑っているような目でわたしを見た。

「トウガラシが足りません」

わたしは侍女のほうを向いて、オムレツとブラックコーヒーを頼んだ。

「今朝ミス・グラントの姿を見かけなかったか」

「いいえ」バネルジーは言って、腕時計に目をやった。「ボーモント・ホテルにいるんじゃないんですか」

「いま何時だ」

「もうすぐ八時です」バネルジーは答えて、紅茶を一口飲んだ。「これからどうなさるつもりです」

わたしはポケットからつぶれた煙草の箱を取りだし、

バネルジーに一本すすめた。

それから、自分にも一本取った。「われわれの手元にある唯一の手がかりを追う。ゴールディングが作成した書類だ」

外から車の轟音が聞こえた。窓の外を見たとき、赤いアルファロメオがやってきてとまった。

アローラ大佐とオムレッツが同時にやってきた。もしオムレッツが大佐の表情と同じくらい冷たかったら、そのまま押しかえしていただろう。

「ウィンダム警部」

「アローラ大佐」わたしは会釈をしたが、立ちあがりはしなかった。かわりに、手振りで椅子をすすめた。

それからひとしきり沈黙が続いた。わたしは煙草を一喫いし、ゆっくり煙を吐きだした。

最初に口を開いたのはアローラ大佐だった。「昨夜のわたしの行動にはご不満をお持ちだと思います。でも、命令に従うしかなかったのです。プニート殿下の命令にそむいたら、わたしが頭を踏みつぶされていたでしょう」

「われわれが知りたいことを知るためには、あのふたりから話を聞き、しかるのちに――」

「しかるのちに、なんです、警部？ 裁判を受けさせて、すべてを白日《はくじつ》のもとにさらす？ 国民があの年若い王妃の裏切りの顚末《てんまつ》を知りたがっていると思いますか。そして、そのあとは？ 禁固刑に処する？ ご指摘のとおり、あなたたちがつくった法律によれば、われわれは誰も処刑できないことになっています。どれほど重い罪を犯した者であっても。あなたは話を聞けと言うが、連中は狂信者です。あなたがカルカッタで行きあった男も、尋問を受けるまえに自死を選んだ。その男とどこがどうちがうというんです」

「彼らはゴールディングの失踪について何か知っていたかもしれません」

大佐は顔を歪めた。「あなたは藁《わら》をつかもうとしているんです、ウィンダム警部。われわれのやり方に神経を逆撫でされたということもあるのでしょう。でも、連中を生かしておけば捜査に役立ったのにというのは単なる後講釈にすぎません」

「あなたは本当に第三王妃がやったと考えているのですか」

大佐は身を乗りだして、テーブルの上に両手を置いた。「そう考えるのがいちばん理にかなっています。デヴィカ妃は国王陛下が余命いくばくもないことを知っていました。国王陛下の寵妃として、ほかの誰より早くから知っていたにちがいありません。夫が亡くなれば、王妃としての権限は大幅に縮小されます。幼い息子の行く末もどうなるかわからない」

大佐はテーブルの上にあったナプキンを無意識のうちにたたみはじめた。

「自分の息子の将来を間違いのないものにするためには、王位継承順位の上の者ふたりを殺害するのがいちばんです。そこで、宦官長の力を借りて、後宮で策を練りはじめた。が、その後宮で、計算外のことが起きた。会話を立ち聞きした側室のルパリが、アディール殿下に身の危険を知らせるメモを残したのです。それでも、アディール殿下の殺害はなんとか成功した。けれども、昨日のプニートの襲撃は、あなたのおかげで失敗に終わり、犯人は捕らえられ、街に連れ戻された。デヴィカ妃はその知らせを聞くと、宦官長とともに囚人を逃がす手筈を整えた。国王陛下の御印章を簡単に手に入れ、御料車を持ちだすことができる者はほかにいません」

「では、わたしのほうからもひとつ」と、わたしは言った。「今朝のマハラジャのお身体の具合について何かお聞きになっていますか」

眉間に皺が寄った。「いいえ。何かあったんですか」

「昨夜の出来事と第三王妃逮捕の報を聞いたときに、発作を起こしたそうです。先は長くありません。つまり、プニート王子は予想以上に早く国王の座につくということです」

「なんという悲劇でしょう」大佐はため息をついた。それがマハラジャの健康状態に対してのものなのか、プニートがつく地位に対してのものなのかは判然としない。

「それで、あなたはここへなんの用があっていらしたんです、大佐。昨夜のことを思いわずらうことはないと気慰めを言いに来たわけじゃないはずです」

「ゴールディングのことです。昨夜あなたは宰相の金庫から二通の見積書が見つかったと言っていました」

わたしはバネルジーのほうを向いた。「部長刑事のほうから説明したほうがいいと思います」

バネルジーは話しはじめた。「たしかに見積書は二通ありました。昨夜その両方に目を通しました。文言《もんごん》は同じですが、数字と結論がちがっていました。どちらにもゴールディングの署名が入っていましたが、それも微妙にちがっていました」

「それは何を意味しているんでしょう」

「一方はダイヤモンドの埋蔵量は潤沢《じゅんたく》だと言い、もう一方は残り少ないと言っています。それゆえ、資産価値の評価額も大きく異なっています」

大佐は顎ひげを撫でた。「どちらかが偽物ということですね」

バネルジーは肩をすくめた。「そうなりますね」

「では、どちらが本物で、どちらが偽物なんでしょう」

「地質調査書などの参考資料を精査してみないと、はっきりしたことは言えません。そういった書類はいまもまだゴールディングのオフィスにあります。午前中に調べてみるつもりです」

「われわれはある仮説を検討しています」わたしは言

った。「ダヴェ宰相がらみのものです。ただし、その仮説にはいくつかの穴があります」

「穴？　それは埋められるものでしょうか」

「なんとか埋めようと思っています。話を聞こうと思っていた者は頭を踏みつぶされてしまったので、われわれにできることは限られていますがね」

大佐は顔をしかめた。「幸運を祈っています、警部」

食事室のドアがノックされ、カーマイケルがラバのように歯をむきだしにして笑いながら入ってきた。

「ミスター・カーマイケル、どうしてここへ？」と、大佐が言った。

「ウィンダム警部に手紙をお持ちしたんですよ」

封筒は湿っていて、表にわたしの名前がタイプされている。封をあけると、なかに一枚の用箋が入っていた。上端にインド政庁の印璽、末尾に総督の署名がある。


カーマイケルはハンカチで額の汗を拭いながら、訊かれていない質問に答えるように言った。「ほんと、この蒸し暑さにはとても耐えられるもんじゃありませんよ」

わたしは手紙に素早く目を通した。一段落、行間の空きなしの文面で、内容はわたしとバネルジーにカルカッタへの帰任を命じるものだった。

「電信線が復旧したんですか」と、わたしは訊いた。

「いいえ。まだです。月曜日の夜、用件を記した書類を列車でジャルスグダに送り、そこからデリーへ電報を打ってもらったんです。それで、総督みずからあなたたちの召還を命じる書状を送ってこられたというわけです。ここに届けられてからまだ一時間もたっていません。勝手ながら、今夜の列車の予約をとっておきましたよ」

「それはご親切に」わたしは言って、書状をバネルジーに渡した。「書類に不備がないか確認してくれ、部長刑事」

「不備などあるはずがありません」カーマイケルは声を張りあげた。額にはまた汗が噴きでている。「それは総督本人からのものです。インドで誰よりも大きな権力を持つ者からのご下命なんですよ」

「念のためです」わたしは言って、バネルジーのほうを見た。

バネルジーは顔をあげて、うなずき、書類に不備がないことを認めた。

「いいでしょう。ほかに用がなければ、ミスター・カーマイケル、今日はやることが山ほどあるでしょうから……お聞きになっていないのですか」

「何をです」

わたしはアローラ大佐と顔を見あわせた。

「ミスター・カーマイケル」と、大佐は言った。「宮殿に出向いて、宰相に面会をお求めになったほうがいいと思いますよ」

カーマイケルとアローラ大佐が出ていくと、わたしは銀の灰皿に煙草を押しつけた。部屋には重苦しい空気が垂れこめている。これで時間切れだ。ふたりの男が処刑され、王妃のひとりが逮捕され、マハラジャが発作で倒れ、そして事件は表向き解決したように見える。本当に解決していればいいのにと一瞬思わずにはいられなかった。さもないと、昨夜流れた血も、これから流れるであろう血も、自分の手に一生ついてまわる。

わたしは立ちあがった。

「どちらへ行くんですか」バネルジーが訊いた。

「荷造りだ。きみもそうしたほうがいい」

バネルジーは片方の眉を吊りあげた。「ゴールディングは？　ゴールディングを見つけようとしていたんじゃないんですか」

わたしはため息をついた。「総督の手紙を受けとる

「見積書の件はどうするんです。なんらかの不正が行なわれているのは間違いありません。ゴールディングを見つけることが謎を解く鍵になるとおっしゃったのはあなたですよ」

わたしは首を振った。「ゴールディングはすでに死んでいるかもしれない」

頬をひっぱたかれたような顔になった。「どうしてそんなことが……」

「薬だ。浴室の戸棚に薬瓶が入っていた。チオシアン酸ナトリウム。心臓病の特効薬らしい。連れ去られたにせよ、自分の意思で姿を消したにせよ、薬なしでは生きていけないかもしれない」

バネルジーは椅子に沈みこんだ。「でも、だからといって――」

「われわれの手元にあるのは、ゴールディングは宰相の不正行為をたまたま知ったという仮説だけだ。ゴールディングの失踪とアディール王太子の殺害を結びつけるものは何もない。なんの証拠もない」

「お手あげということですか」

「総督の手紙を読んだはずだ。われわれは帰任を命じられた。命令にそむいたら、イギリスへの強制送還ということにもなりかねない。少なくとも、総督はそれだけの権限を持っている」

バネルジーは眼鏡をはずして、ナプキンの隅でレンズを拭いた。

「次の列車は夜の十時です。それまで何もしないで部屋に閉じこもっているんですか」

「だったら、部長刑事、きみはどうしたらいいと思っているんだ」

バネルジーはためらいがちに答えた。「もちろん上司はあなたです。でも、当初の計画どおりゴールディングのオフィスにある関連書類をもう少し調べてみても損はないんじゃないでしょうか」

たしかにそのとおりだ。何かが大きく間違っているような気がしてならない。バネルジーもそれを感じとっているのだろう。ここで捜査を中断する手はない。

41

わたしはバネルジーを先にゴールディングのオフィスへ向かわせ、一時間後に合流すると告げた。そのまえに寄っておかなければならないところがあった。

人けのない通りに、見るべきものは何もなかった。御料車が大破した場所には、折れ曲がった電信柱が残っているだけだった。わたしは車を駆りつづけ、ボーモント・ホテルの前まで行った。フロントには昨日とちがう受付係がいた。わたしは直接二十二号室へ向かい、ドアをノックした。息をこらしてアニーが出てくるのを待ったが、数秒後には、いくつもの忌まわしい考えが頭をよぎりはじめた。二度目はもう少し強くノックした。

「ちょっと待ってちょうだい」

くぐもった声が聞こえて、わたしは安堵のため息をついた。

「どちらさま?」このときはもっとはっきり聞こえた。

「サムだ」

ドアが開くと、いつもの香水の匂いがした。身体にシルクのバスローブをまとい、頭にタオルを巻いている。香りと同じく、この眺めもなじみのものになればいいのだが、とわたしは思わずにはいられなかった。

「何かあったの、サム」

「まあね」

「ゆうべのこと?」

「ゆうべのことを知ってるのかい」驚きを隠すのは容易ではなかった。「プニートから聞いたってことかい」

「プニートはなんの関係もないわ。わたしはあなたがいなくなったことを言ってるのよ。あなたはなんの話をしているの、サム? 何があったの? アローラ大佐と関係があること?」

「というと?」

「ゆうべ、大佐からプニートに電話があったとき、わたしはそこにいたの。広間でまだダンスをしていたのよ」

「どういうことか説明してくれ」

アニーはドアから離れた。「なかに入る?」

わたしは部屋に入った。ミス・ペンバリーの部屋とほぼ同じで、ちがうのはバラの大きな花束が五つ置かれていることだった。いずれも赤いシルクのリボンがかけられ、バケツ・サイズの花瓶に活けられている。

「お花をたしなむようになったのかい」

「プニートからの贈り物よ」アニーはこともなげに答えた。

「五束とも?」

アニーはうなずいた。「五束とも。午前と午後に一束ずつ」

「いくらなんでも多すぎる。アブラムシをチェックしたかい」

「外で待っててもらったほうがよかったみたいね」

「そうかもしれない。花粉アレルギーがひどくてね。目がしょぼしょぼしだすまえに、話を聞かせてくれ」

わたしはベッドの片側に腰をおろし、小卓の上の花瓶をできるだけ遠くへ押しやった。

アニーは花瓶を元の位置に戻した。「あれは夜の十二時すぎだったと思うわ。わたしたちはまだ広間に残っていた。プニート、ダヴェ、カーマイケル、それにわたしの四人よ。そこへ従僕が飛びこんできたの。フォックストロットを踊っている最中で、プニートはお楽しみを中断させられてむっとしていたけど、とにかく電話に出にいった。それから数分して戻ってくると、急用ができたので今夜はこれでお開きだと言いわたした。それだけのことよ。プニートは部屋を出ていって、パーティは呆気なく幕となった。そのあと、わたしはあなたを探しにいったけど、見つからなかった。いったい、どこへ行ってたの」

「そんなことはどうだっていい。それより、もう一度よく考えてみてくれ。プニートは戻ってきたとき、どんな感じだった？」

「どういう意味かしら」

「驚いていたとか、ショックを受けていたとか」

アニーはちょっと考えてから、ゆっくり首を振った。「そうね。そんなふうには見えなかったけど。ねえ、サム、何があったのか教えてちょうだい」

「デヴィカ妃が逮捕された。宦官長と組んで、息子のアロック王子を王座につけようと画策していた疑いがあるらしい」

アニーは手をあげて口に当てた。「信じられないわ。本当なの？」

わたしはため息をついた。「動機はある。辻褄もあっている」

アニーは窓の前へ歩いていき、それから振り向いた。

「辻褄をあわせる方法ならほかにもあるはずよ。あなたは宦官長の取調べに立ちあったんでしょ。彼はなんて言ってたの」

「何も言っていない。宦官長は死んだ」

「死んだって、どういうこと？」

前夜の処刑の場面が頭によみがえった。サイード・アリは頭を踏みつぶされ、群衆のあいだから歓声があがる。「きみは知らないほうがいい」

「マハラジャは？　夫人が逮捕されるのをとめなかったの？」

「いまはもう何もとめられない。デヴィカ妃が犯罪にかかわっていたと告げられたとき、発作を起こしたんだ。いまは実質的にプニートがすべての権力を握っている」

それはまったく思っていなかったことのようだった。

「だったら、よかったじゃない、サム」

「何が？」

「プニートはあなたを命の恩人と思ってるはずよ。ここで要職に取りたててもらえるかもしれないわ」

冗談かどうかはわからない。

「まさか。それに、総督からカルカッタに戻るよう通達があった。今夜十時の列車で発つ。そのことをきみに伝えておかなきゃならないと思ってね」

42

帰り道はまったく楽しくなかった。太陽は灰色の雲の壁の後ろに隠れているが、熱気は気が遠くなりそうになるくらいすさまじい。ときおり遠くのほうから低い雷鳴が聞こえてくる。

〈薔薇の館〉はざわついていた。ファイルや書類をかかえた男たちが、急ぎ足でオフィスからオフィスへ廊下を行ったり来たりしている。そこを通り抜けて、階段をあがると、下とはうってかわって人けのない廊下を進み、ゴールディングのオフィスのドアをあけた。

バネルジーは机の向こうで書類の束に顔をうずめていた。

「何か見つかったか」わたしは訊いた。

バネルジーは顔をあげた。「ええ。このまえここへ来たときに見つけた書類です。あのときはどれほどの意味があるとも思わなかったんですが、二通の見積書を見たあとでは、ちがいます。これでどちらが本物かはっきりすると思います」

「時間はどれくらいかかる？」

「あと五分ほどです。邪魔が入らなければ」

バネルジーは書類に戻り、わたしは窓辺へ歩いていった。そこからは王宮の庭と〈太陽宮〉が見える。建物の上方には国旗がこれまでどおり掲揚されている。半旗にはなっていない。よかった。マハラジャの容態はわからないが、まだ生きているのはたしかだ。

することが何もなかったので、なんの気なしに壁に貼られた地図に目をやった。あちこちに×印がついた地図だ。このまえは何を探しているかわかっていなかったので、気にとめていなかったが、いまはちがう。街の北側には、いくつもの赤い×印が点在しているが、気になるのは、南西方向にひとつだけついている黒い×印だ。よく見ると、すぐ近くにレムンダという町か村がある。わたしは机の前へ行って、アローラ大佐の執務室に電話をかけた。三度目の呼びだし音で返事があった。

「もしもし」

「わたしです。ウィンダムです」

「どうしたんです、警部」その声には警戒するような響きがあった。

「レムンダの近くにダイヤモンド鉱床があるかどうか知りたんです」

「どうしてそんなことを聞くんです。あなたはカルカッタに戻るように命じられたはずです。ここにはもうなんの用もないはずです」

たしかにそのとおりだ。それでも――

「命じられるのは好きじゃないんですよ、大佐。それに、ゴールディングの失踪という問題もまだ解決していない」

「それで？」

「宰相とのつながりがもう少しでつかめそうなんです」わたしは嘘をついた。

沈黙があった。電話の向こうから息づかいが聞こえてくる。

「何を知りたいんです」

「レムンダについて。ゴールディングは地図に印をつけていました。そこにダイヤモンド鉱床があるということでしょうか」

「いいえ。ダイヤモンド鉱床があるのは、マハナディ川とブラフマニ川にはさまれた北部の平地だけです。レムンダに何があるかはわかりませんが、ダイヤモンド鉱床じゃないのはたしかです」

「そこへ行ってみたい。ゴールディングが地図につけた印が何なのか知りたいんです」

「レムンダはここから二十マイル以上離れています」

「それでも」

「無駄足になるとわかっていても？　いいでしょう。とめはしません。車の手配はこちらでしておきます。いつ出発するんです」

「ここでの用がすみ次第」

わたしは受話器を置いた。

「結論は出たか、部長刑事？」

バネルジーは書類を机の上に置いて、眼鏡をはずし、椅子の背にもたれかかった。「評価額の低いほうが関連書類と一致しています。それが本物の見積書です」

「うまいぞ。賭けてもいいが、宰相がマハラジャとアングロ・インディアン・ダイヤモンド社に提出するのは、本物じゃないほうの見積書だ」

43

時代をさかのぼる旅になった。二時間の行程の先にあったのは、二百年前から変わることのない未開の地だった。モンスーンが内陸部で降らせた雨のために川が氾濫して、未舗装の道路はあちこち水浸しになっていた。昨日まで干からびていたところに水がすさまじい勢いで流れているので、運転手は何度も迂回を強いられることになった。

レムンダは寺と井戸のまわりに土と茅《かや》造りの陋屋が立ち並ぶ小さな集落だった。ベンガルではどこでも見られる光景だが、小屋の壁には丸めた牛糞が貼りつけられている。日中の陽光で乾燥させ、夜に燃料として使うのだ。だが、共通点はそれくらいしかない。ベンガルには、ヤシやバナナの木が豊かに生い茂り、沐浴や釣りができるエメラルド色の池がいたるところにあるが、ここの土地は埃っぽく、からからに乾いている。

バネルジーは井戸の近くで車をとめるよう運転手に命じた。エンジンが停止すると、静寂が訪れ、聞こえてくるのは、枯れ木の高いところでときおりムクドリがさえずる声だけになった。最初は炎熱のせいで廃村になってしまったのではないかと思った。だが、よくよく周囲を見まわしてみると、ところどころに生の営みが認められた。数羽の痩せて埃まみれになったニワトリが、道端で餌をついばんでいる。壁の陰で野良犬がだるそうに欠伸《あくび》をしている。窓がわりの暗い穴のむこうで、何かがちらちらと動いている。

漆喰塗りの小さな寺のほうから、チリンチリンという軽やかな音が聞こえてきた。尖塔の上の竹の棒に、サフラン色のよれよれの旗が垂れさがっている。わたしはバネルジーにうなずきかけ、ふたりでそちらのほうへ歩いていった。聞こえてきたのはヒンドゥー教徒が儀式で使う小さな鈴の音で、司祭が朗々と声明《しょうみょう》を唱える声と混じりあっている。

バネルジーが司祭に話を聞きにいっているあいだ、わたしは寺の扉口で待つことにした。そこから境内に三体の神像が置かれているのが見えた。小ぶりで粗削りだが、見間違えようはない。異様に大きな目、太くて短い腕。脚はない。ジャガンナートとその兄妹だ。

声明がやんだ。バネルジーはヒンディー語と思われる言葉で司祭と話をしている。わたしは煙草に火をつけて待った。しばらくして、バネルジーは寺から出てくると、そちらのほうを向いて、右手を額と胸に当てた。数日前にアニーがサンバルプールの寺でやっていたのと同じ仕草だ。

わたしはバネルジーに煙草をすすめ、額の汗を拭いながら訊いた。「何かわかったか」

バネルジーは煙草を受けとると、口の端にくわえて、ポケットからマッチ箱を取りだした。

「アローラ大佐の言ったとおりでした。この近辺にダイヤモンド鉱床はありません」マッチを擦って、火をつける。「鉱床はないが、洞窟《どうくつ》があるそうです」

「洞窟？」

「そういったもののようです」

境内からまた鈴の音が聞こえてきた。

「司祭の話だと、ここから半マイルほど行ったところに、右に分かれる道があって、それをたどっていくと高台に出ます。最近、そこにひとの出入りが頻繁《ひんぱん》にあったそうです。村人ではありません。トラックに乗ってやってきていたと言っていました。でも、そういった動きは一週間ほどまえにぴたりとやんだそうです」

「村人はそこへ行かないのか」

バネルジーは首を振った。「たぶん行かないでしょう。こんな荒れた土地なので信じられないかもしれませんが、この村の住民はみな農業をなりわいとしているんです。農民はたいてい農地にいます」

わたしは煙草の火を木の幹に押しつけて消し、車のほうへ歩きはじめた。「そこへ行ってみよう」


レムンダから十分ほど車を走らせると、細い土の道が本道から分かれ、北の方角にうねうねとのびていた。その道を少し行くと、高台が見えた。

「あそこです」バネルジーは言って、赤褐色の大きな岩を指さした。

そこに近づくと、洞窟の入口が見えた。岩のまんなかに黒い裂け目が入っている。バネルジーは運転手に停車するよう命じた。そして、われわれは車から降り、干からびた低木のあいだをゆっくり進んでいった。まわりは森閑としている。人跡未踏の地のような感じさえする。けれども、そこには自然にできた裂け目を広げて補強するための梁や足場が組まれていた。

「これはなんだと思う」と、わたしは訊いた。

「よくわかりませんが、坑道の入口のように見えます
ね」

「なかに何があるか見てみよう」

バネルジーは身震いした。

「幽霊が出るわけじゃあるまい、部長刑事」

「いいえ、そうじゃなくて……」

「なんだ？」

「コウモリです。この種の洞窟にはうようよいます」

「昼間だからだいじょうぶだよ。でも、懐中電灯がい
る。車のなかにあるかどうか見てきてくれないか」

準備が整うと、われわれはなかに入っていった。何フィートも行かないうちに、強烈なアンモニア臭がしたので、ハンカチを取りだして鼻と口を覆ったが、効果はいくらもなかった。

目に涙をため、何を探しているのかわからないまま前へ進む。外からの光はすぐに暗くなり、わたしの後ろでバネルジーが懐中電灯のスイッチを入れると、茶色い米粒のようなものが数フィートほどの高さに積もっているのが見えた。

「言ったでしょ。コウモリの糞です。ここには何千匹もいるはずです」

懐中電灯を受けとって、まわりの岩壁を照らしてみると、その一角に長方形の通路があるのがわかった。

「こっちだ」わたしは言って、そこに入っていった。

通路は緩やかな下り坂になっていて、数分後には気圧が変わったのがわかった。下におりていくにつれて、コウモリの糞の臭いは次第に消えていった。この先に何が待っているかはわからないが、コウモリの群れでないのはたしかだ。

少し行ったところで、何かにつまずいて転びそうになった。懐中電灯の光を地面に向けると、黒光りする石が落ちているのがわかった。かがんでそれを拾い、ちらっと見てからポケットにしまった。

「ぼくたちは何を探しているんでしょう」と、バネル

ジーが訊いた。

「見つかったら、わかる」と、わたしは言った。言った瞬間、答えがあきらかになった。バネルジーも気がついたみたいだった。かすかに臭う。

「行こう」わたしは言って、さらに奥へ進んだ。異臭はだんだん強くなってくる。胸が悪くなるような甘さをはらんだ独特の腐臭だ。間違いない。近くに死体がある。この臭いだと、そんなに長い時間はたっていない。

　でこぼこの床を急ぎ足で進んでいくと、とつぜん眼前に現われた。衣服と肉の塊がちらちら光っている。

　バネルジーは急に足をとめた。「ウジ虫です。ひどい」

「ゴールディングか」

「なんとも言えません」

　わたしは懐中電灯の光を腐乱した死体に当てた。服装と髪の色からして、ヨーロッパ人のようだ。

　バネルジーはもっとよく見るために身を乗りだした。たいしたものだ。一年前は血を見ただけで気を失いかけたのに、いまは地の底で腐乱した死体を間近で食いいるように見つめている。そのとき、懐中電灯の光が金属に反射した。わたしはバネルジーの横に膝をついて、目をこらした。

「なんです、それは？」

「ゴールディングの印章《シグネット》つきの指輪《リング》だ」

44

サンバルプールへの帰路は、いらいらしどおしだった。二時間は六時間にも感じられた。一マイルの距離を、いまのわたしにとってもっとも貴重なものである時間と交換しているような気がした。

気持ちは少しも安らがなかった。ゴールディングの所在があきらかになったのは、幸いだった。単に死体が見つかっただけでなく、殺された理由もあきらかになった。パズルのピースがぴたりとはまった。ダヴェ宰相は、自分のためか、ほかの誰かのためかはわからないが、ダイヤモンドがらみの不正にかかわっていた。ゴールディングにそのことを知られ、買収しようとしたが断わられたので、殺害せざるをえなくなった。僻《へき》遠《えん》の地にある洞窟ほど、死体を遺棄するのにうってつけの場所はない。

そういった冷酷な現実の前に高揚感はまったくなかった。答えがわかっても、できることは何もないのだ。わたしは真実を見つけだした。老王妃の言うとおりだとすれば、それでよしとすべきなのだろう。それが気高さというものだろう。いかにもインド的だ。しかしながら、わたしはイギリス人であり、正義を伴わない真実にはいらだちを禁じえない。

午後の空はモンスーンの雲に覆われて暗く、街明かりが見えてきたころ、雨がぽつりぽつりと降りはじめた。

わたしの隣で、バネルジーが笑みを浮かべていた。

「何がおかしいんだ、部長刑事」

「ゴールディングのオフィスにあった地図のことを考えていたんです。×印はしばしば要所を示すために使われます」

「ああ。でも、地図に印をつけたところが自分の墓場になる者はめったにいないだろうな」

あの場所を訪れたことで、黒い×印の意味がようやくわかった。アローラ大佐はあの地域にダイヤモンド鉱床はないと断言した。その言葉は嘘ではなかった。わたしがそこで見たものは、その道の専門家でなくても一目で何かわかる。石炭だ。

「街に着いたら、すぐ大佐に連絡しなきゃならない」

わたしは急に居ても立ってもいられなくなった。このときにはすでにダヴェ宰相と対峙《たいじ》することを心に決めていた。

〈薔薇の館〉に着くと、車がとまるまえに雨のなかに飛びだし、バネルジーを後ろに従えて、階段を一段飛ばしで駆けあがった。そのままアローラ大佐の執務室に飛びこむと、小柄な秘書がびっくりして椅子から立ちあがった。

「大佐は？」

「プニート殿下のおそばにいます」

わたしは息を整えながら言った。「呼んできてくれ。至急話したいことがある」

秘書は窓の外に目をやり、土砂降りの雨を見て、顔をしかめた。

「殿下のお付きの者に電話してみます」そう言って、机の上の受話器に手をのばした。「そのほうが早いですから」

それに、濡れずにすむ。

秘書は一桁の番号をダイヤルし、交換手に電話の取りつぎを依頼して、返事を待った。呼びだし音が鳴るたびに、いらだちが募っていくみたいだった。誰も出なかったら、宮殿まで走っていかなければならなくなるからだろう。しばらくしてようやくカチッという音が聞こえた。秘書は微笑み、早口のヒンディー語で話しはじめた。返事がかえってくると、何度もうなずき、数秒後に受話器をわたしにさしだした。

耳慣れた声が聞こえた。「どうかしたんですか、警部」

「すみません。ちょっと待ってください、大佐」

わたしは秘書のほうを向き、席をはずしてくれと頼んだ。秘書は不満顔だったが、バネルジーに腕をつかまれたので、あえて何も言わずにドアのほうへ向かった。

わたしは電話に戻った。「見つかりました」

「ゴールディングですか」

「その亡骸です」

「どこで?」

「レムンダ付近の坑道で」

「それにダヴェ宰相がかかわっていると?」

「ゴールディングは行方不明になった日の朝、宰相と会っています。宰相の執務室の金庫には、ゴールディングの報告書が入っていました。改竄した報告書といっしょに」

「でも、確証はありません」

「そんなものが必要ですか。ゴールディングの殺害に関与しているという証拠はないが、ダイヤモンド鉱床がらみの不正については証明できます。証拠は宰相の金庫とゴールディングのオフィスの書類のなかにあります。マハラジャが公務を執ることができなければ、今後はプニート王子が一切合切を取り仕切ることになります。昨日の大立ちまわりのおかげで、あなたがプニートの絶大な信頼を得たのは間違いありません。あなたなら、プニートを説得して宰相を告発できるはずです。ダヴェが失脚すれば、宰相の座が空きます。そうすれば、棚ボタであなたのところに昇進のチャンスがめぐってくるかもしれません」

しばし沈黙があった。

「あなたは何をお望みなんです、警部」

「ゴールディングの遺体を運びだして、キリスト教にのっとった埋葬をすること。そして、ダヴェに罪を償《つぐな》わせること。あのような罪を犯した者がこの国でどのような罰を受けることになるかは、よくわかっているつもりです。あなたが新しい宰相の座につけば、それはよりたしかなものになるはずです」

大佐は笑った。「疑わしきは罰せずの原則を急にお忘れになったようですな。もちろん驚きはしませんがね」

「わたしは正義がまっとうされることを信じています」

少し間があき、それから返事がかえってきた。

「一時間後に国王陛下の執務室の前でお会いしましょう」

45

わたしは受話器を置いた。

「次は何をすればいいんでしょう」と、バネルジーが訊いた。

「荷造りだ、部長刑事」

「ダヴェ宰相はどうなるんでしょう。逮捕されるんでしょうか」

「一時間後にわかる。何がどうなろうと、われわれは今夜の列車に乗らなきゃならない」

バネルジーは訝しげな目をした。「早くこの地を離れたがっているみたいですね」

たしかにそうかもしれない。

「馬鹿なことを言うな」わたしは答えた。

　われわれは車庫に戻った。宿舎はすぐ近くだが、外は篠突く雨で、泳ぐ気がないかぎり、歩いていくのはあまり現実的でない。それで、運転手を見つけて、古いメルセデス・シンプレックスを使わせてもらうことにした。

　宿舎の玄関前に着くと、バネルジーを車から降ろした。

「あなたは？」

「先にやっておかなきゃならないことがあるんだ」

　バネルジーがうなずいて、建物のなかに入っていくと、わたしは運転手に街の中心部へ向かうよう命じた。

　ボーモント・ホテルのロビーは浸水していて、疲れ切った顔の従業員が四つんばいになって、雑巾で床を拭いていた。わたしは二階にあがり、アニーの部屋のドアをノックした。

　このときはすぐにドアが開いた。

「まるで泳いできたみたいね、サム」

「心配無用」わたしは言って、部屋の奥の窓を指さした。「外に出たら、きみもすぐずぶ濡れになる。十時にジャルスグダ行きの列車が出る。いっしょに帰らないか」

「なかに入ったほうがいいかも」

　アニーの顔に浮かんだ表情を見て、悪い予感がした。部屋のなかに入ったときも、思いすごしかもしれないという希望を捨てることはできなかった。

　花束はまだそこにあった。今日の午後にもまたひとつ届いたようだ。

「花は置いていくんだろ」わたしは尋ねた。

　アニーは答えなかった。そのかわり、部屋の奥に行って、少し開いていた窓を閉めた。わたしは胃のむかつきを覚えた。ここに立っている自分がどんなふうに見えるかは容易に察しがつく。濡れた犬のような臭いを放ち、床にしずくをポタポタ垂らしているのだ。答えは決まっている。アニーの言葉を待つことはない。こちらから言えばいい。そうしたほうが面目を多少は保つことができる。

「帰らないってことだね」

アニーは振りかえった。「プニートがここにいてくれって言ってるの。数日だけ。一週間かそれくらい。明日はジャガンナートのお祭りの最終日で、プニートの叙任式もある。ひょっとしたら、戴冠式になるかもしれないけど」

やはりそうだった。その一言で希望は潰《つい》えた。

一週間かそれくらい──ものは言いようだが、目を見ればわかる。本当に一週間かそこらでカルカッタに戻ってきたとしても、すぐまたここへやってくるにちがいない。プニートの勝ちだ。実際のところ、プニートはつねに勝者なのだ。なんといっても王太子であり、近い将来の国王なのだから。そのひと声で、世界はひれ伏す。わたしがどこでどんなに大きな声をあげても、何も変わらない。声がかれるだけだ。プニートがターキートロットを踊っているところを見たときに諦めるべきだった。女性はダンスが上手な男に弱い。

ひとこと言っておいてやろうかとも思った。あの男は無節操で、気取り屋で、いいのは外面《そとづら》だけだと。昨夜は身の毛のよだつような方法でふたりの男の処刑を命じたと。だが、そんなことを言っても意味はない。何を言っても、嫉妬《しっと》のせいとしか思われないだろう。実際にそうでもあるのだ。いずれにせよ、アニーは賢明な女性であり、自分のことは自分で決める。どうするかは本人にまかせるしかない。ひとには負けを認めなければならないときがある。敗者になること自体は恥ずべきことではない。とは言いながらも、二十四時間前に命を救ってやった者にこんなふうに打ち負かされるのは、なんとも業腹ではあるが。

「わかった」わたしは言って、腕時計に目をやった。

「そろそろ行かないといけない。バネルジーが待っている」

そして、アニーをそこに残し、重い足取りで廊下を歩いていった。

二十分後に、宿舎の部屋に戻ってきた。風は吹き募り、鎧戸が窓ガラスに当たって騒々しい音を立てている。窓の下には水たまりができている。ドアに鍵をかけ、濡れたシャツを脱ぎ捨てて、ベッドにうつぶせになる。手足が痛み、頭に霧がかかりはじめる。一杯飲めば、気分がよくなるだろう。阿片を一服すれば、もっとよくなるだろう。だが、そのどちらも持ちあわせていない。頭のなかでは、アニーの声が響いている。〝数日だけ〟。そんな言葉を信じるほど、わたしは若くないし、素直でもない。

考えているうちに馬鹿馬鹿しくなってきた。いつまでも自分を哀れんでいても始まらない。インド在住のイギリス人らしくない。わたしはベッドから身体を起こし、濡れた服の残りを脱いで、新しい服に着替えた。それから、スーツケースに荷物を詰めると、浴室へ行って、生ぬるい水を顔に浴びせた。五分後、部屋を出て、階段の下でバネルジーと落ちあった。

「何かあったんですか」と、バネルジーは訊いた。

「べつに何もない。さあ、行こう。もしかしたら宰相の逮捕劇が見られるかもしれない」

46

雨風は強まるばかりだった。われわれは宮殿内に入り、はじめてマハラジャに謁見した部屋に通された。このときは机の向こうにプニート王子が着座し、その右側にアローラ大佐が控えていた。部屋の明かりは薄暗く、そのために両開きの窓からは嵐の光景が手に取るようによく見える。吹き荒れる暴風と調子をあわせるようにして、稲妻が王子の顔を照らし、そこに浮かぶ表情を際立たせている。その横で、大佐は恬《てん》として眉ひとつ動かさずに立っている。

われわれが部屋に入ったとき、王子は目を動かしただけで、立ちあがりもせず、椅子をすすめもしなかった。

「本当ですか」と、いきなり訊いてきた。「ダヴェが公金をくすねていたというのは」

「はっきり言えるのは、宰相の執務室の金庫に、ミスター・ゴールディングが作成したダイヤモンド鉱床の評価額に関する二通りの見積書が入っていたということだけです。一通は偽物で、宰相が数字を改竄したものであると思われます」

王子は納得していないみたいだった。「金庫に二通りの書類があったというだけで、公金を横領していたという証拠にはならない」

「ええ、それ自体としては。でも、ゴールディングはスケジュール帳に記されていた宰相との待ちあわせ時間の直後に姿を消しています。そして、われわれは数時間前に坑道の底でゴールディングの死体を発見しました」

王子は首を振った。

「恐れながら、殿下」と、バネルジーが口をはさんだ。

「宰相、王太子殿下のご下命です。いますぐ国王陛下の執務室においでください」

プニートが正式に第一位の王位継承者になるのは明日だが、ここであえて王太子殿下という呼称を使ったのは、新しい主人が誰かすでに心に決めているからだろう。

「アングロ・インディアン・ダイヤモンド社との交渉の進捗《しんちょく》状況をお知りになりたいとのことです。ミスター・ゴールディングが作成したダイヤモンド鉱床の評価額の見積書を持参してください」

電話の向こうから宰相の声が聞こえてきたが、何を言っているかまではわからなかった。

「いますぐに」と大佐は言い、受話器を置いて、王子のほうを向いた。「伝えました、殿下」

そのとき、王子はふと何かを思いついたみたいだった。「ダヴェにきみの部下をふたり付けて、ここに連れてこさせろ。〈薔薇の館〉と宮殿のあいだで迷子になるようなことがあってはならない」

「宰相がなんらかの陰謀に関与しているかどうかを知る方法があります。宰相に連絡をとって、見積書を持ってくるように命じるのです。宰相が見積書を所持していることは秘密でもなんでもありません。本物、つまりゴールディングが残した参考資料の内容と一致するものを持ってきたら、疑いは晴れます。でも、偽物を持ってきたとすれば……」

王子は一思案し、それから大佐のほうを向いた。

「ダヴェはいまどこにいる?」

「〈薔薇の館〉です、殿下。昨夜あのようなことがあったので、全参議に招集令が出ているのです」

どこか高いところで、鳥の羽ばたきのようなくぐもった雷鳴がとどろき、数秒後にやんだ。王子は顔をあげた。その表情はさらに暗くなっている。

「ダヴェを呼べ。いますぐに」

アローラ大佐は受話器を取り、数秒後にダヴェと話していた。

なったり、水に溺《おぼ》れたりするとまずい。少なくとも、いまのところは」

アローラは靴のかかとを鳴らして、後ろを向き、部屋から出ていった。

嵐はさらに勢いを増し、風は窓ガラスをガタガタ揺らしている。

「ウィンダム警部」と、プニートは言った。「これはサンバルプールの国内問題です。もちろん、この場にいてくださってかまいませんが、ここからはできれば静かになりゆきを見守っていていただきたい」

われわれはそれに同意し、その数分後、部屋のドアが開いて、ダヴェ宰相がふたりの衛兵に付き添われ、後ろにアローラ大佐を従えて入ってきた。その手には、雨に濡れた書類が握りしめられている。

「急ぎのご用とうかがいましたが、殿下」媚びへつらうような口調だった。そういえば、初対面の際にも、アディールにそのような口調で話していた。

プニートは悪臭を放つものを見るような目をした。

「そのとおりだ、宰相。アングロ・インディアン・ダイヤモンド社との交渉の進捗状況を教えてもらいたい」

宰相は額の水滴を拭った。「順調に進んでいます、殿下。一部折りあいがついていないところもありますが、いずれも我が国に有利な条件で解決できると確信しております」

「それは何よりだ。細かいことはどうでもいい。わたしがいま知りたいのは、こちらの売り値と向こうの付け値がどれくらいかということだ」

それで活気づいた。「その点に関しましては、殿下、良いお知らせがございます。われわれはひじょうに高い値段をつけることができます」書類を上にあげて、「これがダイヤモンド鉱床の評価額の裏付けとなる書類です」

王子は手をのばした。「見せてくれ」

「かしこまりました、殿下」ダヴェは一礼して、机に近づき、書類をさしだした。

王子はざっと見て、何度かうなずき、それから書類をアローラに渡した。

「部長刑事に見てもらってくれ」

宰相は弾かれたようにわれわれのほうを向いた。その顔には困惑の色がありありと浮かんでいる。

「はばかりながら、殿下、その書類はアングロ・インディアン・ダイヤモンド社との交渉の基礎となるものです。外部の者には――」

王子は手を振って遮った。

「どうだ？　それは本当の報告書か」

バネルジーは書類に目を通し、それから顔をあげて、首を振った。そこで堰《せき》が切れた。

プニートは口汚く悪態をつき、アローラは衛兵を呼び、宰相を逮捕するよう命じた。宰相は衛兵に腕をつかまれて、王子に懸命に嘆願しはじめた。まるで頭に山が崩れ落ちてきたみたいだった。もっとも、前夜の裏切り者の末路を考えると、山が崩れ落ちてきたほうがまだましかもしれない。宰相は嘆願を続け、みずからの無罪を証明してもらうために、ジャガンナート神やマハラジャや王妃の名前を呼んだ。だが、マハラジャは死の床にあり、若い王妃は囚われの身で、神は聞く耳を持っていなかった。

嵐は荒れ狂っている。稲妻が空を切り裂き、とつぜん部屋が鋭い光に照らしだされた。宰相の顔は恐怖のために凍りついていたが、その瞬間、何かが変わった。王子の頭の上にあるタペストリーと格子細工を見あげたときには、顔つきも変わっていた。窓の外から雷鳴がとどろく。もう嘆願はしていない。何かが吹っ切れたように見える。

「わたしは自分にかけられたすべての嫌疑を晴らす用意があります」と、ダヴェ宰相は言った。「弁護人の立ちあいのもとで」

プニートはアローラと視線を交わした。

そして言った。「ダヴェをここからつまみだせ」

47

雨のなかで、サンバルプールの街はわびしく見えた。外灯は水びたしの索漠《さくばく》とした通りを照らし、アディールの葬儀の日に街なかの家々に掲げられていた旗は、よれよれになって垂れさがり、なかには地面に落ちたり、溝《どぶ》に流れこんだりしているのもある。

たるんだ雨よけの下に車がとまったとき、鉄道駅も同じようにわびしく見えた。わたしはバネルジーといっしょに構内に入り、運転手は荷物を運ぶためのポーターを探しにいってくれた。

閑散としたコンコースでは、数人の係員が出て、浸水を食いとめようとしていたが、その試みは波にとまれと命じたクヌート王なみに報われていない。

このときには前回ここに来たときとちがって、群衆や兵士の姿もなければ、厳《おごそ》かさやものものしさもなかった。もちろん、お召し列車もなかった。そのかわりに、玩具のような機関車と、ブライトンの遊覧列車のような客車がプラットホームにとまっていた。

乗客も少なかった。数人の現地の行商人、サンプル・ケースを持った白人のセールスマン、空の荷袋や籠を持って市場から家に帰る農夫。

わたしはコンコースに駐在官の姿を探しながら言った。「カーマイケルが切符を用意してくれていると思ってたんだが」

「忘れたのかもしれませんね」

「としたら、どうすればいいんだろう」

バネルジーは尖《とが》った帽子をかぶった制服姿の太っちょを指さした。

「彼に頼んでみます」

わたしは何も訊かなかった。インドでは、一団のなかでもっとも太った人物がいちばんのお偉方であることが多い。バネルジーはそこへ歩いていって話をし、それから数ルピーを手渡し、雨で湿った二枚の茶色い厚紙を持って戻ってきた。そして、その一枚をさしだした。そこには、判読不能な文字が印刷されていた。

「切符です。ファーストクラスにしました」

ポーターに小銭を渡して、スーツケースを受けとり、鉄のステップをのぼって列車に乗りこむ。

客車は黴臭《かびくさ》く、木の座席には積年の人体との接触のせいで麝香《じゃこう》の臭いが染みこんでいる。だが、幸いなことに、車両のいちばん奥で居眠りをしているイギリス系のインド人以外に、乗客はひとりもいなかった。スーツケースはバネルジーが頭上の荷棚に載せてくれた。わたしは席にすわってくつろごうとしたが、その夜が負けるとわかっている戦《いくさ》になることはあきらかだった。

バネルジーはわたしの向かいの席にすわり、とほぼ同時にさっと立ちあがった。

わたしの胸のなかで希望の光がともった。もしかしたら、プラットホームにアニーの姿を見かけたのかもしれない。

「どうしたんだ、部長刑事」

「お茶です」

「えっ？」

「ジャルスグダまでは数時間かかります。お茶なしで過ごすのは酷です」

バネルジーは急ぎ足で車両のはずれまで行って、プラットホームに降りた。

イギリスの某著名劇作家が語ったように、お茶のあるところに希望あり。

赤いターバンを巻いた老人が、二台の自転車のあいだに木を渡してつくった屋台を出している。バネルジーはそこへ駆けていき、数分後にふたつの小さな素焼きの器を持って戻ってきた。

そして、そのひとつをさしだした。「どうぞ。これで気分が少しはよくなるはずです」

わたしはバネルジーを見つめ、だが何も言わなかった。

プラットフォームで駅員がホイッスルを吹いた。蒸気が噴きでる音が聞こえ、列車はゆっくりと動きはじめた。わたしは座席の背にもたれかかり、紅茶を飲みながら雨を見つめていた。サンバルプールと縁が切れることに心残りはなかった。わたしの手に委ねられた仕事は、サンバルプールの第一位王位継承者アディール王太子の殺害事件であり、犯人がハウラーの安ホテルの屋上で自分の頭に銃弾を叩きこんだ時点で完了した。それで総督を含むすべての者が満足していた。わたしに多少の分別があれば、そこですんなり幕引きにしていただろう。だが、そうはしなかった。スバドラー王妃はわたしを真実の探求者と呼んだ。だが、それは美辞麗句にすぎず、わたしは自分がカナリアでない以上に真実の探求者《サティヤンヴィシ》などではない。行きあたった真実は、案に相違して、わたしにとっても、ほかの誰にとっても不快なものだった。イギリス人女性がインド人に思いを寄せることも。後宮の帳《とばり》の後ろにいる女性が王子を殺害する力を持っていることも。そして、わたしが外面《そとづら》だけの軽佻浮薄《けいちょうふはく》の徒に敗れることも。そういったことはすべて真実であり、そのどれとももとりたてて向かいあいたいと思うものではない。

列車は夜の闇を穿《うが》ち、カルカッタ行きの広軌鉄道との乗りかえ駅に向かって走りつづけている。雨は列車の屋根を叩くのをやめず、わたしは防水布と鉄兜《てつかぶと》に跳ねかえる塹壕の雨を思いださずにはいられなかった。

モンスーンの豪雨と哀れなほど非力な機関の組みあわせのせいで、列車の歩みはひどく遅く感じられる。それでも、一マイル進むごとに、わたしは気分が安らぐのを感じた。サンバルプールは遠ざかっていく。アニーも遠ざかっていく。それはそんなに悪いことではないのかもしれない。

ジャルスグダ駅に着いたのは午前一時過ぎのことで、そこにそんなに多くの人出があるとは思っていなかった。だが、スーツケースを持って、バネルジーといっしょに列車から降りたとき、プラットホームは巡礼者やサフラン色の衣をまとった修行僧やポーターでごったがえしていた。物売りの声にまじって、ヒンドゥー教徒の唱えるマントラが聞こえてくる。

「これはいったいどういうことなんだろう」わたしは訊いた。

「わかりません。駅員を見つけにいってきます」

バネルジーはプラットホームを歩いていき、すぐに人ごみのなかに消えた。

後ろから声が聞こえた。「ウィンダム警部じゃありませんか。嬉しい偶然です」

振り向くと、そこには駐在官公邸での食事の席で会った人類学者がいた。

「ミスター・ポルテッリ、これは驚きました。こんな時間にこんなところで、いったい何をしているんです」

ポルテッリはにこっと笑った。「たぶんあなたと同じです、警部。乗りかえの列車を待っているんですよ」

「カルカッタに行くんですか」

ポルテッリは首を振った。「いいえ。ここにいるほとんどの人々と同様、プリーに向かうんです。ジャガンナートの祭りの最終日に立ちあうために。プリー行きの列車が来ればの話ですがね。東部で、線路の一部が濁流に流されたようなんです。なので、そちら方面からの列車はほぼ丸一日一本も入ってきていません。でも、西からは巡礼者が押し寄せつづけ、プリー行きの列車が来ないので、ここで足止めをくらっているというわけです」

「サンバルプールにとどまるべきだったかもしれませんね。そこでも明日同じ祭りがあると聞いています」

ポルテッリはうなずいた。「たしかに。でも、サンバルプールには一台の山車しかありません。プリーには三台あります。一台はジャガンナート神のもの、あとは兄のバラバドラと妹のスバドラーのものです」

話しているうちに興奮してきたらしく、ポルテッリの目は大きく見開かれている。

「サンバルプールと比べて、プリーは政治的にはさほど重要なところではありません。しかし、そこはジャガンナート信仰の中心地であり、総本山の所在地です。宗教的には、この地域で賭け値なしにもっとも重要な場所なんです。プリーの王は周辺国のどのマハラジャよりも上の位にあります。われらがサンバルプールの友人も例外ではありません。明日は祭りの最大の山場になります。ジャガンナート神の山車が本堂に戻るので、王は黄金の箒《ほうき》で通り道を掃き清めなければなりません。それで、人々は彼のことを〝掃除人の王《スイーパー・キング》〟と呼んでいます」

この最後の言葉には、おやっと思わせるものがあった。まえに誰かが同じことを言っていたような気がする。それは誰だったか。わたしは懸命に答えを探した。感触はある。答えは自分の頭のなかのどこかにある。もう少しで手が届く。

届いた。

エミリー・カーマイケル。

最初にポルテッリに会った食事の席で、駐在官の妻が口にした言葉だ。

〝宮中で小耳にはさんだ話だと、あのひとは掃除人の娘だったそうでね。信じられないでしょ〟

マハラジャの妻のひとりのことだ。あのときには、酔っぱらった勢いで口走った戯言としか考えていなかった。国王が掃除人の娘と結婚するはずがない。しかし、別の国王の娘とであれば、どこもおかしくはない。これですべてのものがおさまるべきところにストンとおさまった。わたしは大きな間違いをおかしていた。

そのことに気づいたとき、胃がさしこむのがわかった。

「警部？　どうかしましたか」

それで思案から覚めた。

「なんでもありません、ミスター・ポルテッリ」わたしはいい話を聞かせてもらったと礼を言うと、急いでいるのでという理由をつけて振り向き、バネルジーが歩いていった方向に走りはじめた。しばらくして、尖った帽子に頰ひげの駅員を連れてやってくるのが見えた。

そこへ走っていくと、息を切らしながら言った。

「サレンダーノット！」

「こちらの方はミスター・クーパー。ジャルスグダ駅の駅長です。なんでもカルカッタ行きの列車は――」

「そんなことはもうどうだっていい。プニートの身に危険が迫っている」それから駅長のほうを向いて言った。「至急サンバルプールに連絡をとりたいんだ」

駅長は顎の肉を揺らしながら首を振った。「残念ながら、それはむずかしいかもしれません。サンバルプールへの通信手段はこの三日間ずっと機能停止状態にあります。サンバルプール側でなんらかの不具合があるようです」

わたしは毒づいた。もちろん、電話も電信も不通になっている。わたしがそうさせたのだ。

「だとしたら、すぐにサンバルプールに戻らなきゃならない。あなたは車を持っていますか」

駅長は妻を貸してくれと頼まれたかのような顔をしていた。「ジャルスグダに乗用車はありません。地元の煉瓦工場にトラックが一台あるだけです。でも、いまは午前二時です。運転手は眠っています」

「そのトラックを借りたい。運転手は必要ない」

「煉瓦工場は大通りを自転車で五分ほど行ったところにあります。けど、この土砂降りの雨のなかをそこまで行くのはちょっと……」

「だったら、自転車を二台貸してくれ」


びしょ濡れになりながら、われわれは駅員から借りた自転車をこいでいた。煉瓦工場を見つけるのはむずかしくなかった。町でいちばん高い煙突が目印だ。

雨のせいでアイルランドの沼地のように見える中庭に、一台のおんぼろトラックがとまっていた。インドでは、昼夜を問わずどんなところにもかならず警備員《ダーワン》がいるが、なんらかの災難に見舞われたら、たいていは雲をかすみと飛んで逃げる。バネルジーは詰め所で居眠りをしていた警備員を叩き起こして、トラックを貸してもらいたいと言った。

警備員はまだ夢を見ていると思ったにちがいない。ぶつくさ言いかけたが、頭のてっぺんから足の先まで濡れそぼった白人の男を見て、ぎょっとした顔になり、四の五の言う気は数秒以内に消え失せたみたいだった。

わたしは借用書を書いて署名した――帝国警察は貴社のトラック一台を借り受け、サンバルプールの王室から返却する。そのあいだに、バネルジーは中庭を横切り、トラックの運転席側のドアをあけて乗りこんでいた。

「キーはどこにあるんでしょう」

わたしはトラックに向かって走りながら言った。

「シートの下を探してみろ」

トラックの助手席のドアをあけて乗りこんだとき、エンジンが爆音をあげた。バネルジーは腕時計に目をやった。あと数時間で陽が昇り、プニートが第一位の王位継承者に任じられる日になる。

急がないとプニートが殺される。

「何をしているんだ、部長刑事。早く車を出せ!」

車はバックで煉瓦工場を出ると、サンバルプールへ向けて幹線道路を南に突き進みはじめた。

48

一九二〇年六月二十四日　木曜日

サンバルプールまでの五十マイルをトラックで走っているうちに、空の色は黒から青、そしてグレーに変わった。好天で高性能車なら、二時間ほどしかかからなかっただろう。だが、モンスーンの夜で、牛車なみの速度のトラックなので、街のまわりの塀が見えたときには、午前四時をまわっていた。

そのおかげで、わたしは時間を気にすることなく、自分がどんな推論を立て、何を恐れているかを委曲を尽くしてバネルジーに説明することができた。

バネルジーは車を運転しながら、例の困惑の表情を浮かべて言った。「どうしてぼくはいままでそのことに気がつかなかったんでしょう」

「気にするな。わたしも昨夜ポルテッリと話をするまで気がつかなかったんだ」

「それでも、気がつくべきでした。なんといっても、ぼくはヒンドゥー教徒なんですから」

「大事なのは、王宮に戻って、プニートに警告することだ」わたしは言ったが、言っているうちにも、心のなかでは反対の小さな声があがっていた。プニートへの脅威は本当にあるのか。

そんなものはないのではないか。もしかしたら、自分は大きな勘違いをしているのではないか。今回の捜査でわたしは多くの間違いをおかした。けれども、これはたぶん間違っていない。結局、心のなかの小さな声は無視することにしたが、それは鋭い罪の意識を覚えたあとのことだった。


土砂降りの雨にもかかわらず、サンバルプールの通りには人があふれていた。

「宮殿へ」と、わたしは言った。

バネルジーは眉を寄せた。「寺に向かったほうがいいかもしれません。この人出は、寺に戻るジャガンナート神の山車の巡行のためです。事件は最初からジャガンナートと密接に関係しています。アディールはジャガンナートの祭りの初日であるアシャダ月二十七日に暗殺されました。現在、プニートはその最終日の山車の巡行を先導しています。その身に何か起きるとしたら、そこで、衆人環視のなかで起きるはずです」

「一理ある、部長刑事。結局のところ、きみはそれほど出来の悪いヒンドゥー教徒じゃないのかもしれない」

人だかりのあいだをトラックはのろのろと進み、ようやくマハナディ川にかかる橋にたどり着いた。対岸に、数千人の人々の頭上に聳える山車が見える。熱狂的な信徒たちに引っぱられて、太鼓とシンバルと声明《しょうみょう》の声のほうにゆっくり向かっている。プニートはそのごったがえしのなかにいる。アニーもその近くにいるにちがいない。時間はない。

「これ以上は車じゃ行けない」わたしは言って、トラックのドアをあけた。「走ろう」

トラックを道路脇に寄せてとめると、われわれは急いで橋を渡り、人ごみを縫いはじめた。山車との距離が少しずつ縮まってくる。しばらくして群衆のあいだから歓声があがった。山車がとまったようだ。

「ジャガンナートが寺に到着したんです」と、バネルジーは騒音の上から大声で言った。

とつぜん銃声のようなパーンという音が響いた。われわれは立ちどまり、おたがいの顔を見あわせた。背筋に冷たいものが走る。爆音はそのあとも何度かあがった。

「爆竹です」と、バネルジーは言った。

「行こう。時間はまだある」

寺の境内に着いた。そこには、ジャガンナートと数百人の巡礼者がいるだけで、残りの者は兵士の阻止線によって入場を阻まれている。入口近くの傘の下にバルドワージ少佐の姿があったので、わたしはそこへ駆けていった。

「プニート王子に会いたい。いますぐに！」

少佐はわたしの雨と泥まみれの姿にぎょっとしたような顔をし、それから首を振った。「殿下は祈禱のために本堂に入っておられます」

「だったら、アローラ大佐は？　アローラ大佐はどこだ」

「殿下といっしょです」

「アローラ大佐を呼んできてくれ。いますぐに。でないと、重大な責任問題になるぞ」

少佐はひとしきりわたしを見つめ、それからまた首を振った。だが、ここで議論をしている時間はない。わたしは少佐を押しのけ、バネルジーといっしょに走りはじめた。

雨よけの布が張られた壇上に、この悪天候にもかかわらず正装した王族とその取り巻きが整列していた。そこにアニーの姿もあった。エミリー・カーマイケルと話をしていたが、わたしを見て、バルドワージ少佐と同様ぎょっとしたような顔をした。

それから、壇上の手すりに身を乗りだして、大きな声で言った。「ここで何をしているの、サム」

わたしはそれを無視して、寺の扉のほうへ走っていった。だが、そこにたどり着いたとき、わたしとバネルジーはそれぞれふたりの衛兵に取りおさえられた。本当なら口頭でなんとか切り抜けるべきところだが、このときは腕にものを言わせることにした。モンスーンの雨の十時間が、判断力を鈍らせたにちがいない。右フックを見舞おうとしたが、そのまえに鈍器で頭を殴られ、濡れた地面と正面衝突させられるはめになってしまった。近くで、バネルジーの悲鳴が聞こえた。だが、少なくともまだ立ってはいる。

乱暴に背中を引っぱりあげられ、壇の側面に身体を押しつけられた。今度は顔面を殴られるにちがいないと思ったとき、寺の扉が開き、プニートが出てきた。その左側には、先日スバドラー王妃に付き従っていた司祭が立ち、右側にはアローラ大佐が立っている。シルクの上衣《クルタ》にターバン姿で、どちらにもダイヤモンドとエメラルドがちりばめられている。少なくとも、わたしよりは見栄えがいい。法螺貝の音が響き、シンバルが打ち鳴らされる。群衆が歓声をあげ、わたしの叫び声を掻き消す。司祭は周囲を見まわしている。そのときに、わたしが衛兵に取りおさえられているのを見たにちがいない。揉めごとが起きているのを知って、放ってはおけないと思うかもしれない。不祥事が発生したとして、儀式を中断するかもしれない。だが、司祭の目はわたしを素通りした。

サフラン色の衣をまとった別の僧侶が、司祭の前に銀の皿を持っていった。司祭はその皿から砂糖菓子のようなものを取り、お清めをしてから王子の口に入れた。ふたたび法螺貝が鳴る。僧侶の一団が寺から出てきて、お立ち台の上の面々に菓子を配りはじめる。

また叫び声をあげたとき、アローラ大佐がようやくわたしの姿に気づいた。一瞬のとまどいのあと、従僕に傘をさしかけてもらって前に進みでると、すぐさま衛兵に向かって手を離すよう命じた。

「いったい全体ここで何をしているんです、ウィンダム警部。まるで溺れた山羊《やぎ》じゃありませんか」

「プニート王子をここから連れだし、宮殿に戻してください。いまもまだ身の危険にさらされているんです」

「馬鹿馬鹿しい。デヴィカ妃もダヴェ宰相も逮捕されたんですよ。ほかにどんな脅威があるというんです」

「とにかくいまはわたしを信じてもらうしかない」

一瞬の間のあと、大佐はさらに前に進みでて、わたしのすぐ前で立ちどまった。糊のきいた見場のいい礼服には、雨の黒い染みができている。雨がいかつい顔を伝って、顎ひげに流れこんでいる。表情は険しい。

「何かの冗談じゃないでしょうね」

「とんでもない」

大佐は壇上の衛兵に大声で何やら命じた。衛兵は素早くプニート王子のまわりを取り囲んだ。王子は驚き、何やら言いかけたが、その途中でとつぜん声を詰まらせ、自分の喉もとを両手でつかんだ。足がふらついている。アローラ大佐は何やら叫びながら、そこへ走っていった。わたしも、衛兵の手が離れると、すぐに駆けはじめた。

大佐は王子の頭を両手で支えながら、衛兵に向かってまた何か叫んだ。衛兵は王子の身体を持ちあげて、かたわらの天蓋のほうへ運びはじめた。王子は苦痛に身悶《みもだ》えしている。額には玉の汗が噴きでている。

「医者を呼べ！」と、わたしはバルドワージ少佐に命じた。その声に反応して、プニートは目を開き、わたしのほうを向いた。シルクのチュニックは雨に濡れ、泥がこびりついている。何か言いたいことがあるように見える。わたしは膝をついて、王子の顔に耳を近づけた。だが、その唇から声は出てこなかった。

そのとき、アニーが近くに来ていることがわかった。脈をみるために王子の首に手を当てている。

「心臓がとまってる……」

わたしは上衣を引き裂いて、王子の胸を強打しはじめた。軍隊で〝前胸部叩打〟と呼ばれていたもので、迅速かつ適切に行なわれたら心肺が蘇生する可能性があるとされている。成功例を見たことはないが、やってみる価値はある。二十秒が過ぎ、四十秒が過ぎ、そして一分になった。わたしは胸を叩きつづけた。肩にアニーの手がかかるのがわかった。

「サム」

わたしは顔をあげた。

アニーの頬には涙が伝わっている。それとも、雨かもしれない。わたしはまたプニートのほうを向き、また胸を叩いた。ダイヤモンドをちりばめたボタンが上衣からはずれ、壇の上を転がり、ジャガンナート神の山車の下の泥のなかに落ちた。

エピローグ

　焦げてひび割れた薪がオレンジ色に燃え、炎が死者の魂を天空へ運んでいるかのように高く舞いあがっている。それはわたしがサンバルプールに来てから三度目の葬儀で、もうほとんど慣れっこになりつつある。けれども、そこに見るべき価値があるとすれば、おそらく今回が一番だろう。力の入れようがちがう。王子は王子。国王陛下は別格だ。

　バグパイプとトランペットの奏楽のなか、遺体は金色の砲車に乗せられ、両脇にエメラルド色のチュニックと金色のターバン姿の槍騎兵を従えて、ここまで運ばれてきていた。砲車の前方には、黄金やシルクの布で満艦飾を施されて行進する何十頭もの象がいる。通りには薔薇の花びらが撒き散らされ、沿道の民家の屋上からは花が雨あられと降ってくる。葬列の向から先は、ジャガンナート神の寺院のすぐそばの火葬場——ふたりの息子が荼毘に付された場所だ。

　火葬用の薪に火をつけたのは、三男の幼いアロック王子——サンバルプールの次期マハラジャだった。ハリッシュ・チャンドラ・ダヴェ宰相が付き添っている。

　このような事態をフランスの小説家はなんと言ったか。たとえ見かけは変わっても《プリュ・サ・ソンジュ》……

　宰相と逆の側には、お歴々が参列している。近隣諸国の王太子、羽根飾りつきのヘルメットをかぶったイギリスの将校、モーニング・スーツ姿のカーマイケル。だが、わたしが会いたいと思っている人物はそこにいなかった。

　炎が消えると、わたしはその場を離れ、寺の境内に向かった。このまえ来たときより、空気は乾いていて、泥はふたたび太陽に焼かれていた。頭上には青空が広がっている。サンバルプールでその色を目にしたことはこれまで一度もなかった。数カ月前、アニーといっしょに古いメルセデスではじめてこの寺を訪れたときと同じところに、新しい女性専用車《パルダ・カー》がとまっていた。よかった。ということは、あとはただ待つだけでいいということだ。

十五分後、扉が開き、思ったとおり、スバドラー王妃が陽の下へ出てきた。プニートに最後の食べ物を与えた司祭に付き添われている。

「王妃陛下」わたしは言って、前へ進みでた。

王妃は微笑んだ。「ウィンダム警部。またお会いできて何よりです」

わたしを見て驚いた様子はなかった。だが、よく考えてみれば、驚かなければならない理由は何もない。すべてお見通しなのだ。

王妃は階段をおり、わたしの前へやってきた。「よく戻ってきてくださいました。亡き夫も喜んでいると思います」

「サンバルプールでは思いのほか多くの葬儀に参列することになりました。これが最後であることを心から願っています」

「わたしもそう願っています。新しいマハラジャはとてもお若い。長く幸多い治世になると確信しています」

「あなたのご指導により、きっとそうなるでしょう。ですから、わたしはここに戻ってきたんです。あなたが摂政の座につかれたことをお祝いするために」

口もとに品のいい笑みが浮かぶ。「あなたがここに戻ってこられた理由は、それだけじゃありませんでしょ、警部。車までいっしょにまいりましょう」

寺の境内をゆっくり歩きながら、わたしは答えた。「よくおわかりですね、王妃陛下。腹蔵のないところを申しあげていいでしょうか」

「あなたにそれ以上のものは期待していませんわ、警部」

わたしはこの日のことを長いこと考えつづけてきた。けれども、いざそのときが来てみると、どこからどう切りだしたらいいかわからず、言葉が出てこなかった。しばらくして、ようやく言った。「アディール王太子のことです」

「なんでしょう」

「すべての点で、彼は良き指導者になったはずです」

「何か含むところがあるようですね、警部」

「彼は死ななければならなかったのでしょうか。プニートならわかります。彼には能力も責任感もありませんでした。でも、アディールはちがいます」

「なぜわたしにそのようなことをお訊きになるのです、警部。ふたりの死に対して、わたしになんらかの責任があるとお思いになっているのですか。アディールはここから遠く離れたカルカッタで殺され、プニートはラタヤートラの祭りの最中に心労のため心臓発作を起こして亡くなりました。あなたはその場にいらしたはずです。検死報告書もあります」

「たしかに検死報告書にはそう記されているのでしょう。でも、あの日わたしはプニートが司祭から与えられたものを口にするのを見ています」

王妃は足をとめて、わたしのほうを向いた。「なんらかの不正があったとお考えなら、警部、そのことを報告すべきでした。ただちにそうすべきでした。あなたはプニートが食したものになんらかの問題があったという証拠をお持ちなんですか」

「証拠がないことはわかっておられるはずです、王妃陛下。わたしは真実を見きわめたいと思っているだけです」

唇が歪み、小さな笑みになった。「もしかしたら、ジャガンナート神のご叡知《えいち》かもしれません。ジャガンナート神がアディールもプニートもサンバルプールを統治するのにふさわしくないと裁量なさったのかもしれません」

「かもしれません。でも、わたしは別の力が働いたのではないかと考えています。モンスーンの嵐の夜、ふと思いあたったのです。サンバルプールの真の統治者はつねにあなたではなかったのかと。あなたの亡き夫は国王ではありましたが、贅沢三昧の暮らしを享楽することにしか興味を持っていなかったのはあきらかです。国の舵《かじ》とりはあなたに任せておけばいいとお考えになっていたとしても不思議ではありません」

王妃はわたしの腕を軽く叩き、われわれはまた寺の境内を歩きはじめた。頭上には、白い塔が威風堂々と聳え立っている。明るい陽の下で、大理石の彫刻はモンスーンの直前の日々には見られなかった光彩を帯びている。本当なら、そこにもっと注意を払うべきだった。答えはずっとそこにあった。その壁にはっきりと刻みこまれていた。聖なるものと俗なるものの合体。神と女のまぐわい。

「マハラジャが倒れたとき、あなたの事実上の統治者としての立場はひじょうに危ういものになりました。次に王座につくことになるアディールは、独立独行の気質の持ち主であり、国政に対する独自の理念を持っていました。あなたが彼の母親であれば、なんらかの影響力を持つことができたかもしれません。でも、そうではなかった。アディールがあなたの言いなりになることは決してない。さらに悪いことに、白人の愛妾《あいしょう》ミス・ペンバリーの意見を取りいれるようになる可能性すらあった」

イギリス人女性の名前が出たとき、王妃の身体はひとまわり小さくなったように見えた。

「それで、あなたは王太子の殺害を決意した。わたしが長いこと理解できなかったのは、暗殺者がなぜ逮捕され尋問されるのを拒み、自死したのかということでした。そういったことをするのは、政治あるいは宗教的な狂信者に限られます。そこに宗教が絡んでいるのは間違いありません。その男は額にスリチャラナムの印をつけ、ジャガンナート神の祭りの初日に殺害を実行したのです。でも、なぜかはわかりませんでした。アディールがどのような宗教的な秩序も乱していないというのは衆目の一致するところでした。なのに、なぜ殺されなければならなかったのか。

それがわかったのは、モンスーンの豪雨の夜でした。暗殺者はジャガンナート神の信者であっただけでなく、司祭長――つまりあなたの信者でもあったのです。あなたはプリーの王の娘です。掃除人の王《スイーパー・キング》であり、ジャガンナート神のもっとも神聖な寺院の長《おさ》の娘なのです。そして、スバドラーというのはジャガンナート神の妹の名前でもあります。この寺――あなたが建てたこの寺の前の階段で死んだプニートのことも忘れてはなりません。それが本当にジャガンナート神の思し召しによるものだとしたら、あなたはその思し召しの忠実な実行者でした。

わたしの見立てだと、あなたは若いデヴィカ妃に因果を含め、仲間に引きいれた。デヴィカはまだ子供といっていいような年の娘です。言いくるめるのは造作もなかったはずです。あなたは力を貸してくれたら息子のアロックを王座につけてやると約束した。見返りは、アロックが成人になるまで、あなたが摂政の座にとどまりつづけることでした」

王妃は風のせいで顔にかかった白い髪の房を手で掻きあげた。「面白い話です、警部。では、ひとつ聞かせてください。アディールは優れた統治者になったと思いますか」

「なんとも言えません。殺害された日にお会いしただけです」

「アディールのことをもう少し話させてください。ある意味で、弟とは別の意味で、彼もまた一人よがりで、愚かでした。単に思想信条の問題から藩王院への参加を拒んでいました。烏滸《おこ》の沙汰です。サンバルプールが生き残るためには、いやでも長いものに巻かれる必要があるのです。でも、彼は社会主義思想を生かじりし、国民会議派やベンガルの過激派と気脈を通じていました。いずれはわたしたちを追い払い、イギリス人の信頼を損ね、それと同時に近隣諸国への強い影響力をも失ってしまっていたでしょう」

「誰かに助言を仰ぐこともできたはずです。例えばアローラ大佐とか」と言いながら、わたしは大佐のことを考えずにはいられなかった。なんでも、プニートの死の直後に行方不明になったらしい。逮捕されたという噂もある。もしかしたら、頭蓋骨を押しつぶされたのかもしれない。

「助言？　アディールが耳を傾けたのはイギリス人の愛人の言葉だけです。手玉にとられていたんです。国王になったあかつきには、正妻の座を求められるのは必定です。するとどうなるか。人々はどんなメッセージを受けとると思います？　サンバルプールは保守的なところです。王族と臣民との絆《きずな》は、単なる忠誠心以上のものにもとづいています。それは信仰と信心です。人々は白い王妃を決して受けいれません。神は彼らが子供をつくることを禁じています。信じてください、警部。アディールの治下では、国の安泰は望めないのです」

「あなたの治下では望めるのですか」

王妃は立ちどまり、母親がわからずやの子供を見るような視線をわたしに向けた。

「女性は国を統治することができないと思いますか。あなたは信じないかもしれませんが、そんなことはまったくありません。二百年間、あなたたちはインドで邪悪な力を行使し、統治者を堕落させ、無能な阿諛《あゆ》追従の徒にしてしまいました。そのような状況下で、自分たちの文化と伝統をなんとかして守りぬいてきたのは、あなたのお国の駐在官や顧問の魔の手の及ばない聖域である後宮の女性たちなのです。五十年間、わたしはこの国と民に人生を捧げてきました。わたしは人々を慈しみ、導き、守ってきました。これからも見捨てはしません。あなたにそういったことが理解できるかどうか」

　わたしは首を振った。その言い分が通るとすれば、アディールとプニートの死は王国の存続のために必要なことであり、王妃の所業は高貴なものとさえ言えることになる。

「ダヴェを復職させたのも、世のため人のためということでしょうか。ダヴェは国家財政に等しい何百万ルピーという金を横領し、それを隠蔽《いんぺい》するためにイギリス人を殺害した男なんですよ」

「いいえ、横領などしていません」嘘とは思えないような口調だった。

「わたしは二通の報告書を見ました。一通はゴールディングのオリジナル。もう一通はダヴェが改竄したもので、ダイヤモンド鉱床の資産価値が大幅に水増しされていました。ゴールディングはそのことを知って、ダヴェを問いつめ、その代償として命を奪われたのです」

　少し間があり、それから王妃は言った。「ご存じのとおり、サンバルプールはオリッサでダイヤモンドが採れる唯一の国です。それはジャガンナート神によってこの地に授けられた恩恵のひとつであり、わたしたちは何世紀にもわたって採掘を続けてきました。でも、これは絶対に外部に漏らしてはならない国家機密なんですが、数年前にそのダイヤモンド鉱床が枯渇しつつあることが判明したのです。そうミスター・ゴールディングから告げられたのです。

　ダイヤモンドの埋蔵量は地質学者が毎年調べていました。ご存じのとおり、現在サンバルプールが強い影響力を行使できるのは、主としてダイヤモンドの採掘によってもたらされる財力のおかげです。その力がなくなれば、わたしたちは何ものでもなくなります。

幸いなことに、救いの手をさしのべてくれたのはイギリス人です。これまでの百五十年間、あなたたちはわたしたちの宝に触手をのばしつづけてきました。アーネスト・フィッツモーリス卿もそういった数多くの商人のひとりです。でも、今回は申し出を受けいれようということになりました。もちろん、ダイヤモンド鉱床の実態があきらかになれば、商談は成立しません。そのため、ダヴェは実物以上に美しい絵を描くことを提案したのです。ただ、アディールとミスター・ゴールディングはそれを受けいれませんでした。アディールは頑迷さゆえに。ゴールディングは良心の咎めから。それで、計画はいったん棚上げされました。でも、アディールが不慮の死を遂げると、ダヴェはそれを復活させた。もちろんゴールディングは反対の立場を崩さなかった。だからといって、手荒い仕打ちを受けたわけではありません。激論の最中に、心臓発作を起こしたのです」

「プニートと同じように」

「それは本当のことです、警部」

「しかし、どのような値段でダイヤモンド鉱床を売っても、問題は解決しません、ダイヤモンドがなければ、あなたたちは影響力を失います」

王妃は微笑んだ。「世界は変化しつつあります、警部。最近ではダイヤモンドと同じくらいの価値が出てきたものがあります」

すぐにピンときた。「石炭ですね」

「ダイヤモンド鉱床の売却益は炭鉱の開発費用に充てられます。実際のところ、石炭の商品化を最初に提唱したのはミスター・ゴールディングです。それは彼がわたしたちに残してくれた大きな遺産です」

わたしは胆汁が喉にこみあげるのを感じた。「イギリス人を殺害して、何もなかったことにするわけにはいきません」

「殺害したのではありません。病死です」

「わたしは彼の死体を坑道の底で見つけました。それも病死というのですか。彼の死は正義の実現を要求しています」

「覚えておられると思いますが、このまえお会いしたとき、わたしは正義とは何かという話をしましたね。大事なのは真実です。あなたは真実を知っています」

「わたしがそれにもとづいて行動を起こしたとしたら？　インド政庁はイギリス国民が殺害されたことを重く受けとめるはずです」

「彼らは何もしません、警部。イギリスがインドの国内問題に公然と口をはさめる時代はとうに終わっています。いまインド各地で起きていることを考えたら、何よりも肝要なのは、サンバルプールが藩王院に加盟し、信頼と安定の友好関係を維持しつづけることです。たとえ千人の財務官が殺されたとしても、両国の関係を危険にさらすようなことはしないでしょう」

「かもしれません。それでも、わたしとしては今回のことを報告書に記さないわけにはいきません」

老王妃はため息をついた。「そのような根拠のない申し立てによってサンバルプールの名誉が傷つけられるのは、はなはだ残念なことです。そのような事態になるのはなんとしても避けなければなりません」

それから一瞬の沈黙があった。

「あなたの知人にミス・シュレヤ・ビディカという女性がいます。宰相と民兵組織の司令官は国家に対する反逆罪を適応すべきだと主張していますが、目下のところそのようなことにはなっていません。これからもそうならなければいいんですが」

状況は明白だ。カルカッタに戻ってゴールディングの死を当局に報告することは可能だが、王妃が述べたように、それで何かがどうなるわけではない。万が一わたしが出すぎた真似なことをしたとしても、スバドラー王妃にはシュレヤ・ビディカという保険がある。

彼女がこの五十年間サンバルプールをどうやって治めてきたか、いまようやくわかったような気がする。たいしたものだ。統治者としてはアディールやプニートよりずっと上手《うわて》ということだろう。

車がとまっているところが近づいてきた。

「申しわけありませんが、これで失礼させていただきます。公務がありますので」王妃は言って、わたしの手を取った。「またお会いできることを祈っています、警部。それまで、わたしが言ったことをどうか忘れないでください。あなたは真実を求めてきました。そして、それを手に入れました。正義は神の問題です」

王妃はわたしの手を離し、車のほうへ歩いていった。運転手が後ろのドアをあけたとき、後部座席に一瞬ダヴェの姿が見えた。その額には三本の灰の線が引かれていた。

車が走り去ったときも、王妃の言葉はわたしの耳に残っていた。わたしはゆっくりと境内を出て、アニーが待っている川岸のバニヤンの木に向かった。

覚　書

この物語は、一八一九年から一九二六年までのほとんどの期間、インドのボパール藩王国を統治したイスラム教徒の女王たちの王朝である〝ボパールのベグム〟の物語にインスパイアされている。昨今の宗教原理主義や反動的政治の風土のなかで、インドには百年の長きにわたって数人のイスラム教徒の女性が舵とりをした（巧みな舵さばきだった）王国があったことは、一考に値すると思う。

サンバルプール王国はおおよそ本書の記載どおりの場所で藩王国として存在していたが、一八四九年に、最後の領主であるナラヤン・シンが死亡したときに、嫡出男子の世継ぎを持たなかったので、〝失権の原理〟が適用され、東インド会社の統治下に組みこまれることになった。

その歴史は数千年前までさかのぼることができ、プトレマイオスの著作にも、マナダ川（現在のマハナディ川）の左岸にサンバラカという国があったという記載がある。また、玄奘《げんじょう》三蔵の筆録を含む中国の史書や、サンバルプールの最古の王であり、金剛乗《こんごうじょう》教とラマ教の創設者であるオドラ・デシャ

・サンバラカのインドラブーティ王の著作にも言及された箇所が認められる。

サンバルプールは古くからジャガンナート神の信仰の中心地であり、十世紀の記録によると、領域

内のソネプール近くの洞窟に神像があったとされている。このジャガンナート神は王国に祝福を与えたように見える。そこはオリッサ州でダイヤモンドと石炭の両方が採掘される唯一の場所である。十七世紀のフランスの宝石商人ジャン＝バティスト・タヴェルニエは、『トルコ、ペルシア、そしてインドへの六回の旅』のなかで、サンバルプールの有名なダイヤモンド鉱床について書いている。それによると、ダイヤモンドは鉱山の地中深くではなく、沖積層から採掘されていて、八千人が作業に従事していたという。イギリスの歴史家エドワード・ギボンによると、サンバルプールのダイヤモンドはそこから遠く離れたローマ帝国にまで輸出されていたらしい。

インドの藩王国や華麗なるマハラジャ一族についてもっと知りたい方には、アン・モローの『インドのマハラジャたち』が、驚くほど魅力的で読みごたえのある手引書になるであろう。

そして、アヘン吸引の失われた世界に興味をお持ちの向きは、スティーヴン・マーティンの『阿片中毒者』をお読みになれば、もっともエキゾチックな麻薬に魅了され中毒になっていく男の物語に目を瞠らされるにちがいない。

謝辞

本書の構想から脱稿まで、多くの方々の助力を賜った。各人の識見、助言、忍耐、そしてユーモアに感謝する。

とりわけ、この十八カ月間、三人で一致団結して事にあたってくれた、いずれ劣らぬ有能な編集者アリスン・ヘネシー、ケイト・ハーヴィー、ジェイド・チャンドラーに。

ハーヴィル・セッカー社の諸氏にも謝意を表したい。二年にわたって全国をまわり、行く先々でトラベルロッジのホテル・チェーンに滞在して、本書を宣伝してくれたアナ・レッドマン。熱心なマーケティング担当のセプテンバー・ウィザーズ、優れた装丁家のクリス・ポッター。炯眼《けいがん》の持ち主アリスン・タレット。さらには、リズ・フォーリー、レイチェル・クニョーニ、リチャード・ケーブル、ベサン・ジョーンズ、アレックス・ラッセル、トム・ドレイク＝リー、ペニー・リヒティ。そして、サムとサレンダーノットを信じ、支えてくれたヴィンテージ社の各位にも。

わたしを信頼しつづけてくれる、出版界でもっともハンサムなエージェントのサム・コープランド。重労働を厭わなかったロジャーズ・コールリッジ&ホワイト社の方々。

その愛とサポートがすべてを可能にする妻のソナル。わたしたちの生活に大混乱をもたらす息子のミランとアラン。

ヴァル・マクダーミド。ヴァシーム・カーンとチーム・ディッシュルームのメンバー。わたしに書く場所を提供してくれたカナリー・ワーフのアイディア・ストアのスタッフ、ソナルとわたしに正気を保たせてくれたヨアナ・カラミトローヴァ。感謝の念は尽きない。

以下の方々にも礼を言いたい。遠慮会釈なく名前を使わせてもらったすべての良き友。わたしの昔の美術教師であるミスター・ウィルソン、デレク・カーマイケル、ニコラス・ポルテッリ、ヴィヴェーク・アローラ、ラジャーン・クマール、ホートン・ストリート・キャピタル社の共同経営者であるハシュ・ダヴェ、ニーラジ・バルドワージ、アロック・ギャンゴラ。あなたたちはわたしにとって家族のような存在である。あなたたちを宦官にしなかったことを喜んでもらいたい。

最後に、アディール・サハヤ、プニート・ベディ、およびマーク・ゴールディング。あなたたちの命を粗末にしたくなかったことを念のためにここに記しておく。

訳者あとがき

サム・ウィンダム警部とサレンドラナート（サレンダーノット）・バネルジー部長刑事の二人組《バディ》がふたたび読者の前に戻ってきた。

ウィンダムはかつてスコットランド・ヤードの犯罪捜査部で鳴らした敏腕刑事だ。第一次世界大戦が勃発すると、志願で戦地に赴き、そこで重傷を負って帰国。なんとか生死の淵から生還したとき、最愛の妻が当時猖獗《しょうけつ》をきわめていたインフルエンザ（スペイン風邪）に罹患して死亡したことを知らされた。それ以来、モルヒネと阿片にのめりこみ、ひとり鬱々としていたが、そんな矢先、以前の上司からインドの警察で働いてみないかと声をかけられ、ほかにすることもないので重い腰をあげカルカッタにやってきたのだった。

一方、バネルジーはカルカッタ屈指の名家の出で、ケンブリッジ大学卒という超エリートだが、あえて陽の当たる道を歩むことを拒否し警察官になった若いインド人。朴直で、強い正義感を持ち、シャイで、女性と話をするのを大の苦手としている。

片や、生きるのに倦み疲れた、経験豊富なイギリス人刑事。片や、理想に燃える、新米のインド人刑事。そのふたりが前作『カルカッタの殺人』でインド帝国警察の上司と部下としてタッグを組み、支配民族と被支配民族というのっぴきならない緊張関係を折に触れて意識させられながらも、捜査の過程でおたがいに信頼を寄せあうようになり、事件が一応の解決を見たあと、仕事だけでなく生活もともにし、ホームズとワトソンのようにひとつ屋根の下に暮らすようになった。

それから一年。

インドではイギリスの過酷な経済的収奪と政治的弾圧に抗する運動が激しさを増すばかりで、植民地政府はそれに対する懐柔策として、現地の要求や要望を聞く用意があると見せかけるシステムの構築をくわだてていた。それが藩王院《チェンバー・オブ・プリンス》と称する名ばかりの合議体で、インド国内に五百以上ある藩王国は〝すべからく〟という強い言葉で参加を求められた。

この藩王国というのは、ベンガル州やボンベイ州やマドラス州などの直轄領とちがって、イギリスの従属下に置かれつつも一定の自治権を認められた半独立国で、総面積はインド全体の四十五パーセント、人口は二十五パーセントを占めていた。

藩王として国を統治するのはマハラジャ（大王）やナワーブ（太守）やニザーム（統治者）といった称号を持つ旧来の支配者で、彼らのなかにはごくまれに旧弊を改め近代国家づくりのために奮闘する者もいたが、多くはみずからの享楽のために国家予算の大半を使って恥じない暗君だった。ときの藩王たちの暮らしぶりを綴った物の本によると、酔っぱらって愛妾と領土の半分を賭ける者がいたり、イギリス渡航にあたって六カ月分のガンジス川の水を携行する者がいたりと、そのハチャメチャぶりは想像を絶している。

そして、その年の六月。カルカッタの政府庁舎には、藩王院の立ちあげのために、近在の藩王国から二十名のマハラジャやナワーブやニザームが鳴り物入りで呼び集められていた。みな、シルクや金や宝石で派手に飾りたてて威厳を取り繕っているが、実際は植民地政府の顔色をうかがうしか能のない阿諛追従《あゆついしょう》の徒ばかりだ。そんな藩王たちのなかに、ひとり独立独行の気概を持つ、才知に長けた、端整な顔立ちの青年がいた。それがアディール・シン・サイ王太子。ベンガルの南西に位置するオリッサの藩王国サンバルプールの第一位王位継承者で、このたびは病身の父に代わっての参加であった。弱小藩王国にあっては珍しい開明派で、イギリスのインド支配に強く反発し、藩王院への参加を拒否する姿勢を鮮明にしている。

その王太子がヒンドゥー教の僧侶の格好をした男に路上で襲われ、射殺された。ウィンダム警部とバネルジー部長刑事のまさしく目の前で。

その数日後に、犯人はウィンダムに追いつめられて自死するが、遺留品から判断して、犯行がサンバルプールとなんらかのかたちで関係しているのは間違いないように思われた。

それで、ふたりの刑事は一路サンバルプールへ。

サンバルプール——インドの地図上では〝虫眼鏡で見ないとわからないほど〟小さな国だが、領地内にあるダイヤモンド鉱床のおかげで国庫は潤っていて、王家の一族は栄耀栄華《えいようえいが》をほしいままにしている。太陽宮《スーリヤ・マハール》と呼ばれるムガル様式の美しい宮殿。〝ミダス王の黄金神話に出てきそうな〟ゴージャスな室内。百人以上の側室が住まう後宮。象の背の銀の鞍に乗っての虎狩り……

王朝絵巻のような艶《あで》やかで驕奢な世界。そこでは奇々怪々な迷信がまことしやかに語られ、出所不明の流説が飛び交い、謀《たばか》りと悪知恵が渦を巻いている。

衰残の姿をさらすマハラジャ、年老いた第一夫人、うら若い第三夫人、遊び人の第二王子、腰ぎんちゃくの宰相、武張った強面の侍従武官、側女《そばめ》、宦官……歴史小説ならではのラインアップだが、一世紀前のインドの宮廷にも、現在と同じ人の世の愛憎が満ち、いたるところに軋轢を生じさせている。そして、そこに宗主国であるイギリスとの微妙な政治的関係が絡み、軍情報部のH機関などもしゃしゃりでてきて、怪しい人物が次々に現われては消え、捜査は困難をきわめる。

どうしても先が見えてこない。

王家に長く仕える廷臣のひとりはウィンダムに言う。「ここはインドなんです、警部。大英帝国の擁護者や東洋学の教授が信じこませようとしていることを前提にするのではなく、ありのままを見るようになさったほうがいい。でなければ、いつまでたっても、わたしたちを理解することはできないでしょう」

要するに、そこでは西洋人の常識が通じないのである。

季節は、鉛色の雲が低く垂れこめ、湿った空気が肌にべっとりとまとわりつく夏の盛りにかかるころで、ほどなくモンスーンの時季を迎えようとしている。

モンスーン──それは大雨を降らせ、大地を潤し、命を誕生させ、干ばつを防ぎ、人々の生活を豊かにする。それはインドの救世主であり、インドの真の神だ。

この時季に、サンバルプールではラタヤートラという年に一度の大きな祭礼が執り行なわれる。それは〝宇宙の王〟を意味するジャガンナート神の祭りで、大きな丸い目玉と木の切り株のような腕を持つ異形の神像を乗せた巨大な山車《だし》が数千人の信者に引っぱられて街を練り歩く。

この祝祭の狂騒とモンスーンの豪雨のなかで、サンバルプールの王室の悲劇はクライマックスを迎える。

むせかえるような暑気。豪雨。絢爛豪華な宮廷。ダイヤモンド。権謀術数。異形の神の大祭。象。虎。

本稿の最後に訳者はどうしても一言付け加えずにはいられない。

マジカル・ミステリー／ヒストリー・ツアーへ再度ようこそ！

前作の『カルカッタの殺人』は、著者アビール・ムカジーのデビュー作ながら、各所で高い評価を受け、ＣＷＡ（英国推理作家協会）賞のヒストリカル・ダガー賞を受賞、さらにはＭＷＡ（アメリカ探偵作家クラブ）賞の最優秀長篇賞にもノミネートされた。

本作『マハラジャの葬列』（原題 *A Necessary Evil*）は、ウィルバー・スミス冒険小説賞を受賞。二〇一八年のＣＷＡ賞のゴールド・ダガー賞およびヒストリカル・ダガー賞にそれぞれノミネートされている。
シリーズ三作目の*Smoke and Ashes*は、サンデー・タイムズ紙の〝一九四五年以降のクライム&スリラー・ベスト一〇〇〟にアガサ・クリスティーやレイモンド・チャンドラー、フィリップ・カーらとともに選出され、CWA賞のゴールド・ダガー賞およびヒストリカル・ダガー賞にノミネートされている。舞台はふたたびカルカッタ。われらがサム・ウィンダムが阿片窟で警官に捕まりそうになり、泡を食って逃げるところから幕が切って落とされる。これも近く翻訳刊行される予定になっている。乞うご期待！

二〇二一年二月

HAYAKAWA POCKET MYSTERY BOOKS No. 1965

田《た》 村《むら》 義《よし》 進《のぶ》

1950年生，英米文学翻訳家
訳書
『カルカッタの殺人』アビール・ムカジー
『流れは、いつか海へと』ウォルター・モズリイ
『帰郷戦線—爆走—』ニコラス・ペトリ
『窓際のスパイ』『死んだライオン』『放たれた虎』ミック・ヘロン
『ゴルフ場殺人事件』『メソポタミヤの殺人〔新訳版〕』
アガサ・クリスティー
『エニグマ奇襲指令』マイケル・バー＝ゾウハー
（以上早川書房刊）他多数

この本の型は，縦18.4センチ，横10.6センチのポケット・ブック判です．

〔マハラジャの葬列《そうれつ》〕

2021年3月10日印刷　　2021年3月15日発行

著　者　アビール・ムカジー
訳　者　田　村　義　進
発行者　早　川　浩
印刷所　星野精版印刷株式会社
表紙印刷　株式会社文化カラー印刷
製本所　株式会社川島製本所

発行所 株式会社 **早川書房**
東京都千代田区神田多町2-2
電話　03-3252-3111
振替　00160-3-47799
https://www.hayakawa-online.co.jp

（乱丁・落丁本は小社制作部宛お送り下さい
送料小社負担にてお取りかえいたします）

ISBN978-4-15-001965-5 C0297
Printed and bound in Japan

ハヤカワ・ミステリ〈話題作〉

1913
虎狼
モー・ヘイダー
北野寿美枝訳

突如侵入してきた男たちによって拘禁された一家。キャフェリー警部は彼らを絶望の淵から救うことが出来るのか？　シリーズ最新作

1914
バサジャウンの影
ドロレス・レドンド
白川貴子訳

バスク地方で連続少女殺人が発生。捜査に派遣された女性警察官が見たものは？　スペインでベストセラーとなった大型警察小説登場

1915
楽園の世捨て人
トーマス・リュダール
木村由利子訳

〈「ガラスの鍵」賞受賞作〉大西洋の島で怠惰に暮らすエアハートは、赤児の死体の話を聞き……。老境の素人探偵の活躍を描く巨篇！

1916
凍てつく街角
ミケール・カッツ・クレフェルト
長谷川圭訳

酒浸りの捜査官が引き受けた失踪人探し。若い女性が狙われる猟奇殺人。二つの事件を繋ぐものとは？　デンマークの人気サスペンス

1917
地中の記憶
ローリー・ロイ
佐々田雅子訳

〈アメリカ探偵作家クラブ賞最優秀長篇賞受賞〉少女が発見した死体は、町の忌まわしい過去を呼び覚ます……巧緻なる傑作ミステリ

ハヤカワ・ミステリ〈話題作〉

1918 渇きと偽り　ジェイン・ハーパー　青木　創訳
一家惨殺の真犯人は旧友なのか？　未曾有の干魃にあえぐ故郷の町で、連邦警察官が捜査に挑む。オーストラリア発のフーダニット！

1919 寝た犬を起こすな　イアン・ランキン　延原泰子訳
〈リーバス警部シリーズ〉不自然な衝突事故を追及するリーバスと隠蔽された過去の事件を追うフォックス。二人の一匹狼が激突する

1920 われらの独立を記念し　スミス・ヘンダースン　鈴木　恵訳
〈英国推理作家協会賞最優秀新人賞〉福祉局のソーシャル・ワーカーが直面する様々な家庭の悲劇。激動の時代のアメリカを描く大作

1921 晩夏の墜落　ノア・ホーリー　川副智子訳
〈アメリカ探偵作家クラブ賞最優秀長篇賞受賞〉ジェット機墜落を巡って交錯する人間ドラマ。著名映像作家による傑作サスペンス！

1922 呼び出された男　ヨン＝ヘンリ・ホルムベリ・編　ヘレンハルメ美穂・他訳
スティーグ・ラーソンの幻の短篇をはじめ、現代ミステリをリードする北欧人気作家たちの傑作17篇を結集した画期的なアンソロジー

ハヤカワ・ミステリ〈話題作〉

1923 **樹脂** エーネ・リール 枇谷玲子訳

〈「ガラスの鍵」賞、デンマーク推理作家アカデミー賞受賞〉人里離れた半島で、父が築きあげた歪んだ世界のなか少女は育っていく

1924 **冷たい家** JP・ディレイニー 唐木田みゆき訳

ロンドンの住宅街にある奇妙なまでにシンプルな家。新進気鋭の建築家が手がけたこの家に住む女性たちには、なぜか不幸が訪れる！

1925 **老いたる詐欺師** ニコラス・サール 真崎義博訳

ネットで知り合い、共同生活をはじめた老紳士と未亡人。だが紳士の正体は未亡人の財産を狙うベテラン詐欺師だった。傑作犯罪小説

1926 **ラブラバ**〔新訳版〕 エルモア・レナード 田口俊樹訳

〈アメリカ探偵作家クラブ賞最優秀長篇賞受賞〉元捜査官で今は写真家のジョー・ラブラバは、憧れの銀幕の女優と知り合うのだが……

1927 **特捜部Q**―自撮りする女たち― ユッシ・エーズラ・オールスン 吉田奈保子訳

王立公園で老女が殺害された。さらには若い女性ばかりを襲うひき逃げ事件が……。次々と起こる事件に関連は？　シリーズ第七弾！

1928
ジェーン・スティールの告白
リンジー・フェイ
川副智子訳
アメリカ探偵作家クラブ賞最優秀長篇賞ノミネート。19世紀英国を舞台に、大胆不敵で気丈なヒロインの活躍を描く傑作歴史ミステリ

1929
エヴァンズ家の娘
ヘザー・ヤング
宇佐川晶子訳
〈ストランド・マガジン批評家賞最優秀新人賞受賞作〉その家には一族の悲劇が隠されていた。過去と現在から描かれる物語の結末とは

1930
そして夜は甦る
原 尞
〈デビュー30周年記念出版〉伝説のデビュー作がポケミスで登場。書下ろし「著者あとがき」を付記し、装画を山野辺進が手がける特別版

1931
影の子
デイヴィッド・ヤング
北野寿美枝訳
〈英国推理作家協会賞ヒストリカル・ダガー賞受賞作〉東西ベルリンを隔てる〈壁〉で少女の死体が発見された。歴史ミステリの傑作

1932
虎の宴《うたげ》
リリー・ライト
真崎義博訳
アステカ皇帝の遺体を覆った美しい宝石のマスクをめぐり、混沌の地で繰り広げられる、大胆かつパワフルに展開する争奪サスペンス

ハヤカワ・ミステリ〈話題作〉

1933 あなたを愛してから デニス・ルヘイン 加賀山卓朗訳

レイチェルは夫を撃ち殺した……実の父を捜し、真実の愛を求め続ける彼女の旅路の果てに待っていたのは？　巨匠が贈るサスペンス

1934 真夜中の太陽 ジョー・ネスボ 鈴木 恵訳

夜でも太陽が浮かぶ極北の地に一人の男がやってくる。彼には秘めた過去が――『その雪と血を』に続けて放つ、傑作ノワール第二弾

1935 元年《がんねん》春《はる》之《の》祭《まつり》 陸 秋槎 稲村文吾訳

不可能殺人、二度にわたる「読者への挑戦」気鋭の中国人作家が二千年前の前漢時代の中国を舞台に贈る、本格推理小説の新たな傑作

1936 用心棒 デイヴィッド・ゴードン 青木千鶴訳

暗黒街の顔役たちは、ストリップクラブの凄腕用心棒にテロリスト追跡を命じた！　年末ミステリ三冠『二流小説家』著者の最新長篇

1937 刑事シーハン／紺青の傷痕 オリヴィア・キアナン 北野寿美枝訳

大学講師の首吊り死体が発見された。他殺と見抜いたシーハンだったが事件は不気味な奥深さを……アイルランドに展開する警察小説

ハヤカワ・ミステリ〈話題作〉

1938
ブルーバード、ブルーバード
アッティカ・ロック
高山真由美訳
〈エドガー賞最優秀長篇賞ほか三冠受賞〉テキサスで起きた二件の殺人に黒人のレンジャーが挑む。現代アメリカの暗部をえぐる傑作

1939
拳銃使いの娘
ジョーダン・ハーパー
鈴木 恵訳
〈エドガー賞最優秀新人賞受賞〉11歳の少女はギャング組織に追われる父親とともに旅に出る。人気TVクリエイターのデビュー小説

1940
種の起源
チョン・ユジョン
カン・バンファ訳
家の中で母の死体を見つけた主人公。昨夜の記憶なし。殺したのは自分なのか。「韓国のスティーヴン・キング」によるベストセラー

1941
私のイサベル
エリーサベト・ノウレベック
奥村章子訳
二人の母と、ひとりの娘。二十年の時を越えて三人が出会うとき、恐るべき真実が明らかになる……スウェーデン発・毒親サスペンス

1942
ディオゲネス変奏曲
陳 浩基
稲村文吾訳
〈著者デビュー10周年作品〉華文ミステリの第一人者・陳浩基による自選短篇集。ミステリからSFまで、様々な味わいの17篇を収録

ハヤカワ・ミステリ〈話題作〉

1943 パリ警視庁迷宮捜査班
ソフィー・エナフ
山本知子・川口明百美訳
停職明けの警視正が率いることになったのは曲者だらけの捜査班⁉ フランスの『特捜部Q』と名高い人気警察小説シリーズ、開幕！

1944 死者の国
ジャン＝クリストフ・グランジェ
高野 優監訳・伊禮規与美訳
パリで起こった連続猟奇殺人事件を追う警視が執念の捜査の末辿り着く衝撃の真相とは。フレンチ・サスペンスの巨匠による傑作長篇

1945 カルカッタの殺人
アビール・ムカジー
田村義進訳
一九一九年の英国領インドで起きた惨殺事件に英国人警部とインド人部長刑事が挑む。英国推理作家協会賞ヒストリカル・ダガー受賞

1946 名探偵の密室
クリス・マクジョージ
不二淑子訳
ホテルの一室に閉じ込められた探偵に課せられたのは、周囲の五人の中から三時間以内に殺人犯を見つけること！ 英国発新本格登場

1947 サイコセラピスト
アレックス・マイクリーディーズ
坂本あおい訳
夫を殺したのち沈黙した画家の口を開かせるため、担当のセラピストは策を練るが……。ツイストと驚きの連続に圧倒されるミステリ

ハヤカワ・ミステリ〈話題作〉

1948 **雪が白いとき、かつそのときに限り** 陸 秋槎 稲村文吾訳
冬の朝の学生寮で、少女が死体で発見された。その五年後、生徒会長は事件の真実を探りはじめる……華文学園本格ミステリの新境地。

1949 **熊の皮** ジェイムズ・A・マクラフリン 青木千鶴訳
アパラチア山脈の自然保護地区を管理する職を得たライス・ムーアは密猟犯を追う！ アメリカ探偵作家クラブ賞最優秀新人賞受賞作

1950 **流れは、いつか海へと** ウォルター・モズリイ 田村義進訳
元刑事の私立探偵のもとに、過去の事件についての手紙が届いた。彼は真相を追うが――アメリカ探偵作家クラブ賞最優秀長篇賞受賞

1951 **ただの眠りを** ローレンス・オズボーン 田口俊樹訳
フィリップ・マーロウ、72歳。私立探偵はとっくに引退して、メキシコで隠居の身。そんなマーロウに久しぶりに仕事の依頼が……。

1952 **白い悪魔** ドメニック・スタンズベリー 真崎義博訳
ローマで暮らすアメリカ人女優は、人気政治家と不倫の恋に落ちる。しかしその恋は悲劇を呼び……暗い影に満ちたハメット賞受賞作

ハヤカワ・ミステリ〈話題作〉

1953
探偵コナン・ドイル
ブラッドリー・ハーパー
府川由美恵訳
十九世紀英国。名探偵シャーロック・ホームズの生みの親ドイルがホームズのモデルのベル博士と連続殺人鬼切り裂きジャックを追う

1954
最悪の館
ローリー・レーダー＝デイ
岩瀬徳子訳
〈アンソニー賞受賞〉不眠症のイーデンは星空の景勝地を訪れることに。そしてその夜殺人が……誰一人信じられないフーダニット

1955
果てしなき輝きの果てに
リズ・ムーア
竹内要江訳
薬物蔓延と若い女性の連続殺人事件に揺れる街で、パトロール警官ミカエラは失踪した妹が次の被害者になるのではと捜査に乗り出す

1956
念入りに殺された男
エルザ・マルポ
加藤かおり訳
ゴンクール賞作家を殺してしまった女は、出版業界に潜り込み、作家の死を隠ぺいするため奔走するが……一気読み必至のノワール。

1957
特捜部Q
―アサドの祈り―
ユッシ・エーズラ・オールスン
吉田奈保子訳
難民とおぼしき老女の遺体の写真を見たアサドは慟哭し、自身の凄惨な過去をQの面々に打ち明ける――人気シリーズ激動の第八弾！